LE NUAGE D'OBSIDIENNE

du même auteur
chez Christian Bourgois éditeur

L'Inspection des caveaux

Motel Paradise

Mysterium

Première sonnerie de trompette
contre le monstrueux régiment des femmes

L'Épouse hollandaise

ERIC McCORMACK

LE NUAGE D'OBSIDIENNE

Traduit de l'anglais
par Johan-Frédérik Hel-Guedj

CHRISTIAN BOURGOIS ÉDITEUR ◊

Titre original :
Cloud

Initialement publié par Penguin Canada Books Inc.

ISBN 978-2-267-02957-4

Pour Nancy

Si tous les cieux étaient de parchemin, et toutes les mers d'encre, et si toutes les pennes de tous les oiseaux étaient des plumes, et tous les hommes et toutes les femmes étaient des scribes – alors même il serait impossible de décrire pareille merveille.

GAMALIEL

Prologue

C'est à La Verdad que j'ai croisé ce livre.

Du Canada, je m'étais envolé vers le sud pour assister à une conférence minière, et je venais de prendre part à une réunion qui s'achevait vers midi. Mon retour à pied vers l'hôtel, sur l'Avenida del Sol, n'avait rien de très agréable. Juillet est une époque étouffante de l'année, surtout dans une ville de l'intérieur des terres comme La Verdad, construite là où il n'y avait longtemps eu que la jungle. Les trottoirs étaient presque déserts, car à cette heure de la journée même les natifs de cette ville recherchaient de l'ombre. Mon organisme de Nordique n'avait guère l'habitude de cette chaleur moite, ce qui ne faisait qu'envenimer les choses.

Subitement, le ciel a viré au noir et une averse tropicale torrentielle a éclaté. Je me suis réfugié sous l'auvent d'un bouquiniste que j'avais remarqué en me rendant à ma réunion. D'après l'enseigne miteuse au pochoir, l'endroit s'appelait *Bookstore de Mexico*. Au vu de ce nom hybride, j'en ai déduit qu'on pourrait y trouver des livres en anglais, même si, dans la vitrine, je n'avais aperçu que des éditions de poche usagées de titres en espagnol.

Comme je ne pouvais véritablement aller nulle part tant que la pluie battante ne se calmerait pas, j'ai franchi la porte qui était ouverte, afin d'entrer jeter un coup d'œil.

À l'intérieur, il n'y avait personne, excepté une vieille femme maya dans sa robe traditionnelle à motifs géométriques. Elle était assise près de la vitrine, à une table où était posée la caisse de son commerce, en métal bleu. Derrière elle, la boutique était exiguë, à peine plus large qu'un couloir, avec des bibliothèques en aggloméré aux rayonnages affaissés le long des murs et comblant l'espace intermédiaire. La seule source d'éclairage provenait de quelques ampoules électriques qui pendaient sans abat-jour. Plusieurs petits lézards, aussi immobiles que des gargouilles, s'agrippaient au plafond. Et, malgré tout cela, grâce à l'odeur des vieux livres, l'atmosphère de l'endroit n'était pas si désagréable.

M'avançant à pas lents, j'ai constaté que ces livres étaient presque tous des éditions de poche. J'en ai feuilleté rapidement quelques-uns, m'efforçant de saisir, avec mes rudiments d'espagnol, de quoi ils pouvaient traiter. Certains volumes étaient en mauvais état et renfermaient des nids de poissons d'argent. D'autres semblaient avoir été grignotés par diverses espèces de rongeurs.

Instruit par l'expérience, je les maniais avec précaution. Bien des années auparavant, en parcourant un vieux volume dans une librairie du nord de l'Australie, j'avais senti un objet mou remuer sous mes doigts. J'avais lâché l'ouvrage et il en était sorti un scorpion de la taille de ma main qui avait détalé dans l'obscurité.

Je me trouvais dans le *Bookstore de Mexico* depuis peut-être cinq minutes lorsque j'ai vu le ciel se dégager et la pluie se calmer : ce n'était plus guère qu'un léger crépitement sur l'auvent. Je me suis dirigé vers la sortie.

C'est alors que j'ai découvert quelques ouvrages reliés, tout en bas d'un rayonnage. L'un d'eux en particulier a attiré mon regard. C'était un mince volume qui, ne s'insérant pas entre les autres à cause de son format encombrant, était couché au-dessus. Je me suis baissé pour voir cela de plus près. Comme apparemment le titre était en anglais, je l'en ai extrait pour l'examiner brièvement.

Le bouquin dégageait une odeur de moisi. La dorure des caractères imprimés sur le dos s'était estompée, si bien que même de près je n'ai pu lire qu'une partie du titre : *Le Nuage d'…dienne*. La couverture était en cuir marron et les pages de si grande taille, d'un papier si épais, qu'elles étaient difficiles à séparer les unes des autres. Elles n'étaient pas nombreuses, une centaine peut-être, mouchetées de moisissures et d'humidité. Mais en insistant j'ai réussi à l'ouvrir à la page de titre :

LE NUAGE D'OBSIDIENNE

Récit d'un événement des plus singuliers,
de mémoire d'homme, dans les cieux
au-dessus du bourg de Duncairn,
comté d'Ayrshire

par
Rev. K. Macbane

The Old Ayr Press
Imprimeur et Relieur
Écosse, 1851

Duncairn !

Revoir ce nom ici, sous un autre hémisphère, c'était tellement inattendu que j'en ai eu le souffle coupé. Duncairn, petite localité des Uplands, en Écosse, où j'avais séjourné durant une courte période, jeune homme. Ce qui m'était arrivé là-bas avait modifié tout le cours de mon existence. C'était un événement que je n'avais jamais été en mesure d'oublier. Ni de comprendre.

Sans essayer d'ouvrir de force d'autres pages du vieil ouvrage, je l'ai emporté avec moi, vers la table où était assise la vieille maya. Je ne m'intéressais pas tant que cela à ce qu'aurait pu être l'« événement des plus singuliers » survenu à Duncairn, mais ce nom qui m'était familier me donnait envie de posséder l'ouvrage. J'en ai demandé le prix à cette femme.

Ses longs cheveux grisonnants étaient attachés. Ses yeux marron, impénétrables.

« *Dos mil pesos* », m'a-t-elle répondu sans ciller.

La somme demandée était exorbitante, sans doute pour inciter au marchandage. Mais j'ai payé ce qu'elle en réclamait, elle a rangé l'argent dans sa boîte en métal, glissé le livre dans une pochette plastique et me l'a tendu, en silence.

Je l'ai remerciée de m'avoir abrité.

Elle a hoché la tête imperceptiblement, mais je n'étais pas convaincu qu'elle ait eu la moindre idée de ce que je venais de lui dire.

J'ai quitté le *Bookstore de Mexico* et repris l'Avenida del Sol, en évitant des flaques d'eau vaporeuses. Après avoir enfin regagné ma chambre d'hôtel, je me suis installé dans le fauteuil en skaï, le livre en main. La climatisation ne réussissait pas elle-même tout à fait à vaincre l'odeur pestilentielle de moisi qui s'en échappait. Je me suis de nouveau attardé sur la page de titre, émerveillé de cette coïncidence, de revoir ce nom, Duncairn, écrit là, et repensant avec un mélange de tristesse et d'amertume au temps passé là-bas.

Ensuite, j'ai entamé ma lecture, en séparant délicatement les pages épaisses et gigantesques.

Le Nuage d'obsidienne se voulait le récit factuel de ce qu'on appellerait aujourd'hui « un événement climatique ».

L'incident a débuté par un matin venteux de juillet. Juste après dix heures, le vent détournait un banc de nuages noirs et bas de la mer du Nord vers l'intérieur des terres, au-dessus de l'Écosse. Ce front orageux n'avait atteint les collines des Southern Uplands qu'en début d'après-midi, et un amas nuageux tout à fait singulier s'était agrégé en une masse si homogène qu'il ne formait plus qu'un seul très gros nuage au ventre noir.

À deux heures, le vent était complètement tombé et ce nuage noir s'était immobilisé juste au-dessus de la vallée d'altitude où se niche la localité de Duncairn. Du sommet d'une colline à l'autre, nord, sud, est et ouest, le ciel de la localité était si noir et lisse qu'il formait comme un miroir d'obsidienne au polissage parfait, reflétant toute la campagne au-dessous. Étonnamment, là-haut, l'ensemble de la bourgade était visible, mais tout était inversé : ses rues et sa place, son église et son clocher, ses champs et ses cottages alentour, et même les cours d'eau qui, serpentant jusqu'au pied des collines et des vallées, finissaient par former la rivière Ayr.

De nombreux récits de l'événement avaient pu être recueillis auprès de témoins fiables qui vivaient dans et autour de Duncairn, parmi lesquels un marchand de légumes, l'employé municipal, un opérateur de four, un tailleur, un brasseur, un aide-pharmacien, le sergent de ville, l'avocat et même un dentiste itinérant qui se trouvait en ville pour sa visite trimestrielle. Ils avaient tous signé de leur nom une déclaration sous serment.

Ce nuage noir flottait si bas que certains des habitants possédant la vue la plus perçante juraient même avoir réussi à discerner leur propre reflet, en miniature, qui les observait d'en haut. « J'ai pu voir mon bon époux rassembler les moutons dans la pâture à l'est, rapportait la femme d'un fermier de la région. J'ai même pu m'apercevoir moi-même à la porte du cottage, et mon chat, Puddock, perché sur mon épaule. »

Très haut dans les collines, deux amants couchés dans un renfoncement tapissé de fougères avaient eu un sacré choc en apercevant le reflet de leurs ébats, au-dessus d'eux dans le ciel. Ils avaient volontiers accepté de déclarer ce qu'ils avaient vu, mais exigé de ne pas être nommés, volonté compréhensible, sachant qu'ils étaient l'un et l'autre mariés.

L'un des témoins directs, le docteur Thracy de Ware, naturaliste et astronome réputé, avait ajouté le poids de la science à ces témoignages. Ce jour-là, il effectuait justement dans les Uplands un déplacement consacré à ses recherches. Quand cette masse noire était arrivée au-dessus de lui, il avait vu des nuées d'oiseaux frappés de panique s'envoler à tire d'aile et se mettre à couvert dans les haies et les bosquets : ils avaient été des milliers à rester nichés dans les ramures, immobiles et silencieux. L'effet de miroir du nuage proprement dit inspirait à de Ware un commentaire à la tonalité assez poétique : « Face à cette apparition, je compris que notre terre minuscule et ronde, cette infime particule dans la grande roue silencieuse du firmament, est aussi un jardin de la plus profonde beauté. »

Au bout d'une heure environ, les habitants de Duncairn s'étaient déjà tellement habitués à ce phénomène au-dessus de leur tête qu'ils avaient repris leurs occupations précédant l'arrivée du nuage. L'avocat était retourné à la rédaction de ses assignations, l'opérateur de four à la cuisson de ses poteries en terre cuite, le brasseur au brassage de ses tonneaux de bière mousseuse des Uplands au fort bouquet, les fermiers au sarclage de leurs rangs de betteraves et de patates et les mères de famille à la préparation, pour le dîner, de leur soupe au chou frisé, aussi épaisse et caoutchouteuse qu'à l'ordinaire. Les enfants, semblait-il, « reprirent leurs jeux enfantins, jouant à la marelle et à la ronde-jolie-ronde, en accordant à peine un regard à cette vision étrange au-dessus d'eux, comme s'il s'agissait d'une manifestation quotidienne ».

En réalité, le phénomène touchait à sa fin. Le récit se concluait en ces termes : « Le beffroi de l'église presbytérienne sonna les trois heures, le vent se leva en rafales avec une violence peu usitée, de noirs grêlons s'abattirent sur Duncairn et sur les visages des rares âmes courageuses qui levèrent les yeux vers les nuées. D'autres, depuis l'abri de leur domicile, assistèrent à la dissolution finale de ce miroir d'obsidienne, là-haut dans les cieux. La grêle noire se transforma en pluie noire qui ruissela comme de l'encre dans les caniveaux de Duncairn avant de se muer en eau claire. À trois heures passées de cinq minutes, la pluie avait cessé et le ciel des Uplands avait retrouvé sa grisaille coutumière. »

Une feuille blanche marbrée de taches précédait une section intitulée « Appendice », à première vue composée de quelques pages seulement.

Assis dans ce fauteuil inconfortable de ma chambre d'hôtel à La Verdad, ce que je venais de lire me laissait plutôt perplexe. Je le savais, *Le Nuage d'obsidienne* devait certainement être de la fiction. Pourtant tout ce récit était traité de manière très factuelle, sans la moindre note d'ironie ou de parodie, sans aucun des signes habituels visant à indiquer que tout cela était inventé. L'auteur étant ministre du culte – le révérend K. Macbane –, je me suis demandé si ce texte ne se voulait pas une sorte de parabole spirituelle ou religieuse. Si tel était le cas, elle me paraissait manquer singulièrement de limpidité.

Manière de me remettre les idées en place, j'ai quitté un moment mon siège et suis allé à la fenêtre me rendre compte des séquelles de la pluie torrentielle où je m'étais laissé prendre un peu plus tôt. Le bleu du ciel mexicain était à présent d'une clarté assassine, sans un nuage en vue. Sous ma fenêtre, les rues et les trottoirs avaient déjà l'air parfaitement secs. Si je ne m'étais pas trouvé dehors, une heure plus tôt, jamais je n'aurais su qu'il y avait eu un orage.

Par un climat subtropical, une telle transformation n'avait rien de miraculeux. Durant la saison des pluies, c'était un phénomène quotidien, banal et facile à comprendre. Nous étions assurément tout à fait à l'opposé du « nuage d'obsidienne » du livre.

Je suis donc retourné à mon fauteuil, et j'ai repris ma lecture. L'Appendice me livrerait peut-être quelque indication de ce qui s'était produit.

Macbane entame cet Appendice par un aveu de taille : il n'a lui-même pas assisté au phénomène. Il a « agi seulement en qualité d'historien », en se fondant exclusivement sur les récits des témoins oculaires : « J'ai fidèlement consigné les propos qui me furent tenus et laisse le lecteur se prononcer sur leur crédibilité. » En fait, « deux nouveaux témoignages » relatifs à ce phénomène, portés à sa connaissance quelques semaines plus tard, alors que le corps du texte était déjà chez l'imprimeur, rendaient cet Appendice indispensable. Comme tout historien, il se sentait « une obligation de respecter l'entière vérité » et de transmettre ces toutes dernières informations.

Le premier « témoignage » émanait du prévôt du petit village minier de Glenmuir, quelques kilomètres à l'est de Duncairn. Là, les quatre enfants de la famille Mitchell – deux garçons et deux filles – contemplaient ce noir nuage. Tout à coup, d'après ce que leur mère horrifiée avait rapporté au prévôt, leurs yeux crevaient, avec de petits bruits mats qu'elle comparait à « la soupe qui bouillonne sur le feu ». L'instant d'après, chacun de ses enfants vomissait un flot de sang et s'écroulait, bel et bien mort. Le prévôt lui-même avait pu l'attester : il avait vu, dans la maison de cette femme, les quatre enfants allongés sur le sol, énucléés.

Le second « témoignage » était extrait du journal d'une poétesse locale, Meg Millar, qui relatait ses randonnées dans les Uplands. Elle note que, le jour du phénomène, elle était arrivée à mi-hauteur de la Table de Cairn, la plus haute colline de la région, où elle cueillait les petites saxifrages jaunes des montagnes qui ne poussent que sur le versant sud-ouest. Elle se situait donc trois cents mètres au-dessus du reste de la bourgade en bas dans la vallée quand le nuage s'était arrêté au-dessus d'eux. De ce fait, personne d'autre n'avait pu l'observer d'aussi près. « De prime abord, je crus que le nuage reflétait la surface de la terre. Mais ensuite ce que je vis de mes propres yeux me révéla tout autre chose. Ce que je contemplai là, ce n'était pas notre monde, mais une autre planète qui gravitait en lente rotation. Les habitants me dévisageaient de leurs yeux fiévreux, injectés de sang, dans une posture que je n'avais jamais vue auparavant et ne souhaite jamais revoir. Ils avaient les bras tendus, l'air de vouloir se saisir de moi, s'ils avaient réussi à s'approcher suffisamment. Je laissai là mes précieuses saxifrages et dévalai la pente tout en bas de la Table de Cairn, comme une chèvre des montagnes, jusqu'à Duncairn. »

Après ces derniers « témoignages », l'Appendice se conclut sur une réflexion personnelle de Macbane lui-même. Sa réaction à tout ce qu'il avait entendu de cette étrange affaire du nuage d'obsidienne me paraissait si pleine de bon sens que je la cite ici *in extenso* :

> En homme de raison, ma première inclination serait de rejeter cette histoire de nuage d'obsidienne au-dessus de Duncairn comme un épisode d'illusion collective de plus, comparable aux nombreuses apparitions de la Vierge et autres arbres qui saignent, que des humains superstitieux se sont laissé imposer, ou se sont imposés à eux-mêmes, du Moyen Âge à nos jours.
>
> Pourtant, quant à ce noir nuage, je ne puis m'empêcher de m'interroger sur les nombreux témoignages d'individus encore en vie, où je ne perçois aucune trace de connivence malintentionnée, aucune intention apparente de se livrer à une supercherie aux dépens des plus crédules.
>
> En conséquence, j'ai considéré que le mieux serait de réunir leurs dépositions dans ce volume, sans émettre de jugement. Car, c'est un truisme de le souligner, nous qui vivons aujourd'hui dans un monde aussi troublant qu'inconstant, nous sommes comme le vieil Archimède : nous manquons de tout fondement solide pour dissocier l'illusion du réel. Peut-être, dans un avenir lointain, un érudit réussira-t-il en se penchant sur cette histoire du nuage d'obsidienne avec plus d'aplomb et de légitimité que je n'en possède à ce jour, à distinguer l'une de l'autre.

Quelques jours après la découverte du *Nuage d'obsidienne*, j'en avais fini avec mes occupations et je reprenais un vol pour l'Ontario, avec le livre dans mon sac. Une fois de retour à Camberloo, je verrais bien quel usage en faire.

Et en effet, après avoir repris mon train-train quotidien, j'ai consacré quelques heures, à la bibliothèque de l'université de la ville, à parcourir des encyclopédies et des chroniques littéraires, me disant que j'allais forcément tomber sur une mention d'une œuvre aussi extraordinaire. Mais je n'ai rien trouvé, absolument rien, sur *Le Nuage d'obsidienne*, ni sur un quelconque phénomène naturel comparable ou sur l'auteur, Macbane.

Je n'ai pas tardé à me rendre compte qu'en réalité ce n'était pas dans mes cordes et qu'un spécialiste serait bien plus à même de mener cette sorte de recherche.

L'un de mes interlocuteurs, fin connaisseur de ces matières, a même fait preuve de plus de logique.

« Ne va pas consulter le premier venu, m'a-t-il conseillé. Pourquoi pas un expert écossais ? Après tout, c'est en Écosse que l'incident se serait produit et c'est là que le livre a été publié. »

J'ai donc fini par téléphoner au Centre culturel national de Glasgow et pu m'entretenir avec le conservateur des livres rares. Après avoir écouté ma demande (j'ai fait une allusion à l'envoi d'un chèque, une somme substantielle, ma contribution au financement des travaux du Centre), il m'a posé quelques brèves questions à mon sujet et sur la manière dont j'étais entré en possession de cet ouvrage. Il m'a ensuite prié de le lui expédier par la poste, ce qui lui permettrait de l'examiner et de décider s'il méritait une recherche un tant soit peu approfondie. Dès qu'il trouverait quoi que ce soit de digne d'intérêt à me signaler (si jamais il trouvait), il me contacterait.

Il convient d'admettre qu'il n'avait pas l'air très enthousiaste.

Mes tentatives de découvrir quelque chose au sujet du *Nuage d'obsidienne* en sont restées là – pour le moment.

Le hasard de cette découverte dans le *Bookstore de Mexico* avait constitué le temps fort de mon voyage. Comme tous les amoureux des livres, j'étais curieux de savoir s'il existait l'ombre d'une réalité derrière tout cela.

Si j'avais été homme crédule, j'aurais presque pu croire que *Le Nuage d'obsidienne* m'avait choisi, moi, m'attirant par la ruse dans cette librairie où je m'étais abrité de ce déluge tropical afin que je puisse l'y découvrir et tenter d'en résoudre les mystères.

Je n'étais pas si crédule. Mais devant la vision inattendue, dans un décor aussi insolite, de ce nom familier – Duncairn – et, avec elle, le rappel, pour la millième fois, de ce qui m'était arrivé dans cette localité des Uplands alors que j'avais à peine vingt et un ans, mon cœur avait vraiment fait un bond dans ma poitrine. Comparer ce garçon que j'étais avec l'homme que je suis devenu suffit toujours à me désorienter (ce doit être le cas de la plupart des gens qui repensent à leur jeunesse), comme le léger vertige que peut susciter l'image superposée de deux films. Mais j'éprouve encore une grande sympathie pour cette version antérieure de moi-même, celle qui a vécu quelques brefs mois enchanteurs dans cette petite ville avant de s'éclipser à bord d'un train, par une aube brumeuse, le cœur brisé, l'esprit égaré.

J'avais expliqué au conservateur des livres rares qu'après avoir obtenu mon diplôme de l'université de Glasgow, j'avais vécu une courte période à Duncairn et pas mal voyagé de par le monde depuis lors. Je ne lui avais pas avoué que je trouvais parfois les hauts et les bas de mon existence aussi déconcertants que le lien entre les rêves et la réalité. C'était peut-être cela qui avait suscité en moi une réaction aussi viscérale face à ce volume singulier – comme si le livre et ma personne étaient en un sens inextricablement liés. N'est-ce pas ce que ressentent tous les lecteurs qui fréquentent certains ouvrages ? Mais je n'avais naturellement pas la moindre idée de ce qu'en tentant de résoudre les énigmes soulevées par *Le Nuage d'obsidienne*, je trouverais la réponse au grand mystère de ma propre existence.

Première partie

> Le fardeau de la mémoire me semblait être alors un énorme rocher dont il me fallait me charger en traversant d'infinis sables mouvants.
>
> Tancrede Arnold

Tollgate

1

Là où je suis né, la coutume voulait qu'au neuvième mois de vie d'un bébé, la mère se frictionne les seins au vinaigre. C'était la méthode éprouvée pour sevrer les nourrissons de l'allaitement, et je me suis souvent demandé si la mienne n'en avait pas usé avec moi. Certes, jamais je n'aurais songé à lui poser la question. Mais j'ai toujours eu l'odeur du vinaigre en horreur.

Je me suis aussi souvent demandé si pareille expérience ne pouvait conduire un être à considérer que même l'amour le plus pur s'achèvera dans l'aigreur.

Les circonstances de ma naissance ont sans nul doute été singulières : je suis né dehors, par une froide nuit de brouillard, à Tollgate, un quartier insalubre de Glasgow où même la police préférait éviter de s'aventurer.

C'était au mois de décembre et ce brouillard émanait surtout de la fumée des aciéries et des chantiers navals, le long des berges de la Clyde. Les eaux mêmes de la rivière étaient polluées par leurs rejets toxiques. Certaines vieilles personnes affirmaient que, par une longue nuit d'hiver, il y avait bien longtemps de cela, la Clyde avait véritablement pris feu, au point de ressembler à une coulée de lave échappée d'un volcan, comme on en voit dans les films. L'été, les enfants qui entraient dans l'eau pour s'y baigner (cela leur arrivait parfois lors des rares périodes de chaleur estivale) avaient quelques jours après la peau qui pelait.

En cette nuit de décembre, la nuit brouillardeuse de ma naissance, mes parents sortirent de leur appartement, dans la rangée d'immeubles où ils habitaient, et se dirigèrent vers le cabinet du médecin. Ils voulaient au moins que leur premier enfant naisse dans un endroit propre, en présence d'un docteur et d'une infirmière, et ils avaient économisé l'argent nécessaire. En règle générale, les enfants de Tollgate venaient au monde dans des baignoires en fer, à leur domicile. Et la mère ne recevait pas d'autre assistance que celle, le cas échéant, d'un membre expérimenté de la famille.

En revanche, mes parents avaient opté pour une autre méthode, surtout parce qu'ils n'avaient pas de membre de la famille sur qui compter. Ils se dirigèrent donc vers le cabinet médical, situé à trois bons kilomètres de là, en faisant aussi vite que possible, car ma mère avait senti des contractions et redoutait que quelque chose ne tourne mal.

Naturellement, ils n'arrivèrent pas à temps. Ma naissance eut lieu là, dans la crasse du trottoir, avec mon béotien de père tenant lieu de sage-femme. Le travail se déroula en présence d'un ou deux spectateurs tout aussi inexpérimentés, et dès lors bien incapables de lui venir en aide. Il semble que je n'aie pas été pressé de sortir, et qu'à force de lutter pour rester en elle, j'aie failli tuer ma mère. Enfin, je fis tout de même ma sortie et débouchai dans une matrice plus froide, celle du brouillard.

J'appris la réalité des faits bruts bien des années plus tard, grâce à mes parents. Naturellement, je ne conserve aucun souvenir de l'événement proprement dit, bien que je me sois souvent dit qu'il dut exercer sur moi un certain effet.

À bien des égards, nous ne formions pas la famille typique de Tollgate : ainsi, j'étais enfant unique, alors qu'autour de nous la plupart des autres familles étaient pléthoriques. Ma mère aurait aimé avoir beaucoup d'enfants, elle aussi. Là encore, c'est bien plus tard que je m'en suis rendu compte, mais les lésions que je lui avais causées en luttant de la sorte sur ce trottoir l'en avaient sans doute rendue incapable.

C'était une femme petite et robuste, qui ne travaillait pas à l'extérieur – à l'époque, peu de femmes exerçaient un métier. Ses cheveux d'un noir de jais étaient le plus souvent relevés en chignon, mais la nuit, quand elle les détachait, ils offraient la plus belle et la plus frappante des visions. J'adorais les toucher, et quand mon père la complimentait à leur sujet, le visage de ma mère rosissait de plaisir.

Elle faisait partie de ces êtres dont la couleur d'yeux n'est pas assortie. Le droit était bleu, le gauche, vert. Selon le côté que vous regardiez, vous aviez la sensation d'être en présence de deux personnes différentes. La femme de l'œil bleu paraissait rêveuse et heureuse, celle de l'œil vert souvent inquiète et triste. Lorsque je le lui fis remarquer, j'étais déjà plus grand et elle me répondit qu'il y avait peut-être une raison à cela : le monde était souvent pour elle un lieu de beauté et d'espoir qui, à d'autres instants, ne lui inspirait que noirceur et désolation. Elle n'en avait jamais parlé à personne d'autre en ce monde, excepté mon père, et maintenant moi.

Quant à mon père, il était mince, le cheveu clairsemé, la poitrine creuse et les mains légèrement tremblantes. À la trentaine déjà – j'avais alors dix ans –, il faisait plus vieux que la plupart des hommes de son âge. Naturellement doué pour les chiffres, il était comptable dans les bureaux de l'aciérie Random Mill, dont les trains de laminoir fournissaient des plaques d'acier aux chantiers navals. Et les immenses cheminées de l'usine Mill vomissaient leur fumée jour et nuit.

Il était lui-même gros fumeur. À cause de ses mains tremblantes, il avait souvent du mal à guider la cigarette jusqu'à sa bouche. Une fois qu'il l'y avait plantée, il la laissait pendre jusqu'à ce qu'elle se soit consumée en quasi-totalité et que le bout incandescent vienne presque toucher ses lèvres si minces. Ensuite il crachait son mégot par terre et le piétinait sous son soulier. « J't'ai eue ! » s'exclamait-il, comme s'il s'adressait à l'un des cafards qui infestait ces logements.

Très jeune, en vivant avec lui, et sans que quiconque ne me l'eût jamais clairement signifié, j'appris qu'il est sot de trop se fier à l'apparence des êtres. C'est parfois chez les individus les plus gentils, les plus intelligents que l'on trouve le visage le moins avenant – comme le sien, par exemple. Et vice-versa.

Il toussait souvent, même en parlant, et quand il parlait, c'était d'ordinaire pour lâcher de bonnes plaisanteries bien épaisses ou exprimer son désaccord avec les croyances de la majorité des gens. Il aimait aussi s'asseoir au coin du feu et lire, tout comme ma mère. N'ayant pas les moyens de s'acheter des livres, ils en empruntaient à la bibliothèque, par dizaines. Bien avant que je n'aille à l'école, ils m'enseignèrent l'alphabet et me montrèrent comment, grâce à leurs combinaisons magiques, ces petits signes avaient le pouvoir de créer dans mon esprit les images, les individus et les événements les plus captivants qui soient.

C'est ainsi, à travers mes parents, que je finis par aimer lire.

Comme la plupart des locataires de ces logements, nous avions un chat, capable de tenir en respect les rats, les souris et les cafards qui se cachaient un peu partout dans l'immeuble. Penny, notre chatte à poil roux, était un animal errant, et il lui manquait l'extrémité de la patte droite. Cela ne semblait pas trop l'affecter, lorsqu'elle bondissait sur le rebord de la fenêtre pour surveiller ce qui se passait dans la rue en contrebas ou sur l'épaule de ma mère quand celle-ci était au fourneau, occupée à préparer le dîner.

J'étais encore tout jeune enfant, et nous avions aussi un chien, un labrador croisé nommé Rex, une bête égarée qui avait perdu l'œil droit dans la rue, on ne savait trop comment. Un jour, à force de cajoleries, mon père l'avait convaincu de rentrer avec lui, et il s'était installé. La tâche principale de Rex consistait à aboyer quand quelqu'un se présentait à la porte, et il s'en acquittait très bien. Les nuits d'hiver, il avait une autre mission, celle de dormir sur le sac de patates dans le cellier, afin de les tenir au chaud et qu'elles ne pourrissent pas. Et Penny se couchait sur lui, en ronronnant bruyamment.

Nous l'appelions Rex, mais en réalité il s'agissait d'une femelle. C'était l'idée de mon père, de lui donner ce nom masculin. Il estimait qu'il était plus facile pour les mâles, humains ou animaux, de survivre à Tollgate. En l'occurrence, il avait tort. Un jour, Rex se précipita par la porte entrouverte, dans l'escalier et jusqu'à la rue, pour accueillir mon père à son retour du travail. Et elle finit sous les roues d'un tombereau de charbon qui lui brisa l'échine.

Nous n'avons jamais eu d'autre chien.

Pour moi, concernant notre famille, le trait le plus étrange, c'était peut-être d'avoir deux parents orphelins.

Mon père ignorait tout des siens, excepté que c'étaient des réfugiés qui avaient fui d'on ne savait où. Après s'être embarqués sur un navire rempli d'immigrants en partance d'Amsterdam à destination de New York, ils avaient été frappés par la grippe espagnole, avec des dizaines d'autres passagers. Ils étaient tous deux décédés à bord du paquebot ancré au large de Glasgow. Leur seul enfant, mon père, alors âgé de six ans, fut considéré comme ressortissant écossais – le nom de ses parents, « Steen », possédait une consonance très gaélique. À terre, il fut placé dans un orphelinat et y demeura jusqu'à l'âge de quatorze ans.

L'histoire de ma mère était plus typique de l'époque. Bébé, par une froide matinée, on l'avait retrouvée devant un autre orphelinat, emmaillotée dans une couverture. On avait toujours tout ignoré de ses parents, et ce fut l'administration qui lui choisit un nom. Au bout de quinze ans, ayant quitté l'orphelinat, elle était devenue femme de ménage dans les bureaux de Random Mill. C'est là, à dix-huit ans, qu'elle avait rencontré mon père, ils s'étaient mariés et j'étais venu au monde à mon heure.

Dans les taudis de Tollgate, les familles de dix ou douze enfants étaient chose courante. Nous trois, n'ayant pas d'autres parents en vie, nous étions obligés de ne compter que sur nous-mêmes. Enfant déjà, j'avais conscience de ce poids.

J'avais aussi conscience de ce qu'ils m'aimaient et de ce qu'ils s'aimaient, et pourtant, l'amour n'était pas un mot que l'on entendait prononcer souvent, à Tollgate. De temps à autre, mon père décrétait, en tirant sur sa cigarette et en tâchant de ne pas non plus prendre un air trop content de lui : « Il y a des gens nés dans des palais qui n'ont pas ce que nous avons. »

Plus grand, mes parents me prièrent de les appeler par leurs prénoms : Joseph et Nora. Ils espéraient que je n'y verrais rien de choquant. Ma mère m'en expliqua la raison : dans les orphelinats, on appelait surtout les enfants par leur nom de famille. Mes parents souhaitaient maintenant pallier ce manque.

Je répondis que cela ne me gênait pas.

Mais au fond de moi, je n'aimais pas être privé de l'usage de ces mots puissants, « mère » et « père ». Aussi, pour mon propre équilibre, tout en faisant ce qu'ils me demandaient, c'était toujours comme cela que je les appelais, dans ma tête.

Ils m'avaient prénommé Harry. C'était en mémoire du meilleur ami de mon frère, à l'orphelinat, un garçon mort de pneumonie peu avant son dixième anniversaire, et qui n'avait donc jamais connu la liberté. Mes parents espéraient qu'une chance me serait offerte de vivre le genre de vie que Harry s'était vu refuser.

À Tollgate, les rangées d'immeubles s'alignaient à perte de vue. Notre appartement se trouvait au quatrième étage. Dans l'escalier de pierre aux marches usées qui desservait les étages, c'était tous les jours un parcours d'obstacle de bouteilles cassées et de boîtes de conserve, et en outre l'endroit servait de latrines aux ivrognes de passage.

Comme tous les autres appartements, le nôtre se composait d'un grand salon tenant aussi lieu de cuisine et de chambre à coucher, avec un lit encastré où dormaient mes parents et, dans le fond, une chambrette sans chauffage, qui était la mienne. Les plafonds blanchis à la chaux des deux pièces étaient constamment mouchetés d'humidité.

Hormis les ravages habituels du typhus et de la phtisie, chaque rangée d'habitations possédait une histoire émaillée de vilains épisodes. Les rossées, les coups de couteau et les meurtres conjugaux, c'était le tout-venant. Les taudis de Tollgate étaient particulièrement réputés pour leurs bandes d'as du rasoir régies par le principe d'hérédité, les pères transmettant le flambeau aux fils. Et des batailles rangées autour des droits territoriaux y éclataient fréquemment.

Même pendant la guerre, cette violence des bandes ne cessa pas. Certains de leurs membres s'enrôlèrent bien dans l'armée, mais ils furent nombreux à préférer rôder dans les rues, où ils cherchaient la bagarre. Mon père n'en était pas surpris.

« Qu'y a-t-il de si drôle à abattre des gens de loin quand on peut leur trancher la gorge de près ? » ironisait-il.

Il avait été lui-même écarté du service actif en raison de la maigreur de sa poitrine et de sa toux.

« Ils ne savent pas de quel grand guerrier ils se privent », se plaignait-il. Entendant cela, même ma mère ne pouvait s'empêcher de pouffer, et lui, il s'écroulait de rire au milieu des quintes de toux.

La guerre se prolongeant, les raids contre les aciéries et les chantiers navals à proximité de Tollgate devenant fréquents, il se construisit des abris coiffés de dômes en béton, où les habitants seraient plus en sécurité. Mais les animaux de compagnie n'étaient pas autorisés et ces abris étaient tellement criblés de fuites qu'ils étaient plus humides que les logements eux-mêmes. Au bout d'un temps, au cours des raids aériens, la plupart des gens préféraient courir le risque de rester chez eux.

Nous restions chez nous, nous aussi.

« Au moins, tant que nous sommes ici, personne ne peut nous voler nos affaires, nous déclara un jour mon père, à ma mère et à moi en tirant sur sa cigarette. C'est ce qui arrive quand trop de gens vivent entassés les uns sur les autres. Les villes les transforment en individus contre nature. Au temps de la peste bubonique, à Londres, il y a trois cents ans, les individus infectés la propageaient volontairement chez leurs voisins. Je viens de lire cela dans un livre.

— Mais c'était il y a des centaines d'années, releva ma mère. Aujourd'hui, cela ne se pourrait plus. Nos voisins ne viendraient pas voler chez nous. » Elle n'avait pas du tout l'air rassurée.

« Eh bien, à Londres, à la rigueur, cela ne se pourrait plus, admit-il, mais à Tollgate, je n'en serais pas si sûr. »

Rien qu'à l'entendre lui faire cette réponse, elle eut l'air encore plus bouleversée, et il le remarqua. Il tira un petit moment supplémentaire sur sa cigarette.

« D'un autre côté, finit-il par ajouter, tu as peut-être raison, Nora. On ne sait jamais. Tu as peut-être raison. »

En réalité, de toute la guerre, dans notre partie de Tollgate, pas une de nos rangées d'immeubles ne fut frappée par les bombes. Toutefois, lors des derniers raids aériens, un projectile de véritablement belle taille ne nous manqua pas de beaucoup. Nous avions tous entendu le cognement sourd de l'impact sur un vaste terrain vague derrière chez nous, mais il n'avait pas explosé.

Plus tard, un groupe de soldats arriva, le désamorça et le recouvrit d'un monceau de terre. Par la suite, ils l'encerclèrent d'une clôture en fil de fer barbelé et plantèrent un écriteau avertissant de ne pas approcher.

Peu de temps après, la radio et les journaux annoncèrent la fin des hostilités. Bientôt, des hommes qui avaient combattu dans l'armée furent de retour, à la recherche d'un travail. Mon père croisa certains de ces demandeurs d'emploi dans les bureaux de Random Mill.

« À l'expression qu'ils ont dans les yeux, tu vois qu'ils ont dû tuer des gens », me confia-t-il un soir, alors que ma mère, devant la cuisinière, était trop loin pour l'entendre. Il n'ajouta pas l'une de ses blagues, mais se contenta de fumer sa cigarette. « N'en parle pas à Nora«, ajouta-t-il discrètement.

2

En fait, la guerre ne m'avait pas beaucoup affecté – j'étais absolument convaincu que mes parents me protégeraient de toutes les menaces physiques qui nous entouraient. Mais j'étais sujet à d'autres terreurs, bien plus effrayantes qu'un simple conflit armé – par exemple, je faisais des rêves épouvantables, sans en conserver cependant aucun souvenir ou presque, à mon réveil.

Mon père tentait de les prendre à la légère.

« Pour qui vit à Tollgate, les cauchemars constituent un très bon entraînement », décrétait-il.

Lorsque j'évoquais mes mauvais rêves, ma mère me regardait avec anxiété. Elle ne commentait pas, mais je la suspectais d'avoir elle aussi son lot de cauchemars.

Tollgate était aussi un lieu de superstitions. Quand ma mère emportait notre linge à la laverie communale, elle entendait parfois des femmes d'autres immeubles parler de toutes sortes de phénomènes, d'apparitions fantomatiques, de gémissements sonores et de coups sourds dans des pièces inoccupées. Elle avait même entendu une femme affirmer avoir vu une casserole de ragoût s'envoler de sa cuisinière, basculer par la fenêtre ouverte et s'écraser avec fracas dans la rue.

« Des contes de bonnes femmes », tranchait mon père, en s'étranglant de rire dès que ma mère nous rapportait ces histoires, et il pompait sur sa cigarette. Et pourtant, manifestement, ces histoires lui plaisaient autant qu'à moi, bien que j'en fasse aussi des cauchemars. Mais je me taisais, car je n'avais pas envie que les histoires de maman s'arrêtent.

Plus tard, à quinze ans, je découvris qu'un de ces phénomènes effrayants s'était produit dans un logement voisin du nôtre. Souvent, sur le chemin de l'école, je traversais une placette, un espace pavé de la taille d'un jardinet, jonché de bouteilles de bière et de détritus. Au milieu de cette placette, une borne de pierre se dressait – haute d'un petit mètre, une plaque en bronze verdâtre était vissée dessus. Elle portait quelques mots gravés, difficiles à déchiffrer. Ils étaient recouverts de saletés, et tout griffés d'obscénités et de symboles, les marques habituelles des bandes de rue.

Par une matinée très grise de novembre, je passai devant cette borne alors qu'il n'y avait personne alentour. Je sortis mon mouchoir et j'essuyai en vitesse la plaque, assez pour lire ces mots :

À LA MÉMOIRE
DE
– CAMERON ROSS –
QUI VÉCUT ICI JADIS
– PUISSE SON ÂME TROUVER LE REPOS –

Cet après-midi-là, en rentrant de l'école, je me rendis à la bibliothèque municipale et, après quelques recherches, je trouvai ce que je voulais : un fort volume fatigué, intitulé *Mélange de scènes, de caractères et d'incidents authentiques du Vieux Glasgow*. Composé comme une encyclopédie, il consistait en de brèves entrées, imprimées en petits caractères, sur quantité de sujets. L'une de ces entrées était intitulée « Tollgate : l'exsanguination de Cameron Ross ».

J'emportai l'ouvrage à une table de lecture, l'ouvris à la page indiquée et me sentis immédiatement sur mes gardes : en plein milieu de la page, on avait pratiqué une entaille en forme de X, peut-être au moyen d'un rasoir. Au-dessus de cette entaille, une tache sombre avait traversé dans le papier de la page suivante. Je me penchai, je reniflai, à tout hasard, mais c'était l'odeur habituelle d'un livre, et rien de plus.

Sous le titre de l'entrée, un avertissement était imprimé :

Les lecteurs à la sensibilité délicate seraient peut-être mieux inspirés d'éviter cette section.

Je n'avais jamais rien rencontré de tel dans un livre. Cela piqua encore plus ma curiosité et j'entamai ce texte.

On sait peu de chose sur le début de la vie de Cameron Ross, si ce n'est qu'il vécut à Tollgate, qu'il épousa une femme du quartier et qu'il avait trente ans lors de l'incident qui lui valut une triste et brève renommée.

Un matin de janvier de l'hiver 1810, à Glasgow, son épouse découvrit que le côté du lit où couchait Ross était imbibé de sang. Pire encore, ce sang filtrait toujours au travers des couvertures et suintait jusqu'au sol où il se coagulait au contact des lames froides du plancher. Ross ne dormait pas, il était allongé, et la fixait du regard en silence.

On appela un médecin, il examina Ross mais ne put identifier la provenance de ce sang sur son corps. Il était soupçonneux, car il n'ignorait rien de la violence qui régnait dans ces taudis. Faute de pouvoir obtenir de réponses satisfaisantes à ses questions, il se contenta de laisser un flacon de cordial au patient.

Tout alla bien six jours durant. Le matin du septième jour, juste avant l'aube, Ross sentit de nouveau la présence du sang et, cette fois, réveilla son épouse. Elle alluma une lampe, l'approcha du lit, et fut ainsi en mesure de découvrir ce qui se passait. À hauteur de sa poitrine, la couverture était assombrie et du sang suintait au travers. Elle la souleva et entrevit la pointe d'un objet aiguisé, une sorte d'aiguille à tricoter qui saillait du torse de son époux, lui transperçant la chair.

On envoya de nouveau chercher le médecin, il examina Ross. Il y avait certes beaucoup de sang, mais l'écoulement avait cessé, et il ne put déceler aucune marque de coupure, ou aucune trace de plaie. Il suggéra qu'au premier signe annonciateur d'une reprise de l'exsanguination, l'épouse de Ross vînt le quérir, afin qu'il pût constater par lui-même la cause de ce saignement.

Sept jours après, tôt le matin, les gémissements de Ross alertèrent sa femme. Elle alla immédiatement chez le médecin, ils se dépêchèrent et furent à son chevet guère plus d'une demi-heure après le début de l'attaque. Mais Ross était mort, les yeux fixés sur eux. L'écoulement était moins abondant qu'avant et il n'y avait aucun signe de blessure. Il n'était mort que depuis très peu de temps, et pourtant, il était déjà si froid que le sang possédait l'éclat fragile et friable de la cire.

Plus tard ce jour-là, le Glasgow Royal Infirmary reçut de la part du médecin une demande de pratiquer une autopsie sur le cadavre, dans l'espoir de découvrir la cause de cette exsanguination étrange de Cameron Ross. La requête fut rejetée au motif qu'elle ne répondrait à aucune utilité d'ordre médical.

Le jour de l'inhumation du défunt, un cortège si nombreux qu'il aurait pu s'agir des funérailles d'un dignitaire suivit le cercueil dans les rues de Tollgate, jusqu'à la nécropole de Glasgow. Certains affirmaient que la mort de Ross était un événement qui relevait du prodige. Quand on porta son corps en terre, dans le quartier des indigents, beaucoup pleurèrent.

Le lendemain, un éditorial de l'*East Side Tribune* évoquait cette foule inattendue de spectateurs, à l'enterrement d'un homme aussi obscur que Ross, et faisait mention de l'exsanguination dont il aurait souffert. Le rédacteur en chef exprimait son scepticisme quant à la réalité du mal et formait l'hypothèse que Ross s'était délibérément infligé cette blessure, avant de finalement se donner la mort, un moyen pour lui de s'attirer une notoriété posthume. De l'avis du rédacteur en chef, les masses crédules étaient toujours la proie de telles pratiques frauduleuses.

L'épouse de Ross disparut peu après l'enterrement, et, d'après la rumeur, elle se serait noyée dans la Clyde ou aurait trouvé à s'employer dans un bordel. Plus tard, selon d'autres allégations, on aurait aperçu Ross, censément mort, flânant avec sa moitié dans une rue de Londres, et le couple riait aux éclats.

Si l'on ne connaît plus l'emplacement exact de la tombe de Cameron Ross, une plaque en sa mémoire, placée non loin de son ancien domicile de Tollgate, est encore visible.

Assis là dans la bibliothèque, j'en avais la chair de poule. Je me demandai si ce vieil ouvrage contenait d'autres récits aussi effrayants et je le parcourus, mais ne vis plus d'autres avertissements en tête de page.

Ce jour-là, après avoir quitté la bibliothèque, me dirigeant vers chez moi, j'avais l'esprit encore occupé par l'image de Cameron Ross, saignant à mort. Après le dîner, je dus être plus silencieux que d'habitude.

« Est-ce que ça va ? » me demanda ma mère. Elle était assise près du feu avec Penny sur ses genoux. La chatte clignait affectueusement des yeux dans ma direction. Dans son fauteuil, mon père me lança un rapide coup d'œil pardessus son journal, les paupières plissées à cause du filet de fumée qui montait de sa cigarette.

Je savais de quoi ils s'inquiétaient, maintenant que j'avais quinze ans. Chaque fois que je rentrais de l'école avec un peu de retard, ils s'imaginaient que j'avais rencontré une fille, courant le risque de finir comme certains garçons guère plus âgés que moi, contraints d'épouser une adolescente qu'ils avaient mise enceinte. Ces garçons et ces filles étaient alors condamnés à vivre dans des logements insalubres, comme leurs parents avant eux, et de s'imposer les travaux les moins qualifiés, aux aciéries ou sur les chantiers navals – s'ils avaient la chance de trouver du travail.

Je tranquillisai donc immédiatement l'esprit de mes parents. Je leur expliquai que j'étais allé à la bibliothèque et que j'étais occupé à réfléchir à un livre que j'avais lu là-bas. Le volume traitait de Cameron Ross, l'homme dont j'avais aperçu le nom sur une plaque au bout de la rue. Ils n'avaient jamais entendu parler de lui, j'évoquai donc ce que j'avais lu et ils m'écoutèrent avec grand intérêt.

Je mentionnai aussi que quelqu'un avait tailladé l'ouvrage, peut-être au moyen d'un rasoir.

« Eh bien, je n'aimerais pas croiser ce quelqu'un par une nuit noire », fit mon père.

Cela ne me fit pas rire, et ma mère non plus. J'étais curieux de ces gens, présents à l'enterrement, affirmant que la manière dont Ross était mort impliquait une sorte de prodige. Et s'ils avaient raison ?

Mon père faillit s'étrangler, l'air d'une gargouille, des volutes de fumée lui ressortant par le nez.

« Un prodige ? s'écria-t-il. Si tu veux mon avis, le seul prodige en ce monde, c'est que tant de gens y croient, aux prodiges. » Cette phrase lui plut. « Je n'ai pas raison, Nora ? » s'écria-t-il, avec sa manière de souvent solliciter son approbation quand il pensait avoir tenu un propos astucieux.

Ma mère ne lui répondit rien. Elle était assise là, câlinant Penny et l'air plus soucieux que d'habitude. Il en resta donc là et se contenta de griller sa cigarette pendue à ses lèvres et qui ne cessait de raccourcir, jusqu'à ce que deux bons centimètres de cendre s'en détachent et s'éboulent lentement sur sa chemise en se mélangeant à celle qui s'y était déjà amoncelée depuis le début de la soirée.

Tard ce soir-là, allongé dans mon lit, je scrutai les taches d'humidité du plafond. Il m'était arrivé plus d'une nuit d'imaginer qu'il s'agissait d'îles tropicales similaires à celles que j'avais découvertes dans des livres d'aventures. Le ciel était toujours bleu, là-bas, et les insulaires, insouciants et hâlés. Un jour, quand je serais assez grand, j'avais l'intention de vivre dans l'un de ces lieux idylliques. J'emmènerais mes parents et nous séjournerions tous les trois dans un bungalow lumineux, aéré, avec une vue plongeante sur un océan couleur d'azur, loin de ces logements insalubres.

Mais en cette nuit bien précise, les taches s'obstinèrent à demeurer des taches de Tollgate, enflant dans l'obscurité comme une variété de champignon mortel. En fin de compte, je dus me tourner sur le côté, serrer fort les paupières et me forcer à m'endormir.

3

À dix-huit ans, je devins étudiant – certains candidats admissibles étaient dispensés des frais de scolarité. L'université se situait du côté ouest de la ville, à une demi-heure en bus de Tollgate. L'édifice, massif et de style néogothique, percé de toute part de fenêtres en ogive, de cages d'escalier sombres, de couloirs froids et de salles de cours pleines de courants d'air, dominait le paysage.

J'aimais particulièrement la bibliothèque, avec ses escaliers en colimaçon et ses coursives labyrinthiques qui s'enfonçaient entre les rayonnages de livres. Certains bibliothécaires semblaient assez pâles et détachés du monde pour n'être en réalité que les fantômes d'autres bibliothécaires venus se perdre dans ces coursives des siècles auparavant.

Au milieu de cette bibliothèque, une salle de lecture était entièrement ceinturée de très vieux rayonnages remplis d'ouvrages parmi les plus anciens qui soient. Cette salle de lecture devint mon repaire préféré. Elle paraissait presque accueillir les visiteurs, qui pouvaient sentir sur eux son souffle délicat, comme celui d'une énorme bête bienveillante. Après les cours du matin, je m'installais moi aussi à une table, et j'y travaillais avec bonheur tout l'après-midi.

Ensuite, à six heures, tous les soirs, je me serrais dans un bus bondé, pour le trajet du retour. Assez vite, nous laissions les villas élégantes autour de l'université, puis des rues animées et bien éclairées, pour pénétrer dans ces gorges urbaines encaissées qui sillonnaient Tollgate, bordées d'entrepôts et de logements crasseux.

Dans certaines des rues que nous empruntions maintenant, les meurtres et les actes de violence étaient chose si courante qu'ils méritaient à peine un entrefilet dans les journaux. Un immeuble de Sheldon Street, simplement entraperçu à travers la fenêtre du bus du dernier étage, suffisait toujours à me faire frémir.

Un incident s'y était produit avant que je n'entre à l'université, mais il était resté figé dans ma mémoire, car mon père connaissait l'individu concerné. Cet homme, maître menuisier de métier, fabriquait des vitrines et des bureaux dans les locaux de Random Steel où travaillait mon père. Et il habitait cet immeuble.

Un état dépressif chronique avait contraint ce maître menuisier à renoncer à l'exercice de son métier. Peu après, il avait rapporté des fournitures de bois dans son logement et il y passait l'essentiel de son temps à manier la scie et le marteau. Quelques voisins s'étaient plaints du bruit. Il leur avait très poliment assuré qu'il était occupé à fabriquer de nouveaux meubles et qu'il avait presque terminé.

Un jour, les coups de scie et de marteau avaient cessé. Au bout d'une semaine, une odeur nauséabonde s'échappait de son appartement. Les voisins avaient frappé à la porte, sans recevoir de réponse.

On avait appelé la police et découvert la véritable nature du travail du maître menuisier dans son appartement. Il avait construit dans le salon une potence de petite taille, assez élaborée, en travaillant à partir de croquis qui paraissaient assez compliqués.

Et l'artisan s'était pendu à la poutre de la potence – il était on ne peut plus mort. Il s'était apparemment passé le nœud coulant autour du cou et servi d'un manche à balai pour actionner le loquet de la trappe. Le travail avait été exécuté de façon extrêmement précise : ses orteils pendaient très exactement à huit centimètres du plancher, lui assurant ainsi que la corde tendue l'étrangle complètement.

On avait trouvé un mot sur le sol, à côté de lui :

> *En ce jour de mon cinquantième anniversaire, par la présente, je plaide coupable de tous les chefs d'accusation retenus contre moi et me condamne moi-même à être pendu par le cou jusqu'à ce que mort s'ensuive. La sentence devra être exécutée immédiatement.*

De quoi au juste il s'était jugé lui-même coupable, personne ne fut jamais en mesure de le découvrir. Mon père qui, lors des rares occasions où il avait adressé la parole au maître menuisier, avait trouvé l'homme très calme et courtois, avait été choqué par sa mort. Mais il n'avait pu résister à plaisanter à ce sujet devant ma mère.

« Si tous les gens déprimés de Tollgate décident de se pendre, il y aura bientôt pénurie de corde à l'échelle nationale. N'est-ce pas, Nora ? » lui avait-il lancé.

Comme à son habitude, elle paraissait très anxieuse, mais n'avait rien répondu.

Un incident survenu dans un autre immeuble, au cours de ma première année à l'université, reçut un large écho.

Le bâtiment en question se situait à moins de deux kilomètres de mon arrêt de bus, et il était complètement condamné. Un tel spectacle sortait totalement de l'ordinaire. Malgré la réputation de Tollgate, la population des lieux ne cessait de croître et la demande de logements demeurait toujours forte.

Dans l'un des appartements de cet immeuble, une jeune femme, seulement assistée de son mari, avait mis au monde son premier enfant à la manière traditionnelle – dans une lessiveuse portative en métal, posée à même le sol de la chambre du fond. Mais après la naissance du bébé, le cœur de la mère s'était arrêté, et elle était morte en quelques minutes.

Dès qu'il eut compris ce qui arrivait, le mari avait décidé de trancher la gorge du bébé. Il avait ensuite pris place dans une chaise, bu un grand verre de scotch et s'était tailladé les veines, se saignant à mort.

C'était du moins ce qu'en avaient conclu la police et les voisins. Le couple avait impatiemment attendu ce bébé et le mari avait toujours semblé très épris de son épouse. Somme toute, sa décision était compréhensible : il refusait de vivre sans sa femme, et il refusait tout autant de laisser un bébé âgé de quelques heures à la merci d'étrangers.

Mais ce n'étaient pas seulement les morts tragiques survenues dans ce seul appartement qui avaient entraîné la désertion de tout l'immeuble. Non, les gens de Tollgate n'étaient pas sentimentaux à ce point. En fait, au cours de la semaine qui suivit leur décès, une fois le logement vacant nettoyé, une annonce le proposait à la location.

Un jeune couple d'un immeuble voisin avait été le premier à se mettre sur les rangs pour venir le visiter. Ils s'étaient attardés dans la partie salon, la trouvant tout à fait à leur goût. Ayant ouvert la porte de la chambre du fond, lieu des trois décès, ils avaient alors entendu un bruit étrange. Ils avaient eu l'impression d'une voix d'homme venant de l'intérieur, agitée de sanglots et de gémissements. Ils avaient aussitôt averti les voisins qui, les ayant rejoints, avaient eux aussi cru entendre ce bruit. Personne n'osa ouvrir la porte de la chambre.

Les jours suivants, les autorités municipales avaient inspecté les lieux, sans rien trouver, sans rien entendre. Mais la rumeur s'était répandue, et ce fut le début de l'exode de tous les occupants des appartements voisins. En quelques mois, l'immeuble entier avait fini par se vider, et ses ouvertures furent condamnées. Chez les habitants de Tollgate, manquant de sensibilité, la superstition venait combler ce manque.

Les journaux n'hésitèrent pas à rapporter ces réactions, et cela fit bien rire certains de mes camarades étudiants, comme si tout cet émoi n'était que le produit de l'ignorance et de l'illettrisme. Je les avais souvent entendus parler de Tollgate, et s'étonner de ce que des villes modernes et civilisées contenaient encore des taudis aussi primitifs. Moi, bien entendu, je ne me vantai pas trop d'y habiter. J'acquiesçai en hochant la tête. Mais je n'avais pas oublié ma réaction de jeune garçon à l'histoire de Cameron Ross, dont la plaque dédiée à sa mémoire se situait à proximité du logement hanté. Même après tout ce temps, cette seule idée suffit à me donner des frissons.

D'ailleurs, un jour, à la bibliothèque de l'université, je passai devant le département Anthropologie et Folklore. Par curiosité, j'entrai et découvris une vaste section consacrée à l'histoire des superstitions en Écosse. Les titres en étaient plutôt savants, mais certains intitulés de chapitres contenaient des formules assez inquiétantes : « le mauvais œil », « malédictions », « sacrifices propitiatoires », « possession démoniaque ».

Un rapide coup d'œil à certains de ces chapitres m'amena à en conclure que, si l'univers de Tollgate pouvait être en proie à la consanguinité et la violence, cette tendance à la superstition y était aussi ancienne que l'humanité elle-même.

Tous les soirs, lors de mes trajets de retour, à l'arrivée à mon arrêt, j'étais le seul étudiant restant à bord du bus. Cet arrêt se situait à environ huit cents mètres de notre immeuble. Si les réverbères n'étaient pas cassés, j'aimais voir mon ombre courir d'un lampadaire à l'autre, se rattraper elle-même pour mieux se laisser chaque fois distancer. J'avais aussi une autre raison de me réjouir de ce que ces réverbères soient intacts – et ce n'était pas lié à la peur des fantômes. Ils me permettaient d'ouvrir l'œil sur les bandes de quartier. Chaque fois que j'apercevais un groupe d'hommes à un coin de rue, je veillais toujours à garder mes distances. À Tollgate, le fait d'être chargé de livres eût été une raison suffisante pour me faire dérouiller.

4

Durant toutes mes années d'université, quand je rentrais à la maison, mon père voulait savoir ce que j'étudiais. Après le dîner, nous consacrions des heures à discuter des diverses notions que j'avais acquises, en particulier en philosophie et en psychologie. Je dois admettre que je me laissais plus aisément impressionner qu'il ne l'était lui-même. Je me souviens de lui avoir expliqué un soir que, lorsque les gens du commun disent : « La vie est pleine de contradictions », en réalité, ce qu'ils entendent par là, c'est que « la vie est pleine de sous-contraires ». Et qu'affirmer : « Ce n'est pas qu'il ne pleuve pas » signifie exactement la même chose que : « Il pleut. »

Il tira sur sa cigarette comme un forcené.

« De toute manière, les gens du commun ne disent jamais : “La vie est pleine de contradictions”, objecta-t-il. Mais enfin, s'ils te le disaient, tu comprendrais ce qu'ils entendent par là. En revanche, si tu leur répondais qu'elle est “pleine de sous-contraires”, ils ne saisiraient pas un traître mot de ce que tu leur raconterais là. En fait, ils te croiraient fou. Ou, devrais-je dire, “ils ne croiraient pas que tu ne sois pas fou”. » Il trouva cela hilarant et se tourna vers ma mère. « Pas vrai, Nora ? »

Mais je voyais bien qu'elle ne trouvait pas ça drôle. Elle n'appréciait pas trop l'idée que la langue puisse être remplie de pièges pareils. Un jour, j'avais essayé de la convaincre de la chose, en me servant d'exemples appris en cours de philosophie. Par exemple : combien de tiges de paille faut-il empiler les unes sur les autres avant qu'elles ne forment une meule ?

Elle haussait les épaules, désemparée.

Un jour, tout de même, elle avait ri. Je lui avais demandé : combien de cheveux un homme doit-il perdre avant que sa femme ne le voie chauve et pas seulement affligé d'un début de tonsure ?

Elle avait lancé un regard vers mon père et son crâne déjà un peu dégarni, et tous deux avaient fini par s'esclaffer. Cela l'amusait vraiment de la voir rire à ses dépens. Ils se vouaient visiblement une telle affection, que j'aurais pu aller plus loin et me demander : à quel point deux êtres doivent-ils s'apprécier avant qu'on puisse affirmer qu'ils s'aiment d'amour ?

Naturellement, cela n'aurait fait que les gêner.

Un soir, après le dîner, je résumai à mon père une discussion que nous avions eue dans le cadre d'un séminaire de philosophie, sur l'hypothèse du Dessein intelligent : cette théorie se fondait sur la notion que ce monde si merveilleusement structuré et qui regorge de tant de merveilles doit avoir un Esprit supérieur pour cause et origine.

Il renifla et ponctua d'un petit rire étranglé.

« Seul un individu qui n'a jamais vécu à Tollgate serait capable d'inventer une idée pareille », me répliqua-t-il. Il se dirigea vers la cheminée d'un pas traînant, prit un livre qu'il lisait dans la pile de volumes de la bibliothèque posés sur le manteau, et revint avec. Il retrouva une page et me tendit l'ouvrage. Il était intitulé *Aphorismes de Pablo Renowski.*

« Tiens, lis-nous donc un peu cette section », me demanda-t-il.

Ce que je fis.

> Considérez le monde, avec ses milliers et ses milliers d'années de guerres, de peste, de famines, de meurtres, de brutalités publiques et privées, d'injustices, de parricides, de génocides. Il faudrait être le plus grand des cyniques pour ne pas croire qu'il y ait là un motif supérieur, un vaste plan derrière tout cela.

Quand j'eus terminé, mon père, très content de lui, recrachait nuage de fumée sur nuage de fumée.

« Qu'en penseraient tes professeurs ? me demanda-t-il. Le monde peut paraître merveilleux, tout dépend de ta façon de le regarder. Si tu es de Tollgate, il conviendrait plutôt de parler de *La Théorie de la Grosse Boulette.* » Il éclata de rire et se tourna vers ma mère. « Elle est bonne celle-là, hein, Nora ? »

Elle n'avait pas l'air ravie. Je crois que, pour elle, certaines notions désagréables étaient déjà suffisamment pénibles comme cela, sans qu'elle ait à les entendre formulées.

En fait, la quasi-totalité de ce que j'apprenais à l'université semblait perturber ma mère. Un autre soir, je parlai d'un cours traitant des effets du stress psychologique sur les soldats revenus de la guerre.

Mon père m'écouta jusqu'au bout, en s'étouffant et en toussant, à cause de sa fumée de cigarette, et il eut l'air impressionné, ce qui me surprit. Il prononça ce qui finit par représenter un véritable petit discours, ponctué de toux et de raclements de gorge.

« Pour une fois, il se peut que ton professeur ait raison, admit-il. En fait, je ne serais pas surpris que, pendant la guerre, tous les civils de Glasgow aient eux aussi souffert de ce stress psychologique. Je veux dire, des avions ont largué des bombes au-dessus de nous, tenté de nous tuer, de jour comme de nuit, n'est-ce pas ? Et cela s'applique à tous les civils d'Europe et de Russie, et ceux d'autres pays qui ont également été bombardés, non ?

« En vérité, quand tu y penses, ce n'est pas juste la guerre qui provoque ce stress psychologique. Si tu considères la peste noire et toutes ces autres calamités épouvantables qui ont terrorisé les peuples pendant des siècles, ton professeur pourrait y inclure la totalité des êtres vivants ou presque, passés et présents… ils ont tous souffert de stress psychologique, y compris les rois, les Premiers ministres, les hommes politiques, tout le ban et l'arrière-ban.

« Et cela expliquerait donc pourquoi ce monde est la proie d'une telle pagaille. Tous stressés, tous autant que nous sommes ! Quel espoir y a-t-il en ce monde ? » Il se tourna vers ma mère. « Et pour nous, c'est même encore pire, hein, Nora ? En plus de la guerre et de tout le reste, toi et moi, on a été élevés dans des orphelinats, et ensuite on a dû vivre dans ces taudis. Je me demande à quel genre de désordre nous avons bien pu être confrontés… rien qu'au plan psychologique, j'entends, bien sûr. »

Ma mère paraissait si soucieuse, il n'insista pas et s'en sortit par un rire.

« Oh, Nora, dit-il, je ne fais que plaisanter. Harry et moi, on voulait juste s'amuser un peu, c'est tout. »

Ces discussions du soir avec lui étaient amusantes, en effet, mais souvent elles m'ouvraient les yeux. Il avait tant de choses perspicaces à dire – des choses auxquelles je n'aurais pas pensé. Lui parler, c'était parfois comme d'ouvrir une vieille boîte à chaussures, et découvrir des joyaux à l'intérieur.

5

Ma mère, elle, s'intéressait beaucoup plus à mes fréquentations à l'université, et voulait surtout savoir comment je m'entendais avec les étudiantes. Il m'était arrivé de sortir prendre un café avec quelques filles qui suivaient les mêmes cours que moi, mais rien de sérieux. C'était donc volontiers que je lui parlai de ces camarades-là.

Je ne lui confiai pas que j'avais l'œil sur une jeune personne en particulier.

Ce fut au début de ma deuxième année que je pris conscience de son existence. Elle ne se présentait en salle de lecture qu'une ou deux fois par mois et, bien qu'il y eût des chaises vacantes à toutes les tables autour, elle choisissait de s'asseoir en face de moi, à ma table préférée. Sans lever les yeux, rien qu'au léger parfum de lilas qui l'accompagnait, je savais qu'elle venait d'arriver.

Une fois qu'elle s'était installée et concentrée sur son travail, je l'observais en douce. Elle avait de longs cheveux bruns et des yeux verts. Sans que je réussisse à déchiffrer son écriture, vue à l'envers, elle me paraissait très élégante, à l'opposé de mes pattes de mouche qui partaient dans tous les sens. Chaque fois qu'elle se levait pour se rendre aux rayonnages, à voir sa démarche gracieuse et sa jupe flotter autour de ses cuisses et de ses mollets, j'en avais le cœur battant.

Je ne comptais plus les fois où je m'étais décidé à lui parler, mais ne cessais de repousser ce moment. Pour moi, il était clair qu'elle était issue de ce monde privilégié qui n'avait rien de commun avec les rues sordides de Tollgate, ou avec moi. Et cependant, pour une raison qui m'échappait, en salle de lecture, c'était ma table qu'elle choisissait.

Chaque soir, à la maison, dans mon lit, je m'imaginais régulièrement des milliers de scénarios où elle était couchée contre moi, et je la tenais dans mes bras – deux amants réunis par la destinée. Sous les taches d'humidité du plafond, tous mes fantasmes de sensualité se fixaient sur elle.

Un après-midi, vers la fin de cette deuxième année, je décidai de lui adresser la parole. Elle était arrivée en salle d'étude, s'était assise en face de moi, comme d'habitude, et puis, pendant au moins deux heures, elle avait lu et pris des notes.

J'avais répété sans relâche ce que j'allais lui dire et je m'apprêtai à respirer profondément, plusieurs fois, avant de me présenter. Juste à cet instant, au bout de la salle de lecture, les battants de la porte principale s'ouvrirent bruyamment et un homme fit son entrée. C'était un personnage rondouillard, peut-être âgé de trente-cinq ans, en tenue stricte, un costume de couleur sombre, le visage luisant, les mèches noires et clairsemées, soigneusement peignées, masquant mal le cuir chevelu. Ce devait être un professeur. Il s'approcha de notre table et posa la main sur l'épaule de la jeune fille assise en face de moi.

« Deirdre, dit-il, je suis désolé d'être en retard. » Pour la salle de lecture, la voix était un peu trop forte.

Elle leva la tête, lui sourit, et ses mains effleurèrent la sienne.

« Je vais juste rassembler mes affaires », lui dit-elle, et ce n'était guère plus qu'un chuchotement.

Je restai les yeux rivés sur mon livre, mais je l'entendis regrouper ses ouvrages et ses notes, les ranger dans sa sacoche en cuir. Elle se leva et il l'aida à enfiler son manteau, qu'elle avait posé sur le dossier d'une chaise voisine.

Je restai sur mon livre.

« Au revoir », entendis-je.

Je levai les yeux et vis qu'elle regardait droit vers moi, que c'était à moi qu'elle parlait.

« Bonne chance dans vos études », ajouta-t-elle.

Je marmonnai un remerciement.

L'homme enrobé et elle s'en furent, main dans la main, en direction de la porte, qui se rabattit derrière eux.

J'étais tellement aux anges qu'elle m'ait adressé la parole que, de prime abord, je ne me rendis pas compte de ce que signifiait son au revoir. Au cours des semaines qui suivirent, je retournai tous les jours en salle de lecture, comme à mon habitude, et je la cherchai – lorsque je songeais à elle, désormais, c'était « Deirdre » –, mais il n'y avait aucun signe d'elle. Alors je commençai à m'inquiéter.

En fait, les semaines se changèrent en mois, les mois en années – deux années pleines s'écoulèrent, et elle ne réapparut pas. Et même à l'abord de ma quatrième et dernière année, je ne réussissais toujours pas à complètement accepter la réalité : je ne la reverrais jamais.

Je ne cessai de me maudire de ne pas lui avoir parlé, tous ces mois où elle s'était assise à ma table.

Alors même que je n'avais entendu sa voix qu'en cette seule occasion, entendu son nom qu'une seule fois et que je la connaissais à peine, je devais être amoureux d'elle, j'en étais sûr. M'efforçant de ne pas contaminer cet amour, j'évitai de trop m'interroger sur la nature éventuelle de sa relation avec l'homme trop enrobé. Longtemps, sa sortie de mon existence me sembla la pire infortune qui pourrait jamais m'arriver.

6

Mais à la fin du mois de mars, ma dernière année à l'université, il se produisit autre chose de bien plus grave. C'était l'une de ces journées de début de printemps, quand la neige tombait parfois brièvement sur la ville. Elle embellirait même les rues de Tollgate un court moment, avant de fondre et de remettre leur sinistre réalité à nu.

En cette matinée neigeuse, un vendredi, mon père avait pris une journée de congé. J'étais sur le point de franchir la porte pour aller attraper le bus, il se tenait à la fenêtre, il fumait son quota matinal de cigarettes en regardant la neige tomber.

« Tu ferais mieux de mettre une casquette, me conseilla-t-il. Ce n'est PAS qu'il ne neige PAS, dehors. » Il me lâcha cela avec un petit rire étranglé, enveloppé d'un nuage de fumée – il avait adopté la double négation, devenue l'un de ses tours préférés. « Pas vrai, Nora ? » Ma mère débarrassait les restes du petit déjeuner. « Tu as entendu ça ? Ce n'est PAS qu'il ne neige PAS ? »

Ma mère se rembrunit, comme toujours à ces jeux de langage. Notre nouvelle chatte à poils longs, Milly, s'accrochait en ronronnant bruyamment son amour au cou de ma mère qui s'affairait. Cette chatte avait si peu de foi dans la langue qu'elle répondait même rarement à l'appel de son nom.

Ma mère vint me dire au revoir.

« Faut-il que tu sortes par une journée aussi épouvantable ? » me demanda-t-elle.

Je fis oui de la tête, mais cela ne m'aurait pas gêné de rester à la maison. Toutefois, nous aurions aujourd'hui nos derniers cours du trimestre, et on y ferait peut-être quelques allusions aux sujets d'examen de fin d'étude.

Je coiffai une casquette de laine, pour leur être agréable. Arrivé en bas de l'escalier, sorti dans le vent froid et la neige, je fus tenté de remonter dans la chaleur et le confort du foyer. Mais je n'en fis rien.

À l'université, j'assistai aux derniers cours. Comme d'habitude, vers une heure – à ce stade, la neige s'était changée en pluie, drue et froide –, je me rendis en salle de lecture et me préparai à une après-midi de travail.

À peine avais-je ouvert mon livre que le bâtiment entier trembla, très légèrement, trois ou quatre secondes. Les étudiants assis aux autres tables regardèrent autour d'eux, déconcertés. Le tremblement s'interrompit et nous entendîmes un grondement, dehors, peut-être le fracas du tonnerre, par ce temps hivernal si insolite. Tout redevint silencieux, et nous nous remîmes au travail.

À quatre heures, puisque c'était le dernier jour du trimestre, je décidai de rentrer en prenant le bus plus tôt. Toute trace de neige avait été effacée, et la pluie n'était plus qu'une bruine froide. La circulation étant peu chargée, le bus fut à l'heure. Je descendis à mon arrêt habituel et j'entamai à pied le dernier petit kilomètre jusqu'à la maison. J'avais la tête si pleine des examens qui s'annonçaient, je n'étais pas du tout prêt à ce qui m'attendait quand, tournant enfin au coin de notre rue, je vis une foule de badauds rassemblée.

Ils regardaient tous en direction de l'immeuble où j'habitais. Toute la partie centrale, où notre appartement et une dizaine d'autres auraient dû se trouver, n'était plus qu'un trou béant aux contours déchiquetés, comme si l'on avait arraché une dent d'une mâchoire géante. Il ne restait plus qu'un cratère caverneux et des ruines fumantes. Des camions de pompiers et des fourgons de police circulaient en tous sens. La foule des spectateurs contemplait la scène derrière une barrière en bois.

En état de choc, je me frayai un passage, je franchis la barrière et j'expliquai à un policier que c'était là que j'habitais. Savait-il si mes parents allaient bien ?

Tout ce qu'il savait, c'était qu'une équipe de techniciens de la ville était arrivée dans la matinée pour tenter d'exhumer la bombe enfouie derrière notre immeuble depuis la guerre, qui n'avait jamais éclaté. Cela s'était mal passé et l'engin avait explosé. Le policier me prit par le bras et me guida vers le poste de secours, une remorque stationnée dans la rue, où l'on pourrait me renseigner au sujet des survivants.

Le soldat responsable de ce poste de secours m'exposa les faits dans leur crudité : l'équipe des techniciens de la ville, ainsi que toutes les personnes qui habitaient dans les appartements touchés, avaient été soit déchiquetés, soit réduits en cendre dans le brasier provoqué par la déflagration. Si mes parents se trouvaient là, il en était tout à fait désolé. En ce moment même, les soldats et les policiers étaient occupés à récupérer tous les morceaux de corps qu'ils réussiraient à retrouver. Ils s'étaient attelés à la besogne à treize heures, tout de suite après l'explosion – la détonation avait été si forte qu'on l'avait entendue partout dans la ville.

C'était exactement l'heure où je m'installais en salle d'étude, la seconde où j'avais senti ce tremblement et entendu ce grondement.

J'attendis jusque tard dans la soirée, espérant que ma mère ou mon père aient pu sortir pour une longue promenade et soient miraculeusement indemnes. Naturellement, je n'y croyais pas vraiment – ils ne sortaient jamais faire de longues promenades. Ils ne réapparurent pas.

À près de minuit, tout travail autour du cratère cessa. Avec les rescapés d'autres familles qui, pour une raison ou une autre, n'étaient pas chez eux au moment de l'explosion, on me conduisit dans un foyer de charité où on nous attribua des chambres.

Là, pendant deux jours, je passai l'essentiel de mon temps assis seul dans la chambre minuscule qu'on m'avait donnée. Ma vie me semblait vide et vaine. Par instants, je sanglotais tant que j'arrivais à peine à respirer. Les deux êtres dont j'avais tenu l'amour pour acquis, comme le fondement de mon existence, avaient été réduits à néant. Néanmoins, je ne parvenais pas tout à fait à saisir ce que leur mort avait d'absolu. J'espérais tout particulièrement que ma mère avait pu arriver à la fin du livre qu'elle lisait. Rien ne la contrariait davantage que d'avoir à laisser sa lecture inachevée.

De temps à autre, durant ces deux jours, malgré tous mes efforts pour rester éveillé, je m'endormais d'épuisement. Je ne voulais pas dormir car, dans mes rêves, mes parents étaient toujours bien en vie. Chaque fois que je me réveillais, je devais à nouveau me confronter à la conscience épouvantable de leurs morts. Comme eux, j'étais désormais un orphelin.

Trois jours après l'explosion, un service funéraire dédié à tous ceux qui avaient trouvé la mort se tint dans un quartier de la nécropole, le columbarium. Là, les urnes contenant les cendres des défunts avaient été placées à l'intérieur de niches dans les murs. Pour les cendres des restes épars de toutes les victimes, une seule urne fut nécessaire, car il n'y avait aucun moyen de savoir qui était qui. Plus de deux cents habitants de Tollgate assistèrent au service, vêtus de leurs plus beaux costumes et de leurs plus belles robes. La lecture des noms des morts – il y en avait dix-sept en tout –

se fit sur un accompagnement de sanglots, surtout ceux des femmes et des enfants.

J'essayai de rester stoïque, mais quand j'entendis : « Joseph Steen et Nora Steen », je perdis toute maîtrise de moi-même et me joignis sans retenue au chœur des éplorés. En un sens, j'étais content que mon père et ma mère aient leur place dans ce deuil collectif, car nous n'avions ni parents ni amis proches. Si mes parents avaient été les seuls tués dans l'explosion, j'aurais sûrement été seul à en porter le deuil.

La manière dont ils avaient trouvé la mort prouvait le bien-fondé de leurs convictions relatives à ce monde. La terreur indicible de ma mère face à la précarité de toute chose avait trouvé là sa confirmation. Quant à mon père, il aurait au moins retiré une certaine satisfaction de cette preuve irréfutable de la justesse de ses vues. Je l'imaginais assis au fond de ce cratère fumant, la fumée de sa cigarette se mêlant à celle de la bombe, m'interpellant : « Eh bien, Harry je n'avais pas raison, au sujet de La Grosse Boulette ? »

7

Après deux semaines de deuil et de cafard dans ce foyer, je me décidai à faire ce qui aurait plu à mes parents : entamer la préparation de mes examens de fin d'étude. En puisant dans l'indemnité allouée aux survivants de l'explosion, je m'achetai des vêtements de rechange et cherchai une chambre près de l'université, où je pourrais me cloîtrer pendant un mois jusqu'à la date des épreuves.

Pour une si courte période, j'eus du mal à trouver quoi que ce soit de disponible. Ensuite, je vis cette pancarte à la fenêtre d'une vaste maison de deux étages :

CHAMBRE MEUBLÉE À LOUER – ÉTUDIANT UNIQUEMENT

Une allée dallée traversant un bout de pelouse me conduisit jusqu'à la porte d'entrée, en grand besoin d'être repeinte. La plaque en cuivre indiquait : *J. & D. Nelson.* Je frappai plusieurs fois, mais il n'y eut pas de réponse. J'étais sur le point de repartir quand j'entendis le cliquètement d'un verrou et la porte s'ouvrit.

Pour la première fois depuis des semaines, une émotion plus forte que le chagrin s'empara de moi. Dans l'encadrement de la porte, c'était Deirdre – Deirdre, la jeune fille devant qui j'étais en adoration en salle d'étude, la jeune fille qui avait disparu de ma vie un an et demi auparavant. Elle portait une jupe et un pull gris et je sentis flotter le parfum léger du lilas. Ses yeux gris me regardaient tout à fait froidement.

« Oui ? » dit-elle.

J'attendis qu'elle se souvienne de moi, mais rien n'indiquait qu'elle m'ait reconnu.

« Êtes-vous ici au sujet de la chambre ? » demanda-t-elle.

Je faillis bredouiller quelque chose à propos de l'habitude qu'elle avait de s'asseoir en face de moi en salle d'étude. Au lieu de quoi, je lui répondis qu'il me fallait un endroit où préparer mes examens de fin d'études. La chambre de l'écriteau serait-elle encore disponible à la location, juste pour le mois prochain ?

« Oui, en effet, elle le serait, me dit-elle. Entrez. » Elle ouvrit grande la porte sur un vestibule, jonché de plusieurs paires de bottes et de souliers épars. Elle était elle-même déchaussée.

« Il y a une chose que vous devez savoir, ajouta-t-elle. Nous avons ici un certain nombre de chats et ils circulent librement dans la maison... sauf dans la chambre à louer. Si vous n'aimez pas les chats, il vaudrait mieux chercher ailleurs. »

Je la rassurai, j'aimais tout à fait les chats. Je songeai avec tendresse à ma pauvre vieille Milly et à son habitude de se pelotonner le soir sur mes genoux ou sur ceux de ma mère, en ronronnant pendant que nous lisions.

Les yeux verts de Deirdre semblèrent se radoucir.

« Je suis soulagée de l'entendre, fit-elle. Retirez vos chaussures et laissez-les ici. Vous risqueriez d'écraser des queues et des pattes. »

Je retirai mes chaussures et les posai à côté des autres, dans le hall d'entrée.

« Suivez-moi. »

Elle poussa une autre porte du vestibule, et nous entrâmes dans la maison.

Cette première visite de la demeure de Deirdre fut mémorable. L'agréable surprise de la revoir fut juste légèrement entamée par le fait qu'elle ne paraissait pas me reconnaître. Et son parfum de lilas me montait à la tête.

Je compris vite qu'un « certain nombre » de chats était un euphémisme. Il y en avait au moins une vingtaine autour de nous, de tout pelage et de toutes formes, qui nous accueillirent lorsque nous franchîmes la porte de communication. Je faisais attention où je marchais, me faufilant entre eux sur la pointe des pieds, comme si nous traversions un cours d'eau, ponctué ici et là de pierres de gué.

Nous continuâmes de traverser la maison, et elle me parlait des chats en experte, usant de termes que je n'avais jamais entendus : celui-ci était un tigré, celui-là « un tabby rayé comme un maquereau », cet autre « écaille de tortue ». Certains étaient « marbrés », d'autres « mouchetés », d'autres encore avaient la « queue tronquée » et le plus gros était un « énorme matou ». Tous les chats de la maison étaient des femelles. Elle les appelait ses « filles ».

Cerné par ces chats de toute part, mais surtout parce que

Deirdre était mon guide, j'avais du mal à véritablement me concentrer sur la maison proprement dite. Pourtant, une chose était sûre : jamais je n'avais mis les pieds dans une aussi vaste demeure. À elle seule, la cuisine me semblait de la taille de l'appartement où j'avais été élevé. Et son imposante cuisinière, ainsi que ses divers plans de travail, étaient ornés de chats qui s'y prélassaient.

« La cuisine sera à votre disposition, naturellement », précisa Deirdre.

Elle me conduisit ensuite au premier étage, par un escalier qui me parut aussi large que certains de ceux de l'université. Elle me désigna la chambre principale, située en retrait du palier. La porte était fermée, mais plusieurs autres étaient entrouvertes, par où des chats déambulaient.

Nous montâmes au deuxième étage. La première porte était ouverte et donnait sur une pièce spacieuse.

« C'est le salon de musique. C'est ici que répète mon mari. »

J'entrevis à l'intérieur plusieurs bibliothèques anciennes remplies de volumes, un fauteuil et un sofa en cuir tout râpé. Là aussi, un certain nombre de chats étaient couchés un peu partout, certains sur le couvercle rabattu du piano à queue. Un fauteuil à accoudoirs en bois et un pupitre à musique étaient disposés près de la fenêtre avec vue sur les toits adjacents.

Je m'interrogeais encore sur ce « mari » quand Deirdre me précéda dans le couloir, au-delà du salon de musique, jusqu'à une porte tenue close.

« C'est la chambre à louer, m'annonça-t-elle. Nous tâchons qu'elle reste sans chats. »

Elle ouvrit la porte, me précéda à l'intérieur et referma pour empêcher les chats d'entrer.

La pièce me parut aussi spacieuse que le salon de musique, en plus majestueux. Le mur entier orienté au sud était taillé dans des blocs de verre opaque laissant filtrer la lumière. Les seuls meubles étaient un lit, une penderie et un grand bureau en acajou agrémenté d'une lampe et d'un fauteuil en cuir. Près du lit, trois marches d'escalier accédaient à une petite salle d'eau avec sa douche.

« Le propriétaire précédent avait un hobby, la peinture, et c'était son atelier. C'est pourquoi la lumière est si bonne, m'expliqua-t-elle. Qu'en pensez-vous ? Cela pourra-t-il répondre à vos besoins ? » Je lui trouvai un ton un peu inquiet.

Bien sûr, je lui dis que la chambre me plaisait beaucoup. Je me serais enthousiasmé pour n'importe quel trou à rat, rien que pour être à nouveau près d'elle.

« Bien ! Alors c'est convenu. » Elle paraissait tout à fait enchantée.

Ma crainte était que le loyer ne soit trop élevé pour moi, mais quand je lui posai la question à ce propos, elle secoua la tête.

« Ne vous inquiétez pas, dit-elle. Comme vous êtes étudiant, la somme que vous pourrez vous permettre conviendra fort bien. La chambre est disponible tout de suite, vous avez donc la possibilité d'emménager quand vous le souhaitez. »

Je la pris au mot, retournai au foyer, rassemblai mes affaires et m'installai le soir même.

Je m'immergeai dans mes études, fréquentant souvent la bibliothèque de l'université. Mais quand je travaillais dans ma chambre, chez Deirdre, j'avais constamment conscience de sa présence. Toutes les conversations avec elle étaient brèves, la plupart du temps entre deux portes, quand je partais pour l'université ou vers un café à proximité où je me nourrissais de petits pains et de café (j'allais rarement déranger les chats de la cuisine).

Je ne cessai de me demander si je devais lui rappeler nos journées ensemble en salle d'étude. Peut-être les épreuves que j'avais subies avaient-elles modifié mon apparence et ne m'avait-elle tout simplement pas reconnu. Ou peut-être ne lui avais-je laissé aucune impression marquante. Plutôt que de le découvrir, je préférai m'abstenir de poser la question.

Le premier matin, je rencontrai son mari quelques minutes. C'était effectivement le même homme rondouillard que j'avais aperçu en salle d'étude.

« Jacob Nelson », dit-il en me tendant la main. Il avait le visage luisant, comme s'il venait d'y appliquer de la cire. Il émanait de lui une impression de confiance adulte. « J'espère que votre chambre vous convient. Comme vous pouvez le voir, la maison aurait grand besoin de travaux mais nous ne nous sommes pas encore décidés à la remettre en état. J'en ai hérité il y a cinq ans, de mon oncle, un artiste. Deirdre vous a probablement précisé que votre chambre était autrefois son atelier. »

L'idée d'hériter d'un tel endroit m'était presque incompréhensible – il aurait pu abriter six des familles qui occupaient notre immeuble.

« En règle générale, les étudiants ne se montrent pas trop sourcilleux sur de menus détails comme la décoration. C'est pourquoi nous aimons bien les avoir comme locataires, expliqua-t-il. Deirdre a été étudiante, elle aussi, pendant un temps. Après notre mariage, elle a décidé qu'elle préférait rester à la maison, s'occuper des filles et de moi. » Il eut un petit rire indulgent. « Je joue du violon dans l'orchestre, donc je passe presque tous mes après-midi à répéter à la salle symphonique pour les concerts du week-end. Mais hélas je dois répéter ici, le matin. J'espère ne pas trop vous déranger dans vos études. »

Je lui assurai que le matin, j'étais à l'université. Par conséquent ses séances de répétitions ne m'ennuieraient guère. Au contraire. Certaines matinées, en fait, je m'attardai une heure ou plus, rien que pour l'écouter jouer. J'étais sidéré de l'entendre extraire de telles subtilités sonores d'un instrument.

En fait, quantité de choses en ce monde nouveau où j'étais tombé me sidéraient. C'était si différent de Tollgate qu'il aurait pu s'agir d'une autre planète, avec ses demeures en héritage, ses musiciens virtuoses et ses belles créatures libres de consacrer leur vie à prendre soin d'une légion de chats. Je compris qu'une femme comme Deirdre avait toujours été hors de portée des individus de mon espèce. C'était une déesse qu'il fallait adorer, pas une femme ordinaire éprouvant les besoins quotidiens des humains de tous les jours.

Dès ma première semaine dans ma nouvelle chambre, il se produisit un curieux événement. C'était samedi vers minuit.

Je venais de me mettre au lit après plusieurs heures d'étude de *L'Errant*, le poème anglo-saxon, méditation vieille de mille ans d'un exilé solitaire qui avait tout perdu. Allongé là, j'en gardai certains vers fixés à l'esprit :

Il n'est désormais aucun être vivant
À qui j'ose
Clairement exprimer
Mes pensées les plus secrètes.

Ces mots avaient une fois encore réveillé le chagrin qui m'avait submergé le jour où l'explosion avait soufflé mes parents, mon foyer et tout ce qu'il contenait. Je me sentais tout aussi misérable que cet exilé des temps anciens.

À cet instant, des miaulements stridents de chats, juste devant la chambre, dissipèrent cette humeur sombre où j'étais. Je restai allongé un moment, puis me levai du lit et entrouvris ma porte pour voir ce qui causait ce tapage.

Une bande d'une vingtaine de félins, conduits par le gros matou, s'était regroupée devant la salle de musique et hululait à la manière d'un chœur en folie. Ils avaient tous la queue ébouriffée, dressée comme autant d'étendards. Contrairement à l'habitude, la porte de la salle de musique était fermée, mais un rai de lumière était visible au bas.

À la faveur d'accalmies fugitives dans ces hululements, je crus percevoir d'autres sons provenant de l'intérieur de la pièce. Il se pouvait que ce soit Jacob, revoyant sa partition pour le lendemain. À moins que ce ne fût autre chose. J'étais tout à fait éveillé à présent, et je décidai donc de me rendre compte par moi-même.

Je m'avançai à pas comptés dans le couloir, en refermant doucement ma porte derrière moi. Je me frayai un chemin entre les corps électriques des bêtes, jusqu'à atteindre la salle de musique. Malgré leurs hululements, j'entendais distinctement des sons émanant de l'intérieur. Aussi silencieux que possible, je tournai la poignée et poussai la porte, mais à peine, m'assurant que les félins n'aient pas la place de se faufiler.

Je glissai un œil par l'étroit entrebâillement.

Jacob était allongé sur Deirdre, dans le sofa en cuir. Leurs pyjamas et robe d'intérieur étaient éparpillés au sol. Dévêtu, il paraissait plus rond que jamais. Elle, en revanche, était bien plus mince que je ne l'avais imaginée, les os des bras et des jambes et les côtes très proéminents.

Ils faisaient l'amour en cadence. Les yeux levés vers lui, Deirdre lâchait de petits piaulements. Par instants, elle écarquillait les yeux et ses piaulements se transformaient en véritables cris au-dessus desquels le hululement des chattes s'élevait crescendo.

La porte désormais légèrement entrouverte, je craignais que ces chats en renaude ne soient davantage audibles aux oreilles des deux amants. Mais le couple ne parut rien remarquer.

Aussi conservai-je ma position à l'entrebâillement de longues minutes, pour observer leurs ébats. Lorsque leur débauche d'énergie me sembla retomber, je refermai très précautionneusement la porte et me frayai un chemin entre les chats pour regagner ma chambre toute proche et me mettre au lit.

Un peu plus tard dans la nuit, les félins me réveillèrent avec leurs miaulements. Cette fois, je restai au lit. Leurs miaulements ne cessaient plus et puis, à un certain moment, ils se mirent à grincer à l'unisson. Après quoi, tout bruit cessa et je réussis à me rendormir.

Durant tout mon séjour chez les Nelson, ces miaulements nocturnes survenaient certains jours de semaine et tous les samedis. Je dois admettre que, la plupart du temps, je prenais le temps de sortir en vérifier la cause en maintenant la porte de la salle de musique légèrement entrouverte, et là, je regardai, j'écoutai les amants et les chats s'activer.

Le lendemain matin, avant de me rendre à l'université, je les croisais souvent tous les deux, et ils m'invitaient à prendre un café avec eux dans la cuisine, au milieu des bêtes. Ils m'appelaient désormais par mon prénom et insistaient pour que je les appelle Deirdre et Jacob.

J'étais presque certain qu'ils avaient conscience que j'étais spectateur de leurs ébats nocturnes dans la salle de musique. Mais il n'en fut jamais fait aucune mention.

Peut-être était-il inutile d'en rien dire. Il y avait là quelque chose de tout à fait plaisant, pour tous les trois, ainsi que pour ces chats. Mais à mes yeux, Deirdre n'était plus une déesse – en tout état de cause, elle était plus humaine que je ne l'avais jamais cru. C'était la vision de son corps osseux et les accents de leurs cris amoureux qui en étaient la cause.

Duncairn. J'entendis ce nom pour la première fois de la bouche de Jacob. C'était l'un de ces matins autour d'un café, et nous avions parlé de mes projets après l'obtention de mon diplôme. Je leur avais répondu, à Deirdre et lui, que je n'avais en réalité rien de concret à l'esprit. La vérité, c'était que j'avais sérieusement songé à la perspective de quitter complètement l'Écosse – pour me diriger peut-être vers l'une de ces régions exotiques et chaudes que j'avais longtemps eu l'habitude de visiter en imagination. Mais je n'étais pas disposé à confesser la chose à qui que ce soit, pas encore.

« Avez-vous un tant soit peu réfléchi à l'enseignement ? me demanda Jacob. Ce qui me pousse à l'évoquer, c'est qu'il y a quelques semaines je suis tombé sur un vieil ami, nous étions étudiants dans la même université, il y a de cela des années. Il est directeur d'un lycée dans une petite ville minière des Uplands, et m'a signalé être justement à la recherche d'un enseignant pour un an, d'un remplaçant à partir de septembre. Duncairn, c'est le nom de cet endroit. Apparemment, ils ont du mal à convaincre un enseignant chevronné de se rendre dans ces bourgades situées très à l'écart, fût-ce pour une simple affectation temporaire. »

Je voyais bien que Deirdre et lui avaient échafaudé un plan, car elle l'écoutait parler en hochant la tête, manifestant son approbation.

« Écoutez, reprit Jacob. Nous nous demandions si je ne devrais pas envoyer un mot à mon ami pour lui suggérer votre candidature… c'est-à-dire, s'il recherche encore quelqu'un. Qu'en pensez-vous ? Enfin, de toute manière, cela ne débouchera probablement sur rien. »

J'étais intéressé, naturellement. L'idée d'être enseignant dans une petite école rurale me paraissait très attrayante, mais je ne voyais pas pourquoi l'on voudrait engager quelqu'un d'aussi totalement inexpérimenté que moi. Pourtant, je répondis à Jacob d'aller de l'avant, s'il pensait que cela valait la peine d'essayer. Je ne m'attardai pas davantage sur cette éventualité.

Jusqu'au terme de mon mois de séjour chez les Nelson, mes études se déroulèrent très bien – en partie parce que je n'avais plus l'esprit accaparé par Deirdre. L'image romantique que j'avais d'elle s'était assez émoussée pour que je sois en mesure de me concentrer sur la préparation de mes examens de fin d'étude.

Examens que je passai avec succès, en temps et en heure. Une semaine après l'annonce des résultats, une lettre à l'aspect officiel me parvint. Je l'ouvris et lus cet unique feuillet dactylographié.

Bureau du Principal
Collège de Duncairn

Cher Monsieur Steen, par la présente et sur la vive recommandation de M. Jacob Nelson, nous vous proposons le poste d'enseignant remplaçant au Collège de Duncairn, sous condition d'obtention de votre diplôme. Les cours débutant dans deux mois, j'attends une réponse immédiate.

Au cas où vous accepteriez, je suggère que vous veniez à Duncairn sans tarder et que vous preniez un logement ici pour le trimestre prochain. Le train quotidien de deux heures de l'après-midi pour Carlisle, avec arrêt à la demande en gare de Duncairn, est le moyen le plus commode d'effectuer le trajet depuis Glasgow.

À votre arrivée, rendez-vous directement au collège où vous percevrez le remboursement de votre voyage et une avance partielle de salaire. J'entrerai en relation avec vous sur le contenu de vos missions d'enseignement.

Dans l'attente de votre réponse favorable, je reste,

Votre bien dévoué, etc.
Samuel Mackay, Principal

J'étais surpris et ravi. J'envoyai immédiatement ma lettre d'acceptation. Je remerciai Jacob d'avoir convaincu le principal de m'offrir ce poste – Deirdre et lui étaient eux aussi très heureux de cette nouvelle, mais navrés que je les quitte. Pour moi, l'idée de franchir pour la première fois de mon existence les limites de cette ville et d'aller véritablement vivre à la campagne était exaltante. J'avais envie que Deirdre et Jacob m'en disent plus sur Duncairn. Mais ils n'en savaient pas davantage que ce que j'en avais déjà découvert sur une carte. Autrement dit, qu'il s'agissait d'une des nombreuses petites villes minières disséminées dans les collines des Southern Uplands.

Je m'étais décidé à suivre le conseil du principal et à partir sur-le-champ. Si je trouvais un logement, je resterais tout simplement sur place et mettrais à profit les deux mois me séparant de la rentrée du trimestre pour découvrir la ville et ses abords. Je fis part à Jacob de mon intention et de mon souhait de régler la question de mon loyer pour mon mois de séjour chez eux.

Il ne voulut pas en entendre parler.

« Cet argent vous sera plus utile, me dit-il. Considérez cela comme un petit cadeau de notre part. »

J'étais très touché et fus incapable de trouver quoi lui répondre.

Vendredi, cette semaine-là, ils me conduisirent en taxi à la gare centrale où je devais attraper le train de deux heures à destination de Carlisle. Mon sac contenait la totalité de ce que je possédais.

Sur le quai, Deirdre me souhaita bonne chance.

« Si jamais vous repassez par Glasgow, venez donc séjourner chez nous, me suggéra-t-elle. Vous nous manquerez, et aux filles aussi. » Elle avait les yeux un peu humides. « Vous êtes le meilleur pensionnaire que nous ayons jamais eu, ajouta-t-elle. Vous vous êtes montré si compréhensif vis-à-vis de… nos petites habitudes. »

Ils sourirent tous les deux, d'un air entendu.

« En voiture ! » s'écria le chef de train.

Jacob me serra chaleureusement la main et me dit au revoir. Deirdre me fit un baiser et me chuchota à l'oreille : « Je savais que vous seriez un ami tout à fait unique… je le savais déjà… même en salle d'étude. »

C'est du moins ce que je *crus* l'entendre dire. Mais son chuchotement dut rivaliser avec le sifflement de la locomotive, qui allait crescendo.

Le chef de train me suivit à bord et claqua la portière derrière moi. J'abaissai la vitre et, alors que le train démarrait lentement, je fis signe de la main à Deirdre et Jacob. Ils me firent signe à leur tour, jusqu'à ce qu'une longue courbe de la voie achève de les masquer.

Je trouvai un compartiment inoccupé et m'assis, en réfléchissant encore à la portée des derniers propos de Deirdre – si tant est que je les aie réellement bien entendus. Avoir prétendu ne pas me reconnaître faisait-il partie d'un jeu qui l'excitait ? M'avait-elle cru complice de ce jeu, et cela contribuait-il à cette excitation ? Était-ce aussi ce que croyait Jacob ?

Quel couple étrange ils formaient, mais ils avaient été bons avec moi, lorsque j'avais eu besoin de bonté. Quant à comprendre la raison du déclin de mon idolâtrie envers Deirdre, je ne m'y attardai pas – et pourtant, peut-être aurais-je dû. Ce n'était pas sa faute si mes fiévreuses divagations et mon adoration à distance s'étaient tant réduites au contact de la réalité de cette femme en chair et en os. Toutefois, j'étais encore trop jeune pour renoncer entièrement à la conviction que l'amour idéal doit exister quelque part en ce monde et qu'avec le temps je finirai par le trouver.

Et, en cet instant, regardant le paysage défiler devant la fenêtre de mon compartiment, je me pris à réfléchir à d'autres choses. Maintenant que mes parents étaient morts, j'étais désormais totalement libre de suivre la voie de mon choix, sans avoir à tenir compte des attentes de quiconque.

Morts.

Il m'était encore difficile de me confronter au sort qui leur avait été réservé. De temps à autre, le chagrin me prenait à la gorge, pour ainsi dire surgi de nulle part, comme un chat bondissant sur une souris qui aurait baissé la garde.

Quoi qu'il en soit, j'étais là, sous l'effet d'une succession de hasards, à bord d'un train en partance pour cette petite ville de Duncairn, dans l'Upland. Cette perspective m'électrisait. Or, après tout ce que j'avais enduré, peut-être aurais-je dû me tenir davantage sur mes gardes. En tout cas, je ne suspectai pas le moins du monde que ce qui m'arriverait là-bas compliquerait tout le cours ultérieur de mon existence.

Duncairn

1

Vers quatre heures et demie de l'après-midi, le train s'arrêta en gare dans une petite ville minière, au fond d'une vallée d'altitude cernée de collines dont les sommets disparaissaient sous un ciel couleur d'ardoise. DUNCAIRN, annonçait l'écriteau sur le quai. Je descendis, demandai au chef de train la direction du collège, et m'y rendis aussitôt.

En marchant, je remarquai qu'ici, en hauteur, le vent était plus froid, et l'air le plus frais que j'eusse jamais respiré.

J'étais dans ce qui devait être la rue principale de la ville, surtout composée de maisons mitoyennes d'un étage en brique, où s'intercalaient quelques édifices de granite plus imposants. Au bout d'une dizaine de minutes, j'arrivai à l'établissement, lui aussi entièrement bâti en granite gris. C'était fermé pour l'été, il n'y avait pas trace d'élèves sur les lieux. Le gardien qui m'ouvrit lorsque je frappai à la porte avait sur lui une enveloppe que le principal Mackay avait laissée pour moi – il n'était malheureusement pas en ville pour le moment. Dans cette enveloppe, je fus rasséréné de trouver l'avance de salaire promise ainsi qu'un mot du principal m'informant qu'au-dessus de la pharmacie Kirk une chambre meublée à louer pourrait correspondre à mes besoins.

La pharmacie Kirk se situait à quelques pas de là, sur la

place centrale. C'était une officine à l'ancienne qui occupait le rez-de-chaussée d'un immeuble en granite de deux étages. À en juger d'après les petits cartels à l'encre décolorée placés à côté de ces objets, la devanture contenait un présentoir poussiéreux de quelques ustensiles traditionnels de la profession médicale – mortiers et pilons en bois, tubes à essai et flacons de couleurs de toutes tailles et formes. D'autres instruments étaient plus menaçants – scies à trépanation, forceps, spéculums, haricots et bistouris.

Je poussai la porte et j'entrai.

L'atmosphère chimique qui y régnait était aussi mordante que l'air extérieur. Une femme âgée à l'air sévère, en blouse blanche, m'accueillit derrière un comptoir en bois verni, comme si elle m'attendait. Elle se présenta, elle s'appelait Mme Kirk, et présuma que j'étais le nouvel enseignant. Le principal Mackay l'avait avertie que je risquais de passer m'enquérir au sujet de la chambre de l'étage. Oui, elle était vacante, en effet, et pour une occupation immédiate, si je le souhaitais. Elle me tendit la clef, afin que je puisse monter la visiter.

L'accès se faisait par une porte à double battant à côté de l'entrée de la pharmacie, puis par un escalier grinçant. La chambre proprement dite était ordinaire mais propre, et de discrets effluves d'odeurs chimiques filtraient de la pharmacie située au-dessous. Une fenêtre masquée par un rideau donnait sur la place. Somme toute, malgré le mobilier assez élémentaire, la chambre me paraissait correcte.

Redescendu au rez-de-chaussée, j'annonçai à Mme Kirk que, n'ayant pas l'intention de retourner à Glasgow, je prendrais la chambre tout de suite.

« Bien sûr que vous la prenez tout de suite, dit-elle sans un sourire. Vous auriez du mal à en trouver une autre à louer dans Duncairn. Il y a l'hôtel, naturellement, mais c'est très coûteux. »

Les jours suivants, je commençai à connaître assez bien la ville, surtout la place qui, je l'appris, était typique des places de petites villes dans bon nombre de régions des Uplands. Cinquante mètres de côté, agrémentée d'un terre-plein gazonné occupant le carré central, quelques arbustes et des arbres maigrichons, l'élément principal en était un monument commémoratif de la guerre composé de trois soldats de bronze empoignant leurs baïonnettes, les yeux vides et fixes levés là-haut vers les collines ; quantité de ces noms gravés dans le socle émanaient de familles portant le même patronyme, des hommes tués dans divers conflits armés. À l'autre extrémité de la place, il y avait un poste de police à l'ancienne, avec son lampadaire bleu à l'extérieur, et voisin de l'église au clocher assez trapu. Les fenêtres et les portes étaient bardées de planches, comme si elle n'avait plus été fréquentée depuis longtemps. L'autre élément notable de la place, c'était le café Mackenzie, où je prendrais la plupart de mes repas, et un pub qui faisait hôtel, le Bracken Inn. Et bien sûr, la pharmacie Kirk.

Avec l'aide du guide Baedeker que m'avait prêté Mme Kirk, j'explorai les abords de la ville. Il n'y avait en réalité qu'une voie principale pavée, où l'on restait à peu près sur le plat tant qu'elle traversait Duncairn, avant de s'engager en pente descendante sur des kilomètres de lande, vers l'est et l'ouest, les deux littoraux opposés. Une autre route beaucoup plus étroite filait au sud, au-delà de la gare, et s'interrompait à l'entrée de la mine, son ascenseur dressé telle une lugubre roue Ferris.

Le long de cette route, tous les jours, à intervalles réguliers, je voyais des groupes d'hommes se rendant à la mine ou en revenant. Ils habitaient apparemment tous dans ces alignements de maisons en brique devant lesquelles j'étais passé à mon arrivée. Les mineurs en route pour le travail et ceux qui en revenaient avaient des tenues impossibles à différencier : ils portaient tous les mêmes blousons, les mêmes pantalons sombres, et des souliers usés. Mais les hommes en route pour la mine avaient le visage rose et propre, et parlaient en échangeant des plaisanteries. Ceux qui en revenaient étaient voûtés et silencieux, le visage noirci de poussière de charbon.

J'entreprenais mes marches d'exploration dans ces collines vallonnées, et par tous les temps. À Duncairn, même si c'était l'été, le soleil brillait rarement et il pleuvait tous les jours une bonne partie de la journée. Les collines descendaient en pente assez douce, mais le Baedeker notait qu'il s'était agi dans un passé très lointain de chaînes de montagnes aux arêtes déchiquetées, émoussées depuis lors par le temps. Elles étaient couvertes de bruyère, de fougères et de petites fleurs bleues et jaunes. Il y avait là diverses variétés de champignons gris d'aspect si répugnant que je restai nettement à distance, bien que le livre affirmât qu'ils n'étaient pas du tout dangereux.

En revanche, d'autres dangers bien réels étaient tapis dans ces collines. Des massifs de fougères d'allure très innocentes étaient en fait des marécages réputés pour avoir avalé des imprudents, et ce depuis des temps immémoriaux. Le Baedeker notait qu'un marécage situé juste au sud de Duncairn avait régurgité ces dernières années le corps d'un homme portant une tenue étrange et déguenillée. Des scientifiques estimaient qu'après avoir été avalé par ce marécage l'individu était resté immergé trois ou même quatre mille ans. J'ai moi-même vu quelques carcasses de moutons assez malchanceux pour s'être égarés aux mauvais endroits. Leur pelage en était ressorti lisse et noir.

Lors de mes marches, je fus aussi stupéfait de découvrir des créatures qui jamais ne s'étaient aventurées dans Tollgate – des cerfs de toute taille, et des lièvres. Il y avait aussi des escadrilles de petits oiseaux noirs aux ailes zébrées de plumes blanches. Ils me volaient à la tête en criaillant avec colère, me perçant de leurs yeux rapaces dont je n'aimais pas trop le regard.

Un chapitre du Baedeker traitant de la tentative de Rome de coloniser cette région du monde attira mon attention sur les vestiges demeurés à peine visibles d'une très ancienne route qui partait de la limite sud-est de Duncairn et s'enfonçait dans les collines. Des archéologues avaient découvert là des morceaux de poteries, des *denarii* et tout un assortiment de maillets et de clous, éparpillés à proximité. Ils avaient aussi exhumé plusieurs crânes très anciens percés d'orifices provoqués par des clous. Qu'il se fût agi d'une forme horrible d'exécution infligée par les Romains aux tout premiers habitants de cette terre ou l'inverse, les experts ne l'avaient pas encore établi.

Ce fut seulement grâce aux pavés recouverts de mousse affleurant çà et là que je réussis à trouver le tracé de cette vieille route. J'en suivis les vestiges sur à peu près trois kilomètres, jusqu'au pied de la Table de Cairn – la plus haute colline de la région. La route s'arrêtait subitement aux ruines d'un mur haut de trois mètres construit dans un mélange de pierres et de terre. Certains tronçons du mur proprement dit s'étendaient sur des kilomètres, si bien que lors d'autres marches j'en croisai encore d'autres portions.

Quant à la fonction de la route et du mur, mon Baedeker indiquait seulement que les tribus hostiles n'existaient pas en nombre suffisant dans la région pour justifier un dispositif aussi élaboré. Le livre hasardait vaguement l'hypothèse que les Romains avaient pu redouter autre chose et que le mur ait été construit pour s'en protéger.

Certes, par une journée de ciel couvert, là-haut dans ces collines, un randonneur aguerri doté d'une certaine imagination ne pouvait s'empêcher de jeter de temps à autre un coup d'œil nerveux derrière lui. Il était si facile de croire qu'il pût y avoir sur ces hauteurs une présence si primitive et si hostile que ni les remparts ni les siècles ne réussiraient à la tenir en lisière.

2

À ma quatrième matinée à Duncairn, je ramassai un mot griffonné qu'on avait glissé sous ma porte, au pied de l'escalier.

> *Veuillez, je vous prie, venir me voir au collège à l'horaire de votre choix, après neuf heures ce matin.*
> Sam Mackay

Par conséquent, après un petit pain et un café chez Mackenzie, je me dirigeai vers l'établissement. L'intérieur était lugubre et sentait le renfermé. Le gardien me désigna un bureau à l'autre bout d'un préau, et je m'y dirigeai, mes pas se répercutant bruyamment sur le plancher. Je frappai à la porte.

Une voix haut perché m'invita à entrer.

L'homme qui se leva derrière son bureau pour m'accueillir était l'un des êtres humains les plus imposants que j'aie jamais vus. Pas gros, mais imposant. Il me paraissait posséder à lui seul le gabarit de deux hommes, et tout, tête, bras, jambes, était en proportion. Il y aurait eu assez de place dans chacun de ses deux gros souliers marron pour que j'y glisse mes deux pieds.

« Je suis Sam Mackay, me dit-il. Bienvenue à Duncairn. » Cette voix fluette constituait en soi une surprise, chez un homme aussi corpulent.

Il me tendit son immense main et serra la mienne avec chaleur. Il paraissait la quarantaine, le front dégarni et les cheveux roux. Le visage était tavelé de taches de rousseur, les yeux verts très écartés, le sourire généreux et amical.

« J'ai su par Mme Kirk que vous vous étiez installé, reprit-il dès que nous nous fûmes assis. Je suis très content d'avoir cette occasion de m'entretenir avec vous. Je craignais de vous rater, car je ne suis de retour à Duncairn que pour deux jours. Ensuite, je serai en déplacement jusqu'à la veille de la rentrée du trimestre… j'accompagne une commission itinérante du rectorat. » Il se rembrunit, comme s'il n'était guère enchanté de cette perspective. « J'ai vraiment eu un coup de chance de tomber sur Jacob lors de ma dernière visite en ville. Comme je le lui ai dit cette fois-là, il est si difficile de convaincre des gens compétents de venir travailler dans nos établissements en zone rurale, surtout à titre temporaire. Aussi ai-je été ravi qu'il vous ait recommandé et que vous ayez accepté de venir ici. »

Je n'étais pas si certain que l'épithète « compétent » s'appliquât à moi.

« Oh, je sais que vous n'avez encore jamais enseigné, mais ne vous inquiétez pas à ce sujet, dit-il. Vous n'aurez pas à intervenir devant une classe. Vous donnerez simplement des cours de soutien à des élèves à problèmes. Cela s'organise surtout au cas par cas. »

Je fus soulagé de l'apprendre.

« Je n'avais pas revu Jacob depuis des années, reprit-il. D'après sa lettre, j'ai cru comprendre qu'il a la plus haute opinion de vous. Lui et moi suivions ensemble le même cursus d'histoire de la musique, à l'université. Bien sûr, lui, c'était un *vrai* musicien… un merveilleux violoniste… et moi je ne faisais là que suivre une matière optionnelle. À l'époque, c'était aussi un véritable homme à femmes. Et maintenant il fait partie de l'orchestre symphonique… et en plus il a une épouse ? N'est-ce pas cocasse, jamais je n'aurais cru qu'il soit du genre à s'installer dans l'ennui d'une vie familiale. Son épouse doit être tout à fait exceptionnelle, je suppose ? »

Je lui assurai que Deirdre était en effet un sacré personnage, et surtout très attirée par les chats.

Il me posa ensuite des questions sur moi. Je lui appris tout ce qu'il voulait savoir, même au sujet de la mort brutale de mes parents.

Il m'écouta avec beaucoup de compassion. Apparemment, quelques années auparavant, son père et son unique frère, tous deux mineurs, avaient perdu la vie dans l'effondrement d'une galerie, à Duncairn. Sa mère s'était éteinte, le cœur brisé, tout juste un an après leur décès. Quant à lui, il habitait encore dans la maison mitoyenne familiale, pleine de souvenirs des siens.

« À Duncairn, vous ne rencontrerez personne qui n'ait pas perdu un membre de sa famille à la mine, m'apprit-il. C'est ce qui résume l'histoire de ces villes des Uplands. On m'a envoyé au fond, moi aussi, mais j'étais tout bonnement un peu trop corpulent. » Il ouvrit grands les bras, manière de mettre sa masse corporelle en évidence. « Aussi je suis resté dans les livres, et me voici, principal du collège où j'ai longtemps été élève. »

Après quoi, nous avons encore évoqué ce que comporteraient mes responsabilités d'enseignant. Il me tendit un exemple d'une grammaire élémentaire et d'un manuel de composition qu'utiliseraient mes élèves.

« Emportez-les avec vous, me suggéra-t-il. Vous avez amplement le temps de vous familiariser avec leur contenu. Cela n'a rien de sorcier. »

En prenant congé, je le remerciai de ses propos rassurants.

« J'ai le sentiment que vous allez vous plaire, ici », m'affirma-t-il.

Il me raccompagna à la porte du collège, de sa démarche pesante.

« À mon retour de cette mission itinérante pour le rectorat, nous passerons un petit moment ensemble, me proposa-t-il. Je vais souvent au Bracken boire une pinte le soir, si cela vous faisait envie. Je me marie en octobre, alors je vais essayer de profiter au mieux de ma liberté, tant qu'elle dure. Ai-je parlé d'"une pinte" ? Nous ne nous arrêterons peut-être pas à une seule. » Et il ponctua d'un rire – à la sonorité tout aussi haut perché, mais non moins plaisante.

Il était si imposant que je l'imaginai fort bien engloutir un joli nombre de pintes sans trop de difficulté.

3

Tous les jours suivants ou presque, je me dirigeai vers les collines chargé d'un sac contenant une veste imperméable en cas de pluie, le manuel que m'avait remis Sam Mackay et un sandwich préparé chez Mackenzie, où tout le monde semblait savoir que j'étais le nouvel enseignant. Je parcourais quelques kilomètres à pied et débouchais dans une clairière, où je m'asseyais au milieu des ajoncs. Au bout d'une heure ou deux de lecture, je sortais mon sandwich. Invariablement, à ce moment-là, une nuée de petits oiseaux noirs aux ailes rayées de blanc faisaient leur apparition et piquaient en poussant des cris stridents. Ils étaient si intrépides que je devais les chasser avec mon livre pour les empêcher de m'arracher le pain de la main.

Il m'arrivait souvent, ces journées-là, de grimper vers un gros rocher que j'avais repéré lors de ma première marche.

Là-haut dans ces landes d'altitude, c'était une curiosité – un bloc de roche solitaire haut de six ou sept mètres, posé là sans autres mamelons rocheux remarquables alentour. La face nord était lisse et moussue. Mais on y avait taillé quelques indentations sur la face sud, et j'y prenais appui. Je découvris que le sommet en était concave, une dépression tapissée de mousse, large d'un bon mètre vingt et profonde d'un petit mètre en son creux.

Assis là-haut, je portais le regard au loin et découvrais tout le paysage en contrebas. À deux ou trois kilomètres au nord s'étendait l'agglomération de Duncairn proprement dite, puis rien d'autre que des refuges de bergers, des moutons disséminés ponctuant pentes et versants et, bien au-delà, un vallonnement de collines. Vers le sud, ce n'était aussi qu'une succession de collines, excepté une maison isolée, à environ un kilomètre et demi, au milieu d'un rideau d'arbres en brise-vent.

Le sommet de ce rocher devint mon lieu de lecture favori. Certains jours, quand le vent gémissait sur la crête et semblait le bercer tout entier, je m'allongeai même dans ce petit bassin tapissé de mousse et m'accordai une sieste.

Après mon déjeuner, par une après-midi couverte – j'avais déjà bien entamé ma deuxième semaine à Duncairn –, je montai au rocher avec mon livre. Je grimpai au sommet et m'attaquai à un problème de syntaxe. Je dus m'assoupir, car ce fut avec saisissement que j'entendis une voix au-dessus de ma tête.

« Est-ce que je vous dérange ? »

Je levai la tête vers une paire d'yeux au regard dubitatif, comme des prunelles de chat, plongés sur moi.

Je fus aussitôt pleinement éveillé.

Ces iris de chat étaient en réalité des yeux vus à l'envers, ceux d'une femme penchée sur moi, au-dessus du parapet.

Dès que je me redressai, je constatai qu'elle avait les yeux les moins dubitatifs du monde – en fait, ils étaient aussi bleus qu'agréables à regarder. Mieux encore, son visage tout entier était plaisant. Elle paraissait à peu près mon âge, les cheveux blonds et le teint pâle, un peu rosi par l'air de la lande.

« Je suis désolée de vous avoir réveillé en sursaut, dit-elle. Je voulais juste vous faire savoir qu'il n'était pas toujours judicieux de s'endormir dehors. Même au sommet de ce rocher. »

Sa voix paisible était agréable elle aussi.

« Avez-vous remarqué ces petits oiseaux noirs aux plumes des ailes rayées de blanc ? reprit-elle. Les locaux les appellent les "pique-yeux". Quelqu'un aurait dû vous en avertir. Ils crèvent parfois ceux des moutons, mais ils sont réputés pour s'être déjà attaqués à ceux de promeneurs qui s'étaient endormis. »

J'étais stupéfait de l'apprendre, tant ils semblaient jolis.

« Même les jolies choses peuvent être dangereuses », dit-elle.

Je la remerciai de m'en avertir. Elle était encore sur le rebord du rocher et semblait sur le point de redescendre. Je m'empressai donc de me présenter et lui signalai que je serai remplaçant au collège, pendant un temps.

« J'ai entendu cela, me répondit-elle. Je vous ai vu grimper ici déjà plusieurs fois. Et j'ai eu envie de monter vous dire bonjour. »

En ce cas, je l'invitai à prolonger sa visite un moment, comme si cette cuvette ovale au sommet du rocher était mon salon. Je lui tendis la main et elle la prit, se hissa pardessus le rebord et s'assit face à moi.

Elle portait des chaussures de randonnée et un chandail en laine bleu foncé avec un jean. Elle avait le corps charpenté d'une personne active.

« Je m'appelle Miriam Galt », me dit-elle.

J'appréciai vraiment son allure. La cuvette n'étant guère plus grande qu'une baignoire, nos membres ne pouvaient éviter quelques contacts intimes.

J'étais sidéré qu'elle ait pu atteindre le rocher sans que je la voie, lors de mon ascension. Avant de m'asseoir, j'avais observé la lande autour de moi et j'aurais juré qu'il n'y avait pas âme qui vive à des kilomètres à la ronde, rien d'autre que quelques dizaines de moutons. Je n'avais dormi que quelques minutes. Cependant j'avais déjà remarqué à quel point les distances dans cette région étaient en un sens faussées. Lors de mes promenades, le paysage me semblait déserté, puis un berger et son chien pouvaient subitement faire leur apparition, si près de moi que j'en croyais à peine mes yeux.

Ce fut Miriam Galt qui résolut ce mystère pour moi.

« Avez-vous vu cette ravine ? » Elle me désigna ce qui avait l'air d'un étroit fossé à une centaine de mètres du rocher, et qui s'enfonçait au sud-est en direction de la lande. « D'ici, cela n'a l'air de rien, mais en bien des endroits c'est profond de deux mètres et très praticable à pied. Cela passe devant chez moi… là-haut. » Elle désigna la maison isolée que j'avais déjà remarquée, avec son rideau d'arbres en brise-vent. « Je marchais dans cette ravine quand je vous ai vu escalader jusqu'ici, aujourd'hui. Et me voici. »

Elle me sourit.

J'appréciais vraiment son sourire.

4

Ce fut ainsi la première fois que je vis Miriam Galt. Avant de nous séparer, je lui confiai que je venais à ce rocher tous les jours, si jamais elle avait envie de compagnie. Elle s'y présenta le lendemain et nous bavardâmes de nouveau un moment.

Après quoi, nous avons commencé de nous retrouver tous les jours au pied du rocher, et de là nous partions pour de longues marches à travers la lande. Elle m'assura que, si le Baedeker était dans le vrai concernant les dangers de ces marais capables d'avaler d'innocents promeneurs égarés, il existait aussi d'autres périls, par ici. Non loin du rocher, dans un secteur que j'avais traversé plusieurs fois tout seul, elle me montra un trou assez large pour qu'un homme y tombe, et tellement envahi de fougères qu'on n'aurait rien remarqué.

« Écoutez », dit-elle, et elle lâcha un caillou. Elle compta lentement jusqu'à vingt, avant que nous n'entendions un claquement lorsqu'il heurta le fond. « C'est un ancien puits de mine, expliqua-t-elle. Certaines mines de cette région du monde sont vieilles de plusieurs siècles et il y a des puits désaffectés un peu partout, il faut donc être très prudent. Elle observa un temps de silence. Vous avez dû remarquer le peu d'arbres qui poussent par ici. Mais dans le passé cette région tout entière était une immense forêt de conifères, peuplée de hardes de cerfs et de meutes de loups. Lorsque l'exploitation minière a débuté, des milliers d'arbres parmi les plus beaux ont été abattus et utilisés sous terre pour servir d'étais aux galeries de mines. La forêt est donc sous nos pieds, désormais. »

Elle était surprise de ma complète ignorance du monde de la nature, et que je ne connaisse par exemple même pas la différence entre bruyère, fougères et ajoncs. Je lui répliquai que les gens comme moi, originaires de Tollgate, étaient experts en d'autres domaines – par exemple l'identification de différents types de bouteilles de bière, même une fois fracassées et réduites en morceaux. Je lui répondis cela en plaisantant, mais c'était très proche de la vérité et elle en fut abasourdie.

Elle prit donc la peine de m'ouvrir à la vie sauvage. Elle

me désigna par leurs noms les différents oiseaux, aigles et faucons, ainsi que d'autres variétés affublées d'appellations locales, comme les « dames coquettes », les « poules fendues » et ces vilains petits « pique-yeux ». Éclairée par elle, je sus assez vite repérer les renards, les chats sauvages, les fouines et même les ragondins, rien qu'en les entrapercevant très brièvement au milieu des fougères. Une fois, elle me conduisit dans une caverne étroite et profonde où des centaines de chauves-souris dormaient pendues sous les stalactites.

Tout cela me laissait ébahi. Je n'en revenais pas que, dans un paysage qui paraissait si désert, uniquement composé de vallons et de collines nues et peuplée de moutons, il y ait tant d'autres êtres vivants à peine décelables.

« Ils ont tendance à ne pas fortement afficher leur présence, m'expliqua Miriam Galt. C'est parce que, pour la plupart, ils s'entre-dévorent. »

Je ne l'avais encore jamais entendu formuler en ces termes.

« Oui, dit-elle. La nature par ici est très belle, vue sous un certain angle. Mais une fois que vous la connaissez, elle peut aussi se muer en véritable cauchemar. Par exemple, les animaux terrestres mangent les chiots, les chatons, les poissons et tous les autres jeunes animaux qu'ils peuvent trouver. C'est pourquoi les créatures les plus avisées camouflent leurs petits et leur apprennent à garder le silence lorsqu'elles ne sont pas là pour les protéger. Pour ces bêtes, l'existence n'est donc pas forcément si merveilleuse. Ensuite, il y a tout l'épouvantable cycle de vie des insectes. Dieu merci, ils sont si petits que nous remarquons à peine le carnage auquel ils se livrent entre eux. »

Face à cette description si peu sentimentale de la nature, je demeurai interloqué.

« D'après ce que vous m'avez raconté de Tollgate, vous devriez très bien comprendre tout cela », remarqua-t-elle.

Miriam Galt réussit assez vite à me convaincre de lui raconter ma vie avant Duncairn, mais elle manifestait une certaine réticence à beaucoup parler d'elle. D'après ce qu'elle m'en dit, je compris qu'elle venait d'un milieu très différent du mien.

Elle était née à Leith, le port maritime d'Édimbourg, et sa mère était morte peu après l'avoir mise au monde. Son père était associé au sein d'une petite société de marine marchande. Elle avait seize ans quand il avait vendu ses parts de la compagnie, quitté Leith pour Duncairn et s'était installé dans la maison de la lande. Elle portait un nom : Duncairn Manor.

Quand elle me confia cela, nous étions assis dans de hautes touffes de bruyère, les yeux tournés vers les grandes étendues de lande en contrebas, et nous pouvions apercevoir sa maison tout là-bas au loin. Le paysage d'ici présentait un net contraste par rapport aux tableaux romantiques que j'avais vus d'Édimbourg, avec son château et la mer étincelante à l'arrière-plan. Je me demandai pourquoi son père avait décidé de l'amener en un lieu aussi reculé.

« C'était pour sa santé, dit-elle. Peut-être voulait-il s'éloigner autant que possible de la mer. Après tout, nous sommes ici à mi-distance des deux côtes. »

Je ne pus guère lui soutirer grand-chose d'autre, si ce n'était qu'un relatif isolement ne lui déplaisait pas non plus. Sa principale occupation consistait à veiller sur son père, si bien que l'essentiel de son éducation s'était effectué à travers des cours par correspondance. Une bonne, cuisinière à temps partiel, se chargeait des tâches domestiques.

J'essayai de cerner au juste ce qui n'allait pas chez son père.

« Un jour peut-être viendrez-vous le constater par vous-même. »

Voilà tout ce qu'elle me répondit.

Par un autre après-midi de grisaille, alors que nous étions assis dans la cuvette de ce rocher, je lui expliquai que, selon le Baedeker, de nombreux gros rochers découverts dans les Uplands s'étaient déposés durant l'ère glaciaire qui avait érodé la Terre voici deux millions d'années.

« Eh bien, ce peut-être l'explication géologique, admit-elle. Mais une légende locale veut que leur origine soit un peu plus pittoresque. D'après cette légende, ce piton rocheux où nous sommes fut jeté sur Duncairn par un démon, des milliers d'années avant notre ère. Heureusement, le démon manqua tout simplement sa cible. »

Elle ajouta que, selon la même légende, les indentations sur le flanc de notre piton y avaient été creusées par les Romains, qui s'en servaient comme d'un poste de guet. Et ce qu'ils guettaient là ne se limitait pas à de redoutables périls ordinaires.

Mon Baedeker, me souvins-je, comportait une mystérieuse allusion à l'ancienne voie romaine et aux vestiges de ce grand mur, soulignant qu'il avait été construit pour tenir en respect une terrible menace.

Miriam était informée de cela aussi.

« Les Uplands sont pleins de cette sorte de mélange de faits et de fantasmes, me dit-elle. J'imagine qu'il n'existe rien de tel dans les villes ? »

Je lui assurai que, même à Tollgate, il se produisait parfois des événements insolites. Par exemple, il y avait eu Cameron Ross et cette entité qui l'avait découpé, dépecé de l'intérieur. Et ensuite il y avait eu cet appartement hanté, après les morts violentes de la famille qui y habitait.

Elle écouta attentivement ces récits.

« Que c'est épouvantable », soupira-t-elle. Elle était surtout curieuse des éléments surnaturels inhérents à ces histoires. Elle se demandait si j'y *croyais* réellement.

J'essayai d'expliquer que j'avais du mal à répondre à cette question, bien que j'y aie souvent réfléchi. Davantage peut-être que de croyance, mon attitude vis-à-vis de tels phénomènes relevait d'une sorte de douce illusion. Si vous venez d'un lieu aussi sinistre et cruel que Tollgate, il vous est parfois difficile de vous convaincre de ce que l'espèce humaine ait une quelconque raison d'être. Mais je suppose que la plupart d'entre nous *souhaitent* que leur vie signifie quelque chose – malgré ce que nous souffle la raison. Donc, même s'ils n'ont rien de plaisant, les cas de Cameron Ross et du logement hanté ainsi que, de manière générale, tous ces phénomènes insolites apparaissent comme la preuve opportune que le monde est moins simple qu'il n'y paraît.

En m'écoutant débiter ces banalités, elle hochait la tête, comme si elle était d'accord avec mes propos.

« Peut-être est-ce aussi ce qui me fascine au sujet de quantité de curieux incidents qui se produisent dans les Uplands, m'avoua-t-elle. Il se peut que ces incidents n'aient rien de surnaturel, mais ils sont assez étranges pour que l'on s'interroge. Par exemple, vous devez être au courant des événements survenus à Carrick ? »

Je lui assurai que je n'avais même jamais entendu parler de Carrick et l'encourageai à m'en révéler davantage.

« Eh bien, dans le cas de Carrick, personne n'a réussi à formuler une explication scientifique de ce qui s'est passé », me dit-elle.

Carrick n'était qu'une autre bourgade, au nord, séparée de Duncairn par une soixantaine de kilomètres de collines. Personne ne vivait plus là-bas, mais la ville et tous ses bâtiments demeuraient parfaitement intacts. Il était strictement interdit de la visiter, et rares étaient ceux qui tentaient d'enfreindre cette interdiction.

Dix ans plus tôt, la population de Carrick tout entière avait été évacuée et la ville proprement dite soumise à quarantaine. La cause en était le soi-disant « fléau de Carrick », et la peur qu'encore aujourd'hui ce mal ne plane dans l'atmosphère des lieux. Ce fléau s'était manifesté par un symptôme des plus inhabituels : le besoin de parler. Atteints les uns après les autres, les habitants du bourg ne s'arrêtaient plus de parler. Ils se répandaient en une logorrhée jusqu'à l'épuisement et, au moment de mourir, nombre d'entre eux tentaient encore de s'extraire encore quelques mots de la bouche.

Les chercheurs qui avaient étudié la pathologie de cette épidémie restaient complètement courts. Ils consignaient tout ce qu'ils pouvaient des monologues sans fin de ces malades. Ils espéraient que certaines structures récurrentes émergeraient de ces amoncellements de verbiage, que certains mots, certains noms puissent se répéter. Mais pour autant qu'ils aient pu le vérifier, il n'y avait dans ces propos absolument rien d'inhabituel – rien que le bavardage banal, ordinaire de la vie d'une petite ville minière.

Certains enquêteurs refusèrent d'abandonner cet axe d'investigation. Ils menèrent même des études comparant ce qu'ils appelaient « le langage de Carrick » avec des énoncés d'usage courant d'autres régions du pays, et en particulier des villes. Même après toutes ces années, les recherches étaient encore en cours, mais jusqu'à présent, rien de définitif ne s'en était dégagé.

D'autres enquêteurs soupçonnaient maintenant que la propagation de cette épidémie n'ait été en réalité un épisode de tuerie collective, probablement un acte de vengeance, plutôt qu'un phénomène naturel. Cette tentative d'explication rationnelle recevait des soutiens croissants, sans qu'aucune preuve venant attester la méthode ou le mobile n'ait été découverte à ce jour.

« Voyez-vous ce que je veux dire ? me demanda Miriam quand elle eut terminé. Ce qui s'est produit à Carrick n'a rien de surnaturel, comme votre histoire de Cameron Ross… c'est juste une curiosité qui sort un peu de l'ordinaire. Mais quand il se produit tant d'épisodes de ce genre dans une même région, on finit bien par se poser des questions, n'est-ce pas ? »

J'acquiesçai, bien sûr, et je lui demandai de m'en dire plus sur ces phénomènes qui « sortaient de l'ordinaire », si c'était ainsi qu'elle souhaitait les définir.

« Vous êtes probablement au courant de l'histoire de Stroven ? » me demanda-t-elle.

La petite ville de Stroven était située à vingt et un kilomètres au sud de Duncairn, derrière un chapelet de collines. Depuis des générations, c'était la plus prospère de toutes les bourgades de la région. Mais, à présent, toutes les routes qui y accédaient avaient été fermées.

C'était parce que, plusieurs années auparavant, un aven était apparu au beau milieu de la place centrale. Au début, il était de petite taille, mais au bout d'un certain temps, l'embouchure béante du trou devint si large et si profonde qu'elle occupa l'entièreté de la place. En moins d'un an, tous les édifices importants autour de la place, parmi lesquels l'hôtel de ville et l'église, y basculèrent peu à peu. Le gouffre s'élargit encore, avalant les quartiers les plus centraux et progressant vers les faubourgs, avec une voracité apparemment insatiable. Alors seulement, son monstrueux appétit parut assouvi.

À ce stade, naturellement, tous les habitants de Stroven avaient abandonné la ville depuis longtemps.

Pour les géologues de l'administration centrale, la cause en était évidente : dans ce district, des siècles d'exploitation des mines de charbon et d'étain avaient progressivement affaibli la surface de la terre. Cet aven immense, expliquaient-ils, en était le résultat inévitable.

Mais les habitants de la région défendaient une tout autre théorie. Ils croyaient que la ville avait été engloutie par une sorte de châtiment ; l'étymologie même de son nom – Stroven, *strove in vain*, littéralement « qui a lutté en vain » – évoquait une prophétie.

« Sérieusement ? s'étonna Miriam Galt, quand je lui jurai ne jamais avoir entendu parler de l'aven de Stroven. Vous avez dû mener une vie bien recluse, dans votre Tollgate. » En me disant cela, elle eut une expression de gravité.

Je n'y avais jamais songé en ces termes, mais elle avait peut-être raison.

« Il est donc possible que vous n'ayez jamais entendu parler non plus du désastre de Muirton… qui s'étalait récemment partout dans la presse », me fit-elle.

Muirton, m'informa-t-elle, était une petite localité à seulement trente-quatre kilomètres à l'est de Duncairn. Elle attirait encore des visiteurs à cause d'un horrible accident minier et de ses effets sur la quasi-totalité de la population masculine.

Voici ce qui était arrivé. Un matin, la cage de l'ascenseur de la mine, pleine de gueules noires, des hommes et des jeunes garçons, avait entamé sa descente du puits de trois cents mètres de profondeur, pour la première équipe du matin. À mi-parcours, le câble s'était sectionné et la cage avait plongé vers le fond. Les mineurs avaient immédiatement mis en œuvre la méthode de sécurité traditionnelle qu'on leur avait enseignée justement pour cette situation. Chacun d'eux avait empoigné les lanières en cuir fixées au plafond à cette fin, avant de lever une jambe pour que l'autre supporte l'essentiel du poids de leur corps.

Ils avaient à peine eu le temps de prendre une profonde inspiration quand la cage s'écrasa tout en bas du puits. De nombreux mineurs avaient survécu à l'impact, mais la jambe qui soutenait le poids du corps était réduite en bouillie. La majorité d'entre eux avaient sacrifié leur jambe gauche.

Depuis ce jour, Muirton s'était acquis une réputation de ville d'unijambistes. Les visiteurs voulaient savoir à quoi ressemblait un endroit qui avait subi un tel coup du sort. En fait, Muirton différait peu des autres villes des Uplands, excepté le nombre d'hommes et de jeunes garçons qu'on y voyait clopiner dans la rue principale sur des béquilles ou une jambe de bois.

Je fus choqué d'apprendre cette histoire de Muirton, et indigné par ces visiteurs dépourvus de cœur.

« Vous ne pouvez réellement leur en vouloir, nuança-t-elle. Ils avaient tous lu la nouvelle dans les journaux. C'était présenté de manière bizarre… et même sous un jour attrayant, en un sens. Quoique pour les mineurs et leurs familles, ce fût désastreux. »

Là-dessus, au moins, j'acquiesçai.

« Si vous voulez, je peux vous fournir un exemple d'un événement du même genre, ici, à Duncairn, poursuivit-elle. Ce qui s'est passé là aurait presque pu être tiré d'un livre… si ce n'est que c'était la vérité, et une vérité épouvantable. »

Bien sûr, j'avais envie de tout savoir.

« Alors venez avec moi », me répliqua-t-elle.

Nous descendîmes du rocher et marchâmes un peu moins de deux kilomètres dans les collines jusqu'à ce que nous arrivions à l'entrée d'une gorge très profonde où se déversait un torrent. Un vieux pont de pierre reliait les deux versants de la gorge.

Nous nous avançâmes sur le pont en regardant prudemment en bas, par-dessus le parapet à moitié éboulé. Le torrent ponctué d'affleurements rocheux devait se situer une quinzaine de mètres au-dessous de nous. Miriam m'expliqua que c'était du haut de ce pont qu'un homme dénommé Tam Halfnight avait sauté, après avoir tué sa fillette nouveau-née.

Depuis ce temps, les bergers l'avaient rebaptisé Tam's Brig, le pont de Tam.

« Ce suicide a eu lieu longtemps avant que je ne vienne vivre ici, me précisa-t-elle. Les gens qui le connaissaient disaient de Tam que c'était un homme bon et qu'il n'avait aucune intention de tuer sa fille. Je ne connais pas tous les détails, sauf qu'il s'était fracturé le bras droit, qui était plâtré. Il se trouvait à son domicile, il tenait le bébé dans ses bras et la fillette avait glissé. Il avait essayé de l'empêcher de tomber, mais à cause du plâtre, il l'avait rattrapée d'un geste trop brutal et lui avait brisé le cou. Après quoi, il était monté jusqu'ici et s'était donné la mort. Tout le monde a estimé qu'il avait agi comme il fallait. »

À la manière dont elle dit cela, je sus qu'elle était d'accord avec ceux qui étaient de cet avis.

« J'ai entendu dire que, lorsqu'ils ont retrouvé son corps, il était étendu sur le dos, entre les rochers, là, tout en bas, ajouta-t-elle. Il avait le dos brisé et les petits pique-yeux lui avaient déjà becqueté les globes oculaires. »

J'étais horrifié. Ensemble, nous restâmes le regard figé vers le fond de la gorge.

« Ils affirment qu'il aimait vraiment son épouse et ce bébé, continua-t-elle. N'est-ce pas étrange, ce à quoi l'amour peut mener ? »

Je n'avais aucune réponse à cela.

J'adorai Miriam Galt et, au début, lui parler et l'écouter parler me suffisait. Nous nous étions vus presque tous les jours pendant plus de deux semaines quand tout cela changea. Nous nous retrouvâmes au pied du rocher, comme d'habitude. Elle me prit la main et, sans un mot, nous marchâmes d'un pas rapide, nous enfonçant dans les collines, en courant à moitié, en fait si essoufflés que nous aurions été incapables de parler même si nous en avions eu envie. Nous atteignîmes une cuvette abritée au milieu des hautes herbes et des hautes bruyères où nous étions venus auparavant nous asseoir à l'occasion, pour parler. Mais cette fois, nous nous jetâmes l'un sur l'autre comme deux désespérés. Nous nous délectâmes l'un de l'autre, sombrâmes l'un dans l'autre, tentâmes de nous muer en une seule et unique créature inédite.

Enfin, épuisés, nous nous étendîmes sur le dos, en respirant profondément et regardant défiler les nuages, creusés de fjords sombres et impénétrables. Lorsque des rais mordorés du soleil faisaient irruption ici ou là, ils attiraient notre regard vers les visions fugaces de trésors cachés. Puis les nuages reprenaient tout leur volume et toutes les couleurs des collines environnantes retombaient d'une octave. La bruyère et même les petites fleurs de la lande paraissaient presque noires.

Ensuite, pendant quelques secondes supplémentaires, le soleil acheva sa percée et je me tournai vers Miriam Galt, couchée à côté de moi. Elle était comme une prêtresse antique, le visage, le corps tout entier revêtu d'or fondu.

Lorsque les nuages revinrent voiler le soleil, elle redevint humaine. À cet instant, je me sentis assez courageux pour lui avouer que je l'aimais. J'espérais l'entendre me répondre qu'elle m'aimait, elle aussi.

Au bout d'un moment, elle prit en effet la parole, mais ce ne fut pas pour me souffler ce que j'avais tant envie d'entendre. Avec un soupir, elle m'invita à la rejoindre, le lendemain, pour la toute première fois, à son domicile – la maison nichée derrière le brise-vent de conifères.

5

La rangée de conifères qui offrait à la maison une protection contre les intempéries contribuait aussi à sauvegarder le seul feuillu – un chêne peu volumineux mais très haut, qui se dressait au milieu d'une assez vaste pelouse, devant la façade. Cette maison était une bâtisse rectangulaire à deux étages, construite en blocs de granite. Deux fenêtres symétriques, masquées par des rideaux noirs, encadraient la porte d'entrée. L'étage comptait trois autres fenêtres masquées par des rideaux, dont l'une au-dessus de la porte. Du lierre s'agrippait aux murs tout autour. Le nom officiel de la maison était gravé dans le linteau de la porte :

DUNCAIRN MANOR
1885

Miriam Galt, qui avait marché avec moi depuis notre lieu de rendez-vous habituel, au rocher, était restée inhabituellement silencieuse. Elle ouvrit la lourde porte en bois, nous entrâmes et elle la referma doucement derrière nous. Après le hall d'entrée, elle me précéda dans un salon décoré d'un haut lambrissage du siècle dernier et de quantité de meubles en acajou d'aspect massif. Une cheminée en pierre, sans aucun feu allumé, occupait presque tout un mur. La pièce paraissait inchangée depuis la construction de la demeure.

« Il sera sans doute dans la bibliothèque », me dit-elle. Nous nous dirigeâmes vers une autre porte si bien assortie au lambrissage qu'on l'en distinguait à peine. « Maintenant, n'oubliez pas, il n'est pas très bien », ajouta-t-elle à voix basse, juste avant d'entrer.

Elle frappa trois coups légers à la porte et l'ouvrit.

Nous pénétrâmes dans une pièce très sombre. Elle ne

possédait qu'une seule fenêtre au mur sud, aux carreaux teintés de couleur verte au lieu de rideaux, si bien qu'il y filtrait peu de lumière du jour. Les murs étaient habillés de bibliothèques et ce qui ressemblait à un télescope à fût de cuivre était posé sur une table au milieu de la pièce. Il y avait un lampadaire et un sofa près d'une cheminée où un feu modeste brûlait doucement – sans nul doute pour dissiper l'humidité de la haute lande. Le seul ornement aux murs était une photographie aux tonalités obscures, au-dessus du manteau de la cheminée. L'air était imprégné d'une odeur proche de celle de l'encens.

De prime abord, on eût dit qu'il n'y avait personne d'autre dans la pièce.

Puis Miriam parla.

« Père, dit-elle. Je veux que tu fasses la connaissance de mon ami, Harry. »

Mes yeux s'accoutumaient maintenant à la pénombre. Ce qui avait d'abord ressemblé à des vêtements entassés sur le sofa près de l'âtre prit la forme d'un homme d'allure fragile, en pyjama noir. Il avait des cheveux gris et fins, un visage maigre et des yeux tristes. L'objet que j'avais pris pour un lampadaire installé à côté du sofa était en réalité une potence métallique à roulettes, où un flacon de liquide transparent était suspendu par un crochet. Un tuyau partant du flacon était relié à son bras gauche. Et je vis ensuite qu'un chat au pelage rayé était installé près de lui.

Je m'avançai pour lui serrer la main. Le chat fit le gros dos et siffla dans ma direction.

Le père de Miriam se leva lentement, mais sans me serrer la main. En fait, quand je lui tendis la mienne, il retira la sienne. Je ne m'en formalisai pas. Dans cette lumière médiocre, les doigts qui dépassaient de la manche de pyjama paraissaient rabougris et noircis, comme carbonisés à la flamme ou pire – il eût pu s'agir des pattes d'une grosse araignée.

D'après ce que Miriam m'avait raconté de son passé, j'avais associé son père à une vie d'action, sa flotte de cargos explorant de formidables océans et des pays exotiques. Au lieu de quoi il m'évoquait plus une épave inexorablement drossée vers les récifs.

« Nous n'allons pas troubler ton repos, lui promit sa fille Je voulais juste que tu rencontres Harry. »

Il hocha la tête vers moi et se renfonça dans son sofa, à côté de son chat.

« Allons-y », fit Miriam.

Alors que nous ressortions, je remarquai que la photographie au-dessus du manteau de la cheminée représentait Miriam Galt.

« Je suis navrée, me glissa-t-elle quand nous fûmes ressortis de la pièce. Parfois, il se montre plus sociable. Aujourd'hui, il n'était pas d'humeur. »

Maintenant que j'avais vu son père et l'état dans lequel il se trouvait, elle était moins réticente à l'idée de m'en parler. Apparemment, elle venait souvent s'asseoir auprès de lui des heures sans qu'il la remarque. Parfois, il passait sa journée à somnoler dans ce sofa, en grignotant quelques bouchées seulement des repas qu'on lui apportait. Et il dormait là presque toutes les nuits, au lieu de monter dans sa chambre à l'étage. Certaines de ces nuits, si le ciel était sans nuages, il se détachait de sa potence et sortait dans le jardin. Et là, muni de son vieux télescope de marine, il s'attardait des heures à étudier la voûte céleste.

Miriam semblait trouver son comportement perturbant. Mais je le trouvai dans une certaine mesure compréhensible, de la part de quelqu'un qui, ayant vécu beaucoup de temps en mer, pouvait s'être familiarisé avec la navigation céleste.

« Oui, et il est vrai que j'ai appris de lui quantité de choses concernant les positions et les mouvements des étoiles, me confia-t-elle. Mais à présent, la raison principale qui le pousse à les observer, c'est sa conviction qu'un message puisse être écrit là-haut… tout spécialement à son intention. Il me le répète souvent. »

En plus de son mal physique, quel qu'il soit, cela le faisait certainement paraître un peu fou. Par pure politesse, je lui laissai entendre qu'il se rétablirait peut-être et qu'en fin de compte tout rentrerait dans l'ordre.

« Il n'y a aucune chance », me détrompa-t-elle.

Sa réponse me permit d'en conclure que Miriam Galt n'était pas une optimiste.

« Je vais vous montrer certains de ses trésors, si vous en avez envie », proposa-t-elle.

Nous montâmes l'escalier jusqu'à une pièce spacieuse de l'étage. La lumière du plafonnier n'était pas très puissante, et Miriam tira les rideaux. Le sol était en plancher brut et libre de tout mobilier, excepté un certain nombre de ces vitrines que l'on peut trouver dans les musées. Une bibliothèque se dressait contre le mur du fond. Il y avait aussi un guéridon sur lequel était posée une sorte d'horloge de marine. Apparemment, cette horloge sonnait toutes les demi-heures, jour et nuit – j'avais entendu ses tonalités aiguës retentir à travers le plafond, lorsque nous étions en bas avec son père.

« Une partie de ces collections mérite un coup d'œil, me dit-elle. Les commandants de ses navires lui rapportaient ces objets de leurs traversées. »

Et en effet, un certain nombre de pièces sortaient de l'ordinaire. Une vitrine contenait deux têtes humaines réduites, un homme et une femme, le cheveu gris, les paupières et les lèvres cousues. Une vitrine plus en longueur, près de la fenêtre, contenait une collection de stylets, de machettes et de parangs aux lames souillées de taches brunes qui n'avaient pas l'aspect de la rouille. Une autre encore était pleine de *scrimshaws*, des sculptures sur des os de baleines et des défenses de narvals. Elles portaient, habilement ciselées, des images romantiques habituelles d'expéditions maritimes, mais aussi des scènes de pendaisons aux vergues et de combats au couteau dans des tavernes.

Dans la bibliothèque adossée au mur du fond, la plupart des ouvrages étaient en piètre état, la couverture cornée, les caractères des titres presque illisibles. Certains d'entre eux correspondaient tout à fait au style de livres qu'on s'attendrait à trouver à bord d'un navire : *Introduction d'un jeune matelot à la vie de marin*, *Marées et courants dans le détroit de Malacca*, un *Guide de confection des nœuds* et un récit de *Voyages dans les îles mélanésiennes*. Les autres étaient un assortiment de livres piqués de moisissures comme ceux qu'on pourrait trouver chez n'importe quel libraire, sur la terre ferme.

« Tous proviennent de navires qui ont sombré sans laisser de rescapés, m'expliqua Miriam Galt. Il n'en lit aucun, il apprécie juste de les posséder. Pour lui, l'important, c'est l'idée que la dernière personne à les avoir lus ait péri noyée. »

Quel macabre principe, songeai-je. Cette bibliothèque me rappelait un peu le columbarium où étaient préservées les cendres de mes parents. Ces livres désuets, soigneusement rangés, étaient les seuls objets à la mémoire de leurs lecteurs morts – et de leurs auteurs, en l'occurrence.

J'en fis part à Miriam.

« En fin de compte, c'est le destin du contenu de la plupart des bibliothèques », me répondit-elle.

6

Six semaines de félicité s'étaient écoulées et il ne restait plus maintenant que quelques jours avant l'ouverture du collège. Miriam me savait maintenant un peu anxieux.

« Venez dîner ce soir, me dit-elle un jour. Ce sera un moment de réjouissance tout particulier, avant la reprise des cours. »

Par conséquent, vers sept heures et demie ce soir-là, je montai en direction de la lande et j'arrivai au manoir juste avant huit heures. C'était la fin de l'été, mais il faisait encore jour. Pour une fois, les seuls nuages dans le ciel des Uplands se composaient de millions de moucherons. Miriam m'accueillit à la porte et m'annonça que son père ne se joindrait pas à nous : il préférait dîner seul dans la bibliothèque.

Cela ne me gênait pas du tout.

« Il m'a suggéré de vous choisir un cadeau… l'un de ces livres sauvés d'un naufrage, continua-t-elle. Je songe à un volume en particulier… je vous le remettrai avant que vous ne repartiez. »

Elle avait cuisiné ce repas elle-même : un rôti de bœuf au fumet et aux saveurs délicieuses. Nous dînâmes à la table en bois blanc toute simple de la cuisine, puis nous transportâmes au salon avec une bouteille de vin rouge. J'avais tout à fait conscience de la présence du père dans la bibliothèque, la pièce voisine, aussi m'efforçai-je de parler doucement. Miriam m'assura que les murs étaient épais et que nos voix ne le dérangeaient pas.

Les rideaux de la fenêtre du salon étaient ouverts et dehors il faisait nuit, à présent. Nous sortîmes une minute contempler les cieux nocturnes au-dessus des conifères. Je les vis limpides et constellés d'étoiles.

« Elles paraissent si étincelantes, murmura-t-elle. Mais il faut une éternité pour que leur lumière nous atteigne, et en fait, quand nous les voyons, elles sont mortes. »

Lorsque les êtres se sentaient submergés par la beauté, ils n'avaient aucune envie de penser à des choses aussi tristes, lui glissai-je.

« La vérité est la vérité, me répliqua-t-elle. Même sur cette terre, lorsque nous voyons une chose, quelle qu'elle soit, elle n'est plus identique à ce qu'elle était, et nous non plus. N'importe quel scientifique vous le confirmera. »

Je ne savais comment réagir. Aussi pris-je sa main et nous allâmes nous asseoir dans un canapé devant la grande cheminée. On y avait allumé un feu, plus tôt dans la soirée, afin de repousser les froidures nocturnes. J'avais mon bras autour de sa taille et le vin me donnait du courage. Je lui répétai une fois encore que je l'aimais, comme je l'avais fait de nombreuses fois au cours des dernières semaines. Là encore, j'espérai l'entendre me répondre qu'elle m'aimait elle aussi, et, là encore, elle s'abstint. Mais elle me regarda dans les yeux.

« Les mots se laissent si aisément confondre avec la chose véritable », me dit-elle.

Je le niai avec passion. Je ne commettais aucune confusion. Je savais que je l'aimais et c'était sans lien avec les mots. Quoi qu'il en soit, mon amour était au-delà des mots ; il relevait de l'intuition. Du tréfonds de mon être, je savais que je l'aimais, voilà tout.

Pour la première fois depuis toutes ces semaines que j'avais fait sa connaissance, elle rit sans retenue.

« Tu es incorrigible, Harry. Les intuitions ne sont pas plus justes concernant l'amour qu'elles ne le sont s'agissant des étoiles. Je veux dire, regarde-nous. Nous croyons être assis ici, à nous parler, en toute sécurité, alors qu'en réalité nous tournons autour du soleil à des milliers de kilomètres à l'heure. Nos intuitions nous abusent sans arrêt… ce qui a l'air d'un chat couché dans un coin se révèle une paire de chaussettes, et *vice versa.* »

Je sentais bien que le vin avait aussi exercé son effet sur elle. À un certain moment, elle s'appuya volontairement de tout son corps contre le mien.

« Comment sais-tu que ce que tu crois être de l'amour n'est pas en réalité que du désir ? » me lança-t-elle.

Alors même que son simple contact suffisait pour que je me demande si elle n'avait pas raison, je refusai de l'admettre. Elle reprit donc son sérieux.

« Si tu m'aimais, il faudrait que ce soit parce que tu connais celle que je suis vraiment. Mais il y a tant de choses que tu ignores de moi. Si tu les savais, elles feraient pencher la balance et pèseraient plus lourd que ce que tu prends pour de l'amour. Elles transformeraient cet amour en autre chose de bien moins élevé. »

Ce n'était pas la première fois qu'elle faisait allusion à des aspects secrets de sa personne susceptibles de me déplaire. Mais je me bornai à répéter que je l'aimais, comme s'il s'agissait d'une incantation. Comme si le fait de répéter ces mots-là devait en un sens compenser leur absence dans sa bouche à elle.

Et elle ne cessait de me regarder au fond des yeux, le sourcil froncé, comme si elle ne parvenait pas à se décider à mon sujet.

« Je me le demande », dit-elle enfin.

Il était près de minuit et j'étais sur le point de nous servir encore un verre de vin quand à l'étage, le carillon de l'horloge de marine sonna.

« Écoute », dit-elle. Le carillon sonna huit fois.

« Le premier quart de veille est sur le point de débuter, en conclut-elle. Mon père m'a dit que c'est ainsi que les marins appellent le quart compris entre minuit et quatre heures du matin. Je vais aller l'installer pour la nuit. Viens avec moi… il y a une chose que tu dois voir, et le moment me semble bien choisi. »

Je la suivis donc par la porte pratiquée dans le lambrissage et la bibliothèque.

Son père était allongé dans le canapé près de la cheminée, comme auparavant. Ce léger parfum d'encens flottait dans l'air. Sur une petite table à côté de lui, il y avait les restes de son dîner. Le chat au pelage rayé était assis près d'une des assiettes, et se toilettait les moustaches. Il renauda dans ma direction et se glissa de nouveau sur le canapé près de son maître.

« Prêt à prendre ton médicament ? » demanda Miriam à son père.

Il sourit, en dévoilant des dents inégales et jaunâtres. Les yeux paraissaient fiévreux.

Elle se rendit à un meuble bas près de l'âtre et fouilla dans un tiroir tout en le remerciant de l'avoir autorisée à m'offrir un de ses livres. Il ne m'accorda pas la moindre attention, se contenta d'observer intensément sa fille lorsqu'elle revint au canapé. Elle tenait ce qui ressemblait à une boîte à bijoux et une sorte de pipe à l'ancienne, un mince tuyau d'environ soixante centimètres de long terminé par un minuscule fourneau à son extrémité.

À présent, elle ouvrit la boîte, en sortit une blague à tabac et bourra soigneusement la pipe qui portait ce qui ressemblait à un lettrage arabe gravé le long de la tige. Elle craqua une allumette, porta l'embout à ses lèvres et tira dessus plusieurs fois jusqu'à ce que le foyer rougeoie. Son père était maintenant étendu sur le canapé, la tête contre un coussin, les yeux fixement levés vers elle. Elle lui tendit la pipe, il la tint entre ses doigts tremblotants et tira dessus.

Elle sortit ensuite de la boîte à bijoux un petit flacon de médicaments rempli d'un liquide noir. Elle inclina le flacon au-dessus du fourneau et y versa une goutte lourde et lente de liquide. La fumée épaissit immédiatement et le parfum d'encens devint bien plus perceptible.

Il aspira la fumée de sa pipe une minute ou deux, avec régularité, en laissant échapper un soupir de temps à autre entre les bouffées. Nous le regardions sans parler.

Sur un laps de temps d'environ dix minutes, cette procédure du remplissage de la pipe fut répétée encore deux fois. La lueur fiévreuse dans ses yeux faiblit, de sorte que lorsqu'il nous regarda, Miriam et moi, il eut l'air bien plus humain. Même le chat, pelotonné à ses côtés, clignait des yeux de contentement.

Miriam lui retira enfin la pipe de ses doigts relâchés.

« Nous allons te laisser maintenant, lui dit-elle. Repose-toi bien. »

Il soupira et ferma les paupières. Elle rangea la pipe et la boîte dans le tiroir. Nous rassemblâmes son couvert utilisé et remportâmes le tout à la cuisine. Une fois là-bas, elle répondit à la question que je n'avais pas posée.

« Opium, me déclara-t-elle. Il a contracté cette habitude quand il faisait du commerce avec l'Extrême-Orient. Il en conserve assez de réserves pour que cela lui dure une vie entière. Ses mains tremblent trop maintenant pour manier des objets aussi délicats que sa pipe, alors je suis obligée de m'en occuper pour lui. »

J'avais lu au sujet des périls de l'opium et j'étais franchement atterré. J'allais la questionner davantage sur cette habitude, et si elle ne devrait pas essayer de l'en guérir par un moyen ou un autre. Mais alors que j'étais sur le point de lui parler, elle me posa la main sur le bras et me regarda droit dans les yeux.

« Il est un peu tard pour que tu traverses la lande, maintenant, décréta-t-elle. J'aimerais vraiment que tu restes avec moi ici cette nuit, en toute simplicité. »

Mon cœur fit un bond.

Ensuite, Miriam éteignit les lumières de la cuisine et du salon et nous montâmes l'escalier, enlacés, jusqu'à sa chambre.

Et puis nous nous endormîmes, malgré la sonnerie intermittente du carillon de marine, dans la pièce voisine.

Mais sur le coup de trois heures du matin, je me réveillai à cause d'un autre bruit en provenance de l'extérieur de la maison. Miriam était encore profondément endormie, je me désenchevêtrai précautionneusement d'elle, me glissai hors du lit et posai l'orteil sur le plancher nu. Je me rendis à la fenêtre sur la pointe des pieds et regardai en bas dans le jardin. C'était une nuit de clair de lune, et j'y voyais donc très distinctement.

Son père, enveloppé dans une couverture, était assis là sur un banc du jardin, scrutant le ciel nocturne dans un télescope en cuivre. Je ne l'observai que depuis un moment quand subitement il écarta l'instrument de son œil et me dévisagea, les yeux levés vers moi, avant que je ne puisse me baisser et m'effacer de son champ de vision. Il me fit signe de sa main si maigre et me sourit. Au clair de lune, sa face était hideuse.

Je battis rapidement en retraite vers le lit. Miriam s'en rendit compte et se blottit contre moi.

« Tu es tout froid, chuchota-t-elle.

— J'ai entendu un bruit dehors, dis-je. C'était ton père, sorti observer les étoiles. Il m'a vu… il sait que je suis ici avec toi.

— Bien sûr qu'il le sait. Ne t'inquiète pas pour cela, fit-elle. Tiens, laisse-moi te réchauffer. »

Le lendemain matin, j'étais assis dans la cuisine, buvant un café. Miriam était allée voir son père ; apparemment, après avoir terminé d'observer les étoiles, il avait dormi dans la bibliothèque. Elle revint au bout d'un petit moment, le parfum de l'encens sur ses vêtements.

« Il a besoin de son remède, m'apprit-elle. Cela le rendra heureux quelques heures. Je vais à l'étage chercher ce livre que je t'ai mentionné. »

Elle monta l'escalier et fut de retour un instant après, un petit volume à la main.

« Le voilà. » Elle me le tendit.

La couverture était cornée et plusieurs pages étaient chiffonnées et tachées de sel – j'y humai l'odeur de l'océan. Le livre s'intitulait *Un conte de l'Upland.*

« C'est l'une de ces histoires traditionnelles des Uplands, me dit-elle. Certaines pages ont été perdues, mais la partie principale a subsisté et il est resté tout à fait lisible en presque totalité, considérant ce qu'il a traversé. Je me demande ce que tu en penseras. »

Je la remerciai et promis de lui en parler, lors de notre prochaine rencontre.

Elle but son café, en m'observant.

« Donc, maintenant tu connais mon père et son problème. Certaines familles sont apparemment affligées d'un drame épouvantable après l'autre… je crains que la mienne ne soit de celles-là. Tu dis que tu m'aimes, mais qu'accepteras-tu encore de supporter ? N'y aurait-il pas une limite à ta tolérance ? »

Nous étions assis dans des chaises face à face, à la table de la cuisine. Grâce à l'angle de la lumière qui pénétrait par la fenêtre, je discernai dans ses yeux des reflets de moi-même en miniature, comme si je faisais déjà partie d'elle. Je lui assurai donc que l'addiction de son père m'était égale, comme tout le reste de ce qui concernait sa famille, d'ailleurs. Je l'aimais et l'aimerais toujours. Je songeai : cette fois, elle va sûrement me répondre qu'elle m'aime, elle aussi.

Mais elle s'en abstint.

Je me surpris donc moi-même et j'allai encore plus loin. Je la priai de m'épouser. J'aimai tant le son de cette phrase que je le lui demandai une seconde fois.

Si je m'étais surpris moi-même, Miriam, elle, n'eut franchement pas l'air étonnée du tout. Ses yeux se firent aussi énigmatiques que la première fois que je les avais vus renversés, sur notre rocher. Je la suppliai de me répondre.

« N'en parlons plus pour le moment, me dit-elle. J'ai beaucoup de choses auxquelles penser. »

Peu après cela, la pluie se mit à crépiter contre la vitre et il était temps pour moi de partir. Miriam glissa le livre qu'elle avait choisi dans un sac en plastique.

« Il a déjà été suffisamment imbibé d'eau comme cela », fit-elle.

Pendant toute la descente vers Duncairn, j'eus conscience du poids du livre dans ma poche. Je ne cessai de penser à ce vieil homme étrange, son père – je comprenais maintenant la fascination de Miriam pour ces événements « bizarres », « sortant de l'ordinaire », qui avaient eu lieu dans les Uplands. Elle occupait elle-même la place centrale dans l'un d'eux.

Je ne cessai aussi, tout en marchant, de revenir sur les derniers instants de notre conversation. Elle savait que je l'aimais et, face à ma proposition de mariage, elle n'avait pas aussitôt pouffé de rire : c'était le principal. Je nourrissais de grands espoirs. J'avais le cœur léger, alors même que la pluie tombait de plus en plus dru.

7

La pluie ne s'apaisa pas de tout le reste de la journée, et le vent se renforça. De ma fenêtre, je pouvais voir les visages des trois soldats du monument aux morts de la guerre, fouettés sans merci par les gouttes. J'aurais dû avoir l'esprit tout à fait occupé, car je revenais une fois encore sur les leçons contenues dans le manuel que Sam Mackay m'avait remis. Malgré ses propos réconfortants, je ne pouvais m'empêcher d'être inquiet au sujet du trimestre qui était sur le point de débuter.

Or, en même temps, je songeai à cette demande en mariage que j'avais bredouillée à Miriam. Non que j'en eusse des regrets, mais c'était simplement que, depuis lors, j'avais réfléchi à ce que le mariage pouvait signifier pour elle. Elle était merveilleuse, mais nous serions contraints d'habiter dans cette maison isolée avec son affreux toxicomane de père. Avec le temps, ne risquais-je pas, en m'astreignant à une telle existence dans une petite ville comme Duncairn – fût-ce avec Miriam –, d'en concevoir de l'aigreur et du ressentiment, alors qu'un monde entier d'exotisme dont j'avais longtemps rêvé se trouvait désormais à ma portée ?

Mais je refoulai de telles réflexions de mon esprit. J'étais amoureux – c'était tout ce qui comptait ! Ma rencontre avec Miriam Galt s'apparentait à une grande histoire romantique extraite d'un vieux livre. Dès le prochain chapitre, elle admettrait son amour pour moi, elle m'épouserait et nous serions éternellement heureux.

Ce soir-là, je m'attelai à une tâche : la lecture du livre qu'elle m'avait choisi dans la bibliothèque paternelle.

Le volume était en très piteux état, ainsi que je l'avais remarqué lorsqu'elle me l'avait remis. Cette mention était gravée en page de garde : « Propriété du *SS Derevaun* ». Je me représentai un malheureux navire de ce nom-là, se fracassant peut-être sur un récif corallien, les livres de sa bibliothèque dérivant comme autant de papillons dans les remous.

La page de titre était en tout cas lisible, imprimée en gros caractères à l'ancienne :

UN CONTE DE L'UPLAND

par Meg Millar

Augmenté de Dix Sonnets

Le livre ne comportait aucune mention de date ou autre information. Je feuilletai les pages et constatai qu'elles restaient dans un état acceptable, mais aucun des dix sonnets n'avait survécu au supplice de l'immersion dans l'eau. Les pages où ils avaient figuré étaient vierges, tous les mots s'étaient dissous dans l'océan où le navire avait rencontré son destin.

J'entamai la lecture :

> *Noble lecteur :* Voici une très ancienne histoire dont il existe de nombreuses versions. Je note ici ce que j'en sais depuis l'enfance.

C'était le milieu de l'hiver dans un village des Uplands qui ne comptait guère plus qu'un chapelet de masures. Johnny Reed habitait l'une d'elles avec son épouse. Ils étaient très pauvres et pas très heureux, et subsistaient essentiellement d'un brouet de chou frisé. Ils avaient six enfants.

Par l'une de ces matinées d'hiver, Johnny se réveilla et rapporta un rêve étrange à sa femme :

« Je me suis vu marchant dans les collines, sur le chemin menant au vieux pont romain. Il neigeait, et je tenais ma pelle à long manche dans la main droite. Arrivé à proximité du pont, je vis un buisson d'aulnes dans le marécage, à une cinquantaine de mètres du chemin. Je me sentis poussé jusque là-bas et je commençai à creuser. Ma pelle heurta quelque chose, avec un bruit métallique. C'était un grand chaudron en fer. Je le soulevai hors du trou et l'ouvris. Il était rempli de pièces d'or. »

Ce rêve présentait tant les apparences de la réalité, que Johnny était sûr de connaître l'endroit précis où la scène s'était déroulée. Il dit à sa femme qu'il irait tout de suite jeter un œil sur place, rien que par curiosité.

Il emporta donc sa pelle à long manche avec lui et monta en direction de la lande.

C'était une froide journée, et le brouillard hivernal était assez épais pour l'empêcher d'y voir à cinquante mètres à la ronde. Pourtant, lorsqu'il arriva au chemin du vieux pont romain, il put discerner les contours du buisson d'aulnes, au milieu de ce dangereux marécage – tout comme dans son rêve. Il s'écarta du chemin et pénétra sur la terre molle du marécage, privée de neige. Il devait avancer prudemment, en tâtant le terrain pas à pas, si bien qu'il lui fallut un bon moment avant d'atteindre un îlot de terre ferme où poussait ce buisson d'aulnes. Il ne conservait presque plus de feuilles, excepté quelques rescapées toutes flétries qui s'y accrochaient toujours, comme si c'était encore l'été.

Johnny Reed se mit au travail. Il creusa, creusa et, au bout d'un moment, sa pelle heurta quelque chose, avec un tintement métallique. Il continua de creuser et finit par exhumer l'objet. Les racines de l'aulne s'y étaient enchevêtrées, il devait donc être là depuis longtemps. De ses mains nues, il dégagea encore de la terre, et découvrit qu'il s'agissait d'un chaudron, fermé par un couvercle. Il essaya de le soulever, mais il manquait de place pour trouver une prise. S'armant de sa longue pelle comme d'un levier, il dégagea le chaudron tout entier du trou, non sans remarquer son poids considérable.

Il l'examina de plus près et s'aperçut qu'il était coulé dans une fonte couleur ocre rouge au rebord supérieur orné d'un motif très élaboré. Encore une fois, il tenta d'en soulever le couvercle, sans succès. Croyant qu'il pouvait être vissé au corps du chaudron, il inséra le manche de sa pelle dans l'anse de la poignée et la tourna en usant de toute sa force. Enfin, le couvercle se mit à très lentement pivoter et finit par sauter, envoyant Johnny bouler en arrière. Il se releva et regarda à l'intérieur. Rien. Il ne contenait rien.

De retour à la masure, il informa son épouse : « Tu vois, pas une pièce d'or, aucun or sous aucune forme ». Il avait rapporté le chaudron de la lande, qu'elle puisse constater par elle-même. Tout ce qu'elle put voir, ce fut la surface lisse, rouge foncé de l'intérieur d'un chaudron ocre rouge de la taille d'une banale marmite de soupe au chou.

Johnny et son épouse reprirent donc le cours normal de leurs existences. Le temps s'écoula et leurs six enfants grandirent tous, se marièrent tous et partirent vivre dans des masures voisines.

Vingt mornes années passèrent, puis il arriva de nouveau à Johnny Reed un événement qui sortait de l'ordinaire.

Par un matin d'hiver, on frappa un coup ferme à la porte de la masure. Johnny ouvrit : il avait devant lui un homme vêtu d'une veste de cheval en peau de mouton et coiffé d'un tricorne, son cheval attaché à quelques mètres de là. L'homme s'excusa de son intrusion. C'était un voyageur venu d'Angleterre, un universitaire qui étudiait les coutumes et traditions locales des Uplands. Il avait essayé de trouver la grande route et s'était égaré à cause du mauvais temps. Il avait maintenant faim et froid.

L'épouse de Johnny l'invita à s'asseoir sur un tabouret à trois pieds, à la table près de l'âtre. Elle lui servit dans un bol une louche de soupe au chou frisé, qu'elle avait plongée dans le chaudron ocre rouge, sur le feu de tourbe.

Le brouet réchauffa les entrailles du voyageur et il fut assez vite prêt à reprendre son périple. Mais avant de s'en aller, il demanda s'il pouvait examiner le chaudron contenant la soupe. Jamais, dans tous ses voyages, il n'avait découvert de chaudron ocre rouge de ce genre. S'aidant de vieux chiffons de cuisine, l'épouse de Johnny Reed retira le chaudron du feu de tourbe et le déposa sur la bordure dallée du foyer. Ni Johnny ni elle ne parlèrent au voyageur du rêve qui avait mené à cette découverte.

Le voyageur se plaça sur l'arête du nez une paire de lunettes cerclées d'une monture métallique et inspecta le chaudron sous tous les angles. Il s'intéressa surtout au motif qu'il repéra sur le rebord extérieur, noir de suie après avoir été noyé des décennies dans la fumée de tourbe. Il le nettoya avec son mouchoir.

« Tiens, tiens, fit-il. Une inscription latine. Il est très possible que votre chaudron date de l'époque de la présence romaine dans la région. Voyons un peu : *Sub hoc alia jacet*. Que c'est curieux. Cela signifie : *Sous ceci, en gît un autre.* »

Le voyageur d'Angleterre félicita Johnny Reed et son épouse pour cette pièce unique. Elle n'avait peut-être pas grande valeur monétaire, mais c'était un trésor archéologique et il espérait qu'ils veilleraient dessus. Il les remercia d'avoir pu se réchauffer et se sustenter, remonta sur son cheval et se dirigea vers la grande route, qu'ils lui avaient indiquée.

Dès qu'il fut parti, Johnny attrapa sa pelle et se remit en route vers l'emplacement d'où il avait extrait le chaudron vingt ans auparavant. En traversant le dangereux marécage où croissait encore le buisson d'aulne squelettique, il était au comble de l'excitation. Il se remit à creuser plus profond, bien plus profond que la première fois.

CLANG !

Comme de juste, il mit au jour un autre chaudron couleur ocre rouge et fit levier pour l'extraire en surface. Il inséra le manche de sa pelle dans l'anse du couvercle. Le couvercle pivota lentement, le métal crissant contre le métal. Une dernière rotation envoya de nouveau Johnny bouler en arrière. Il se redressa et scruta l'intérieur du chaudron.

Noble Lecteur : À compter de ce moment, il existe de ce récit toute une variété de versions. Par devoir de vérité, je les inclurai ici, pour votre plus grande délectation.

D'après la version que j'entendis dans mon enfance, le second chaudron contenait bien une fortune en or de très ancienne origine. Mais quand Johnny, exultant, tentait de le traîner jusqu'à la terre ferme, son pied glissait. Son manteau se coinçait dans l'anse du chaudron et l'attirait dans le marécage, où il coulait lentement et mourait étouffé. Bien des printemps plus tard, le marécage rejetait sa dépouille, ses bras encerclant encore le chaudron, désormais complètement vide.

Selon une autre version, quand Johnny déterrait le deuxième chaudron, il ne trouvait rien dedans, tout comme la première fois. Mais alors qu'il ne savait ni lire ni écrire, il reconnaissait les mots latins gravés sur le pourtour : *Sub hoc alia jacet.* Aussi creusait-il de nouveau, et découvrait-il un autre chaudron, également vide, portant une inscription identique. Il creusait encore et en découvrait un autre, également vide, avec cette inscription. Il en exhumait encore un quatrième, puis un cinquième. Et à ce jour il continue de creuser, et de trouver des chaudrons, tous vides, portant tous cette inscription. Une autre version propose une issue très différente. Après le départ du voyageur d'Angleterre, Johnny retournait bel et bien au marécage ; il trouvait le deuxième chaudron, sans rien dedans. Mais cette même nuit, après être rentré très déçu, il rêvait une fois encore d'un chaudron. Cette fois, en revanche, il n'était pas enfoui près du buisson d'aulne dans le marécage. Au lieu de quoi, il était enterré très en profondeur, sous le carré de choux situé juste devant leur masure.

À son réveil, il réfléchissait longuement à son rêve et en discutait avec son épouse. Ils décidaient de ne rien tenter. Après tout, un rêve n'était qu'un rêve, et ils n'avaient aucune envie d'abîmer leur petit lopin de terre où leur chou, la plante qui leur permettait de survivre, croissait et venait à maturité tous les étés.

Mais si seulement Johnny Reed avait attrapé sa pelle à long manche et s'était mis à creuser dans ce carré de choux, il aurait certainement de nouveau entendu un CLANG métallique. Sa pelle aurait heurté encore un autre chaudron ocre rouge, et celui-ci aurait été plein d'or. Avec tout

> cet or, Johnny Reed aurait bâti un palais pour sa femme et lui-même, et pour ses enfants et les enfants de ses enfants. Il aurait replanté de hautes forêts dans tous les Uplands, et les aurait peuplées d'oiseaux de paradis et d'orangs-outans, et d'autres animaux et d'oiseaux du monde entier. Il aurait engagé une équipe de sages pour rechercher le secret de l'univers. Ils ne l'auraient pas déçu. Il leur aurait donné instruction de publier leurs découvertes au profit de l'humanité. Sur la planète, tout le monde aurait vécu et aimé dans le bonheur, pour l'éternité.

Quand j'eus fini de lire cette histoire, je me demandai pourquoi Miriam me l'avait choisie. Elle était certes assez ingénieuse, mais ces variantes de la fin étaient très pessimistes : qu'un homme poursuive son rêve ou non, l'issue n'est jamais très brillante. Pour moi, en outre, l'idée que ce petit volume ait été ouvert par un pauvre marin dont les os étaient maintenant disséminés au fond de l'océan n'était pas non plus très réjouissante.

En somme, excepté sa dimension de divertissement, *Un conte de l'Upland* me semblait à sa manière tout aussi déprimant que l'histoire du Cameron Ross de Tollgate, quoique sans l'élément de terreur, indéniablement. Quand je verrais Miriam le lendemain, nous aurions une conversation approfondie à ce sujet.

Il était maintenant minuit passé et la pluie ne cessait de s'abattre. Sur la place, les trois soldats, tout luisants à la lumière des réverbères, fixaient du regard l'obscurité des collines. Leur image me demeurait en tête lorsque je me mis au lit et éteignis la lampe. Je me tournai et me retournai un bon moment et tentai de penser à Miriam et à notre bonheur futur. Mais submergé par instants de minuscules vaguelettes d'incertitudes et même de terreur, je ne fermai pas l'œil avant un long moment.

8

Je dormis tard, rêvant comme d'habitude de Tollgate, de mes parents vivants et en bonne santé. À mon réveil dans une réalité privée de leur présence, j'étais pétri de chagrin, jusqu'à ce que je me souvienne de Miriam, et je me sentis de nouveau mieux. À peine étais-je sorti de mon lit et m'étais-je habillé que l'on frappa à la porte.

« Qui est-ce ? m'écriai-je, en boutonnant ma chemise.

— C'est moi. J'espère que je ne vous dérange pas. » La voix fluette, haut perché, était reconnaissable entre toutes. J'ouvris la porte à Sam Mackay, toujours aussi massif et un peu essoufflé d'avoir monté l'escalier. Il ne gaspilla pas sa salive.

« Je viens de rentrer à Duncairn, depuis hier, me dit-il. J'aimerais vous parler. Allons prendre un café chez Mackenzie. »

Nous traversâmes la place vers le Café Mackenzie. Les trois soldats étaient au sec, pour le moment. Mais c'était encore une journée morose, sous un ciel chargé de noirs nuages qui s'apprêtaient à se déverser. Le vent était glacial, pour cette période de l'année.

La dizaine de tables de Mackenzie étaient presque toutes inoccupées. D'ordinaire, j'en choisissais une petite près de la fenêtre d'où je pouvais observer la place, mais Sam n'y aurait jamais glissé toute sa masse, aussi en choisîmes-nous une autre plus grande, vers le fond.

Pendant notre marche jusqu'ici, il était resté étrangement silencieux, aussi me sentais-je nerveux et parlai-je trop. Entre deux gorgées de café, je lui confiai que j'avais peine à croire que les mois se soient écoulés si vite. Je lui assurai m'être plongé à plusieurs reprises dans le manuel de grammaire et de composition, et j'en connaissais maintenant très bien le contenu. Je supposai que c'était le genre de sujets qu'il avait envie d'aborder avec moi.

Sam hocha la tête, me laissant parler, sa tasse de café logée au creux de sa main telle une miniature.

« C'est bien », acquiesça-t-il.

Comme je n'avais personne d'autre à qui l'annoncer, je me décidai aussi à lui confier qu'une chose merveilleuse m'était arrivée, à Duncairn, pendant qu'il était parti en mission pour le rectorat. J'avais rencontré une jeune fille et j'étais amoureux d'elle. En fait, je lui avais demandé sa main. Elle n'avait pas répondu oui, pas encore, mais elle le ferait, je le savais.

Sam ne réagissant pas, je continuai simplement de parler. Je lui dis qu'elle s'appelait Miriam Galt et qu'il la connaissait sans doute. Elle habitait à Duncairn Manor avec son père, un vieil homme étrange.

Quelque chose dans sa manière de me regarder avec ces grands yeux verts commençait déjà à me préoccuper. Mais je continuai de discourir au sujet de l'amour et de la façon dont il m'avait transformé. Sans le formuler expressément, je laissai entendre que cet amour entre Miriam et moi était de l'espèce la plus rare et qu'il devait être épouvantable pour les autres de ne pas en connaître de semblable au nôtre, une forme d'amour singulière et magique, qui durerait éternellement.

Au milieu de ce torrent, Sam déposa précautionneusement sa tasse miniature dans sa soucoupe miniature.

« Vous ne pouvez épouser Miriam Galt, lâcha-t-il. Vous ne pouvez l'épouser car c'est ma fiancée. Hier, en rentrant chez moi, je me suis rendu au manoir pour la voir et nous avons arrêté la date de notre mariage. En réalité, c'est le motif de ma présence ici. Elle m'a fait promettre de venir vous en parler ce matin. »

9

Je le laissai au Café Mackenzie et pris aussitôt la direction du manoir. J'avais besoin de parler à Miriam, de l'entendre contredire cette absurdité.

Je courais à moitié à travers la lande, la pluie se mit à tomber à verse, de sorte qu'au moment où j'atteignis la demeure, j'étais trempé jusqu'aux os. Je frappai à la porte et attendis. Aucune réponse. Je frappai encore, plus fort. Aucune réponse. Je tambourinai à la porte et hurlai « Miriam ! Miriam ! » sans relâche. Pas de réponse. Je reculai et rugis son nom en m'adressant à la maison elle-même.

Les rideaux de la fenêtre juste au-dessus de la porte furent lentement tirés, par Miriam Galt. Les bras encore levés, elle me dévisagea quelques instants, le visage impassible. Puis elle referma les rideaux, comme à la fin d'un spectacle.

Je restai là un moment, sous le choc. Je me sentais comme l'un de ces guerriers antiques dont j'avais lu l'histoire, transpercé par une lance et sachant que, s'il la retire, il mourra. Ensuite je redescendis sous la pluie battante vers Duncairn, et la ville m'apparut comme l'endroit le plus inhospitalier qui soit. Quelques heures plus tôt, je m'étais presque convaincu d'être l'homme le plus heureux qui ait jamais été. Maintenant, j'étais sûr de ne plus jamais être heureux.

À l'aube, le lendemain matin, après une nuit lamentable, je me glissai furtivement au bas de l'escalier et sortis dans la rue. Un épais brouillard qui vidait le monde de sa substance convenait bien à mon humeur. Je me précipitai à la gare de Duncairn avec mes maigres possessions, que j'avais fourrées dans un sac de toile. Je m'achetai un billet pour le premier train qui arriverait et trouvai un compartiment vide. Lorsque le convoi s'éloigna de la gare à toute vapeur, en direction du sud, les volutes de brouillard à travers la fenêtre m'empêchèrent de rien voir de Duncairn.

C'est ainsi que, le cœur brisé, je quittai Miriam Galt et l'Écosse pour toujours.

Deuxième partie

> Le temps est ce qui empêche toutes choses d'arriver toutes à la fois.
>
> John Archibald Wheeler

Une lettre du curateur

Ainsi, bien des années plus tard, imaginez ma stupéfaction, dans cette librairie miteuse de La Verdad, au Mexique, à la vue de ce nom, Duncairn, en page de titre du *Nuage d'obsidienne*. Comment aurais-je pu ne pas acquérir ce livre ? Un mois entier s'était écoulé depuis que je l'avais expédié au Centre culturel national de Glasgow, et je n'avais reçu aucune nouvelle du curateur des livres rares. Je commençais à m'impatienter. Il avait forcément dû le lire, à présent, et soit il en avait été impressionné, soit non. Ce livre ne possédait-il un intérêt brûlant qu'en raison du sort que ce nom m'avait jeté ? Non que j'aie réellement cru en la magie, mais si des phénomènes comme la magie noire et blanche existaient, pour moi, le nom de cette petite ville représentait les deux – là, j'étais tombé complètement amoureux et j'avais essuyé le plus foudroyant des rejets.

Ensuite, un matin, avant le petit déjeuner, le facteur m'a distribué une lettre portant l'en-tête du Centre national culturel d'Écosse gravé sur l'enveloppe. J'ai rapidement lu le mot dactylographié qu'elle contenait.

Cher M. Steen :
Réf. Le Nuage d'obsidienne

Je suis navré qu'il nous ait fallu plus de temps qu'attendu pour nous occuper de cette pièce. Toutefois, il vous sera agréable d'apprendre que nous avons fait un certain nombre de découvertes extrêmement intéressantes au sujet de ce livre. Quand nous aurons achevé le reste de nos investigations, je vous en communiquerai les résultats, naturellement.

Je peux sans attendre vous annoncer ceci : au département des Livres rares, nous considérons déjà Le Nuage d'obsidienne *comme une curiosité littéraire écossaise assez remarquable. Personnellement, je suis ravi que vous nous ayez confié les recherches sur sa provenance. J'ose espérer que vous envisagerez en fin de compte de faire donation de cet ouvrage unique à notre collection.*

Quant au cadeau d'ordre financier que vous avez adressé voici quelques mois à notre centre : au nom de notre conseil d'administration, je souhaiterais vous exprimer notre plus profonde reconnaissance.

Votre bien dévoué, etc.
Professeur Neale Soulis (doctorat sur la Bibliophagie)
Curateur des Livres rares
Centre culturel national d'Écosse

Naturellement, j'étais enchanté que mon jugement quant à l'intérêt de ce livre n'ait pas été entièrement subjectif. Mais dans sa lettre ce professeur Soulis, le curateur, ne m'en avait pas révélé grand-chose, et je n'ai pu me retenir : j'ai décidé de lui téléphoner. Malgré le décalage horaire, j'ai réussi à le coincer à son bureau.

« Monsieur Steen, m'a-t-il fait quand il a compris qui j'étais. Quelle bonne idée d'appeler. »

Il avait une voix forte et paraissait bien plus enthousiaste que lors de mon premier appel téléphonique relatif à l'ouvrage. Je lui ai avoué que sa lettre m'avait électrisé.

« Croyez-moi, nous le sommes, nous aussi, m'a-t-il dit. Permettez-moi de vous répéter combien je suis heureux que vous nous ayez envoyé ce livre. Je vous l'assure, nous recevons tous les mois des dizaines de demandes émanant de toutes sortes de gens pour examiner des œuvres littéraires qui se révèlent tout à fait dénuées de valeur, du moins du point de vue des livres rares. J'en suis arrivé au stade où je leur réponds souvent que nous sommes trop occupés pour accepter davantage de pièces pour le moment. Dans votre cas, nous aurions commis une belle bourde. »

J'étais content d'entendre cela et j'ai insisté pour obtenir des informations. Quelles étaient ces « intéressantes découvertes » qu'il avait faites ? Par exemple, cette visite de l'étrange nuage miroir avait-elle réellement eu lieu ?

Mais à l'évidence, le curateur Soulis avait d'autres priorités.

« Oh, nous n'avons même pas encore entamé ce type de recherches, m'a-t-il répliqué. Je regrette, mais vous allez devoir supporter patiemment nos méthodes. Pour le moment, ce qui retient réellement notre attention, c'est le format du volume. »

Le format ? Je suppose que ma déception a dû se sentir à l'autre bout du fil, car je l'ai entendu rire.

« Cela va de soi, seul un spécialiste de l'histoire de l'imprimerie pouvait constater à quel point ce format est intéressant et inhabituel, a-t-il repris. *Le Nuage d'obsidienne* présente plusieurs caractéristiques qui, en soi, en font une pièce remarquable de la période. N'étant pas informés sur son imprimeur, nous en sommes donc encore à essayer de retrouver la trace de l'atelier et d'éventuels éléments concernant ce travail d'impression. »

Il n'avait donc rien découvert sur l'éventuelle réalité de l'incident ?

« Pas encore, m'a avoué le curateur. Mais nous y arriverons, par la suite, monsieur Steen... ne vous inquiétez pas, je vous en prie. Pour l'heure, nous avons un certain nombre d'autres pistes à explorer avant de creuser la question du contenu proprement dit de l'ouvrage. »

À cet instant, le bruit le plus épouvantable est sorti du téléphone, à telle enseigne que j'ai cru la ligne en dérangement. Je n'entendais plus ce que me disait Soulis et j'étais sur le point de raccrocher et de recomposer le numéro quand ce bruit de fond s'est tu. La voix était de nouveau tout à fait claire et distincte, mais il criait si fort que j'ai dû éloigner le combiné de mon oreille.

« Je veux juste vous assurer que je vous tiendrai informé de toutes nos découvertes, en temps et en heure, vociférait-il. À propos, la première fois que vous m'avez téléphoné, vous m'avez dit que vous étiez à Duncairn, il y a de cela des années. Par curiosité, puis-je vous demander exactement ce que vous faisiez là-bas ? »

Je lui ai brièvement précisé que je n'y étais resté que quelques mois, en théorie pour me préparer à enseigner. En fin de compte, cela n'avait pu aboutir et j'étais passé à autre chose. Naturellement, je n'ai pas mentionné Miriam Galt.

« Je vois, et maintenant vous êtes au Canada. » Sa voix était redevenue normale. « Je dois vous avouer que j'en sais très peu sur Camberloo, excepté que l'université a très bonne réputation. Après Duncairn, pour vous, cela devait représenter un sacré changement. »

Après quoi, nous avons échangé quelques plaisanteries. Il s'est confondu en remerciements pour ma donation ; il en serait fait très bon usage. Nous nous sommes dit au revoir, et c'était tout.

Mais il avait raison, au sujet du gouffre séparant Duncairn de Camberloo. Et c'est ce qui m'a amené à penser au chemin tortueux que j'avais emprunté pour arriver ici. J'avais vu ma part de prodiges et de mystères, comme cela nous arrive à tous dans le cours de notre existence, je le suppose. Mais celui qui a foi dans la fatalité, dans la destinée ou en quelque autre force obscure aurait fort bien pu soutenir que tout cela conduisait inévitablement à la découverte du *Nuage d'obsidienne*. Et, enfin, à la résolution du mystère le plus tenace de mon existence.

Dupont

1

Par hasard, le train à bord duquel je montai en ce matin de brume où je m'enfuis de Duncairn se dirigeait vers Londres. Il arriva à la gare d'Euston en fin d'après-midi, par un épais brouillard, aussi sale que tous ceux que pouvait générer Tollgate. Au cours de ces huit heures de trajet en train, je m'étais décidé, une fois à Londres, à rechercher le premier travail qui se proposerait sur un bateau en partance pour des régions du monde que je ne connaîtrais pas et qui ne me connaîtraient pas. Peut-être l'acte même de voyager réussirait-il à contrer le désespoir que je ressentais d'avoir été rejeté par Miriam Galt.

Aussi, quand je descendis du train, je me renseignai, appris que les docks se situaient à Wapping et attrapai un bus pour m'y rendre directement. À l'Office portuaire de Londres, on me dit qu'en des circonstances ordinaires ma totale inexpérience de marin m'aurait disqualifié même de toute tentative de candidature. Mais un problème venait de se poser. Le *SS Otago*, un cargo qui se préparait à lever l'ancre le lendemain matin avec une cargaison de machines destinées au port de Racca, en Afrique de l'Ouest, avait signalé ne pas avoir atteint le quota de matelots légalement requis – le bas de l'échelle, dans la hiérarchie du bord.

Sans un équipage complet, le navire ne serait pas autorisé à appareiller.

L'Office portuaire voulait bien me remettre le certificat approprié, sans poser de questions, si j'acceptai de signer tout de suite pour le voyage de l'aller et celui du retour.

Je n'hésitai pas.

À l'aube le lendemain, l'*Otago* largua les amarres et se dirigea vers l'aval de la rivière, et j'étais déjà sur le pont avec un seau et une serpillière, à éponger la crasse et les taches de graisse en soute.

Au cours des trois semaines suivantes, toutes les idées romantiques que j'étais allé puiser dans ces volumes sur la vie en mer s'étaient dissipées. À bord de l'*Otago*, j'étais dans la réalité. C'était un vieux cargo rouillé aux machines bruyantes alimentées au charbon, la nourriture servie au mess sous le pont était grasse et insipide, et les cabines exiguës, empuanties et remplies de poux. D'où la difficulté de l'*Otago* de trouver un équipage et l'empressement de l'Office portuaire à me laisser m'engager, moi, un marin d'eau douce patenté. Comme de juste, cela n'échappa pas à mes camarades d'équipage, et ils me signifièrent clairement qu'ils ne voulaient rien avoir à faire avec moi.

Les premiers temps, après ce qui s'était produit à Duncairn, la mer elle-même me semblait le reflet de mon chagrin. Pour un cœur brisé, l'océan Atlantique, avec sa vacuité vaste et grise, offrait le cadre parfait. Après la trahison de Miriam, travailler seul sur le pont, des heures et des heures d'affilée, me procurait le luxe de pouvoir m'apitoyer sur mon propre sort et de m'y complaire. Je me laissai parfois aller à croire qu'elle s'était jouée de moi, et depuis le début. Les moindres détails de son comportement pouvaient être revus sous ce nouvel éclairage. Même le livre qu'elle m'avait donné, l'histoire de cet homme cherchant en vain un trésor, se voulait probablement une forme de moquerie envers ma crédulité.

Or, la sensation que cet océan de grisaille compatisse à mon sort se révéla une illusion de plus. Au bout de deux jours, une violente tempête s'abattit et dura une semaine. L'*Otago* plongeait bille en tête dans des paquets de mer vertigineux fouettés par des coups de vent qui dépassaient tout ce que j'avais pu connaître au sommet des collines de ces Uplands pourtant si venteux. Les rafales aveuglantes et les éclairs qui donnaient l'impression de balayer le pont ne dispensaient pas l'équipage de travailler – le troisième officier me montra comment fixer une filière aux chandeliers tout proches et continuer à récurer ces taches de graisses incrustées. L'angoisse que m'inspirait la fragilité du bastingage contribuait à me sortir durablement mes peines de cœur de la tête.

Les choses empirèrent, avec au fond de mes entrailles une nausée qui se transforma en véritable mal de mer. Au bout d'un moment, me noyer me semblait même préférable à l'idée de vomir une fois encore. Néanmoins, je devais continuer de travailler, tous les jours, jusqu'à ce que la tempête finisse par refluer.

Mon mal de mer, lui, en revanche, ne passa pas. Ce qui me conduisit à rencontrer un médecin canadien, Charles Dupont.

À l'instar de beaucoup de cargos, le *SS Otago* s'efforçait toujours d'embarquer quelques passagers, ce qui contribuait à couvrir les coûts d'une traversée. Le docteur Dupont était l'un de nos quatre seuls passagers, les trois autres étant des hommes d'affaires. L'*Otago* n'ayant pas de médecin du bord, le commissaire du bord avait mentionné mon mal de mer chronique à Dupont qui, un matin, offrit volontiers de sortir sur le pont voir comment j'allais.

Ce docteur Dupont ne correspondait pas exactement à l'idée que je me faisais de l'apparence d'un médecin. Il était très jeune, le milieu de la trentaine, peut-être, avec des yeux verts où l'on croyait toujours percevoir une lueur, comme si tout dans le monde était matière à amusement. Il avait des cheveux bruns longs jusqu'aux épaules. Le plus remarquable, c'était sa barbe : très courte, il la peignait en deux moitiés symétriques qui pendaient de part et d'autre de sa mâchoire comme les stalactites que j'avais vues dans les grottes aux chauves-souris de Duncairn. Encore plus curieux : les deux pointes étaient lestées de perles vertes de la même couleur que ses yeux. Et de petites clochettes en argent tissées dans les touffes de poils tintaient chaque fois qu'il parlait, surtout lorsqu'il usait de mots requérant un minimum de mouvements du menton.

Ma première conversation avec lui fut mémorable.

Il me posa quelques questions sur les symptômes de mon mal de mer. Ensuite il me tendit un petit flacon marron qu'il avait apporté sur le pont, contenant une demi-douzaine de comprimés : je devais en avaler un chaque soir.

« Il est fâcheux que vous soyez obligé de continuer à travailler, me dit-il. Ces comprimés seront plus efficaces si vous restez allongé. »

Je remarquai qu'il s'exprimait avec un léger accent et ne semblait pas pressé de s'en aller. Il se mit à me poser des questions extramédicales, pour le plaisir, sur ce qui m'avait amené à devenir membre d'équipage de l'*Otago*. Je n'entrai pas trop dans les détails, lui indiquant seulement qu'originaire d'Écosse, je venais d'achever l'université et je voulais davantage voir le monde.

« Ah, fit Dupont. Encore un homme qui tente d'échapper à son passé. » Il dit cela avec humour et semblait s'inclure dans cette catégorie. Il était lui-même de retour en Afrique où il effectuait son deuxième engagement de deux ans dans un hôpital situé loin vers l'intérieur des terres, à la lisière entre jungle et désert. Il n'avait franchement pas l'air d'un homme taillé pour bien supporter le soleil, la peau claire et le visage en permanence tavelé de taches de rousseur.

Quand il était sorti sur le pont, il avait avec lui un livre de poche qu'il avait posé sur un taud. Tout en discutant, je jetai un œil à la couverture, aux couleurs criardes – une jeune femme vêtue d'une jupe très courte y était poignardée par un homme masqué.

« C'est le polar classique, fit Dupont en me voyant y jeter un œil. Longtemps, cela m'a gêné d'être surpris en train de lire ce style de bouquins. La vérité, c'est que cela me plaît. Cela me change agréablement de la littérature médicale que je dois m'imposer en temps normal… et les polars sont loin d'être aussi crus. Et puis, selon ma bonne amie Clara, quoi de plus approprié que ces énigmes pour nous éclairer sur le grand mystère qu'est l'humanité ? » Il rit et sa barbe tintinnabula.

Je n'avais encore pris aucune de ses pilules, mais du seul fait que quelqu'un à bord du navire m'adressait la parole, je me sentais déjà beaucoup mieux. Je l'interrogeai sur son accent : il ne s'exprimait pas tout à fait comme les Nord-Américains dans les films.

« C'est parce que je suis du Québec, me répondit-il. Le français est ma première langue et quand j'étais jeune je le parlais presque tout le temps. Chaque fois que j'avais recours à l'anglais, je me sentais un peu comme un écureuil obligé d'emprunter les trottoirs. »

En l'occurrence, je ne connaissais pas grand-chose du Québec ou du Canada, sauf qu'il s'agissait d'endroits que j'avais toujours crus agréables, comparés à Tollgate. Pourquoi choisir d'en partir et de travailler dans un continent aussi arriéré et dangereux que l'Afrique, d'après ce que j'en avais entendu dire ?

Il leva les yeux au ciel.

« Ah, c'est une longue histoire », soupira-t-il.

À cet instant, le gong du déjeuner retentit, du côté du compartiment réservé aux passagers.

« Je regrette, mais mon histoire devra attendre une autre occasion, fit-il. Dans l'intervalle, j'espère que ces comprimés vous aideront. C'était sympathique de parler avec vous. Je reviendrai demain voir comment vous vous sentez. »

Puis il se dirigea vers la porte de l'escalier menant aux cabines et disparut dans la coursive.

2

Dupont revint en effet me voir le lendemain, puis, en fait, tous les jours de la traversée. Sans jamais me le formuler en ces termes, il me laissait entendre que les autres passagers étaient des compagnons de traversée sans intérêt et qu'ils avaient aussi peu de choses en commun avec lui que mes camarades d'équipage avec moi. Nous discutions parfois une heure entière, et le contremaître du pont ne semblait jamais s'en formaliser – à bord du navire, une règle non écrite voulait que les passagers payants aient toute latitude d'aller et venir comme bon leur semblait.

Certaines nuits, après avoir terminé mon service, je l'accompagnai dans sa cabine boire un verre. Comparée à l'espace réservé aux quartiers de l'équipage, cette cabine était petite mais luxueuse. Hormis son lit et un bureau, il y avait deux sièges et même une petite bibliothèque contenant quelques livres de poche, à côté de revues médicales d'aspect plus austère. Nous prenions place dans les deux sièges, de part et d'autre du bureau, et il nous servait à tous les deux un verre de scotch bien tassé.

Les premières fois, n'étant guère accoutumé au scotch, l'alcool me délia la langue et je lui racontai pas mal de choses sur ma personne – la mort de mes parents, Jacob et Deirdre et leurs chats, et ce qui m'avait conduit à Duncairn. J'avais eu le cœur brisé par Miriam Galt. Je dus pas mal m'étendre sur le sujet, je suppose, mais il m'écouta patiemment.

« Ce lieu et cette fille ont visiblement laissé leur empreinte sur vous, observa-t-il au bout d'un moment. Je crains que les médecins ne disposent pas de comprimés pour un cœur brisé. Je ne peux même pas vous prodiguer de bon conseil. Tout ce que je puis dire, c'est que je sais ce que vous ressentez. »

Naturellement, je n'en croyais pas un mot. Personne n'aurait pu endurer ce que j'avais enduré.

Mais c'était maintenant le tour de Dupont de parler, et il ne s'en priva pas.

« L'autre jour, vous m'avez demandé pourquoi j'ai choisi de travailler en Afrique, commença-t-il. J'ai rencontré des gens estimant que seul un individu possédant l'âme d'un saint pourrait renoncer aux luxes du Canada pour partir travailler dans un trou perdu aussi dangereux. Mais croyez-moi, je n'ai rien d'un saint. Non, le fait est que cela me plaît réellement de travailler dans les lieux où il y a danger. Peut-être est-ce en partie parce que de pareils endroits réussissent à me sortir de l'esprit ce qui m'est arrivé voici douze ans. Comme dans votre cas, c'était une affaire de cœur. »

Il nous servit un autre scotch et m'expliqua ce qu'il entendait par là.

Dupont avait effectué son cursus de médecine à la faculté de Montréal, dans le but de devenir chirurgien et anthropologue. Ce fut là-bas qu'il rencontra et épousa la femme qu'il aimait. Elle était grande et délicate, avec de longs cheveux noirs, étudiante à l'école des beaux-arts, elle qui travaillait l'été dans une petite bijouterie artisanale. À eux deux, ils avaient très peu d'argent, mais réussissaient à s'en sortir grâce à son emploi à temps partiel.

Un jour, en rentrant du travail, elle lui annonça que le propriétaire de la boutique, qui en possédait plusieurs autres d'un bout à l'autre du pays, voulait qu'elle renonce à son diplôme et travaille à plein temps pour son commerce. Il avait entendu certains de ses clients fortunés lui confier qu'elle avait l'œil pour le style de pièces susceptibles de les séduire. Il souhaitait donc qu'elle représente la chaîne de magasins sur les grands marchés de la bijouterie de New York, Boston et Los Angeles, où il achetait son stock. La hausse de son salaire serait plus que suffisante pour les faire vivre tous les deux confortablement, le temps que Dupont achève ses études de médecine.

Dupont et elle discutèrent longuement de cette offre et finirent par tomber d'accord : elle devait accepter. Il était bien entendu entre eux qu'après l'obtention de son diplôme et l'ouverture de son cabinet, elle retournerait achever ses études.

Aussi, à la rentrée d'automne, au lieu de reprendre tous les matins le chemin de l'université avec lui comme auparavant, elle débuta dans son nouvel emploi. Cela lui imposait de passer beaucoup de temps dans les avions et d'habiter à l'hôtel. Elle était partie quelquefois toute la semaine, mais chaque fois qu'elle rentrait, ils n'avaient jamais assez l'un de l'autre et passaient toutes leurs minutes de liberté ensemble. À présent, ils s'étaient acheté une voiture, louaient un grand appartement neuf de cinq pièces avec vue sur la montagne et s'attablaient dans les meilleurs restaurants de la ville. Elle avait les moyens de s'acheter des tenues coûteuses, adaptées à son nouveau statut. En fait, lorsqu'ils sortaient ensemble, elle portait certains des bijoux les plus précieux de la collection, colliers, bagues et broches, une forme de publicité. Il avait fallu installer un petit coffre dans l'appartement, tout spécialement pour ces pièces de joaillerie.

En cette première année à son nouveau poste, début décembre, elle avait dû se rendre à Boston, pour un salon de détaillants. Elle avait déjà beaucoup voyagé en avion et s'était dit qu'il pourrait être agréable cette fois de prendre le volant de sa toute nouvelle voiture, histoire de changer. Boston n'était pas si loin de Montréal – guère plus de quatre ou cinq heures d'autoroute.

Dupont était un peu inquiet, car même s'il n'y avait encore eu aucun signe de chutes de neige, le temps à cette période de l'année pouvait très vite se dégrader. Elle lui promit d'être prudente.

Vers sept heures, le matin de son départ, il l'accompagna à l'ascenseur, l'embrassa et lui dit combien il l'aimait.

« Je préférerais rester ici avec toi, lui répondit-elle, en le serrant fort dans ses bras. Souviens-toi toujours que je fais cela uniquement parce que je t'aime plus que tout au monde. »

Juste avant que la porte de l'ascenseur ne se referme, elle lui promit de l'appeler ce soir-là de son hôtel à Boston.

Et en effet, à neuf heures ce soir-là, le téléphone de Dupont sonna. Mais ce n'était pas un appel de sa femme. C'était un officier de police du Massachusetts, l'informant que son épouse, prise dans une bourrasque de neige à un péage, avait trouvé la mort après une collision avec un camion, à une heure de Boston. La police avait trouvé leur adresse dans son portefeuille. Le passager du véhicule avait péri lui aussi. L'officier communiqua à Dupont le nom de ce passager : c'était le propriétaire de la chaîne. Ils avaient tous deux été tués sur le coup.

Il s'était demandé pourquoi son épouse n'avait pas mentionné que son employeur effectuerait le voyage avec elle. Mais il était trop affligé pour s'y attarder.

Chagrin ou non, il réussit à surmonter le supplice des funérailles, en présence de la famille de sa femme, très accablée. Ensuite il avait dû se charger de la pénible tâche de mettre de l'ordre dans les affaires de la défunte. Un agent de leur compagnie d'assurances lui affirma que les dépenses mortuaires seraient prises en charge, mais demanda s'il souhaitait conserver la police couvrant les bijoux.

Dupont fut surpris de la question. Les seuls bijoux de prix qu'elle ait jamais portés appartenaient à son employeur, et elle ne les aurait donc pas assurés elle-même.

L'assureur lui soutint que si, ils étaient sa propriété, et elle les avait fait estimer devant expert à un demi-million de dollars, un mois plus tôt. Elle avait pris l'initiative, les avait assurés pour ce montant et ils appartenaient maintenant à Dupont, puisqu'il était son seul légataire.

Au cours des semaines suivantes, animé d'une sombre détermination de tout savoir, il avait pris la peine d'établir les faits. Des relevés attestaient que son épouse avait bel et bien reçu la totalité de ces bijoux en cadeau, des mains du propriétaire des magasins. En outre, il avait découvert que cet homme l'avait accompagnée lors de plusieurs déplacements professionnels, des employés d'hôtels se souvenaient tout particulièrement de cette femme superbe aux longs cheveux noirs. Le couple prenait ensemble des avions, des repas – et des chambres d'hôtel.

Dupont ne pouvait croire qu'il eût été assez sot pour ne rien suspecter. La promotion soudaine de sa femme au sein de l'entreprise revêtait maintenant tout son sens. D'instinct, sa première réaction avait été de prendre les bijoux de la morte et d'aller les jeter dans les eaux les plus profondes du Saint-Laurent.

Ensuite, il s'était ravisé, préférant plutôt se rendre chez un marchand de bijoux pour les lui vendre à la moitié de leur valeur. Mais il ne pouvait plus supporter de rester à Montréal et organisa son transfert à la faculté de médecine de l'université de Camberloo, dans la province de l'Ontario. Là, il put vivre très confortablement avec l'argent de la revente des bijoux.

Il avait beau être titulaire d'un diplôme de médecine et avoir cumulé plusieurs années de résident en chirurgie, il était incapable de trouver le moyen de se guérir. La blessure provoquée par la trahison de sa femme était maintenant envenimée par un profond sentiment de détestation de soi, pour s'être permis de vivre confortablement grâce aux bénéfices de cette trahison. Il avait quitté Montréal à cause de l'une, et ne pouvait supporter plus longtemps Camberloo à cause de l'autre. Dans l'espoir ultime de réussir en quelque sorte à se purifier, il se porta volontaire pour partir exercer en qualité de médecin généraliste dans n'importe quelle région reculée du monde susceptible de recourir à ses services.

Dupont avala une longue gorgée de son whisky.

« Et me voilà donc ici, de nouveau en partance pour l'Afrique, fit-il. Non que je m'attende à ce qu'exercer en de tels endroits résolve mes problèmes personnels. Où que vous alliez, vous vous emportez toujours avec vous. Je redoute que ce ne soit que trop vrai.

« Mais le temps passant, les choses vont beaucoup mieux pour moi, maintenant. Durant des années, ces événements n'ont cessé de me tourmenter. Avait-elle réellement aimé cet autre homme ? Étaient-ce les bijoux qu'elle avait aimés ? Ou m'avait-elle réellement aimé, moi ? Ou peut-être avait-elle cru qu'il serait plus agréable pour nous de vivre dans le confort, le temps que je termine mes études de médecine, et que ce que j'ignorais ne me blesserait pas ? Après tout, les dernières paroles qu'elle m'avait adressées étaient : *Je fais cela uniquement parce que je t'aime plus que tout au monde.* Je ne parvenais plus à me les extraire de la tête. »

Il haussa les épaules.

« Au bout du compte, j'ai fini par croire qu'elle m'aimait, en effet, et que tout ce qu'elle avait fait… même de s'offrir occasionnellement à son patron… c'était véritablement pour moi. » Il me regarda avec compassion. « Bien sûr, après ce que vous avez enduré, il vous est difficile de comprendre. Quand j'étais jeune, je ressentais la même chose. Mais maintenant, ce qu'elle a fait ne me semble plus si épouvantable. »

En toute honnêteté, je ne voyais aucune similitude entre nos situations. Les infidélités de son épouse, si elle les avait commises par amour, n'avaient en réalité rien de si perfide. Lui pardonner ne requérait pas une si grande générosité. Mais le rejet de Miriam à mon égard, c'était une tout autre affaire. Elle m'avait permis de tomber amoureux d'elle, ne m'avait pas aimé en retour, en ayant eu depuis le début l'intention d'épouser un autre homme. Mon malheur, c'était que je l'aimais encore. En matière de pardon, j'étais trop bouleversé pour savoir même par où commencer.

Je réfléchissais à tout cela, et Dupont manipulait les deux petites perles vertes accrochées aux pointes de sa barbe.

« Je n'ai pas vendu tous ses bijoux, m'avoua-t-il. Ce sont les saphirs d'une de ses bagues. On m'a expliqué que c'étaient les pierres du souvenir. Chaque fois que je les touche, je pense à elle. »

3

La nuit, dans les quartiers de l'équipage, certains hommes s'allongeaient sur leur couchette en fumant ce qu'ils appelaient du « kif ». Ils bourraient leurs petites pipes ornementées d'une substance brune, l'inhalaient quelques secondes, puis recrachaient lentement. Nos quartiers s'emplissaient tout entiers de cette odeur sucrée, car le kif est un mélange de pétales de rose et de marijuana – naturellement, à Tollgate, où la bière et le whisky régnaient en maîtres, je n'en avais jamais entendu parler. Une partie de ces hommes d'équipage, quand ils avaient fumé, se montraient un peu plus amicaux envers moi. L'un d'eux m'offrit même sa pipe.

Mais toute cette scène me remit en tête cet horrible vieillard couché dans son sofa, à Duncairn.

« Non, merci », dis-je.

Mon camarade de bord était de trop bonne humeur pour s'en offusquer.

Un soir dans sa cabine, devant un verre de scotch, je questionnai Dupont sur le kif.

« J'en fume moi-même à l'occasion, me glissa-t-il. Je fais partie de ces voyageurs qui croient que prendre part à de telles coutumes locales peut avoir son importance pour qui veut comprendre d'autres régions du monde. »

Il vit que cela m'intéressait d'en entendre davantage à ce sujet.

« Je vais vous en fournir une illustration éclairante », continua-t-il.

Un jour, il était en poste dans un archipel du Pacifique. Il avait été envoyé là-bas par un organisme philanthropique afin d'y installer une clinique destinée à soigner les maladies des insulaires. Mais lorsque la clinique fut prête, ces derniers se tinrent à distance. Dupont en découvrit la raison par une voie détournée.

À une époque lointaine de leur histoire, semblait-il, ces habitants des îles avaient compris que la peau d'un petit poisson de certains torrents de montagne renfermait une espèce de narcotique. Ce poisson devint bientôt partie intégrante de divers rituels. Les hommes de la tribu se rassemblaient en un lieu saint où les femmes leur servaient de ce poisson. Les hommes léchaient les arêtes et entraient dans un état d'extase religieuse. Les femmes ne pouvaient que regarder, car pour elles, lécher ce poisson demeurait un tabou.

Apprenant cette coutume du poisson dont on léchait les arêtes, Dupont avait eu envie d'essayer. Pour lui, cela relevait à la fois de son obligation professionnelle d'anthropologue et de son devoir de docteur en médecine. Lécher ce poisson paraissait intimement lié à la culture insulaire. De la part d'un chercheur, ne pas essayer eût été aussi sot que tenter de saisir l'essence de maintes formes occidentales de célébration en s'abstenant totalement de toute consommation d'alcool.

L'un des autochtones qu'il avait appris à connaître proposa de lui faire découvrir cette drogue. Mais l'insulaire ne pouvait en aucun cas se permettre de révéler à un étranger les rituels religieux sacrés associés au léchage des arêtes de poisson – les martèlements de tambour, les chants, les costumes, les ornements cérémoniels et ainsi de suite. Aussi, pour sa démonstration, il l'invita sous son toit et le conduisit sur le balcon, après le coucher du soleil.

La scène était tout à fait familiale. L'épouse de l'homme avait attrapé un poisson frais (de toute petite taille, car Dupont n'avait pas l'expérience de cette drogue) et le lui présenta dans une soucoupe, avec un verre d'eau pour se rincer le palais après la séance de léchage.

Le poisson mesurait une quinzaine de centimètres, de couleur vert pâle, et dodu pour sa taille.

Imitant l'exemple de l'homme des îles, Dupont avait lentement passé la langue de la tête jusqu'à la queue de l'animal, à deux reprises. Ensuite, ils s'étaient installés dans leur fauteuil, pour laisser la drogue produire son effet.

Il fut presque immédiatement transformé en créature aquatique. Il sentit le froid du torrent de montagne dont il sillonnait le lit de galets en quête de nourriture. Son cœur s'emballait à la vue de rats d'eau, d'anguilles, de grenouilles et même de crocodiles dont les yeux se réduisaient à deux fentes, rôdant autour de lui entre deux eaux, tous monstrueux. Une fois, un énorme oiseau piqua du haut du ciel et tenta de le saisir entre ses griffes. Peu après, il se mua en créature rampant sur le ventre, le long d'un rivage moussu, creusant et dévorant, transformant la terre en compost, goûtant son monde. À ce stade, la maîtrise du langage lui avait échappé et il avait l'esprit rempli d'images si pénibles qu'il craignait de devenir fou.

Heureusement, les effets de la drogue refluaient déjà. Il était soulagé, non sans regretter aussi de voir ses facultés de perception de nouveau se réduire à celles d'un simple être humain.

Quand ses yeux retrouvèrent une vision plus nette, il constata que l'autochtone était depuis longtemps revenu de ce qui, pour lui, avait représenté une expérience des plus anodines. Dupont avait envie de parler de ce qu'il venait de voir (de ce qu'il venait d'être), mais ne se sentait guère capable de puiser en lui les mots nécessaires. L'insulaire lui assura que, même s'il avait été un maître du langage, il n'aurait pas eu davantage la faculté de reconstituer verbalement cette expérience consécutive au léchage du poisson que de transformer le bungalow où ils avaient pris place en arbres *vesi*, dans le bois desquels il était construit.

Après cette expérience préliminaire, Dupont demeura deux ans sur l'île et prit part à un certain nombre de rituels de léchage du poisson. Il remarqua que chaque fois qu'il ressortait de cet état extatique, il restait également sans voix. Mais il commençait aussi à se sentir en étroite communion avec les insulaires et à saisir intuitivement une part de leur vision du monde.

S'ils ne fréquentaient pas sa clinique, par exemple, la raison en était qu'ils croyaient en une forme de réincarnation annihilant complètement toutes les notions de la médecine occidentale. Le léchage du poisson leur avait appris que la vie humaine n'était que l'une des innombrables formes de vies que finirait par habiter chaque esprit, et rien ne devait permettre d'affecter cette continuité. Dans le même ordre d'idées, il fallait accepter d'endurer toutes les afflictions d'ordre physique. En fait, en se livrant à la moindre tentative de les soulager, on s'exposait à devoir les subir à nouveau dans des vies ultérieures, sous des formes encore plus virulentes.

Dès lors, à l'évidence, aucun insulaire doué de bon sens ne ferait jamais le moindre usage des services de cet Occidental. Si l'organisme international qui l'avait envoyé là installer cette clinique avait d'abord mené une étude de terrain pour appréhender ce principe élémentaire de la culture de l'archipel, il aurait épargné à la fois son temps et son argent.

Et, dans sa cabine à bord du *SS Otago*, Dupont conclut ainsi son histoire.

« Je crois que si j'étais resté un peu plus longtemps sur cette île, j'aurais pu totalement me convertir, m'avoua-t-il. Il me fallait juste quelques séances de léchage de poisson supplémentaires, afin de parachever ma réflexion. »

Il rit, et je ris moi aussi. Je ne savais jamais trop quoi penser de lui. Il avait précédemment admis que son désir de travailler dans diverses régions exotiques de la planète satisfaisait son amour du risque et du danger au moins autant que d'éventuelles pulsions humanitaires. Cela heurtait sans nul doute mes conceptions idéalistes sur la sorte d'homme qu'un docteur se devait d'être.

« Eh bien, Harry, fit-il, toutes ces conversations à propos du bon vieux temps me donnent envie de fumer. Il se trouve, ajouta-t-il dans un aparté de théâtre chuchoté, que j'ai justement un peu de kif sous la main. »

Il se rendit à son bureau et en revint avec l'une de ces pipes que j'avais vues utilisées par l'équipage. Il la bourra, l'alluma et tira dessus. Ensuite, retenant son souffle, il me la tendit.

Ne voulant pas l'offenser, je pris la pipe et j'inhalai. La fumée sentait bon, mais le goût était infect. J'étouffai et toussai jusqu'à m'en vider les poumons.

La barbe de Dupont tintinnabula de rire.

« Le kif, c'est comme la vie, fit-il. Parfois, cela vous coupe le souffle. »

4

L'*Otago* était en mer depuis plus de deux semaines à présent. Le ciel restait la plupart du temps couvert, mais la surface de l'eau était bien plus étale et la moiteur de l'air devenait telle que l'équipage travaillait sur le pont torse nu. Mon mal de mer, si c'était bien de cela qu'il s'agissait, ne s'était nullement apaisé, malgré les pilules que Dupont m'avait administrées. Un jour, sur le pont, évoquant sa persistance, celui-ci émit une suggestion.

« Écoutez, pourquoi ne débarquez-vous pas à Racca ? me proposa-t-il. Vous pourriez vous rendre avec moi jusqu'à l'hôpital, voir un peu du pays tant que vous y êtes. Si c'est juste du mal de mer que vous souffrez, être à terre un moment devrait vous en débarrasser. S'il s'agit d'autre chose, dès que nous atteindrons l'hôpital, je pourrai vous traiter convenablement. »

L'établissement se situait à plus de cent cinquante kilomètres du port de Racca, à l'intérieur des terres. Dupont y avait travaillé, ces dernières années, et l'avait modernisé. L'établissement avait été construit afin de pourvoir aux besoins des populations tribales disséminées en bordure du désert, surtout des femmes souffrant de complications consécutives à leur accouchement.

« Clara est l'infirmière chef… si vous veniez avec moi, vous la rencontreriez », ajouta-t-il. À la mention de son nom, ses yeux s'adoucirent. Il avait souvent fait allusion à cette femme, aussi m'imaginai-je qu'elle lui inspirait beaucoup d'affection. « Qu'en pensez-vous ? Ce pourrait être amusant. »

L'idée de quitter le cargo me séduisait, car j'étais toujours rejeté par l'équipage. Mais la question de mon contrat se poserait : j'avais signé aussi pour le voyage du retour.

« Cela ne devrait pas causer de problème, m'affirma-t-il. Je vais tout de suite aller parler au capitaine. »

Il était homme de parole. Il laissa entendre au commandant qu'il serait sage de me libérer de mon contrat, en raison de mes soucis de santé.

Ce dernier se montra très compréhensif.

« Il n'aura aucun mal à vous remplacer, m'assura Dupont. Il ne manque apparemment pas de marins en quête de navires, à Racca. Ils n'apprécient pas trop de rester coincés là, alors ils signent à bord de n'importe quel cargo en partance. »

J'avais du mal à le croire, car j'en avais alors pour ma part plus qu'assez de la marine et des navires. Cela n'aurait certainement pas pu être pire sur la terre ferme.

À l'entrée du *SS Otago* dans la ville portuaire de Racca, l'atmosphère de l'aube était déjà étouffante. Ou du moins était-ce le cas aux abords du port, qui se situait en périphérie nord de la ville. Les bâtiments de notre tonnage devaient jeter l'ancre en eau profonde, juste en deçà des brisants, à un petit kilomètre du littoral. Plus près de la côte, les eaux étaient trop peu profondes pour ces navires.

L'*Otago* s'immobilisa et on arrêta les machines. Un comité d'accueil d'un million de moustiques et de mouches piqueuses s'abattit à bord pour nous recevoir dignement.

Les périlleuses opérations de déchargement du cargo débutèrent assez vite. Il fallait tout transborder dans des canots à plus faible tirant d'eau sortis du port et qui se pressaient autour de l'*Otago* comme des chatons tétant une mère chatte indocile. Mes camarades de bord n'appréciaient guère ce transfert de cargaison. Ils connaissaient toutes sortes de récits macabres de mutilations et de noyades, survenues durant cette procédure.

Ma dernière besogne en qualité de membre de l'équipage s'avéra bien moins dangereuse. Au lieu de décharger ce cargo muet et peu coopératif, je devais aider à débarquer Dupont et trois autres passagers à terre, au moyen du canot du bord.

Il n'empêche, cette simple tâche se révéla déjà éprouvante pour les nerfs. On mit le canot à la mer, dix mètres plus bas, suspendu à une poulie. Un marin expérimenté descendit par une échelle de corde qui se balançait le long de la coque et sauta à la proue de l'embarcation. Ensuite, il la repoussa, l'écarta de la coque et la maintint aussi stable que possible dans la houle pendant que j'aidais les passagers à descendre, eux et leurs bagages. Enfin, je réussis à les rejoindre à mon tour.

Les passagers étant tous en sécurité et les bagages bien en place, le marin chevronné se chargea des avirons et rama, franchissant des brisants imposants où patrouillaient des escouades de requins. Seul Dupont, que l'on avait transporté à terre de cette manière à plusieurs reprises, ne semblait pas trop craindre qu'une voie d'eau dans notre embarcation ne nous fasse verser dans la gueule des squales. Au soulagement de tous, nous atteignîmes enfin le rivage. Obéissant au dernier ordre que je reçus en tant que membre de l'équipage, je sautai dans les hauts-fonds et tirai le bateau sur les derniers mètres, vers la grève.

Me tenir enfin sur la terre ferme n'eut pas tout à fait l'effet attendu. La plage de sable me donnait l'impression de tanguer de manière tout aussi imprévisible que l'océan et j'avais du mal à conserver mon équilibre. Pendant un moment, je me sentis comme une créature extra-terrestre, à mon aise ni à terre ni en mer.

J'eus beau avoir entendu raconter par l'équipage que Racca était empuantie et surpeuplée, cela ne m'aurait pas déplu de consacrer un moment à l'explorer. Mais Dupont connaissait déjà bien cette cité et n'avait aucune envie de s'y attarder. Au contraire, une fois au port, il s'organisa pour nous obtenir des places de passagers sur la plate-forme d'un camion découvert, fermée sur les côtés et à l'arrière par des panneaux en bois. Prêt à partir, ce véhicule nous transporterait de la côte dans l'épaisse savane de l'intérieur des terres.

« Nous n'avons pas vraiment le choix, mais si vous voulez vous imprégner un tant soit peu de ce pays, le bus, c'est vraiment le seul moyen de voyager… cela vous éduquera, ajouta Dupont alors que nous étions accroupis derrière la cabine. Celui-ci nous conduira tout droit à la porte de l'hôpital. »

Ces camions tenaient lieu d'autobus, s'arrêtant de village en village le long de la route, prenant et déposant des passagers. Avec un peu de chance, nous arriverions à l'hôpital avant le coucher du soleil.

Quelques autres passagers montèrent à bord, le moteur rugit, les pignons craquèrent, et nous démarrâmes dans une embardée. Au début, nous devions nous arrêter et repartir fréquemment, en traversant les banlieues chaotiques et tentaculaires qui entouraient le port. Ensuite, nous quittâmes la vie moderne et pénétrâmes dans le bandeau de jungle primitive qui nous séparait des prairies et du désert.

5

Les routes s'étaient désormais changées en pistes creusées de nids-de-poule, au sol profondément fissuré, à cause du manque d'entretien. Des orages soudains et violents les transformaient en torrents impétueux aux rives escarpées et boueuses. Le camion devait les escalader et s'arrêter jusqu'à ce que la pluie se calme, ce qui ne prenait d'ordinaire que quelques minutes. Ensuite, le niveau de l'eau baissait assez pour rendre à nouveau notre périple possible.

En progressant plus loin dans la jungle, je me sentais parfois un peu fiévreux. Les arbres énormes penchés au-dessus de la piste finissaient par former une librairie sans fin, tels des rayonnages et des rayonnages tous indéfiniment remplis du même livre abîmé, ou encore le défilé monotone des taudis dans un Tollgate où, bizarrement, on étoufferait de chaleur.

Mais en dépit de cet état de stupeur ou à cause de lui, je me sentais généralement à mon aise. La sombre étreinte de la jungle, limitant notre horizon à quelques mètres seulement, où que l'on se tourne, s'avérait à ce stade plus réconfortant pour moi que les perspectives infinies de la mer.

J'étais fasciné par les passagers qui montaient et descendaient à chaque village, le long de la route. Leur peau noire et lisse était visiblement exempte de boutons de fièvre, de furoncles et des cicatrices de variole des habitants des taudis. Les femmes, dans leurs robes à fleurs de couleurs vives, étaient particulièrement belles. Quand elles parlaient et riaient, leurs mots résonnaient comme une étrange poésie.

Excepté le fait qu'ils étaient construits dans des clairières au milieu d'une vaste forêt, l'agencement de la plupart de ces villages n'était pas très différent de celui des bourgades des Uplands. Au centre, il y avait le marché où les fabricants de lances, les boulangers, les potiers et les vendeurs de viande étalaient leurs marchandises. Ce vaste espace était aussi traversé d'une rue principale ponctuée par les résidences des chefs et des divers membres de leur conseil. Les villageois les moins importants vivaient dans des huttes plus petites sur le pourtour du village, là où commençait la jungle et où, selon Dupont, ils offraient une proie plus facile aux lions, aux sangliers sauvages, aux mambas noirs et à une pléthore d'autres créatures bien plus meurtrières que celles des Uplands.

De prime abord, la fragilité des constructions me surprit – leurs cloisons étaient faites de lattes de bambou au travers desquelles vous pouviez voir. Dupont souligna que le climat local exigeait des maisons qu'elles soient le mieux ventilées possible. Quoi qu'il en soit, ces lattes composant les murs ne leur procuraient pas beaucoup d'intimité, au sens où nous l'entendons, nous autres Occidentaux.

« Peut-être ont-ils moins de secrets que ceux d'entre nous qui ont été élevés à l'intérieur de logements en brique, remarqua-t-il. Ou peut-être détiennent-ils des secrets d'une espèce différente des nôtres. Ne serait-il pas intéressant de savoir ce que ceux-ci pourraient être ? »

Vers midi, alors que je somnolais, le camion s'arrêta un moment et on prépara un feu pour permettre à nos compagnons de voyage de cuisiner leur déjeuner. Je humai le fumet de la viande rôtie, cela m'ouvrit l'appétit et je me penchai par-dessus le bord du camion. Les passagers et les chauffeurs s'étaient assis autour du feu, et chacun tenait en main ses brochettes de bambou.

Sur chaque brochette était empalé le corps rôti d'un minuscule bébé, entier, avec ses membres.

Dupont vit mon atterrement.

« Ce n'est pas ce que vous pensez, me rassura-t-il. En réalité ce sont des petits singes des arbres. Ils ont pourtant une apparence tout à fait humaine, n'est-ce pas ? Ils sont réputés très savoureux. »

La vision des autres arrachant la chair de ces corps minuscules comme s'il s'agissait de poulets, ainsi que le craquement des petits os des doigts sous la dent des mangeurs – tout cela, pour moi, était trop. Je sautai du camion et, dans un taillis tout proche, je ne pus réprimer mes vomissements. À mon retour, Dupont me fit un petit sermon sur l'attitude appropriée du voyageur avisé.

« Vous devez comprendre, Harry, que ces gens ne violent pas je ne sais quel code moral universel en mangeant des nourritures différentes des nôtres, m'expliqua-t-il. Certains voyageurs refusent d'intégrer cette réalité diététique élémentaire : pour survivre, nous devons tous manger d'autres organismes vivants, que cela nous plaise ou non. Que l'on soit né dans une région où l'on mange les cochons ou dans une autre où l'on préfère les singes… au lieu du chou ou du porridge, comme c'était le cas pour vous en Écosse, je le suppose… cela relève du pur hasard. »

Je n'appréciai guère d'être ainsi assimilé à des voyageurs à l'esprit étroit. Aussi, bien que l'idée de manger des petits singes soit écœurante, je n'argumentai pas.

6

Nous débouchâmes ensuite de cette région de jungle épaisse sur une route de terre rouge qui nous conduisit vers des paysages bien plus dégagés. Ils se composaient de buissons d'épineux à hauteur d'homme et de groupes de caoutchoucs aux feuilles longilignes, sur des étendues herbeuses sans fin.

« Nous nous rapprochons du désert », m'annonça Dupont.

Même dans ces espaces moins confinés, toutefois, les choses n'étaient pas toujours ce qu'elles semblaient.

Par exemple, à plusieurs reprises, ce que je pris pour des tapis de feuilles mortes jonchant la route bondissait soudain et prenait vie à l'approche du camion : ces feuilles étaient en réalité d'énormes essaims de locustes, se prélassant au soleil après avoir semé leurs ravages.

L'épisode le plus remarquable eut lieu lorsque la route, qui n'était en réalité que la trace fantomatique laissée par les véhicules précédents dans cette terre écarlate, nous conduisit à travers une zone pleine de souches de caoutchouc noircies, vestiges d'un enfer passé. Dupont me désigna ce qui ressemblait à des rochers dressés en équilibre instable sur certaines de ces souches.

Ces rochers se fondaient si bien dans leur environnement que je ne les avais même pas remarqués. Mais maintenant qu'il avait attiré mon attention sur eux, je supposai qu'ils avaient dû être placés là par les tribus locales, à des fins rituelles.

Dupont secoua la tête.

« Regardez un peu », me dit-il, et il demanda au chauffeur d'arrêter le camion un instant.

Il descendit, ramassa un caillou sur le bord de la route, et le lança en direction d'une de ces souches. Immédiatement, le rocher perché dessus se métamorphosa en oiseau, qui déploya de lourdes ailes brunes et s'envola dans les airs avec des piaillements furieux.

Dupont lança trois pierres sur d'autres rochers, qui tous se révélèrent des oiseaux perchés. Ils tournèrent dans les airs, en protestant avec colère.

Dupont remonta dans le camion.

« Ces oiseaux s'appellent des engoulevents. »

Le camion s'était à peine remis en route que les volatiles

s'étaient déjà réinstallés sur leur souche, passant une fois encore inaperçus.

« Durant la journée, ils sont d'une telle immobilité par rapport à leur environnement que jamais vous ne vous apercevriez que ce sont des êtres vivants », m'expliqua Dupont.

Et malgré tout, pour une raison qui m'échappait, assister à ces transformations m'emplit d'une funeste prémonition. Je lui en fis part.

« Il y a probablement des êtres humains qui possèdent le même talent », me dit-il.

Nous n'aurions pu ni l'un ni l'autre nous douter de la signification de mauvais augure qu'auraient ces paroles, par une journée encore éloignée, sous un hémisphère lointain.

Dupont était bien connu dans certains villages, s'y étant rendu en visite lors de ses voyages précédents. Il était capable de se débrouiller en pidgin et dans plusieurs autres langues autochtones. Le chef ou le chamane venait parfois l'accueillir, ayant appris par le bouche-à-oreille qu'il passait par là. Ils le flattaient et le suppliaient d'user de sa magie étrangère à leur profit.

Nous nous arrêtâmes dans un de leurs villages de la prairie, le temps d'une brève consultation clinique. Dupont m'avait annoncé que j'y rencontrerais une personne intéressante, mais sans m'en dire davantage.

« C'est une surprise », me dit-il.

Un homme et plusieurs femmes sortis d'une hutte près de là où le camion s'était arrêté vinrent nous saluer. L'homme était grand et mince, avec de grands yeux tristes. Mais voici ce qui me stupéfia chez lui : il avait une barbe grise et clairsemée, divisée en deux moitiés, aux pointes ornées de perles vertes et de petites clochettes d'argent.

« Je voulais que vous sachiez où j'avais puisé cette idée, me fit Dupont, en souriant et en se manipulant la barbe. Cet homme est le chamane de la tribu… leur homme médecine… et moi, je suis notre homme médecine, alors pourquoi pas ? »

Il s'approcha du grand personnage et lui serra la main. Ils bavardèrent un moment dans une langue étrange, leurs clochettes respectives tintinnabulant tandis qu'ils parlaient. Mon guide se tourna vers moi.

« Apparemment presque tout le monde est sorti s'occuper de la récolte, donc il n'y aura guère besoin de consultation lors de cette visite, fit-il. Mais une femme vient de donner naissance à son premier bébé, dans cette hutte… c'est la hutte de la maternité… et il est sur le point de procéder au rite initiatique. Je vais entrer y assister. Voulez-vous m'accompagner ? Je vous garantis que ce sera très instructif. »

Connaissant Dupont comme je le connaissais à présent, j'avais tendance à être prudent quand il me tenait ce genre de propos. Il vit à quoi je pensais.

« Ne vous inquiétez pas. Ils ne risquent guère de nous offrir de mets bizarres à manger. »

Quoique me sentant un peu pris de vertige, j'acceptai d'y aller avec lui. Nous nous dirigeâmes tous vers la hutte – le chamane, les femmes, Dupont et moi – où nous entrâmes.

La hutte de la maternité était vaste et spacieuse. D'autres villageoises étaient déjà là, en position debout, sur un tapis en rotin étalé au sol. Elles firent place au chamane. L'une d'elles le revêtit d'un manteau multicolore aux plis et replis travaillés.

Une femme nue aux seins gonflés était couchée sur le tapis en rotin. Une seconde femme, une spectatrice, berçait doucement dans ses bras le bébé que la première venait de mettre au monde, en lui fredonnant une berceuse. Le petit corps était zébré de sang et de mucus visqueux.

Dupont et moi prîmes place et observâmes la scène. Le chamane aux yeux tristes s'agenouilla et se pencha au-dessus de la femme qui venait d'enfanter. Ensuite, il ouvrit grands les bras, dans un geste théâtral, et secoua son manteau multicolore. Celui-ci se transforma immédiatement en une clameur de criaillements et de gazouillis. Je m'aperçus qu'en réalité il ne s'agissait nullement d'un manteau, mais d'un filet auquel des dizaines de petits oiseaux de couleurs différentes étaient attachés d'assez ingénieuse manière par les pattes. Le bruit qu'ils faisaient me rappela ces vols tapageurs d'étourneaux qui nichaient dans les arbres aussi rares que squelettiques de Tollgate.

Assez vite, les oiseaux redevinrent silencieux. Le chamane se saisit des seins de la femme et se mit à les téter, en s'attardant de longues minutes sur l'un puis sur l'autre. Ensuite, il se redressa et nous considéra de ses yeux tristes, nous tous qui étions rassemblés là. Il avait la bouche grande ouverte, du lait lui dégoulinait du menton. Je vis qu'il n'avait plus de dents, rien d'autre que ses gencives roses et nues.

Les oiseaux se remirent à criailler et le bébé, sentant peut-être l'odeur du lait, beugla encore plus fort que les volatiles. On restitua l'enfant à sa mère. Elle le mit au sein, qu'il téta avec frénésie.

En retournant au camion, Dupont me demanda si cette expérience avait été pour moi aussi riche d'enseignements qu'il l'avait espéré.

En fait, dès ma première vision de ce bébé, et surtout du spectacle horrible de ce liquide visqueux et de ce sang, j'en avais eu la nausée.

« Tous les êtres humains arrivent en ce monde couverts de mucus et de sang… même s'ils sont nés dans des palais », me rappela Dupont. Ensuite il m'expliqua la signification de cette cérémonie. « Dans cette tribu, ce manteau de petits oiseaux est censé empêcher l'âme du bébé de quitter son corps. Mais ce qui est particulièrement intéressant, c'est que le lait de la mère est la seule nourriture que le chamane soit autorisé à absorber. Donc, pour lui, les femmes sont les membres les plus importants de la tribu… il dépend complètement d'elles pour sa survie. C'est très bon pour ces femmes, et cela rehausse leur statut. Pour les nouvelles mères, cela présente aussi un avantage pratique : le chamane s'assure que du lait maternel s'écoule bien de leur sein, pour leur bébé. Au contraire de ce que pensent la plupart des hommes, ce n'est pas toujours une affaire simple. »

Pour moi, en tout cas, c'était une découverte. Entre cela et la vision de ce bébé couvert de mucosités répugnantes, j'étais curieux de savoir ce qui pousserait une femme saine d'esprit à vouloir un enfant.

« Il suffit que l'homme qu'il faut sache l'en convaincre », me répondit Dupont avec un rire qui fit joyeusement tinter sa barbe.

J'étais trop écœuré pour rire. En tout cas, je ne pus m'empêcher de me dire ceci : il n'était sûrement pas moins important pour un homme de trouver la femme qu'il lui fallait ? Or moi, ne l'avais-je pas trouvée, et ne m'avait-elle pas brisé le cœur ?

7

À un certain point du voyage, le camion finit par devenir notre taxi privatif. Il n'y avait plus d'autres passagers, et nous ne nous arrêtâmes plus à aucun village. Les arbres étaient désormais rares, quelle qu'en soit l'essence, et nous roulâmes des heures d'affilée au milieu de vastes étendues de prairies ondoyantes. Un vent constant couchait les hautes herbes devant notre véhicule. Puis le camion franchit la crête d'une colline et ce fut brusquement la fin des prairies. Un désert s'ouvrait devant nous, comme un océan miraculeusement transformé en sable, creusé d'énormes vagues au mouvement suspendu.

Avant de pénétrer en terrain si hostile à la mécanique, il fallait effectuer une dernière vérification du moteur, et Dupont proposa de profiter de cet arrêt.

« Allons marcher un peu, suggéra-t-il. Vos premiers pas dans le désert seront un moment dont vous vous souviendrez. »

Je ne voyais aucun inconvénient à descendre de cette plate-forme de camion quelques instants, même dans cette atmosphère aussi brûlante que le souffle d'air chaud échappé d'un four allumé. Nous marchâmes un bon kilomètre et demi, en sillonnant des dunes de sable, nos pieds s'enfonçant profondément à chaque pas. Avec l'aide de Dupont, je réussis à crapahuter jusqu'au sommet d'une des plus hautes dunes.

« Asseyons-nous ici quelques instants », fit-il.

Nous pouvions voir à des kilomètres tout autour de nous.

« L'hôpital n'est plus qu'à une heure d'ici, par là », m'annonça-t-il, en désignant le nord-est, où le désert semblait s'étirer à l'infini. Une fine poussière de sable retomba sur nous, portée par un vent qui hululait étrangement.

« Ce vent s'appelle l'*harmattan*, m'apprit Dupont. Avant de venir ici, je croyais que le vent était bruyant uniquement lorsqu'il soufflait à travers les arbres et les câbles ou entre les édifices. Mais il n'y a rien de tout cela, dans un désert, et vous avez donc ici presque la sensation d'entendre la voix même du vent. »

Nous l'écoutâmes en gardant le silence. Ce vent possédait une tessiture si troublante, si lugubre qu'elle m'en donna presque la chair de poule. Je repensai à ceux des Uplands que Miriam et moi écoutions lorsque nous nous aventurions dans la lande autour de Duncairn. Ces vents si vivifiants étaient parfois glaciaux, mais j'aimais leur voix car j'étais moi-même amoureux. Ici, en haut de cette dune, la lamentation du vent semblait une fois encore à l'aune de mon état intérieur.

Dans mon état fébrile, ces réflexions assez simples suffirent à me fatiguer. Après quelques instants, quand Dupont estima qu'il valait mieux regagner le camion, j'arrivai à peine à me remettre sur mes pieds.

8

Nous progressions dans le désert en suivant le très vague tracé d'une route. Il était maintenant quatre heures de l'après-midi. Pour éviter de respirer du sable, nous dûmes nous emmailloter la tête dans nos chemises, et je me sentais plus mal que jamais.

Enfin, Dupont attira mon attention d'un petit coup de coude.

« Regardez, fit-il. Nous y sommes presque. »

Levant le nez au dessus du panneau du camion, je pus apercevoir un ensemble composé de trois bâtiments d'aspect moderne, peints en blanc et miroitant, flottant sur la rive opposée d'un lac du bleu le plus pur. Je clignai plusieurs fois des yeux. J'ignorai qu'il y eût des lacs dans le désert.

« Ce lac n'est qu'un mirage, m'avertit mon compagnon. On finit par s'y habituer. Mais ces bâtiments sont bien réels. Lors de la construction de l'hôpital, toute cette terre n'était composée que de prairies. Depuis des années maintenant, le désert gagne du terrain. C'est l'un des grands problèmes par ici, mais ce n'est pas le pire. Dans cette région, certains êtres humains sont bien déterminés à surpasser les dévastations causées par la nature. »

À bord de notre four ambulant secoué de cahots, me sentant trop malade, je m'attachai uniquement à trouver une position moins pénible. Aussi ne lui demandai-je pas ce que signifiait sa dernière remarque.

Nous ne tardâmes pas à progresser en terrain bien plus plat, qui tenait lieu à l'occasion de piste d'atterrissage pour de petits avions, et nous finîmes par nous immobiliser dans une cour intérieure, au centre des trois bâtiments que nous avions aperçus. L'immeuble du milieu, orienté d'est en ouest, était plus grand que les deux autres, qui formaient comme les dents d'une fourche pointée vers le nord. Les trois édifices étaient pourvus de longues vérandas ombragées donnant sur la cour centrale. On avait tiré des lits sous ces vérandas, occupés par des patients qui installés en position assise, observèrent notre arrivée. La partie abritée comportait un certain nombre de jardins remplis de légumes et de fleurs, une vision appréciable dans un paysage aussi aride.

Alors que Dupont m'aidait à descendre du camion, une ribambelle de chats domestiques couchés à l'ombre en sortirent pour venir flâner à notre rencontre, la queue dressée (le temps d'un instant, dans ma fièvre, je songeai à la horde de chats dans la maison de Deirdre, à Glasgow, et je m'attendais presque à la voir apparaître, elle aussi).

Mais ces chats du désert étaient accompagnés de plusieurs infirmières en uniforme blanc. Le comité d'accueil, chats et infirmières, paraissait ravi de voir Dupont, autant qu'il l'était lui-même. Il salua chacune des infirmières par son prénom et se baissa pour cajoler chaque minet.

La dernière des infirmières, la seule Européenne, était une femme grande et mince aux cheveux noirs taillés court, un peu grisonnants. Le visage ridé par le soleil, elle portait d'épaisses lunettes à monture métallique qui lui donnaient le regard immense d'une chouette.

Dupont et elle s'étreignirent de longs instants sous le regard des autres, souriants.

Dupont nous présenta, en la tenant par la main.

« Clara, voici Harry, dit-il. Il souffre d'une fièvre persistante, donc il restera un certain temps avec nous, jusqu'à ce qu'il se sente mieux.

« C'est un plaisir de faire votre connaissance, me dit-elle. J'espère vraiment que vous apprécierez votre séjour chez nous. » Elle s'exprimait avec l'accent anglais.

Sans perdre de temps, Dupont m'attribua une petite chambre réservée aux visiteurs vers le fond des logements du personnel, à l'intérieur du bâtiment principal. La fenêtre ne comportait pas de vitre, rien qu'un cadre anti-insectes, et le lit était protégé par une tente moustiquaire. Il m'injecta immédiatement un produit et m'ordonna le repos.

Pendant les quarante-huit heures suivantes, je restai alité, entre la veille et le sommeil, et grignotai de petits en-cas à base de fruits et de pain. De temps à autre, un bruit apaisant me tirait de mon sommeil, comme le fonctionnement d'une machine en sourdine. Il s'avéra qu'il s'agissait d'un petit chat noir et marron qui avait trouvé un passage sous la tente moustiquaire et venait se coucher près de moi, en ronronnant avec bonheur. Sa présence me procurait du réconfort, entre deux assoupissements.

Tôt le troisième matin, Dupont entra dans la chambre quelques minutes après mon réveil. Il souleva la moustiquaire et me tâta le front.

« Vous avez beaucoup de température, remarqua-t-il. La fièvre devrait baisser d'un instant à l'autre maintenant. »

Le petit chat était au pied du lit, d'où il observait en ronronnant. Dupont caressa sa fourrure.

« Je vois que vous avez la petite Sadie pour veiller sur vous, observa-t-il. Les chats de l'hôpital sont une idée de Clara. Au début, nous les avions pris ici juste pour limiter l'invasion des rongeurs et ses insectes, mais ensuite nous avons découvert que certains patients se rétablissaient plus vite avec eux dans les parages. »

Je lui assurai que Sadie était la meilleure compagnie qui soit.

« À ce propos, je viens avec une invitation à souper, me dit-il. Si, et seulement si vous vous sentez un peu mieux ce soir, Clara aimerait vous avoir à dîner chez elle à six heures. En temps normal, j'en serais moi aussi, mais je regrette, je m'absente au moins jusqu'à demain. Un village à cent cinquante kilomètres plus à l'est nous signale une éruption de fièvre jaune. Je vais aller voir ce que je peux faire. Clara ouvrira l'œil sur vous, d'ici à mon retour. »

9

Je somnolai presque toute cette journée et me levai vers cinq heures. Je n'avais pas faim du tout, mais je me sentais bien plus solide, aussi me rasai-je et enfilai-je mes vêtements lessivés de frais.

Juste avant six heures, l'obscurité tomba comme une pierre, suivant l'habitude, et peu après une infirmière fit son apparition à la porte de ma chambre pour me conduire là où je devais me rendre pour le dîner. Elle me précéda dans des couloirs faiblement éclairés, et nous passâmes devant des chambres aux portes ouvertes où je discernai vaguement des patients qui s'installaient pour la soirée.

L'une de ces portes était signalée par un écriteau : *Salle d'accouchement*. Elle était entrouverte et nous perçûmes toute une activité et des gémissements émanant de la pièce.

« L'une de nos patientes éprouve quelques difficultés », m'expliqua l'infirmière.

Elle me conduisit dans une autre salle bien éclairée, où la table était dressée pour deux. Un ventilateur tournoyait en silence au plafond. L'infirmière repartit dans le couloir. Je m'étais à peine assis que Clara fit son entrée.

« Je suis si contente que vous vous soyez senti assez bien pour vous joindre à moi, me dit-elle. J'ai faim. Dînons. »

Le repas consistait en un ragoût épicé composé d'une espèce de viande d'antilope du désert, suivi de figues et de fruits variés. Clara m'encouragea à goûter un peu de chaque, ce que je fis.

Tant que nous restâmes à table, hormis de brefs commentaires sur les mets, mon état de santé et les progrès espérés de ma convalescence, nous ne parlâmes pas beaucoup. Après quoi, nous passâmes dans une pièce attenante dotée de fauteuils plus confortables et bûmes un thé chaud.

Tout en prenant quelques gorgées de son thé, Clara se détendit et se montra plus loquace. Entre autres choses, je découvris la raison première de la présence de Dupont à bord de l'*Otago*. Il rentrait d'une courte visite à Londres où il avait été appelé pour conseiller le ministre sur la situation politique dans le désert. Apparemment, le climat empirait de jour en jour.

« Nous entendons parfois des tirs d'artillerie au loin, la nuit, me confia-t-elle. Pour nous tous, c'est effrayant. Les patients et l'équipe doivent se tenir prêts à une évacuation immédiate, si jamais l'hôpital était menacé. »

Je comprenais maintenant à quoi Dupont faisait allusion, lorsque nous approchions de l'établissement.

« Nous espérons ne pas être véritablement contraints de partir, ajouta-t-elle. Mais nous devons faire preuve de réalisme et reconnaître qu'une attaque n'est pas exclue. »

Elle me dispensa ensuite une brève leçon d'histoire.

Des guerres intertribales inexpiables se perpétuaient dans ces régions depuis des siècles. Quand les diverses puissances coloniales prirent le pouvoir, elles imposèrent une paix artificielle entre ces tribus et les déplacèrent dans des pays qui étaient des créations tout aussi artificielles. Les frontières de ces nouvelles nations n'avaient strictement d'autre objet que la commodité administrative des puissances étrangères et réunissaient souvent des peuples de la jungle, de la savane et du désert, ennemis traditionnels qui ne partageaient pas les mêmes langues ou les mêmes visions du monde. Naturellement, lorsque les puissances coloniales s'en allèrent ou furent jetées dehors, les bienfaits de la paix et de l'ordre qu'elles avaient imposés cédèrent vite la place à des animosités instinctives, traditionnelles. Des flambées de violence ne cessaient d'éclater, et visaient généralement des gouvernements pas tout à fait légitimes.

« D'où les tirs d'artillerie, la nuit, conclut Clara. Nous tâchons de tenir le coup du mieux que nous pouvons, mais qui sait comment tout cela finira ? »

À cet instant, comme pour signifier un changement de sujet, elle retira ses lunettes. Ses yeux immenses de chouette reprirent leur taille normale, leur éclat d'émeraude et leur vivacité.

« J'espère que cela ne vous ennuie pas que Charles m'ait tout confié de vous et de votre histoire d'amour malheureuse, me fit-elle. Je dois avouer… et il est d'accord avec moi… que si cela vous a profondément affecté, c'est tout à votre honneur. Mais vous êtes jeune et vous avez le monde entier devant vous. Soyez certains qu'avec le temps, vous trouverez le bonheur. »

Et cela recommence, songeai-je : Dupont l'a priée de me dispenser encore je ne sais quel conseil.

« Le principal est de ne pas se replier sur soi, de ne pas craindre de vivre une autre relation dans le futur, continua-t-elle. Après avoir été blessés, certains d'entre nous se jurent de ne plus jamais s'engager dans une relation compliquée. Mais cela n'a rien d'une vertu. C'est juste une forme de lâcheté… une peur d'être à nouveau blessé. »

Cette remarque m'atteignit un peu.

« Bien sûr, dans votre cas, je ne prétends pas que ce soit pour tout de suite, nuança-t-elle, pour me mettre plus à mon aise. Vous traversez encore une période de deuil. Mais, vis-à-vis de l'amour, vous ne devez jamais céder au cynisme. Si vous le faisiez, les femmes dignes d'être aimées sentiraient une vacuité en vous et resteraient à l'écart. Elles comprendraient que vous êtes incapable de vous enraciner dans leur cœur, et elles dans le vôtre. »

Cela lui plaisait beaucoup d'avoir un nouvel interlocuteur à qui exposer ses théories, soupçonnai-je. Je me demandai si ce conseil à un novice comme moi ne la mènerait pas à certaines révélations au sujet de sa propre existence et de ses expériences en matière amoureuse.

Je n'aurais pu voir plus juste.

« En l'occurrence, je sais moi aussi ce que vous avez enduré, reprit-elle. Oui, j'ai épousé un homme, il y a de cela vingt ans, maintenant. Une semaine tout juste après notre mariage, qui a eu lieu en Angleterre, mon nouvel époux et moi sommes partis pour l'Afrique. Nous avions tous deux vingt et un ans et nous formions un sacré duo d'innocents. J'avais à peine terminé ma formation d'infirmière et c'était un instituteur aventureux, idéaliste… c'est pourquoi il voulait partir travailler dans une région du monde qui en avait le plus grand besoin. »

J'ai effectué le calcul : vingt et un ans, vingt ans plus tôt, cela devait lui faire maintenant quarante et un ans. Elle avait la peau si ridée par le soleil que je l'aurais crue bien plus vieille. Pourtant, sous d'autres aspects, elle aurait pu en avoir encore vingt et un : ses yeux verts étaient si juvéniles et pleins de vie et il émanait d'elle une énergie qui semblait presque déplacée, au vu de ce visage marqué.

« Mon mari est mort subitement, il y a tout juste quatre ans, m'apprit-elle. Physiquement, ce n'était pas un homme très robuste, et le climat ainsi que diverses maladies tropicales ont fini par le tuer, alors qu'il était encore assez jeune. Il était responsable éducatif du district dans la région du peuple Basio, à huit cents kilomètres au sud d'ici. J'étais chargée des soins infirmiers à l'hôpital local. J'étais très amoureuse de lui, à notre arrivée ici… sans quoi, je n'aurais pu quitter l'Angleterre. Mais l'homme que j'aimais s'est révélé ne plus être l'homme que j'ai épousé. Je crois savoir que ce n'est pas si rare. »

Elle but une gorgée de thé et j'attendis d'en entendre davantage.

« Voyez-vous, reprit-elle, en posant sa tasse, durant cette période de presque vingt ans où il a effectué ses différentes tournées pédagogiques officielles… elles duraient des semaines, parfois des mois… il avait eu des relations intimes avec une kyrielle de femmes Basio. Je ne l'aurais jamais su s'il ne me l'avait pas avoué, tout juste six mois avant sa mort. Je serais restée dans une bienheureuse ignorance et sa mort m'aurait brisé le cœur. »

À présent, ayant éveillé mon intérêt, elle voulait achever de clarifier les choses.

« Sa manière de se comporter n'était pas entièrement sa faute, poursuivit-elle. Cela faisait partie de ces coutumes culturelles dont nous n'avions ni l'un ni l'autre conscience quand il avait accepté ce poste. Dans presque toute la région de Basio, la fidélité dans le mariage s'avère une notion inexistante. Tout y est mis en commun. La propriété des biens appartient au peuple dans son ensemble et tous les enfants sont élevés collectivement. Mis à part les occasions spécifiques où le mari et l'épouse se retrouvent seul à seul à des fins de procréation, les activités sexuelles sont elles aussi collectives, fondées sur ce que les Basio considèrent comme le désir tout à fait normal d'un mari ou d'une épouse envers toute une variété de partenaires.

« Mon mari était bel homme, et un étranger d'une autre ethnie, un invité sur leur territoire, ce qui l'exposait à quantité de sollicitations. S'il avait refusé les avances de leurs femmes, non seulement c'eût été une grave insulte à la culture Basio, mais cela aurait rendu son travail de responsable éducatif tout à fait impossible. Donc il ne s'est pas refusé.

« Quand il me l'a finalement avoué, j'ai compris, sur un plan intellectuel, l'épineuse situation où il s'était trouvé, et je ne lui en ai pas réellement voulu. Il m'a soutenu qu'il m'aimait encore et n'avait jamais cessé de m'aimer... que ses ébats avec les femmes Basio n'avaient absolument rien à voir avec de l'amour. Mais, en mon for intérieur, il m'avait profondément déçue. »

Il régnait maintenant un tel silence dans la pièce que nous pouvions entendre les cigales dans les parterres de fleurs. Clara but une gorgée de thé, en pesant soigneusement ses mots.

« Le fait était qu'après son aveu je n'avais plus le cœur de l'aimer, m'avoua-t-elle. Mais enfin, nous avons pris la décision de ne plus jamais soulever le sujet de ses activités extraconjugales. Au cours de ses derniers mois de vie... bien sûr, nous ne savions pas que c'étaient les derniers... chaque fois qu'il rentrait d'un de ses circuits, nous agissions comme s'il ne s'était rien passé de douteux, pendant qu'il sillonnait les routes. »

J'estimai que cela avait dû être très dur à supporter.

« Vous avez raison, admit-elle. Il est arrivé un moment où je n'étais plus capable de le supporter et je m'étais décidée à le quitter et à rentrer en Angleterre. Mais avant de pouvoir lui annoncer ma décision, j'ai reçu la nouvelle qu'il était mort d'une crise cardiaque dans l'un des villages où il s'était rendu en visite. Après son décès, j'ai eu envie de m'éloigner de la région de Basio aussi vite que possible et j'ai posé ma candidature pour ce poste, ici. »

Je hochai la tête avec compréhension, et elle but une autre gorgée de thé.

« J'étais certaine d'en avoir complètement assez des hommes, reprit-elle. Et puis Charles a fait son apparition. Assez curieusement, il me rappelait mon mari, à certains égards… certainement à cause de son esprit aventureux. C'est sans doute toujours ce genre d'hommes qui se tiennent prêts à se rendre dans des endroits aussi dangereux et isolés. Une femme peut tomber amoureuse de ce genre d'homme, mais elle ne peut pleinement se fier à eux, comme l'expérience me l'a appris. Je suis sûre que Charles m'est infidèle lui aussi, mais en un sens ce n'est plus aussi important à mes yeux que par le passé. Ce qui me révèle certaines vérités sur moi-même que je n'avais pas tout à fait saisies auparavant. »

Elle vit bien ma perplexité.

« Voyez-vous, le principal, c'est que je l'aime, et qu'il m'aime, lui aussi, me confia-t-elle. Jamais il ne me mentirait à ce sujet. C'est ce qui compte le plus entre un homme et une femme. » Elle hocha la tête, satisfaite de cette idée.

Je recommençai à me sentir mal, mais je voulais lui demander comment elle pouvait être aussi sûre de la validité de sa conclusion. Toutefois, avant de me laisser lui poser la moindre question, elle en revint à mon problème amoureux.

« D'après ce que j'ai cru comprendre, reprit-elle, vous avez fui l'Écosse avant d'avoir eu vraiment l'occasion de comprendre pourquoi cette jeune femme vous avait éconduit. »

Là encore, quel qu'en soit le degré d'exactitude, je n'aimais pas entendre employer ce terme, « fuir », pour définir mes actes. Et puis je me sentais vraiment mal.

Clara n'avait rien remarqué et continua de parler.

« Vous ne savez pas vraiment ce qui a pu lui traverser l'esprit, insista-t-elle. Peut-être avait-elle de très sérieuses raisons d'agir de la sorte. Mais naturellement, vous en êtes encore à un stade de la vie où vous pensez que si le monde se conduit mal envers quelqu'un de bien, comme vous, cela vous interdit à jamais d'accorder votre confiance. Quand vous serez plus âgé, vous comprendrez qu'il n'en est rien. »

À ce moment-là, j'avais la tête si embrouillée que je n'étais pas sûr de comprendre ce qu'elle entendait par là.

Juste à cet instant, après un coup frappé à la porte, l'infirmière qui m'avait amené à la salle à manger fit son entrée. Elle portait un nouveau-né emmailloté dans un petit châle. Elle ne dit rien, mais paraissait soucieuse. Clara chaussa de nouveau ses lunettes et lui prit le bébé des mains. Elle écarta le haut du châle et l'observa quelques instants.

« Comment va la mère ? s'enquit-elle.

— Elle ne s'est pas encore réveillée, fit l'infirmière.

— L'a-t-elle vu ?

— Non, je l'ai gardé loin d'elle.

— C'est bien », fit Clara. Elle regarda dans ma direction. « C'est le genre de choses qui peut arriver, à cause de la malnutrition, de la génétique ou de toute une série d'autres causes », m'expliqua-t-elle.

Je me sentais vraiment dans un état épouvantable, mais elle n'avait pas à le savoir et elle approcha le bébé. Elle entrouvrit un peu plus le châle, pour que rien ne m'empêche de le découvrir.

Le nouveau-né, si l'on pouvait appeler cela un nouveau-né, n'avait pas de tête, rien que des épaules et un cou. D'un plateau au sommet de ce cou une petite langue rose pointait par une ouverture étroite, et deux petits yeux marron me fixaient avec vivacité.

J'étais maintenant trempé de sueur et je me sentais si nauséeux que je me crus sur le point de vomir.

« Je dois y aller », soufflai-je, et je me dirigeai rapidement vers ma chambre.

J'étais au lit depuis à peine plus de cinq minutes quand on frappa un coup bref à la porte et quelqu'un entra. J'avais laissé la lampe de chevet allumée et, à travers la tente moustiquaire, je vis Clara.

Elle s'approcha du lit et se pencha au-dessus de moi.

« Je suis désolée de vous avoir montré ce bébé, fit-elle. Je ne me suis pas rendu compte que vous vous sentiez si mal. »

J'aurais aimé qu'elle s'en aille et me laisse dormir.

Elle glissa la main sous la moustiquaire et je la sentis toute fraîche se poser sur mon front.

« Votre fièvre va bientôt tomber, fit-elle. Ensuite, elle ramassa mes vêtements épars sur le sol et les rangea sur la chaise. Ne laissez jamais de vêtements ou de chaussures par terre, me conseilla-t-elle. Les scorpions et d'autres sales petites bestioles peuvent ramper dedans durant la nuit. »

À travers le voile de la tente moustiquaire, je vis qu'elle avait commencé de se déshabiller. Elle posa chacun de ses vêtements, puis ses chaussures, sur la chaise, par-dessus les miens.

Mon cœur battait très fort, à la fois de fièvre et de cette vision que j'avais d'elle à travers la gaze. Son visage bruni, desséché, ne semblait pas appartenir à son corps. Sa douceur blanche si saisissante me coupa totalement le souffle.

Ensuite, elle posa ses lunettes sur le meuble de chevet, éteignit la lampe, souleva la moustiquaire et se faufila à côté de moi. Très décidée, elle se lova contre moi et me prit dans ses bras. La fraîcheur de son contact était une sensation merveilleuse. Malgré ma fièvre, j'en ressentis de l'excitation.

Elle écarta délicatement ma main.

« Je suis ici à des fins médicales uniquement... c'est une coutume locale, pour aider la fièvre à retomber, et c'est généralement tout à fait efficace, précisa-t-elle, en pressant son corps un peu plus contre le mien. Maintenant essayez de dormir. »

Et je dus dormir profondément, car lorsque je rouvris les yeux, c'était le matin. Clara et ses vêtements avaient disparu. Je me sentais beaucoup mieux et j'avais faim, donc je me préparai et rejoignis la salle à manger des infirmières pour le petit déjeuner. En chemin, je passai devant celle qui avait amené ce petit bébé sans tête, la veille au soir.

Je me demandai maintenant si tout cet incident, y compris la visite de Clara dans mon lit, n'avait pas été un pur produit de mon imagination délirante. Mais je posai timidement la question, au sujet du bébé.

Elle secoua tristement la tête.

« C'était une petite fille, dit-elle. Elle est morte dans la nuit. C'était encore ce qu'il y avait de mieux, pour toutes les personnes concernées. »

Je ne pus m'empêcher d'être d'accord.

À mon entrée, Clara quittait la salle à manger. En me voyant, elle cligna de ses yeux de chouette et me tendit la main.

« Ne vous inquiétez pas, fit-elle sèchement. Je veux seulement prendre votre pouls. » Ses doigts vinrent encercler mon poignet et, après quelques instants, elle hocha la tête, satisfaite. « Presque normal », observa-t-elle.

Je lui confirmai que je me sentais bien mieux.

« C'est donc que vous allez mieux, fit-elle. Parfois, ces remèdes traditionnels semblent bel et bien fonctionner. »

Dupont revint plus tard ce jour-là. Il passa dans ma chambre, après sa tournée des différentes salles.

« Je suis content que votre fièvre soit tombée, dit-il. Je redoutais d'avoir à moi-même me déshabiller et de devoir m'allonger à côté de vous un moment. » Devant ma gêne, il éclata de rire. « J'ai su par Clara que vous étiez un peu excité hier soir. Peut-être est-ce un signe que vous vous rétablissez aussi de vos peines de cœur. »

Je ne trouvai rien à répondre.

« Nous *souhaitons* tous que l'amour soit éternel et exclusif, reprit-il. Mais cela semble rarement le cas. Un amour se perd, un autre se trouve, et nous sommes certains cette fois qu'il durera éternellement. Et ainsi de suite. Au fond de leur cœur, les amants sont optimistes à l'extrême. »

Mais je refusai de me sentir optimiste. Bien que ma fièvre soit nettement descendue, j'étais certain que la guérison de mes peines de cœur demeurait tout aussi lointaine qu'auparavant.

10

Quelques semaines s'écoulèrent et tous mes signes de fièvre avaient complètement disparu. Pour passer le temps, je m'étais mis à aider les infirmières dans l'hôpital, à changer la literie, à cirer les planchers, à travailler dans le jardinet et, de manière générale, à essayer de me rendre utile. Dans la journée, Dupont et Clara étaient occupés, mais nous avions l'habitude de nous retrouver le soir à dîner. Nous nous entendions bien. Parfois, nous parlions de Tollgate et Duncairn. Cela ne me gênait pas non plus d'évoquer Miriam, et ils veillaient à ménager mon cœur brisé, en le traitant avec respect.

Un matin, alors que j'arrosais le jardin, deux jeeps militaires firent irruption dans l'enceinte de l'hôpital, en laissant des nuages de sable dans leur sillage. Elles transportaient six soldats et un officier. Dupont sortit voir ce qui se tramait, et j'entendis l'officier demander s'il accepterait d'accompagner la patrouille non loin de là, où un groupe rebelle avait récemment attaqué un peloton de soldats gouvernementaux. Apparemment, Dupont accompagnait souvent ces patrouilles, au cas où des secours seraient nécessaires.

Il retourna dans l'hôpital chercher son nécessaire médical et, m'apercevant, me demanda si je voulais lui tenir compagnie.

« Ce sera forcément intéressant, m'affirma-t-il. Ces rebelles ont la réputation de faire subir de drôles de traitements à leurs victimes. »

Cela aurait dû suffire à me faire hésiter. Mais j'étais si plein d'une énergie contenue, maintenant que ma fièvre avait disparu, que je lui répondis que j'avais réellement envie d'y aller.

On me fit de la place dans la jeep à côté de Dupont et nous fonçâmes, soulevant une véritable tempête de sable derrière nous. Au bout de huit ou neuf kilomètres, les jeeps ralentirent l'allure. L'officier, qui s'était installé dans le siège passager, pointa le doigt devant lui.

À quelques centaines de mètres au nord, d'épaisses colonnes de fumée noires s'élevaient de la terre.

Avant que j'aie eu l'occasion de dire quoi que ce soit, Dupont secoua la tête.

« Ce n'est pas de la fumée, fit-il. Ce sont des mouches. »

Oh non, songeai-je.

Nous descendîmes des jeeps au bord de ce qui ressemblait à un cratère volcanique, d'une cinquantaine de mètres de large. C'était la zone où la bataille s'était déroulée. Maintenant que les moteurs des jeeps étaient coupés, le grondement de ces piliers noirs et grouillants de mouches était aussi fort que celui d'un train express fonçant à toute allure. Ces colonnes se dressaient au-dessus de masses informes, amoncelées à ras de terre, pas encore identifiables, même s'il était facile de deviner ce que c'était. Les soldats jetèrent des rocailles et les mouches se dispersèrent, dans une furie bourdonnante. Ensuite les hommes, Dupont et moi dévalâmes au fond du cratère.

Le retrait des mouches nous révéla une vision d'épouvante : ce n'était pas seulement un entassement de cadavres, mais chacun d'eux était éviscéré, leurs intestins entortillés comme des décorations de carnaval. D'autres étaient démembrés et les diverses parties de leur corps avaient ensuite été grotesquement recomposées. Certains d'entre eux avaient récupéré quatre jambes, ou quatre bras. Dans un cas, une tête sanguinolente saillait d'un estomac fendu en deux, comme dans une naissance atroce. On avait fourré des plantes du désert au fond des bouches et des orbites.

Tous ces morceaux de corps n'étaient pas humains. On avait aussi taillé en pièces un troupeau de chèvres. Les têtes et les membres de ces chèvres avaient été replacés sur des torses humains. Des têtes et des membres humains étaient rattachés à des corps de chèvres. Certains de ces êtres hybrides avaient été calés en position debout au moyen de bâtons, de telle sorte qu'à distance, ils paraissaient en vie.

Dupont n'eut pas à s'attarder longtemps à les examiner. Les victimes, une vingtaine en tout, étaient bien mortes et ces mouches agressives se regroupaient autour de ce banquet.

L'officier nous ordonna de remonter dans les jeeps. Il craignait que les rebelles ne soient cachés quelque part, guettant nos mouvements, prêts à attaquer si nous nous attardions.

Nous redémarrâmes et nous éloignâmes donc en vitesse de cet endroit effroyable.

Au bout de presque deux kilomètres, les jeeps s'immobilisèrent au sommet d'une colline et nous regardâmes derrière nous. Nous ne pouvions voir aucun mouvement, rien que le contour estompé de ces colonnes de mouches.

« Il est aussi bien qu'aucun n'ait survécu, me dit Dupont. Parfois, nous trouvons des survivants dans un tel état que le seul traitement médical un tant soit peu humain consiste à les abattre. » Il me dévisagea. « Cela peut paraître une violation de la morale, mais à mon sens, les maintenir en vie serait un crime. »

De retour à l'hôpital, nous nous assîmes devant une tasse de café.

« Je me suis longtemps demandé pourquoi ils mutilaient les corps de la sorte, me confia-t-il. Ensuite, l'année dernière, j'ai eu l'occasion de m'entretenir avec l'un des chefs des rebelles. Atteint d'une balle à l'estomac lors d'une embuscade, il avait été capturé par les troupes gouvernementales. Les soldats le conduisaient à la capitale où il serait traduit en justice pour l'exemple et ils avaient peur qu'il ne meure de sa blessure sur le trajet. Ils s'étaient arrêtés à l'hôpital et m'avaient demandé de lui administrer une piqûre de morphine pour le maintenir en vie.

« C'est alors que je lui ai demandé pourquoi ses hommes réservaient un tel traitement aux cadavres des soldats. Son dialecte était difficile à suivre, mais je compris ce qu'il m'expliquait : les gens de la région infligeaient ce traitement à leurs ennemis, et *vice versa*, depuis des temps immémoriaux. Oui, cela participait d'une volonté de pure terreur, mais allait au-delà. Cette manière d'associer des parties d'animaux, d'humains et de plantes visait à démontrer la créativité supérieure des rebelles, à prouver qu'ils étaient capables d'inventer des formes auxquelles même les dieux n'avaient pas songé. » Dupont hésita. « Encore fallait-il que je sois sûr d'avoir bien compris les propos qu'il me tenait. Il souffrait énormément et je ne connaissais pas bien sa langue. Quoi qu'il en soit, je lui ai administré de la morphine et cela l'a maintenu en vie assez longtemps pour qu'on le conduise à la capitale, où ils l'ont pendu sur la place centrale de la ville, quelques jours plus tard, devant une foule immense. »

J'étais choqué du degré de cruauté dont était capable le comportement humain. Je m'en ouvris à Dupont, et il réfléchit un moment.

« Il est vrai que nous nous infligeons beaucoup de souffrance les uns aux autres, admit-il. Mais ce n'est rien comparé aux souffrances de ce monde dont nous ne sommes pas responsables. En tant que médecin, j'ai vu des gens bons et honnêtes souffrir le martyre à cause de cancers, de morsures de serpents, de fièvres dues à la malaria et ainsi de suite. Sans mentionner la schizophrénie et une pléthore d'affection mentales qui rendent la vie insupportable tant pour les malades que pour leur famille. Même des enfants qui n'ont pas eu le temps de commettre le moindre méfait ne sont pas épargnés. Et ce petit bébé né sans tête ? Qui doit en être tenu pour responsable ? Clara me dit que vous étiez un peu bouleversé par cette vision. » Il se rembrunit. « S'il y a réellement un Créateur, il est facile de comprendre pourquoi certaines personnes jugent qu'Il doit être une espèce de tortionnaire en chef, ou bien doté d'un sens de l'humour très cruel et très sadique. »

Ces propos me rappelèrent mon père se moquant de la théorie du Dessein intelligent, et Miriam Galt me décrivant la cruauté de la nature. Sur cette question, Dupont aurait partagé leur conception à tous les deux.

Tôt le lendemain matin du massacre, il frappa à la porte de ma chambre et entra, l'air contrarié.

« Tous les ressortissants étrangers ont reçu ordre de quitter le pays immédiatement, m'annonça-t-il. Le gouvernement ne peut garantir notre sécurité plus longtemps. »

Apparemment, cette décision officielle avait été imposée par une succession d'attaques rebelles non loin de l'hôpital. Il allait falloir évacuer. Dupont et Clara, ainsi que le reste du personnel, seraient autorisés à rester une semaine supplémentaire pour empaqueter les affaires et s'assurer que tous les patients soient reconduits dans leurs villages respectifs. Dupont avait tenté de convaincre les autorités de me laisser rester, moi aussi, afin que j'aide à l'évacuation. En haut lieu, on n'avait pas voulu en entendre parler, car je n'exerçais pas de profession médicale.

« Je viens donc d'envoyer un message radio à la côte pour organiser le décollage d'un avion qui viendra vous chercher ici, m'expliqua-t-il. Pour vous, tout seul, en camion, ce serait trop dangereux. L'avion devrait se poser ici vers midi et vous conduira directement à Racca. Après cela, je crains que vous ne soyez livré à vous-même. Avec un peu de chance, vous devriez être en mesure d'embarquer à bord d'un navire en partance pour une destination sûre. Et je suis surtout franchement désolé de vous avoir attiré dans ce guêpier. »

J'étais venu ici de mon plein gré, lui assurai-je. Et si j'avais recouvré la santé, c'était grâce à lui. Quoi qu'il en soit, il rencontrait suffisamment de problèmes comme cela sans avoir à me traîner derrière lui. Je m'inquiétais bien plus pour son sort, et celui de Clara. S'en sortiraient-ils indemnes ?

« Tout ira bien, promit-il. Cela fait partie des risques inhérents au travail dans ce genre d'endroit. »

Je regardai la petite Sadie, la chatte, couchée comme d'habitude au pied de mon lit. Je caressai sa fourrure et elle ronronna. Dupont lut dans mes pensées.

« Ne vous inquiétez pas, j'administrerai à tous les chats une piqûre de morphine, juste avant notre départ, m'annonça-t-il. Cela vaut mieux que de les laisser ici crever de faim. Ou pire. »

Vers midi, un appareil quadriplace fit son apparition dans le ciel au-dessus de nous et vint se poser sur la piste d'atterrissage. Le pilote attendit que j'embarque, moteur au ralenti. Toute la matinée, j'avais aidé Dupont et Clara à préparer l'évacuation générale, et nous n'avions guère eu le temps de beaucoup nous parler. Ils prirent quelques minutes pour m'accompagner au pied de l'avion.

Dupont me serra la main et me souhaita le meilleur.

« Je suis tellement navré de tout cela, fit-il. J'espère que nous nous recroiserons. »

Clara me fit un petit baiser sur la joue et me regarda de ses yeux immenses.

« Souvenez-vous, dit-elle. Vous ne pouvez toujours fuir loin de l'amour. C'est l'unique bagage que nous emportons tous avec nous dans tous nos voyages. »

Dupont éclata de rire.

« Et voilà, encore un conseil, jusqu'à la dernière minute ! » s'écria-t-il.

Il m'aida à grimper sur l'aile et je m'installai dans mon siège, à l'intérieur du petit habitacle derrière le pilote, qui referma la porte. Il poussa son moteur, faisant tellement trembler la carlingue que je redoutai qu'elle ne tombe en pièces. Au bout de quelques secondes, le monomoteur se rua en avant et fonça sur la piste sur une centaine de mètres avant de brusquement s'élever dans les airs. Lorsqu'il vira sur l'aile vers l'ouest et la côte, je regardai en bas. L'hôpital était déjà si loin que Dupont et Clara se réduisaient à deux points minuscules.

Je n'étais encore jamais monté en avion, mais quand ma

terreur se fut apaisée, filer ainsi dans les airs m'inspira une sensation de pure euphorie. Cette impression fut vite effacée par la prise de conscience que je venais de quitter les seules personnes qui se souciaient vraiment de moi sur cet immense continent ou même ailleurs dans le monde. Je savais que je ne les reverrais plus et me sentis soudain vide et plus solitaire que jamais depuis la mort de mes parents.

À peine une heure plus tard, j'étais de retour à Racca. Le pilote, un ressortissant allemand au visage émacié qui, dans l'avion, ne m'avait guère adressé la parole et que j'aurais de toute manière eu du mal à entendre à cause du vacarme, n'avait pas grand-chose de plus à raconter après l'atterrissage. Il m'orienta vers un camion de l'aéroport qui me conduisit au Seamen's Union Hostel, un foyer de marins situé sur les docks.

J'y restai tout juste deux nuits, puis je trouvai une couchette de matelot à bord d'un cargo en partance. Me faire embaucher me fut plus facile que je ne l'aurais cru, grâce à ma « précédente expérience » en mer, mais plus encore parce que les navires recrutaient leurs équipages en vitesse afin de pouvoir s'échapper de la région en cas de guerre civile généralisée.

« Vous avez eu de la chance, me dit le maître d'équipage de mon nouveau bâtiment, le *SS Charybde*, qui appareillait pour l'Amérique du Sud. Nous étions sur le point de prendre la mer à court de main-d'œuvre, sans tenir compte des réglementations maritimes. »

Ce fut ainsi qu'il m'accueillit après que j'eus escaladé l'échelle de corde jusque sur le pont du navire qui tanguait. La traversée à bord d'un petit canot, avec le franchissement des brisants et les requins qui allaient de pair, m'avait semblé encore plus dangereuse que la première fois que j'avais débarqué à terre avec Dupont.

« Oui, les Parques sont de notre côté », fit le maître d'équipage.

Je commençai à douter qu'une force supérieure veillât sur chaque mouvement des humains, et notamment pas sur l'apparition de dernière minute d'un matelot à seule fin de satisfaire à des exigences officielles. Mais Parques ou non, j'étais là, sur un navire affecté à la navigation en haute mer, et une fois de plus j'étais le benjamin du bord. Cela ne me contraria pas du tout d'apprendre de la bouche du maître d'équipage que le cargo ne ferait pas directement route vers l'Amérique du Sud, mais qu'il zigzaguerait en chemin, en embarquant et en déposant sa cargaison en divers ports de l'Atlantique à l'écart des routes fréquentées. En ce qui me concernait, plus on zigzaguerait, mieux cela vaudrait : personne ne mourait d'envie de me voir et je ne mourais d'envie d'arriver nulle part.

Bien plus tard ce jour-là, une fois l'ancre du *Charybde* remontée et arrimée dans le logement de l'écubier, je me rendis compte que depuis le matin où Dupont m'avait réveillé, je n'avais guère pensé à Miriam Galt, celle qui m'avait brisé le cœur.

Passages

1

Au début de ce voyage, je fus de nouveau malade, mais cela ressemblait au même bon vieux mal de mer, et je le surmontai vite. Mon travail avait beau m'occuper toute la journée sur le pont, à peindre, gratter de la rouille et nettoyer le sel des parties exposées, je consacrai aussi une bonne part de mon temps libre à profiter des humeurs diverses de l'océan. Quand des vents forts et des moutons signalaient une tempête à venir, je n'étais plus trop anxieux – j'avais maintenant davantage foi dans les navires et leur aptitude à se maintenir à flot.

Et, lors de ce voyage, les choses s'améliorèrent aussi au plan de la sociabilité. L'équipage ne me considérait plus maintenant comme un complet novice. Après la tombée de la nuit, j'étais souvent invité d'office à rejoindre les autres matelots à une table de poker dans leurs quartiers situés au gaillard d'avant.

Mais surtout, lorsque je n'étais pas de service, je lisais constamment, car le *SS Charybde* possédait sa bibliothèque, localisée sous le pont arrière. Elle consistait en deux vastes cabines, dont les rayonnages remplis d'ouvrages étaient un régal pour les yeux. La plupart des volumes avaient subi plus ou moins de dégâts à cause de l'eau, mais restaient encore tout à fait lisibles. Une étiquette à l'intérieur de la page de couverture indiquait leur provenance, une donation de la Guilde des Marins, destinée à leur procurer une éducation élémentaire durant leur période de vie en mer.

Les étagères du haut contenaient un ensemble d'encyclopédies et de dictionnaires ainsi qu'un assortiment de volumes généraux de fiction et de poésie. Certains étaient de « grands classiques » que je n'avais pas fréquentés à l'université, comme *Guerre et Paix*, *Les Âmes mortes*, *La Montagne magique*, *L'Anatomie de la mélancolie*, *La Chartreuse de Parme*, *La Religion du médecin*, *À la recherche du temps perdu*, *Samson Agonistes*, *Léviathan* et *Les Lois du gouvernement de l'Église*.

Les volumes des étagères du milieu, qui ne portaient pas d'étiquette de la Guilde des Marins, étaient les plus endommagés par l'eau. Étonnamment, considérant que l'équipage du cargo se composait surtout d'hommes au type très viril, il s'agissait principalement d'éditions au format de poche, appartenant au genre du roman sentimental. Ils étaient habillés de couvertures grandiloquentes, et portaient des titres mémorables comme *Douce passion des prairies*, *Les Mariées de la belladone*, *Le Joueur galant et la Jeune Fille pleine de vie*, *Un homme pour un baiser*, *La Maîtresse à la bannière étoilée*, *Sa langue de tentatrice*, *Ennemi chéri*, *La Blonde à la lune bleue*, *Amy l'Amazone*, *Mon amour languissant*, *La Femme apache*, *L'Amour vrai et le Pasteur de Moose Jaw*, *Épouse à louer*, *Le Neurochirurgien et la Nymphe*, *Sauvages étreintes*, *L'Amour chuchoté à mon oreille empressée*, *Le Cœur brouillé de Cupidon*, *L'Île de la flamme d'amour*, *Charme cette dame* et *Affaire immémoriale*.

Les rayonnages du bas proposaient un certain nombre de titres de fiction obscurs qui n'avaient apparemment jamais été lus. Au début de la traversée, je parcourus les pages de quelques volumes et dus tomber sur les pires… Leurs titres mêmes continuent de me hanter : *L'Examen des fautes*, *L'Hô-*

tel Paladin, *Le Wystérium*, *La Dernière Sonnerie de cornet* et *Une vie hollandaise*. Chacun d'eux possédait l'incohérence des rêves.

Le jour où je découvris la bibliothèque, personne d'autre n'étant là, je pris mon temps pour vérifier ce qu'on y offrait. J'étais en train de feuilleter lorsqu'une voix de femme me fit sursauter : « Voudriez-vous emprunter quelque chose ? »

La source de la voix provenait de l'autre cabine de la bibliothèque. La femme vint ensuite vers moi et me serra la main. Elle était petite et âgée, en robe à fleurs, le cheveu court et gris, le visage assez sérieux.

« Je suis Mme Pradhan, la bibliothécaire du bord, me dit-elle. Alors, avez-vous pris le temps de bien faire le tour ? »

Ce fut la première de mes entrevues avec la bibliothécaire du *Charybde*. Cette Londonienne était l'épouse du second, qu'elle avait rencontré au ministère du Droit commercial, à Londres, où elle était assistante stagiaire. Il était venu effectuer certaines recherches relatives à une enquête imminente et lui avait demandé son aide.

« Le coup de foudre », m'avoua-t-elle.

Après leur mariage, elle avait navigué avec lui sur tous ses navires, en s'occupant bénévolement de la bibliothèque, d'ordinaire laissée totalement à l'abandon. « Mes œuvres d'amour. » C'était ainsi qu'elle appelait son travail.

Lors de mes visites suivantes à la bibliothèque, elle passa ma vie au crible. C'était une auditrice compréhensive et, naturellement, je ne fus pas long à lui raconter toute mon histoire. Elle se montra particulièrement captivée par ce qu'elle appelait « mon histoire d'amour tragique » avec Miriam Galt et me priait de la lui répéter sans cesse dans ses moindres détails.

« En parler vous soulagera », me disait-elle.

À mon avis, s'il suffisait de parler d'une peine de cœur pour que la victime aille mieux, c'est qu'alors le coup n'était pas si grave. Mais je m'abstins de le lui dire. Pour lui faire plaisir, je lui parlai de la période de ma vie à Duncairn aussi souvent qu'elle le souhaitait.

« Que c'est triste, répétait-elle. Mais que c'est merveilleux ! »

À ce moment-là, j'avais découvert que c'était elle qui avait acquis la collection de romans d'amour pour le *Charybde*, deux ans auparavant. S'ils étaient si visiblement endommagés par l'eau, c'était parce qu'ils se trouvaient à bord d'un navire qui s'était échoué sur de dangereux hauts-fonds au large de Plymouth. La majeure partie de la cargaison se composait de livres destinés à des librairies à l'étranger. Une société de sauvetage en mer avait récupéré ce qu'elle avait pu et revendu les lots aux enchères, au quintal.

« Les caisses d'histoires d'amour étaient les moins chères, m'avoua Mme Pradhan. J'ai pensé qu'elles pourraient être tout particulièrement bénéfiques à des hommes solitaires, en mer, et les aideraient à préserver une vision idéalisée de l'amour. N'êtes-vous pas d'accord ? »

J'étais d'accord, par pure politesse. Mais à en juger d'après les récits des divers bordels qu'ils avaient fréquentés, mes camarades de bord n'entretenaient nullement une conception idéaliste de l'amour. Et je ne les voyais jamais lire ni les romans sentimentaux de la bibliothécaire, ni grand-chose d'autre en l'occurrence – à part les bandes dessinées et les magazines érotiques qu'ils apportaient.

Son mari, le second Srinivas Pradhan, paraissait à peu près du même âge que son épouse. C'était un fringant petit personnage originaire de Calcutta, aux cheveux argentés plaqués en arrière. Il était toujours impeccablement habillé, à l'inverse de ses collègues officiers du bord, qui semblaient plus à l'aise en salopette.

Étant devenu le client préféré de sa femme, je fus invité en plusieurs occasions soit à dîner soit à une collation dînatoire dans leur cabine. Mme Pradhan se chargeait elle-même de préparer les repas dans la coquerie du navire, avant de rapporter les plats à la cabine où la table était dressée dans les règles, avec nappe, serviettes, verres à vin et argenterie.

Sa cuisine était d'une extrême fadeur, par égard pour l'estomac du second. On lui avait diagnostiqué un ulcère à l'estomac, qu'il attribuait entièrement aux tensions de son métier. Il se remémorait souvent les mets épicés savoureux de sa jeunesse, mais son estomac ne pouvait plus les supporter. Il était désormais condamné au riz bouilli, au foie cuit dans du lait et à la crème caramel. Son verre à vin ne contenait que de l'eau.

Je préférais donc amplement qu'ils m'invitent à leur collation dînatoire. À cette heure-là, les mets étaient bien plus goûteux, sandwichs au jambon et tartes aux pommes tout spécialement cuites au four par Mme Pradhan.

À tous ces repas, elle portait sa robe à fleurs et le second son plus bel uniforme. Moi, je me changeais, enfilant une chemise propre, sans omettre de me raser. Dans la chaleur étouffante de la cabine, nous parlions de tout et de rien de la manière la plus civilisée qui soit, comme si nous nous trouvions dans un presbytère des comtés méridionaux de l'Angleterre, et non pas à suer sang et eau à bord d'un cargo crasseux des mers du Sud.

Apprenant à mieux connaître les Pradhan, je compris l'importance de cet ulcère dans leurs deux existences.

« Comment te sens-tu, Srinivas, mon chéri ? » demandait-elle à son époux quand il brillait par son silence, pendant un dîner ou une collation.

Il ne lui fallait pas davantage d'encouragement pour se lancer dans une description des humeurs fluctuantes de son ulcère au cours de la journée considérée. Nous l'écoutions respectueusement.

Je mentionnai sottement que je souffrais parfois de légères migraines qui seraient les possibles séquelles de la malaria ou du mal qui était à l'origine de ma fièvre. Après quoi, lorsque le second avait fini de parler de son ulcère, il s'enquérait de mes migraines. Il avait dû se dire qu'il passerait moins pour un hypocondriaque si j'apportais ma contribution. Si tel était le cas, je ne fis que le décevoir, et mes motivations étaient très égoïstes : parler de ces migraines les réveillait quelquefois, ou les envenimait.

Somme toute, les Pradhan semblaient un couple assez heureux. Je m'interrogeai toutefois : n'était-ce pas l'Ulcère qui soudait ce lien, autant que leur amour ?

L'amour, le véritable amour. Je songeais souvent à cette rareté qui ne survient qu'une seule fois dans une vie, que j'étais sûr d'avoir possédée, puis perdue. Au cours de la traversée, je lus véritablement des dizaines de ces romans populaires de la bibliothèque de Mme Pradhan – qu'elle m'avait recommandés à titre de thérapie d'un cœur brisé. Mais les héroïnes en étaient si peu convaincantes qu'elles avaient pour effet de me faire ressentir encore plus profondément la perte de cet amour unique – Miriam Galt.

2

Après plusieurs escales dans de petites îles côtières où nous déposions et récupérions des cargaisons, le *SS Charybde* fit route au large, dans l'Atlantique, en laissant l'atmosphère suffocante de l'Afrique derrière lui. Trois jours plus tard, une haute colonne de nuages se profilait au loin sur la ligne d'horizon. Au bout d'un certain temps, sous cette colonne, nous pûmes discerner une tache, qui finit par se transformer et par devenir le contour d'une montagne. Engin, le *Charybde* nous conduisit assez près pour que nous puissions découvrir les rivages et les forêts de l'île où se dressait cette montagne : Isla Perdida.

De toutes les îles où nous avions accosté, c'était la première sur laquelle je trouvai un article dans l'une des encyclopédies du bord. Isla Perdida était un volcan à l'activité intermittente, culminant à plus de mille trois cents mètres. Au fil des siècles, l'île avait tour à tour appartenu au Portugal, à l'Espagne et à la France avant de faire partie de l'Empire britannique. La ville principale avait reçu une succession d'appellations diverses, mais était désormais connue sous le nom de Stopover. Elle avait servi de base à des flottilles de pêche, de comptoir de la traite des esclaves, d'avant-poste militaire et de colonie pénitentiaire. La prison n'avait en fait été fermée que récemment. La petite population actuelle de l'île en reflétait l'histoire : des lignées africaines, portugaises, espagnoles, françaises et anglaises s'y entremêlaient, les descendants des forçats ayant épousé les enfants d'anciens geôliers, et ainsi de suite. Apparemment, la société locale vivait dans une belle harmonie. Les seuls ravages n'y étaient causés que par d'épisodiques éruptions volcaniques.

Nous mîmes le cap droit sur la rade de Stopover, située à l'extrême pointe d'une profonde anfractuosité entre les falaises, à l'abri des tempêtes atlantiques, mais cette journée était d'une absence de vent parfaite. Une fois le *Charybde* niché le long de la haute digue, une équipe de débardeurs locaux, des hommes solidement charpentés aux cheveux taillés ras, amarra le navire à d'énormes bittes. Hormis ces contremaîtres, aucun représentant de la population ne vint accueillir l'arrivée du bâtiment.

Monté sur le pont supérieur, non loin de moi, le second officier Pradhan surveillait les opérations d'amarrage.

« Nous ne nous arrêterons dans ce port que vingt-quatre heures, m'informa-t-il. Nous embarquons une cargaison déposée ici il y a quelques semaines, pour livraison en Amérique du Sud. Les machines du navire subiront aussi une maintenance de routine. » Il me regarda comme s'il venait de penser à quelque chose. « Vous devriez saisir cette occasion pour voir le médecin de l'île à propos de vos migraines. »

Je me montrai réticent, et lui, insistant.

« Dès que nous serons amarrés, cela ne me dérangerait pas de descendre me dégourdir les jambes, continua-t-il. Vous pourriez m'accompagner et je vous montrerais où se trouve le cabinet médical. Je m'y suis rendu en consultation lors de notre dernière visite ici, l'an dernier. Certains de ces endroits reculés offrent des traitements locaux, et j'ai eu envie d'essayer. Bien sûr, sans succès… rien ne semble pouvoir soulager cet ulcère. »

Il dit cela sur un ton où je décelai une nuance de fierté.

Aussi, peu après, Pradhan et moi nous rendîmes dans la ville de Stopover, à environ quatre cents mètres du quai. En chemin, nous fûmes assaillis par des armées de moustiques et de mouches piqueuses qui profitaient de ce calme plat. Nous les chassions d'un revers de main, en vain.

Quant à la ville proprement dite, c'était un endroit curieux. Elle était construite au fond de cette faille étroite entre les parois colossales de roche noire et se composait apparemment d'une seule rue de constructions en bardeaux, aux façades brutes, sans peinture et battues par les intempéries, parmi lesquels un bureau de poste, un magasin qui vendait de tout et un bar. Plusieurs voitures et camions de modèles visiblement anciens étaient garés dans la rue criblée de nids-de-poule. Poursuivant notre chemin, nous croisâmes quelques habitants. Les hommes avaient tous ce même type robuste, le cheveu ras, que les dockers que nous avions vus à la manœuvre d'amarrage. Les femmes portaient des foulards noirs et des robes trop amples à motifs fleuris. Pradhan observa que, malgré notre allure bien reconnaissable d'étrangers, ces insulaires nous ignoraient, tout comme ils n'avaient accordé aucune attention à l'arrivée du cargo.

« Maintenant vous savez ce qu'"insulaire" signifie, au sens littéral du terme », ironisa-t-il.

Continuant de marcher, je remarquai que la rue n'avait pas d'arbres, seulement quelques arbustes et de petits carrés de gazon, guère plus grands que des tombes, devant certaines des maisons à bardeaux.

« La roche volcanique qui affleure juste sous la surface empêche les arbres de prendre racine, m'expliqua-t-il. La quasi-totalité de la terre d'ici est importée, et elle est parfois balayée par les vents de tempête. »

Nous arrivâmes enfin devant le seul immeuble digne d'attention de la bourgade, une structure de forme cubique construite en blocs de pierre et occupant tout un angle de la partie haute de la rue, côté ouest.

« Nous y voici, fit Pradhan. Ce bâtiment est tout ce qui reste de l'ancienne prison. Vous voyez l'emplacement où les blocs cellulaires ont été démantelés, lors de la fermeture de l'établissement ? » Des monceaux de décombres s'entassaient sur un vaste périmètre, derrière le bâtiment. Personne n'avait apparemment consenti le moindre effort pour les déblayer.

La porte d'entrée massive, en bois, était ornée d'une plaque en cuivre :

MÉDECIN CHEF DE LA PRISON
DR MACHLA CHAFAK

« Frappez donc à la porte, suggéra Pradhan. Je vais continuer ma promenade et je vous retrouve au bateau. »

Après son départ, je frappai, et une petite femme âgée vint ouvrir. Elle avait des yeux très intelligents, mais tout petits, encadrant un nez proéminent. Je lui dis que j'aimerais voir le médecin chef.

« Je suis le médecin chef, me répondit-elle. Le docteur Chafak. »

Pradhan ne m'avait rien précisé concernant le sexe du médecin. D'après son apparence, j'avais supposé que cette femme était la domestique – elle portait l'une de ces robes trop amples, similaire à celles des autres habitantes que nous avions croisées. En revanche, aucun foulard ne couvrait ses cheveux gris longs jusqu'aux épaules.

« Entrez », fit-elle.

Je la suivis dans une pièce spacieuse et lumineuse. Une grande fenêtre à barreaux donnait sur les ruines que nous avions entrevues à l'arrière. La pièce était pourvue d'un bureau, d'une table d'examen, de divers tuyaux en caoutchouc, d'un évier et de quelques armoires à pharmacie, les objets habituels d'une salle de consultation médicale. Seule présence inhabituelle, celle d'un vieux berger allemand couché sur un tapis dans le coin. À mon entrée, il se leva lentement, gronda et montra les crocs.

« Pongo ! Ne sois pas stupide ! lança le docteur Chafak au chien. N'ai-je pas droit à des visiteurs ? » Elle s'exprimait avec un accent similaire à celui de certains marins est-européens que j'avais rencontrés.

Le chien se recoucha sur le tapis, à contrecœur, et le docteur me désigna une chaise près de la table d'examen. Ensuite elle décrocha d'une patère une blouse blanche qu'elle enfila, se pendit un stéthoscope autour du cou et s'assit dans le siège en face du mien. À présent, ayant davantage la tête de l'emploi, elle me demanda qui j'étais et ce qui me tracassait.

Je lui expliquai qu'originaire d'Écosse, j'étais maintenant matelot à bord du *Charybde*, que j'avais contracté une sorte de fièvre en route pour l'Afrique de l'Ouest et que, si je me sentais désormais beaucoup mieux, je souffrais encore d'épisodes de migraine.

Elle prit mon pouls, m'ausculta le dos et la poitrine, en usant de son stéthoscope. Elle me scruta le fond des yeux avec un autre appareil.

« Vous présentez en effet les signes d'un patient qui a déclenché un épisode de malaria, constata-t-elle. En ce cas, vos symptômes n'ont rien d'inhabituel. » Elle se rendit à la plus grande des armoires à pharmacie, qui contenait plusieurs étages de pilules et de potions. Ensuite, elle versa quelques pilules dans un pilulier en papier et me les tendit. « Prenez-en une tous les matins pendant la semaine qui vient. Cela devrait contribuer à dissiper les migraines. Si elles persistent, voyez un docteur lors de votre prochaine escale. »

Je sortis mon portefeuille pour payer les médicaments.

« C'est gratuit, m'annonça-t-elle et, avant que je puisse la remercier, elle continua : Au fait, si cette remarque ne vous offusque pas venant de ma part, vous avez un nez très intéressant. »

Je ne savais que répondre à cela. Tout au long de l'examen, elle n'avait cessé d'observer mon nez. Elle était même allée jusqu'à l'effleurer du bout des doigts, sans raison apparente.

« Le nez est une région injustement négligée de la recherche médicale, précisa-t-elle. J'ai eu la chance d'étudier à Édimbourg sous la direction d'un éminent praticien… le docteur Cornelius MacVittie, voyez-vous ? »

Elle était persuadée qu'un Écossais comme moi connaîtrait ce nom.

Je n'en avais évidemment jamais entendu parler.

« Il était réputé pour ses travaux de phrénologie... c'est l'étude de la forme et de la taille du crâne, reprit-elle. Le docteur MacVittie croyait le crâne humain susceptible de révéler le psychisme de son propriétaire. Tel un critique d'art perspicace, un phrénologue aguerri doit être en mesure de saisir précisément ce que les caractéristiques externes traduisent de l'être intérieur d'un individu. »

Elle s'interrompit un instant, avec un sourire, le temps que je m'imprègne de cette notion.

« Sur la suggestion du docteur MacVittie, poursuivit-elle, je suis moi-même passée de l'étude de la médecine générale à la phrénologie, avant d'opter pour une sous-spécialité : la rhinologie. C'est l'appellation technique d'une spécialisation qui traite seulement du nez. Le docteur MacVittie était convaincu qu'à travers le recours à diverses méthodes qu'il avait mises au point, les études nasales finiraient inévitablement par remplacer la psychologie... qu'il considérait comme une discipline dénuée de valeur scientifique, voire dangereuse. »

En l'écoutant parler, je ne pus m'empêcher de remarquer à nouveau combien son nez était remarquable. Je me demandai si un rhinologue avait la capacité de procéder à une auto-analyse. Mais je craignais d'en rire, aussi ne posai-je pas la question.

« Maintenant, dans le cas du vôtre, fit-elle, je me demande si vous m'autoriseriez à programmer quelques séances me permettant de procéder à un examen attentif ? »

Je lui répondis que ce ne serait pas possible, car nous devions appareiller le lendemain matin.

« C'est très dommage, dit-elle. Mais si vous le vouliez bien, peut-être pourrais-je tout de suite me livrer à quelques observations d'ordre général... mais il ne faudra pas trop vous en formaliser. Un nez est aussi individuel qu'une empreinte digitale, et tout est dans les nuances. Après une analyse scientifique rigoureuse, y compris de quelques échantillons de follicules, je risque d'aboutir à des conclusions tout à fait différentes de celles que j'obtiendrais au terme de plusieurs séances. »

Je pensai que cette expérience aurait de quoi se révéler amusante, et je n'étais pas pressé de regagner le navire. Aussi lui répliquai-je que ses découvertes m'intéresseraient au plus haut point.

« Très bien, fit-elle. Installez-vous confortablement dans ce fauteuil et détendez-vous. »

Je m'installai donc confortablement et le docteur Chafak commença par suivre les contours de mon nez du bout de l'index et du majeur. Elle avait les ongles propres et taillés en arrondi, le toucher délicat. Tout en m'examinant, elle parlait presque toute seule. « Les narines : d'ouverture moyenne, propice à une inhalation adaptée. L'arête : un peu large proportionnellement aux pommettes et au front. Le septum : déviation notable par rapport à l'axe rectiligne. L'épiderme : une tendance à la dessiccation. »

À ce stade, elle se redressa un instant, et réfléchit. Puis elle sortit de la poche de sa blouse une lampe aussi mince qu'un stylo. Elle me fit incliner doucement la tête en arrière et braqua le faisceau de la lampe vers l'intérieur chacune de mes narines.

« Tiens, tiens, fit-elle, sur le même ton méditatif. Quelle architecture intérieure engageante. Cavités : d'une capacité inhabituelle. Les narines : étroites et absolument symétriques. Le bulbe olfactif : globuleux et délicat, autant qu'il est souhaitable. Il est paradoxal que la déviation du septum n'ait aucun effet sur l'harmonie intérieure. » Elle remit sa lampe dans sa poche, en souriant devant mon nez d'un air admiratif. « Somme toute, ajouta-t-elle, une première inspection très instructive. »

À présent, j'étais réellement curieux de ses découvertes.

« Maintenant, n'oubliez pas, je ne puis être catégorique, mais je suis tout à fait disposé à vous formuler un avis informé, reprit-elle. *Physiquement*, vous n'avez aucun motif d'inquiétude concernant votre nez. Toutes ses parties sont dans un état exceptionnel et continueront de vous servir toute votre vie. Si, comme nous le croyons, un nez en bonne santé est un excellent indice de longévité, vous vivrez certainement au moins soixante-dix ans… sauf d'éventuels accidents, bien sûr. »

Je supposai que c'était une bonne nouvelle. Le docteur Chafak en avait toutefois davantage à me dire.

« Mais *psychologiquement*, ce que votre nez me dit est une autre affaire. » Elle pesa soigneusement ses mots. « Chose surprenante, l'intérieur et l'extérieur sont en conflit. J'ai noté, vous vous en souvenez, cette extrême aridité de l'épiderme nasal. Pourtant, ses surfaces intérieures sont totalement humides et lubrifiées. En règle générale, cela implique chez le sujet une extrême difficulté à concilier des éléments contradictoires de son psychisme. »

Cela me semblait aussi vague que l'horoscope dans un journal. Mais à l'évidence elle était sérieuse, et ce qu'elle ajouta ensuite retint mon attention.

« Au cours de l'année qui vient de s'écouler, vous avez apparemment subi un grand choc émotionnel, continua-t-elle d'une voix douce. D'un côté, vous avez dû subir la perte d'au moins un être très cher. Mais votre état s'est trouvé exacerbé par autre chose, presque certainement une affaire de cœur. »

Je fus surpris d'entendre cela, et c'est un euphémisme. Je n'avais rien dit au docteur Chafak de la mort de mes parents, et certainement rien au sujet de Miriam Galt.

« Voyez-vous, la première chose que j'ai remarquée, poursuivit-elle, ce sont les veines internes de l'exumenta, déjà assez fragilisées, et qui présentaient de petites ruptures. Selon mon expérience, il faut pour causer ce type de lésion le double trauma émotionnel d'une mort et d'une histoire d'amour tragique. » Elle me regarda, avec grande compassion. « J'imagine que c'est à cause de ces événements que vous vous êtes aventuré si loin de votre pays natal. »

Elle ne m'en demanda pas confirmation et je n'en avançai aucune.

« Mais il y a aussi un aspect positif, reprit-elle. Ces vestibules internes sont déjà visiblement en voie de guérison. En d'autres termes, vous surmontez progressivement votre blessure émotionnelle. Votre esprit n'en a peut-être pas encore pleinement conscience, mais votre nez, si. »

La séance s'acheva sur ces propos consolateurs. Alors que le docteur Chafak me raccompagnait à la porte, Pongo le chien se leva de son tapis et boitilla à côté d'elle.

« Il a longtemps tenu lieu de chien de garde, lorsque je devais traiter des détenus violents de la prison, me précisa-t-elle. Maintenant, ce n'est plus qu'un animal de compagnie. » Elle lui caressa les oreilles.

Pongo vint ensuite à moi, me renifla le dos de la main, puis la lécha. J'émis un commentaire sur l'infaillibilité du nez canin.

« C'est vrai, fit-elle. Mais qui sait ce que pense un chien ? Quand la prison était encore en fonction, il léchait parfois les mains de monstres. »

Je la remerciai de m'avoir reçu et sortis. Sur tout le chemin du retour vers le *Charybde*, je marchai vite, mais pas assez pour prendre de vitesse les mouches piqueuses et les moustiques.

Pradhan, le second officier du bord, m'attendait en haut de la passerelle.

« Alors, qu'avez-vous pensé d'elle ? me lança-t-il. Elle a insisté pour analyser votre nez, je présume ? Était-ce éclairant ? »

Je lui fis une réponse un peu vague. Il me parla ensuite de sa propre expérience avec le docteur Chafak et de son analyse de son appendice nasal.

« Mon nez, à ce qu'elle m'a affirmé, indiquait qu'aucun remède ne ferait de bien à mon ulcère si je n'avais pas réellement envie d'en être guéri. Avez-vous déjà entendu pareille absurdité ? »

Bien sûr, opinai-je, compréhensif.

À dix heures le lendemain matin, le *Charybde* appareillait depuis la rade d'Isla Perdida. Hormis les dockers qui larguèrent nos amarres, les insulaires n'accordèrent pas plus d'attention à notre départ qu'ils n'en avaient accordé à notre arrivée. Ayant déjà repris ma tâche la plus importante, le passage du faubert sur le pont, mon travail me conduisit devant deux grandes caisses en bois qu'on avait embarquées sur l'île et encordées sur le pont avant. La toile qui voilait l'une d'elles battait mollement au vent, et je pus discerner ces mots au pochoir en grandes lettres majuscules :

SMITH
POMPES HYDRAULIQUES & SYSTÈMES DE VENTILATION
CAMBERLOO
CANADA

Camberloo ? N'était-ce pas le nom de l'université où Dupont avait obtenu son diplôme de médecine ? Qu'il était singulier de voir inscrits au pochoir sur cette caisse en bois encordée au pont d'un cargo rouillé au milieu de l'Atlantique sud le nom de la ville canadienne que j'avais entendu pour la première fois sur les lèvres de Dupont. Que le monde est petit, que le monde est étrange.

Au cours des semaines suivantes, alors que le *Charybde* progressait avec une lente régularité vers La Guaira, le port de mer de Caracas, je progressai moi-même avec une lente régularité vers une décision concernant mon avenir : lorsque nous aurions gagné ce port, je me retirerais de la vie en mer. À certains égards, c'était une existence agréable, mais truffée de rituels trop contraignants. Par définition, un marin ne fait qu'effleurer les marges du monde réel. Je me sentais maintenant prêt à gagner l'intérieur de ces terres-là.

En conséquence, j'avertis le maître d'équipage qu'à La Guaira, je prendrais congé. Il me fut reconnaissant d'avoir eu cette courtoisie. Il arrivait souvent que des membres d'équipage quittent leur poste sans préavis, lui créant des soucis pour trouver des remplaçants.

« C'est dommage que tu partes, me dit-il. Tu as l'étoffe d'un vrai marin. »

Le second Pradhan et son épouse étaient désolés de me voir m'en aller, eux aussi, et cela m'attristait : ils avaient été très bons avec moi. Une part de la tristesse du second était due sans nul doute à l'Ulcère, invité silencieux de tous nos repas.

La veille au soir, avant d'entrer dans le port de La Guaira, nous avions partagé un dîner d'adieu et parlé de ce que je pourrais faire à terre.

« Votre argent ne durera pas longtemps, vous savez, observa-t-il.

— Vous allez devoir vite vous procurer un travail pour vous rendre utile, ajouta Mme Pradhan. Si vous ne trouvez rien qui vous occupe l'esprit, vous allez commencer à vous morfondre. C'est le problème de la vie en mer… elle vous laisse trop le temps de réfléchir. »

Elle faisait allusion à ma tragique histoire d'amour, naturellement. Je n'osai pas lui répondre que parfois, désormais, lorsque j'essayais de me remémorer le visage de Miriam, il m'échappait presque complètement.

« On a toujours besoin de professeurs d'anglais, souligna le second.

— À ce sujet, Srinivas a raison », fit Mme Pradhan.

Pourquoi pas ? me dis-je. Après tout, j'avais déjà failli devenir enseignant, précédemment, dans un autre monde, dans ce qui me semblait un autre siècle. Peut-être allais-je essayer.

3

Et en effet, après quelques journées d'agitation et de solitude dans une chambre d'hôtel bon marché à Caracas, je me lançai et réussis à me faire engager chez InterMinas, un gros conglomérat minier, en qualité de professeur d'anglais pour un contrat de trois ans. Mon travail consistait à me rendre sur les divers sites d'exploitation et à enseigner un anglais supérieur à des cadres et des directeurs des mine hispanophones. Ils pratiquaient déjà un anglais de base, mais avaient besoin d'améliorer leurs connaissances afin de mieux communiquer avec les propriétaires et les gros investisseurs, principalement des *gringos*, qui descendaient occasionnellement du nord par avion inspecter leur fief. Les heures que j'avais consacrées, à Duncairn, à préparer des cours sans jamais en faire usage se révélèrent utiles.

Les mines proprement dites étaient souvent situées dans les régions très inhospitalières du sud-ouest, où la jungle s'enfonçait dans la montagne. Le soleil brûlant, des pluies diluviennes et des insectes hostiles rendaient la vie particulièrement dure pour les mineurs.

Je devins le plus itinérant des professeurs, circulant d'un lieu de mission à l'autre à bord de petits avions ou de camions, ou parfois empruntant des voies ferrées à gabarit étroit, reconverties de la desserte des champs de canne à sucre au transport du minerai. Mais, pour moi, la pirogue restait le mode de déplacement le plus relaxant. Je m'allongeais sur le dos et me reposais pendant qu'on pagayait pour moi dans les eaux vaseuses des rivières de la jungle. Comme lors de mon précédent périple sur les routes d'Afrique, j'imaginais ces forêts primaires défilant de part et d'autre comme les rayonnages de certaines bibliothèques infinies, remplis de livres tous semblables d'aspect.

Quant aux types de mines, c'étaient pour la plupart des fosses à ciel ouvert ou des veines de surface, car les gisements de minéraux étant proches, le creusement de galeries n'était pas nécessaire. Des centaines de mineurs rampaient en tous sens, jour et nuit, ramassant une terre rouge par une chaleur torride, comme des mouches sur une plaie colossale.

En revanche, certaines mines étaient souterraines. Les mineurs qui y travaillaient appartenaient à ce type universel que j'avais vu partir au travail et en revenir, à Duncairn. C'étaient des hommes petits, maigres et nerveux, exerçant un métier dangereux qui en faisait un groupe étroitement soudé. Mais pour les propriétaires, la sécurité des hommes revêtait apparemment peu d'importance, aussi les morts et les mutilations survenaient-elles quotidiennement.

Quel que soit le type de mine, les bureaux de l'administration et les bungalows servant de résidence aux directeurs possédaient tous les mêmes murs en parpaings et les mêmes toits en tôle ondulée. En qualité de professeur invité, on m'allouait généralement une chambre dans l'un de ces bungalows pour la durée de ma visite.

À proximité de chaque mine, une sorte de favela surgissait de terre, surtout composée de longues huttes en bambou subdivisées en logements de fortune pour les hommes mariés et en dortoirs pour ceux qui étaient sans épouse. Les hôpitaux et les églises n'étaient en réalité que des variantes de ces mêmes structures en bambou, tout comme les lieux de divertissement : cinémas, bordels, magasins d'alcools, pistes de combats de coq et tripots à mescaline.

Et je goûtai de temps à autre à l'assortiment de ce qui s'offrait là.

Pour ce premier engagement, le temps s'écoulait lentement, et je ne tardai pas à me demander si j'étais le genre d'homme fait pour ce travail. Cela ne m'ennuyait pas d'enseigner, mais je ne pouvais m'empêcher de craindre de mourir d'une maladie exotique, comme tant d'autres dans cette région du monde. En ce cas, mon corps serait probablement inhumé sous une mince couche de terre, en pleine jungle, une sépulture d'où des créatures cauchemardesques viendraient le déterrer et le déchiqueter. Assez vite, des mauvaises herbes perceraient entre mes côtes nues et rongées.

L'idée d'une telle fin me conduisit pour la première fois de ma vie, lors de mes soirées dans la jungle, accompagné des pépiements de milliards d'insectes, à tenir un journal. J'y consignai ma véritable histoire : mon éducation à Tollgate, les morts violentes de mes parents, mon amour pour Miriam Galt et mon crève-cœur à Duncairn, la maladie qui s'ensuivit en Afrique – quelle qu'en fût la nature –, mon voyage de convalescent à bord du *Charybde*, puis ce travail actuel d'enseignant. Si je devais périr en demeurant obscur, quelqu'un pourrait tomber sur ce journal et savoir qu'un jour j'avais existé. Cette seule pensée suffit à me consoler à un degré tel que j'aurais pu me résigner à mon sort.

Après quoi, Gordon Smith fit son apparition.

Gordon Smith

1

Je venais de séjourner plusieurs semaines à la mine d'or de La Mancha, où j'animais des leçons de conversation, quand il arriva en fin d'après-midi dans une jeep de la compagnie qui servait à acheminer les passagers depuis le petit aérodrome taillé au cœur de la jungle à quelques kilomètres de là. De l'intérieur de la hutte ouverte où je faisais classe, je vis le directeur général de la mine descendre de la jeep, puis cet autre personnage.

Il paraissait la cinquantaine, de taille moyenne avec de fins cheveux gris coiffés en arrière. Le visage possédait une expression de rapace, un nez busqué, des sourcils marqués et des yeux qui saisissaient au passage tout ce qui l'entourait – y compris ma petite salle de classe et moi-même, qui regardais dans sa direction. Il avait une allure soignée, pas seulement à cause de sa tenue tropicale blanche impeccable, mais de son maintien. Dans cette région du monde où tout avait tendance à la sueur et au débraillé, où tout semblait près de retourner au chaos à la première occasion, il paraissait détenir une totale maîtrise de lui-même.

L'un de mes élèves, ce jour-là, était l'employé administratif de la mine. Il me dit que l'homme qui passait devant nous était l'ingénieur canadien Gordon Smith. Smith était en visite d'inspection dans une autre mine de la région quand InterMinas l'avait prié de venir l'aider à résoudre un problème qui s'était présenté ici. Il avait une connaissance bien précise des conditions de production à La Mancha, car c'était son entreprise qui en avait fourni les pompes spécialement construites pour le site.

Je me souvenais de ces fortes caisses que le *Charybde* avait chargées à Isla Perdida et du nom inscrit dessus au pochoir. Cet homme pourrait-il être ce Smith-là ?

« C'est exact, me confirma l'élève. Señor Smith, des Pompes Smith. »

J'avais déjà entendu parler du problème pour lequel on consultait ce Smith. En fait, depuis une semaine maintenant, mes élèves ne parlaient pas d'autre chose, et c'était lié à la localisation de la mine de La Mancha. Les installations minières se situaient au pied d'une montagne de faible hauteur, trois cents mètres d'altitude seulement. Dans une région très plate de terres marécageuses et de jungle très dense, cette montagne était assez incongrue. Le peuple ancestral de la forêt l'avait même désignée comme un lieu sacré. Cependant, aucun de ces natifs n'y vivait plus. Ils avaient été balayés depuis longtemps par la tuberculose, la syphilis et le lot habituel de maladies importées contre lesquelles ils ne possédaient aucune résistance, ainsi que par l'alcool, qui pour eux était tout aussi meurtrier.

Cette montagne se dressait juste au-dessus de la mine de La Mancha. Trois galeries rudimentaires avaient été creusées dessous, à cent mètres de profondeur. Les deux premières n'étaient plus exploitées, le filon aurifère y était épuisé. La troisième, plus récente, restait encore très rentable. Ensuite, le problème s'était présenté.

L'exode de toutes les chauves-souris et des iguanes troglodytes qui avaient élu domicile à l'intérieur de cette galerie, comme toujours dans ces mines de la jungle, fut le premier signe d'un phénomène louche. Lorsque les animaux disparurent, la galerie mesurait plus de huit cents mètres de longueur. Et puis un jour, l'équipe du matin venait d'ouvrir une nouvelle section à la dynamite, ce furent les mineurs pris de panique qui sortirent de la galerie en courant. Ils avaient été attaqués par des « esprits du mal », expliquèrent-ils – le vieux peuple de la forêt qui priait jadis dans ce secteur avait dû y jeter un mauvais sort. Ils refusèrent de redescendre au fond, malgré les menaces de licenciement.

L'un des chefs d'équipe, un vieil Argentin coriace du nom de Juarez, qui se trouvait dans le bureau de l'administration au moment de la panique, se porta volontaire pour descendre seul. N'étant nullement superstitieux, il montrerait à ces hommes qu'il n'y avait rien à redouter. Les mineurs se tinrent à distance et regardèrent Juarez pénétrer dans la mine. Ils n'eurent pas à regarder longtemps. Au bout de quelques minutes, ils entendirent un cri et le virent ressortir de la galerie en titubant. Les yeux hagards, il ne cessait de lancer des coups d'œil derrière lui, comme s'il était poursuivi par une entité monstrueuse.

Le directeur général n'avait maintenant pas d'autre choix que de suspendre le travail. Il avait contacté le siège d'Inter-Minas et s'était entendu répondre que l'ingénieur canadien, Gordon Smith, viendrait à la mine diagnostiquer le problème.

Le soir de l'arrivée de Smith, le directeur général m'invita à un dîner donné tout spécialement pour son visiteur, qui s'était installé dans la chambre du grand bungalow réservée aux hôtes de passage. Surpris de cette invitation, j'étais ravi à la perspective de faire un bon repas.

Vers sept heures, je me rendis au bungalow et fus présenté à Gordon Smith dans les formes. Il avait un regard pénétrant et une poignée de main ferme. Avant le dîner, nous trempions les lèvres dans nos apéritifs et bavardions, et il me confia qu'à son arrivée, m'ayant remarqué dans ma salle de classe, il avait demandé au directeur général qui j'étais.

« Je lui ai répondu qu'il devrait vous inviter à ce dîner, ajouta-t-il. Je n'avais pas envie que la soirée entière se passe à causer du métier. » Vu de près, son visage composait un maillage de rides minuscules – comme ces peintures qui, vues à distance, paraissent faites d'une épaisseur de matière. Et l'éclat de ses yeux d'un bleu lumineux trahissait peut-être une certaine lassitude.

Je le remerciai de m'avoir fait convier à dîner et mentionnai cette curieuse coïncidence, son nom que j'avais vu sur des caisses en bois à près de deux mille kilomètres de là, dans une île au milieu de l'Atlantique. Je lui confiai aussi que j'avais entendu prononcer le nom de la ville de Camberloo, avant de le voir inscrit sur ces caisses, car j'avais rencontré un docteur qui avait fait médecine à l'université de cette ville. Tout se passait comme s'il existait une loi alternative de la gravité réunissant certaines personnes venues de l'autre bout du monde, et de la manière la plus invraisemblable.

« Je n'irai pas tout à fait jusque-là, me glissa-t-il avec un petit sourire. C'est juste que le monde n'est pas aussi immense que nous l'imaginons parfois. »

Je mentionnai le nom de Dupont, au cas où il le connaîtrait. Mais il secoua la tête.

« Je ne peux affirmer avoir entendu parler de lui, admit-il. Mais qui sait, j'ai pu le croiser à plusieurs reprises dans la rue. »

Il s'exprimait de la voix la plus calme et me faisait l'effet d'être si engageant que sa seule présence suffisait à me revigorer. Dans la jungle, je m'étais habitué aux accès de passion et aux démonstrations d'émotion extravagantes même sur les sujets les plus triviaux. Clairement, il en faudrait beaucoup pour faire perdre son sang-froid à Gordon Smith.

Nous parlâmes un moment de l'Écosse. Il me posa toutes sortes de questions sur la vie à Glasgow et me confia que, comme beaucoup de ses compatriotes parmi les premiers Canadiens, ses ancêtres avaient été exilés des Highlands, voilà plusieurs générations. Mais alors qu'il avait beaucoup voyagé, il n'était jamais allé sur la terre de ses aïeux.

Je n'étais pas préparé à sa question suivante.

« Les Écossais sont-ils dignes de confiance ? »

Certains l'étaient forcément, lui dis-je, cherchant à me rendre amusant.

Il ne sourit pas mais se contenta de m'observer de ses yeux de faucon, à tel point que je me sentis mal à l'aise. Le directeur général, sorti répondre au téléphone dans une pièce voisine, était de retour et j'en fus soulagé. Il demanda à Smith s'il avait un commencement d'idée concernant ce problème à La Mancha.

« Eh bien, j'ai entendu dire ce que certains hommes ont signalé, fit l'autre. Je vais devoir descendre dans la mine moi-même et découvrir s'il existe une explication scientifique à ce qui s'est produit. »

Le directeur général eut l'air surpris.

« Señor Smith, vous êtes un scientifique, réagit-il. Pourrait-il y avoir une explication *non* scientifique ?

— Je suis scientifique de formation… cela ne fait pas de moi un cynique, répliqua Gordon Smith. En tout cas, après la découverte de la physique quantique, les scientifiques doivent peut-être faire preuve de plus d'ouverture d'esprit. » Il me regarda. « J'ai vu tant de choses bizarres dans mes voyages, je n'ai pas cette superstition de ne pas être superstitieux.

J'ai dû réfléchir à la formule – mon père aurait apprécié cette double négation.

Le dîner de poulet à l'ananas était excellent et le vin avait du bouquet. Le directeur général devait s'occuper d'autres affaires et nous pria de l'excuser, juste après le dessert de crème de noix de coco.

Gordon Smith et moi nous attardâmes à table encore un moment, mais il ne buvait pas beaucoup. Je bus pour deux et, inspiré par le vin, je n'eus guère besoin d'encouragement pour m'épancher. Je ne tardai pas à lui parler de Duncairn, de Miriam Galt et de mon cœur brisé. À lui confier que je rêvais souvent d'elle et que, lorsque je me réveillais en son absence, c'était comme si mon cœur se brisait de nouveau.

« Ces affaires de cœur peuvent être si compliquées, surtout quand on est jeune, admit-il. J'espère qu'avec le temps, vous surmonterez. »

Nous restâmes assis là, silencieux un instant, et puis il eut de nouveau un propos inattendu.

« Je n'ai jamais été moi-même un grand rêveur, m'avoua-t-il. J'ai longtemps jugé que cela valait mieux. J'avais l'impression que lorsque vous rêvez, vous voyez le monde à travers les yeux d'un fou. Il vaut donc peut-être mieux ne pas rêver, au cas où les rêves, les cauchemars, enfin, peu importe ce que c'est, ne finissent par affecter votre vie éveillée. »

Je n'avais encore jamais entendu pareil langage. Je lui assurai, en parlant de mon expérience personnelle, que c'était pure absurdité.

« Je suis convaincu que vous avez raison, dit-il. En fait, j'ai lu quelque part récemment que les rêves sont un moyen naturel de purger les débordements de l'esprit. Vous savez, comme une variante mentale du système des pompes Smith. Si vous ne rêvez pas, les choses désagréables qui se sont fourrées là n'ont aucun moyen d'en ressortir. »

Je me demandai quelles choses désagréables un homme comme lui pouvait avoir en tête. Mais il ne s'étendit pas davantage et changea une fois encore de sujet.

« Aimez-vous donner des cours ? »

J'expliquai que j'y étais venu un peu par hasard et qu'en l'occurrence je n'étais doué pour rien d'autre. Mais d'après ce que j'en avais vu, je n'appréciais pas vraiment la manière dont agissait l'industrie minière sur certains de ces sites reculés. Elle polluait la terre et l'air, s'implantait là où elle n'avait aucun droit d'être et, tant qu'elle y était, elle détruisait les cultures indigènes. Et je n'étais pas non plus très fier de l'aider à mener ses activités déplaisantes en bon anglais.

Les yeux de faucon se rivèrent aux miens.

« Peut-être devriez-vous essayer une autre profession », me glissa-t-il.

Je suggérai que pour moi, cela ne ferait pas réellement de différence. De toute manière, après ce que j'avais enduré – je songeais, bien sûr, à mes peines de cœur –, je doutais de jamais puiser une quelconque satisfaction dans un métier, quel qu'il soit.

Je dis cela d'une voix confuse, à cause du vin, et j'avais conscience d'avoir employé un ton mélodramatique.

Il hocha la tête, en signe de sympathie, mais ses yeux ne cessaient de me toiser.

2

Nous passâmes dans une véranda fermée par une moustiquaire et bûmes notre cognac à petites gorgées. Là-haut, la lune était à couper le souffle, au milieu d'un milliard d'étoiles. Le bourdonnement des insectes et le coassement des grenouilles arboricoles furent tous réduits au silence par le cri d'un animal en souffrance. Mais en quelques secondes tout redevint normal.

Gordon Smith remarqua que ces régions tropicales étaient porteuses de périls non seulement pour les animaux, mais aussi pour les êtres humains. À une époque où les médicaments et les vaccins modernes n'étaient pas accessibles, il avait lui-même été frappé par toute une série de maladies.

« Oui, j'en ai eu ma part, fit-il. La malaria, plusieurs fois. La fièvre jaune, également… à cette époque, personne ne savait que cela provenait aussi des moustiques. Croyez-moi, ce n'était pas une expérience très plaisante. Et malgré toutes les précautions que vous pouviez prendre dans certaines régions du monde, vous ne réussissiez pas réellement à éviter toutes les mouches des sables, les mouches noires, les puces, les tiques et les poux. À cause de ces insectes, j'ai attrapé des maladies dont je n'avais jamais entendu parler… répondant à quantité d'appellations médicales aux consonances grecques, comme l'onchocercose et la leishmaniose.

« Ensuite bien sûr il y avait le choléra… si vous étiez contraint de boire une eau non purifiée, vous l'attrapiez, inévitablement. Et même si vous ne buviez pas l'eau et si vous vous en serviez seulement pour vous laver, le microbe vous entrait dans la peau et vous transmettait la schistosomiase. À moins de cesser complètement de vous laver, comme le faisaient certains, ce qui entraînait des problèmes encore pires, au-delà de la simple odeur. Comme la plupart des voyageurs, j'ai contracté l'hépatite… c'était aussi courant qu'un coup de soleil et il y avait tant de causes possibles que pour être en sécurité il aurait fallu rester chez soi. » Il soupira et but une gorgée de brandy. « Rien qu'à dresser la liste de ces noms, on peut penser que je me vante, mais croyez-moi, ils ont laissé de lourdes séquelles. Dieu merci, j'ai au moins réussi à éviter la peste bubonique… qui, comme vous le savez, n'a rien de très enviable. Ou la fièvre hémorragique, où tout votre corps se met à saigner… si j'étais tombé sur de pareilles affections, je ne serais plus ici aujourd'hui pour vous parler. »

Après avoir écouté ce catalogue, je savais que je devais m'estimer heureux de n'avoir eu à affronter que la malaria, ou quoi que ce fût d'autre, lors de mes brefs voyages. Je promis à Gordon Smith de me montrer bien plus prudent, à l'avenir.

« Très sage décision, approuva-t-il. Vous êtes bien plus en sécurité, maintenant, si vous faites attention avec l'eau et si vous tenez vos vaccins à jour. Dans le temps, c'était beaucoup plus risqué. J'ai longtemps été fort comme un bœuf, mais j'en ai payé le prix. »

Il se mit ensuite à me parler de son foyer et du berceau des Pompes Smith – Camberloo, dans le sud de l'Ontario, plus ou moins au centre du Canada. Il vivait là-bas avec son unique enfant, une fille, son épouse étant décédée de nombreuses années auparavant.

« C'est une ville dépourvue de monuments remarquables, dénuée de joyaux architecturaux, non, elle ne possède rien de tout cela. »

J'avais déjà entendu parler de Camberloo par Dupont : il avait lui aussi trouvé l'endroit assez terne.

Gordon Smith s'arrêta sur cette idée.

« Oui, Camberloo est vraiment une ville qui paraît terne, je suppose, admit-il. *Terne en surface*, c'est-à-dire. » Il eut un geste au-delà de la véranda. « Ici, sous les tropiques, tout est exotique, tout vous frappe en pleine tête avec la force d'un marteau, tout réclame l'attention. À Camberloo, la réalité est plus subtile. La ville a connu sa part de drames, elle aussi, mais il faut être patient et perspicace pour le remarquer. » Les insectes nocturnes étaient si bruyants que la voix de Smith parvenait à peine à se faire entendre. « Ces pays tropicaux exerceront un attrait immédiat sur un certain domaine de l'esprit demeuré adolescent et encore peu formé. Tandis qu'un endroit comme Camberloo… correspond à des goûts adultes et mûrs. Je dois l'admettre, je ne sais toujours pas ce que je préfère. »

Après un autre verre, il me déclara qu'il avait besoin de sommeil, car une journée chargée l'attendait. Je saisis le message. Avant que je ne franchisse la porte, il m'invita à me joindre à lui pour le petit déjeuner, à sept heures. Je le remerciai et traversai les lieux pour me diriger vers mes appartements, en titubant un peu.

Les cris des perroquets et le tapage d'une pléthore d'oiseaux matinaux me réveillèrent peu après le lever du soleil. Malgré le bruit, j'aurais pu dormir bien plus longtemps, mais je me souvins de mon rendez-vous pour le petit déjeuner, me levai, me douchai et me rendis au bungalow principal. Le directeur général avait déjà déjeuné et intégré son bureau. Gordon Smith m'avait attendu. Nous ne parlâmes pas beaucoup, nous avions la bouche pleine, nous mâchions nos quartiers d'orange et nos rondelles de banane avec du pain de maïs. Je bus quatre ou cinq tasses de café.

« Vous vous sentez un peu mieux, maintenant ? » s'enquit-il.

Je lui affirmai que oui.

« Je suis sur le point de me diriger vers la mine et de voir si je réussis à cerner ce qui a pu causer ce problème. Je vais devoir utiliser un appareil qui mesure la qualité de l'air. J'aimerais vérifier la présence éventuelle d'une espèce de gaz, là-bas, au fond. »

Les yeux de faucon s'étaient posés sur moi, et je devinai la suite.

« Je me demandais, dit-il. Si vous vous sentiez d'attaque, cela vous ennuierait-il de m'aider à descendre un certain nombre d'équipements dans cette galerie ? Je ne peux réellement me fier à aucun de ces autochtones, pas dans l'état d'esprit qui est le leur… même si je réussissais à convaincre l'un d'eux de venir avec moi, ce dont je doute franchement. En plus, cela ne me déplairait pas d'avoir quelqu'un d'autre avec moi pour tenir lieu de témoin, ou tout au moins de seconde paire d'yeux. »

J'hésitai. Je ne me sentais pas courageux du tout.

« Peut-être êtes-vous un peu patraque ? reprit-il, en m'observant. Je comprendrais très bien que vous n'en ayez aucune envie. »

Je lui répondis que j'avais juste besoin d'un autre café. J'eus la satisfaction de constater, lorsque je me servis, que ma main était très ferme.

3

En descendant au fond de la mine de La Mancha, Gordon Smith et moi portions des combinaisons et des casques de mineurs. Il avait aussi un petit sac à dos dont le contenu cliquetait bruyamment, une besace pour remonter des échantillons de roche, et il s'était muni d'une truelle. J'apportai une pioche et une pelle.

J'espérais qu'il y aurait quelques spectateurs à l'entrée de la mine pour être témoins de ma bravoure. Mais depuis l'incident, les ouvriers avaient cru bon de rester à l'écart de la mine et ce matin-là ne fut pas différent.

Lorsque nous entrâmes dans l'obscurité de la galerie, le soleil matinal maussade fut aussitôt barré. Nous avions avancé d'une trentaine de pas quand un coude très marqué dans la galerie élimina les derniers vestiges de lumière naturelle, et les ampoules électriques suspendues par intervalles au-dessus de nos têtes devinrent notre principale source d'éclairage. Le silence n'était rompu que par le crissement de nos bottes sur le sol graveleux et le cliquetis métallique du sac à dos de Gordon Smith.

Nous ne pûmes bientôt plus marcher côte à côte, car le boyau commençait à se resserrer, et quantité de roches acérées affleuraient en saillie. Gordon ouvrait la marche et il était devenu plus prudent, s'arrêtant assez régulièrement pour scruter devant lui. J'avançai à deux pas derrière.

Cette progression en file indienne se prolongea sur une centaine de mètres vers le cœur de la montagne. La galerie s'élargit de nouveau et nous pûmes découvrir la paroi rocheuse où le travail s'était arrêté. Une dizaine de brouettes, certaines d'entre elles remplies de gravier et de minerai, avaient été laissées là par les mineurs en fuite. À la lumière des ampoules suspendues, les filons d'or scintillaient dans la paroi à moitié excavée. Des foreuses électriques et des pelles restaient disséminées un peu partout.

Gordon Smith s'arrêta devant l'une des brouettes. Il se pencha au-dessus et préleva à la truelle certains des blocs de minerais les plus petits qu'il fit glisser dans sa besace. Tout à coup, il se raidit, se redressa, la tête penchée, comme s'il écoutait quelque chose.

Je sentis les poils de mon cou se hérisser.

Il était à trois ou quatre mètres et émit une sorte de grondement particulier. Il se tourna très lentement vers moi.

Le visage qui me regardait n'était plus celui de Gordon Smith, mais semblait plutôt s'inscrire dans une multitude de visages superposés, aux nez, aux bouches et aux oreilles tous mal placés et déformés. Une énorme paire d'yeux ressortait au milieu de ce faciès épouvantable, des yeux de prédateur protubérants et froids.

Je savais cette transformation illogique et impossible, mais j'en avais quand même le cœur battant. La créature qui avait pris la place de Gordon Smith s'avança vers moi d'un pas lourd, toutes griffes dehors, et j'essayai de dire quelque chose.

Il ne m'en fallut pas davantage. Je jetai ma pelle et ma pioche en direction de la chose, puis je fis volte-face et courus aussi vite que possible. La chose accéléra l'allure derrière moi, avec son souffle horrible et haletant. Quand j'atteignis l'étroit boyau de la galerie, les roches saillantes me freinèrent. J'étais terrorisé à l'idée que la créature puisse me rattraper, mais elle avait du mal elle aussi à contourner ces obstacles. Enfin, les premiers chatoiements de la lumière du jour s'esquissèrent loin devant moi. Je me ruai tout droit, effaçai le dernier coude de la galerie et débouchai à l'air libre.

La chose était sur mes talons. J'étais incapable de courir plus loin, aussi me retournai-je, les poings brandis, prêt à me défendre jusqu'à la mort.

Le monstre qui se tenait avachi devant moi, le souffle court, n'était autre que Gordon Smith. C'était la seule créature vivante présente, en dehors de moi-même, et il s'efforçait de sourire.

De retour au bungalow, je bus un café et retrouvai peu à peu mon sang-froid. Comme c'était mon cas, le directeur général se demandait ce qui s'était passé exactement. Gordon posa le regard sur moi.

« Je prélevais un échantillon de ce minerai et je me suis retourné pour vous demander la pelle, expliqua-t-il. Vous n'aviez plus du tout l'air d'être vous-même, et c'est un euphémisme. En fait, votre visage était devenu si monstrueux que cela m'a fichu une peur bleue. Vous m'avez jeté vos outils à la figure comme si vous vouliez me tuer, puis vous vous êtes retourné et vous avez détalé. J'ai donc simplement récupéré mon sac d'échantillons et j'ai couru après vous. Vous voyez, c'est là que vous m'avez frappé, avec votre pelle. »

Il déboutonna lentement sa chemise et, sur le côté gauche de sa poitrine, nous pûmes voir un hématome tout rouge et violacé. Il fléchit doucement son épaule gauche et grimaça. « Ça, en tout cas, c'est bien réel. »

J'étais atterré des conséquences de mon geste. Je lui expliquai qu'il m'avait semblé s'être transformé en une créature épouvantable, et je n'avais fait que me défendre.

Gordon s'adressait cette fois au directeur général.

« Manifestement, nous avons tous deux été victimes d'une espèce d'hallucination », remarqua-t-il. Il sortit l'instrument que j'avais entendu cliqueter à l'intérieur de son havresac. La flèche d'un des cadrans pointait sur une zone rouge. « Vous voyez, cet appareil enregistre la présence en forte quantité de tout gaz autre que le méthane, le monoxyde de carbone ou d'autres éléments habituellement présents dans les mines de fond. J'imagine qu'il s'agit ici d'un composant végétal émanant de la roche. Les mineurs ont pu le libérer dans l'atmosphère quand ils ont foré plus en profondeur dans la montagne. Si tel est le cas, cet élément sera présent dans les échantillons que j'ai rapportés.

« Et si j'ai raison, il n'est pas ici question de miracle. Quant à savoir si vous serez capable d'en convaincre les mineurs, c'est une autre affaire.

— *Claro* », admit le directeur général.

Tout au long de son exposé, après ce qui s'était passé, Smith avait paru plus amusé qu'autre chose. J'avais vraiment cru qu'il s'était transformé en monstre, par je ne sais quelle transmutation.

« L'espace d'un instant, j'en ai cru autant de vous, m'avoua-t-il. Mais je savais que c'était impossible. L'un des avantages d'être un scientifique, c'est que nous répugnons à considérer que l'*impossible* puisse être la cause de quelque phénomène que ce soit. »

Quant à moi, assis là dans le calme et l'ordre de ce bungalow, avec une tasse de café en main et le pépiement des oiseaux à travers la moustiquaire, cette explication rationnelle de l'événement aurait dû me rassurer. Mais je ne me sentais pas tout à fait à mon aise. Cet incident tout entier me remémorait trop de phénomènes bizarres que j'avais pu rencontrer – à Tollgate, à Duncairn et en Afrique –, et qui n'avaient jamais semblé pleinement résolus par le simple bon sens.

Plus tard ce jour-là, après analyse des échantillons de roches au laboratoire de la mine, Gordon y trouva des traces d'une substance hallucinogène, à des degrés de concentration divers.

« Elle possède la même composition que plusieurs variétés de peyotl, nous expliqua-t-il, au directeur et à moi. Peut-être ont-elles été pétrifiées lors d'un soulèvement de terrain ancien dans cette région. Les habitants originels ont pu tomber sur cet endroit, avoir des visions et décider que cette montagne était sacrée. »

Ensuite, il passa à l'action. Il recommanda au directeur de conseiller aux propriétaires d'investir dans un système de ventilation. Les Pompes Smith seraient évidemment heureuses de leur en construire un sur mesure. Dans l'intervalle, le port d'un masque à oxygène offrirait une protection adéquate aux mineurs.

Alors que nous abordions ces questions professionnelles, je discernai encore sur son visage des visions fugitives de cette image monstrueuse que j'avais vue dans la galerie. Et, à ses brefs regards en coin, je comprenais qu'il en décelait encore certains aspects chez moi.

Nous en plaisantions même.

Mais je me demandai si nous n'aurions pas entraperçu une vérité l'un de l'autre, le genre de vérité relatif à soi à laquelle personne n'a envie de croire. Et, ayant découvert cela, deux individus seraient-ils capables de considérer l'autre avec la même relative innocence qu'avant ?

Quoi qu'il en soit, le lendemain matin, il prit une jeep vers le petit aérodrome. De là, il s'envola pour la capitale, et ensuite vers le Canada. Le dernier propos qu'il me tint fut d'espérer que l'on se revoie.

L'analyse scientifique de Gordon Smith ne changea rien au destin de la mine. Dans les semaines qui suivirent son départ, la perception non scientifique de l'incident se propagea et gagna en intensité. On croyait que tout mineur qui descendrait dans la mine de La Mancha, et tout l'or qui en serait extrait, finiraient maudits. Les propriétaires allèrent jusqu'à engager un chamane local pour qu'il vienne accomplir quelques cérémonies destinées à apaiser ou exorciser les esprits. Mais cela ne fit rien pour rassurer les mineurs. Aussi décida-t-on par la suite que les entrées des trois galeries devraient être dynamitées et les ouvriers réaffectés à d'autres mines.

Du jour au lendemain ou presque, la favela qui avait grandi autour de La Mancha se dépeupla. Les gens du bourg étaient désormais convaincus qu'après l'intervention du chamane une partie des esprits de la montagne avaient pu fuir la mine et élire plutôt domicile en ville.

En tout cas, cet assemblage de huttes correspondait assez bien à l'appellation de « ville fantôme ».

Mes cours me conduisirent vers d'autres sites. Mais ces quelques minutes de terreur au fond de La Mancha eurent sur moi un effet durable, si ce n'est permanent. À partir de ce tournant dans mon existence, je fis certainement preuve de moins de naïveté envers les autres, je me fiai moins à leurs impressions.

Ce qui était sûrement une bonne chose.

4

InterMinas m'envoya dispenser mon enseignement à un groupe d'administrateurs de la mine à ciel ouvert de Segura, située à faible altitude dans une région de jungle très dense. On m'avait signalé que le climat là-bas était extrêmement humide et particulièrement pénible pour les *gringos*. Au bout de quelques semaines, alors que je me félicitais de ma robuste constitution, je fus soudainement frappé d'une forte fièvre et de maux de ventre. En un jour ou deux, je souffrais de violentes douleurs dans tous les muscles et de méchantes éruptions cutanées.

InterMinas organisa mon transfert en jeep vers un hôpital régional. Il avait été créé par la compagnie, à l'usage exclusif de ses employés.

« Hôpital » : c'était là une appellation un peu grandiloquente pour désigner cette vaste hutte en bambou, dans une clairière de pleine jungle. Cette hutte était dotée d'un toit en tôle, de filets anti-mouches en guise de vitres et de moustiquaires coiffant chacun de ses vingt lits. Malgré les filets anti-mouches, l'endroit bourdonnait d'insectes qui n'avaient pas l'air de saisir la différence entre l'intérieur et l'extérieur. Le seul dispositif de climatisation de cet hôpital consistait en trois ventilateurs de plafond. Ils dépendaient d'une alimentation électrique qui tombait régulièrement en panne, et toujours aux heures les plus humides de la journée.

Trois infirmières s'occupaient des patients chacune à son tour, de nuit comme de jour, et un médecin effectuait une tournée matinale. Il diagnostiqua mon mal, l'attribuant à la fièvre dengue, une forme tout à fait douloureuse de malaria transmise par certaines espèces de moustiques diurnes. Il m'assura que si la maladie était en effet douloureuse – on l'appelait le « mal qui casse les os » –, je ne risquais sans doute pas de récidive.

Je fus soulagé d'apprendre que je souffrais d'un simple accès de dengue, dont j'avais déjà entendu parler. J'avais craint qu'il puisse s'agir du très redouté vers de Guinée, ou draconculose. Ces vers pénétraient dans les intestins lorsqu'on buvait une eau non traitée. Ils étaient aussi minces qu'un fil et croissaient jusqu'à une longueur de plusieurs mètres, pointant de temps à autre la tête hors du ventre de leur victime. Dans d'autres mines, j'avais vu des mineurs infestés enrouler ces vers autour d'une brindille pour se les extraire de l'organisme.

Seuls cinq autres patients étaient hospitalisés là, tous arborant des bandages suite à des accidents de travail, fractures du crâne, des jambes et des bras. Vous n'auriez pas suspecté que ces patients souffraient. Chez tous les mineurs que j'ai rencontrés, quelle que soit la gravité de leur état, souffrir en silence était la seule attitude acceptable. Je fis de mon mieux pour étouffer mes propres gémissements.

Au bout d'une petite semaine, je commençai à me sentir beaucoup mieux. Un après-midi, on m'avait servi un bon déjeuner de *burritos* fourrés à la viande, et un dessert de mangues et autres fruits. J'avais dû m'assoupir.

Je fis un de ces songes étranges, un de ceux où j'avais conscience de rêver. J'étais debout à l'entrée d'un logement, au milieu d'une foule de gens, et leurs visages étaient aussi détaillés et aussi mémorables que ceux de tous les étrangers qu'on peut croiser dans une rue bien réelle du monde éveillé. Un homme franchit le seuil et balaya la foule du regard. C'était Gordon Smith. Il finit par me voir, leva le bras droit et me désigna. Ses yeux étaient saillants et froids, comme ce jour-là, au fond de la mine de La Mancha. Je savais que c'était impossible, qu'il y avait une explication scientifique, et que ce devait donc être un rêve.

Néanmoins, pour m'en assurer, je tentai de m'enfuir. Je ne pus bouger les membres, j'essayai donc de dire quelque chose, et le son de ma propre voix me tira de mon sommeil.

Là, près de mon lit, le regard posé sur moi, avec une expression amicale et soucieuse, se tenait Gordon Smith en personne. Je clignai des yeux pour être sûr que je n'étais pas encore en plein rêve.

« Je suis désolé de vous avoir réveillé en sursaut, me dit-il. Puis-je m'asseoir ? » Il approcha une chaise en cannage du lit et s'assit. « Il se trouve que j'étais dans la région pour vérifier le système de pompage à la mine de Segura, et l'un des directeurs a évoqué le jeune professeur écossais qu'on avait conduit ici, malade. J'ai compris que c'était de vous qu'il parlait et j'ai donc emprunté un chauffeur et une jeep et je suis venu vous rendre visite. Malheureusement, je n'ai qu'un quart d'heure devant moi, ensuite je dois filer à l'aéroport… je m'envole ce soir. Comment vous sentez-vous ? »

Je ne mentionnai pas que je venais de le voir dans mon rêve et lui parlai plutôt de la dengue.

« Je la connais bien, me dit-il. Ce n'est pas la rencontre la plus agréable du monde. »

Une infirmière fit son apparition avec deux tasses de café, pour nous. Je crus presque être encore en train de rêver, tant c'était là une attention inhabituelle. Manifestement, on nous réservait un traitement spécial.

Nous bûmes notre café, et Gordon Smith en profita pour m'interroger sur mon travail et me parler des diverses mines où j'avais dispensé des cours depuis notre dernière entrevue, près de six mois auparavant. Nous bavardâmes un petit moment au sujet des directeurs qu'il connaissait. Il ne cessait de consulter sa montre et finit par me lâcher l'un de ses regards de rapace les plus perçants.

« Je ne dispose pas de beaucoup de temps, donc j'irai droit au but, fit-il. Quand vous serez apte à voyager, pourquoi ne venez-vous pas au Canada, et ne séjournez-vous pas un temps à Camberloo ? »

Je fus si surpris que je ne sus que répondre.

« Écoutez, reprit-il. Ce n'est pas une idée en l'air. J'y réfléchis depuis notre rencontre à La Mancha… et mes motivations ne sont pas entièrement désintéressées. Le fait est que je commence à me faire moi-même un peu vieux pour tous ces voyages, et j'ai un besoin urgent d'un adjoint fiable. Depuis un bon bout de temps, je suis à l'affût de quelqu'un qui convienne, et j'ai dans l'idée que vous pourriez être justement l'homme de l'emploi. Vous continueriez de beaucoup voir le monde, si c'est ce que vous voulez… et vous jouiriez d'un bon revenu et d'un point de chute où rentrer quand vous le souhaitez. »

Il vit bien que j'en restais abasourdi.

« Si vous venez me rendre visite à Camberloo, vous constaterez par vous-même ce que recouvre l'activité des Pompes Smith, continua-t-il. J'ai tout à fait conscience que vous n'êtes ni un scientifique ni un ingénieur, et que vous n'êtes pas vraiment familiarisé avec les pompes ou les systèmes de recyclage d'air. Toutefois, votre mission ne consisterait pas à superviser la construction des machines. On s'en charge déjà. Tout ce qu'il vous faut, c'est apprendre à convaincre les clients potentiels de prendre nos produits en considération. Et cela, je peux vous l'enseigner. » Il consulta de nouveau sa montre. « Je sais que cela représente beaucoup d'éléments à intégrer d'un coup, mais réfléchissez-y un peu. Quelle que soit votre décision finale, cela vous fera quelques mois de vacances. »

Que pouvais-je faire, sinon accepter une offre aussi généreuse ? L'idée de m'offrir des vacances, sans aucun engagement de ma part, était très alléchante, et j'allais certainement et mûrement réfléchir à ce qu'il venait d'évoquer concernant ce travail avec lui au sein des Pompes Smith.

Il parut assez satisfait de ma réaction, car il me serra la main avec chaleur. Ensuite il plongea la sienne dans une poche intérieure de sa veste et me tendit une enveloppe gonflée de billets de banque. « Cela couvrira vos dépenses. »

Je protestai, je pouvais payer par mes propres moyens.

« Hors de question, insista-t-il. C'est une affaire professionnelle. Dès que je serai rentré, mon agent de voyages réservera un billet de première classe sans limite de validité, à votre nom, sur le navire de votre choix, pour la traversée de Panama à la ville de Québec. Une traversée vous laissera quelques semaines supplémentaires pour vous relaxer à l'air pur… et cette fois vous ne serez pas matelot. De Québec, vous pourrez pendre un train pour Camberloo. J'attends de vous accueillir là-bas dans un avenir pas trop lointain. »

Nous nous serrâmes de nouveau la main et il fila vers sa jeep. À peine était-il parti que le médecin de l'hôpital, de la meilleure humeur qui soit, vint me voir. Apparemment, le Senõr Smith lui avait glissé quelques milliers de pesos dans la main en échange des soins tout particuliers qu'il me prodiguerait d'ici à ce que je sois prêt à sortir.

Il prit en effet bien soin de moi. Deux semaines plus tard, j'étais apte à voyager.

Alicia

1

Durant le voyage de trois semaines de Panama à Québec, sur un cargo de construction récente, le *SS Gardeyloo*, j'évitai les autres passagers autant que possible. C'était facile, car ils n'étaient qu'une dizaine et ne semblaient nullement avoir envie de fréquenter un squelette ambulant. Je lisais, je mangeais et buvais dans l'intimité de ma cabine, aussi spacieuse que l'ensemble des quartiers de vie de tout le groupe des matelots du *Charybde*.

Quelques séquelles de mon accès de fièvre dengue persistaient sous la forme de vertiges occasionnels et d'une crainte des moustiques qui firent la moitié du voyage avec nous. Mais j'avais déjà repris un peu de poids, même si je paraissais très émacié aux yeux des autres. Lorsque le navire remonta le golfe du Saint-Laurent, je me sentais plus alerte. Cette sensation de lentement pénétrer dans le gosier d'une grosse bête, qui avait dû gagner les immigrants durant des siècles, s'empara de moi aussi.

Enfin, le *Gardeyloo* s'amarra devant les docks de Québec. On débarqua les passagers ainsi que la cargaison sur le port, par une journée de juillet chaude et venteuse. De là, je me rendis à la gare et pris le train pour un périple de dix heures vers l'ouest.

Les cent cinquante derniers kilomètres d'approche de Camberloo se firent à travers un paysage sans lacs ni chaînes de montagnes, en fait sans même une colline digne de ce nom. Le train presque vide longeait des champs clôturés, parfois ponctués de bâtiments de ferme en pierres qui auraient pu être importés des Lowlands champêtres d'Écosse et de bourgades pimpantes où l'on apercevait des rucs tranquilles et des clochers. Il y avait çà et là des bouts de forêt, certains arbres ayant l'air très anciens, reliques, peut-être, des grandes forêts originelles qui recouvraient cette terre jadis.

Enfin, le train franchit lentement un pont métallique au-dessus d'un cours d'eau d'aspect paisible (la Grand River, selon un écriteau écaillé planté sur le pont) et entra dans la périphérie de Camberloo, similaire à une version agrandie des autres bourgades que nous avions dépassées. Au bout d'un kilomètre et demi le long duquel on sentit le convoi ralentir encore, comme à contrecœur, le train s'arrêta dans un crissement en gare de Camberloo.

Il était trois heures.

J'étais le seul passager à descendre sur le quai désert et ensoleillé. La chaleur écrasante me surprit : après avoir vécu si longtemps sous les tropiques, je m'étais attendu à ce que le climat estival de l'endroit ne me fasse aucun effet. Peut-être m'étais-je trop habitué à l'air conditionné de mon compartiment, de sorte que cette chaleur sèche, étouffante, me tourna un peu la tête. J'avais du mal à respirer de l'oxygène et mon tricot acheté tout particulièrement pour les froids polaires du Canada me picotait la peau.

Derrière moi, le train redémarra et s'éloigna lentement de la gare. Sur un bruit de fond de grondements, de sifflements et de cognements, une voix hurlait à la folie. Il n'y avait pourtant personne d'autre dans les parages. Lorsque le convoi eut fini de passer, je me rendis compte que ce hululement était en réalité le bruit d'une autre machine, à la tonalité plus aiguë. Il provenait de l'autre côté des voies, où une vieille usine constellée de centaines de vitres noires de suie vomissait une fumée jaune dans le ciel bleu.

Dans cette chaleur effroyable, je ne pus m'empêcher de me demander comment j'avais bien pu accepter de venir dans un endroit aussi peu engageant. Pourtant j'étais là et il était trop tard pour se raviser.

Et il ne servait à rien non plus de rester planté là à broyer du noir sous le soleil, car personne ne viendrait m'accueillir. Gordon Smith avait télégraphié au *Gardeyloo* la veille de son arrivée à Québec pour demander qu'on me réserve une chambre dans un hôtel, le Walner. Quelle que soit l'heure de mon arrivée, je devais m'y rendre par mes propres moyens et il me contacterait. Je pris donc mon fourre-tout en toile et me réfugiai dans la salle d'attente de la gare.

Immédiatement, je me sentis mieux. Cette salle d'attente n'était pas climatisée, mais après la chaleur et l'éblouissement du quai, c'était très revigorant. Il n'y avait personne, excepté un guichetier qui, à mon entrée, leva le nez derrière son guichet. C'était un homme d'âge mûr aux cheveux filasse et clairsemés, soigneusement rabattus sur le crâne de manière telle que cela ne pouvait qu'attirer l'attention sur sa quasi-calvitie.

Je lui demandai comment rejoindre le Walner Hotel.

« C'est à une dizaine de minutes à pied, me dit-il, en me toisant d'un œil sceptique. C'est un endroit assez cher, vous savez. »

Avec mon pull en laine peu convenable et mon sac en toile, je ne devais guère avoir l'allure du client approprié pour l'hôtel en question. Je lui répondis qu'on y avait réservé une chambre pour moi.

Il haussa le sourcil.

« Ah, fit-il. Eh bien, c'est dans King Street. Je peux vous appeler un taxi, si vous voulez. »

J'estimai qu'après être resté assis si longtemps dans ce train, marcher me ferait du bien. Je lui demandai donc la direction de l'hôtel, ressortis et, avec mon sac à la main – il contenait juste quelques vêtements de rechange, des livres de poche, et le carnet taché de jungle qui devait devenir mon épitaphe avant quc Gordon Smith n'entre en scène –, je me mis en route.

Pour rejoindre King Street, je suivis une rue de traverse que le guichetier m'avait conseillé de prendre. Elle était bordée d'arbres et de grandes demeures construites dans ce que je croyais être le style gothique, nombre d'entre elles comportant de fausses tourelles et coupoles. Elles se ressemblaient tant qu'elles eussent pu être conçues par le même architecte. Mais les chênes et les érables très anciens, qui par endroits formaient une voûte de feuillage au-dessus de la rue, croissaient en respectant tous un plan qui leur était propre. Comme beaucoup de ceux que j'avais vus du train, ces arbres devaient être déjà gigantesques bien avant que Camberloo n'existe.

Ensuite, j'empruntai King Street, une rue privée d'arbres. L'architecture était ici d'un type différent – en dépit, là encore, de certaines similitudes. Les bâtiments de brique rouge de nature commerciale prédominaient. Certains étaient massifs et carrés, d'autres non moins carrés mais petits, mais à part cela ils se distinguaient surtout les uns des autres par des enseignes comme *Grimm's Tailor*, *The Hardware Company* et *The Pig's Eye Pub*.

Les bâtiments paraissaient tous à peu près du même âge – comme si un beau jour, quatre-vingts ans plus tôt, King Street dans son entièreté avait été plantée là. Si certains de ces immeubles étaient plus récents, ils étaient conçus de manière à s'insérer tout aussi discrètement.

À peine étais-je dans cette King Street que je croisai des mouches. Ces mouches de Camberloo étaient ventrues et imprévisibles, et il était donc difficile d'éviter de s'y heurter. Après la collision, elles bourdonnaient juste un peu plus fort et poursuivaient leur trajectoire. À cet égard, elles étaient à l'opposé de ces petites mouches de la jungle, si insistantes que j'avais appris à les détester – des mouches qui sifflaient et ne manquaient jamais une opportunité de mordre ou piquer.

Lors de cette première marche dans King Street, je ne vis pas grand nombre de piétons. La plupart de ceux que je rencontrai avaient une allure ordinaire, sans rien de mémorable, et évitaient de croiser mon regard.

Excepté un couple. Au soleil, l'homme avait le visage rougeaud et il empoignait une canne qu'il plantait dans le trottoir d'un geste brutal. Elle, une femme de petite taille coiffée d'un foulard noir, portait d'épaisses lunettes et avançait d'une démarche chancelante quelque pas derrière lui. Lorsqu'ils s'approchèrent, je vis tout à fait distinctement qu'ils étaient reliés l'un à l'autre par une laisse en cuir cloutée, attachée autour de leur taille à tous les deux. J'étais incapable de dire s'il la tirait au bout de cette laisse, ou si elle essayait de le freiner.

Naturellement, je leur laissai amplement la place de passer.

Les seuls enfants que je vis lors de cette marche n'étaient pas des piétons. C'étaient deux garçons âgés de peut-être dix ans, qui jouaient dans une ruelle entre deux immeubles, tapant dans un ballon fait de lambeaux de tissu noir noués ensemble très serré. Lorsque je passai devant eux, l'un des garçons frappa la balle dans ma direction, un geste qui paraissait amical. J'allais taper dedans à mon tour lorsque je vis qu'il s'agissait en réalité d'un corbeau mort, troussé par une ficelle. Je reculai, suscitant un rire des plus déplaisants chez les deux garçons.

J'arrivai maintenant au carrefour de King Street et Princess Street où, ainsi que me l'avait promis l'employé de la gare, se dressait le Walner Hotel. L'édifice était certainement le plus haut et le plus imposant de toute la rue, formant saillie sur le carrefour comme la proue d'un navire bâti en brique rouge qui se serait en quelque sorte échoué sur cette enclave sans accès à la mer.

Je poussai la porte à tambour armaturée de cuivre et entrai dans le hall de réception de l'hôtel. En retrait de ce soleil éclatant, toutes les couleurs étaient ici plus sourdes. Le hall était en longueur, au sol dallé de vert. L'essentiel de l'espace était occupé par des banquettes et des tables de lecture encombrées des assortiments habituels de journaux et de magazines. Je vis une grande peinture murale sur le mur situé derrière la réception. Cela évoquait une scène campagnarde du XIXe siècle : des hommes coiffés de chapeaux noirs, aux pantalons à bretelles, travaillaient apparemment à rentrer le foin ou à quelque autre besogne agricole, des chevaux et des carrioles à l'arrière-plan.

Que c'est charmant, songeai-je : probablement une représentation de l'époque des pionniers, partie intégrante de l'histoire de Camberloo.

Mais en m'avançant vers le comptoir de la réception, un trait saisissant de cette fresque retint mon attention. Dans un recoin à l'écart de ce champ où s'effectuaient les travaux se tenait la silhouette d'un homme nu les bras levés en l'air. Son corps tout entier était empalé sur un pieu qui lui ressortait de la bouche. J'avais peine à croire qu'une scène aussi horrible soit affichée dans le hall de réception d'un hôtel.

Naturellement, quand j'allai examiner la peinture de plus près, je vis mieux : ce que j'avais pris pour un homme empalé n'était qu'une brouette appuyée en position debout contre un poteau, les poignées levées vers le ciel.

La réception elle-même se composait d'un long comptoir en acajou verni adossé à un miroir encadré et aux casiers habituels réservés aux clefs et au courrier. Il n'y avait personne, aussi au bout d'un moment je pressai la paume sur la cloche « Sonner pour le service ».

Immédiatement, d'une pièce située d'un côté des boîtes aux lettres, un petit personnage en uniforme aux cheveux gris plaqués surgit. Il était bel homme, excepté que là où son nez aurait dû se trouver, il portait un cône de cuir noir attaché derrière la tête par un lacet. Cela fit sur moi très forte impression, mais je m'efforçai de ne pas fixer le regard sur ce cône et, en lui disant qui j'étais, de me concentrer sur ses yeux.

« Nous vous attendions », fit-il. Il avait un sourire avenant et une voix nasillarde et mélodieuse. Tout chez lui était plaisant, sauf ce cône sinistre. « M. Smith a réservé une chambre pour vous au deuxième étage. Il a laissé un message. »

Il sortit une feuille de papier pliée d'un des casiers et me la tendit. C'était un mot très bref de Gordon, me souhaitant la bienvenue et me précisant qu'une voiture viendrait me chercher à six heures.

Le petit homme me remit ensuite la clef de ma chambre.

« L'ascenseur est dans le couloir près de la porte, juste après la peinture murale », m'indiqua-t-il. Il me sourit. « Que pensez-vous de notre fresque ? Elle fait en général forte impression sur nos visiteurs. »

J'y lançai un coup d'œil et proférai un commentaire flatteur, content de ne pas avoir à éviter de regarder son cône. Je pris mon sac et me dirigeai vers le couloir.

« L'ascenseur est derrière l'angle sur votre droite », s'écria-t-il avec entrain.

Quand je me retournai machinalement pour le remercier, je vis l'homme muni de son cône, puis ma propre image, reflétée à distance dans le miroir derrière lui. Je repérai aussitôt l'ascenseur et appuyai sur le numéro deux, en cuivre massif.

Ma chambre au Walner Hotel baignait dans une atmosphère de fraîcheur et de luxe, avec un grand lit et des meubles lourds et coûteux. La salle de bains comptait douze serviettes ainsi que des savonnettes et des flacons de shampooing. Je m'allongeai sur le lit, profitant du silence après le bruit permanent du voyage, et ne tardai pas à m'assoupir.

2

Le téléphone de chevet sonna : la voix du petit homme au cône nasal m'informa qu'il était six heures et qu'une voiture était arrivée pour moi. Je me ressaisis en vitesse et descendis à la porte principale où une limousine noire aux vitres teintées m'attendait. Un chauffeur coiffé d'une casquette à la visière miroitante me pria de m'installer sur la banquette arrière. Nous roulâmes quelques kilomètres en direction de l'ouest dans un quartier qui laissait entrevoir de vieux arbres et la pelouse impeccablement taillée d'un parcours de golf. Les maisons étaient de conception moderne et paraissaient encore plus vastes que celles situées en ville. La limousine s'engouffra dans la longue allée d'une de ces demeures et s'arrêta devant un portique aux colonnes immaculées.

J'avais monté la moitié des marches de marbre quand la porte à double battant fut ouverte par Gordon Smith en personne. Il portait un costume sombre très solennel, au lieu de la tenue tropicale à laquelle je l'avais associé. Ses yeux de faucon qui m'avaient paru tout à fait à leur place dans les jungles du Sud n'étaient pas vraiment adaptés à ce cadre civilisé.

« Harry ! s'écria-t-il. Ravi de vous voir. »

Sa poignée de main était ferme, sa peau fraîche.

Il me conduisit dans un vaste corridor peint en blanc éclairé par une verrière et aux portes ouvertes par lesquels j'entrevis des pièces spacieuses. Sur la droite, un large escalier menait à l'étage supérieur. Les murs étaient ornés de plusieurs tableaux discrets qui pouvaient représenter des paysages exécutés dans un style abstrait et géométrique.

« Par ici », fit-il.

Nous franchîmes l'une des portes pour entrer dans une pièce dont les hautes portes-fenêtres donnaient sur une pelouse soignée ponctuée d'arbres et d'arbustes discrets. Les principaux meubles de la pièce consistaient en fauteuils de cuir et tapis blancs. Les tableaux aux murs étaient des aquarelles d'îles tropicales tapissées de palmiers. La végétation comme l'océan étaient dans des tons doux et insipides.

Gordon sortit des verres et une bouteille d'un meuble et nous servit du vin, puis nous nous assîmes l'un en face de l'autre dans les fauteuils en cuir. Il s'enquit de ma santé et je lui assurai que je me sentais bien et que j'étais presque complètement rétabli de ma maladie. Je le remerciai d'avoir eu la bonté d'organiser ce voyage pour moi.

« Je suis content que cela vous ait plu, fit-il. J'ai toujours trouvé que les traversées en mer étaient un grand moyen de se détendre. »

Je comprenais ce qu'il entendait par là. Être passager, c'était très différent de voyager en tant que membre d'équipage, de rincer les ponts, de briquer les cuivres, de faire tout ce qui devait l'être, par tous les temps.

« Et le train depuis Québec ? reprit-il. C'était confortable ? »

Je lui avouai combien j'avais apprécié leur propreté et les compartiments spacieux. Par rapport à ces petits trains de la jungle bondés de voyageurs chargés de bébés, de poulets ou même de cochons pour le marché, une forêt vierge oppressante se resserrant de part et d'autre de la voie et des fenêtres sans carreaux qui laissaient entrer les insectes et la fumée de la locomotive, c'était un autre monde.

Il connaissait bien tout cela, il en avait l'expérience, et acquiesça en souriant.

« Et maintenant, que dites-vous de Camberloo ? fit-il. Quelle est votre première impression ? »

Je fus sincère dans ma réponse. Je mentionnai les deux personnes dans la rue qui m'avaient eu l'air d'être reliées par une laisse et les garçons qui jouaient avec cet oiseau mort. Ensuite j'ajoutai ma méprise face à cette brouette sur la peinture murale, ce qui m'avait amené à me demander si les effets persistants de ma fièvre n'avaient pas déformé ma perception des choses. Je ne pouvais être sûr que le petit homme au cône nasal existât réellement.

« Oh, il existe bel et bien, me confirma-t-il. D'après la rumeur, il a perdu son nez à cause de la syphilis. Mais votre perplexité après tout cela est bien naturelle. Vous avez traversé beaucoup d'événements et il vous faudra du temps pour être complètement rasséréné. C'est pour cela que vous êtes ici. »

À maintes reprises, tout au long de cette conversation, il lança de brefs regards vers l'encadrement d'une porte sur la droite. Et, en un instant, ses yeux s'illuminèrent lorsque nous entendîmes de hauts talons claquer sur un parquet verni, suivis de l'entrée d'une jeune femme en robe bleue.

Gordon Smith se leva et moi aussi.

« Je voudrais vous présenter ma fille, Alicia », dit-il.

La jeune femme me tendit la main et serra légèrement la mienne.

« Je suis ravie de vous rencontrer », dit-elle d'une voix douce. Ses yeux étaient marron foncé, et non pas bleus comme ceux de son père. Mais ils étaient tout aussi inflexibles, me regardant sans détour, comme on examinerait une photographie.

Pour ma part, je l'appréciai certainement, même si j'essayai de ne pas rendre la chose trop évidente. Elle était de taille moyenne, le visage ovale. Soigneusement maquillée, un mascara noir cernait ses yeux marron. Ses cheveux étaient brun foncé, eux aussi, et ils avaient une manière frappante de retomber sur le côté gauche du visage, comme un voile. Plus je la regardais, plus il m'était difficile de discerner son père en elle, excepté dans cette qualité du regard. Elle était de ces enfants dont la ressemblance physique avec un parent n'a rien de frappant, même quand vous les voyez tous les deux ensemble.

J'étais sur le point de formuler une remarque en ce sens à Gordon quand je vis qu'il m'observait attentivement, comme s'il s'inquiétait de savoir quelle impression me faisait sa fille.

Soudainement, je compris.

Depuis peut-être notre toute première rencontre à la mine de La Mancha, il me jaugeait, non seulement comme un employé potentiel, mais comme un possible mari pour sa fille unique.

Je commençai donc à considérer d'un œil tout différent cette Alicia Smith qui, après s'être servi un verre de vin du même meuble, vint s'asseoir dans le sofa en face de nous et engagea poliment la conversation.

Je devinai qu'elle avait entendu parler de moi. Moi, en revanche, je ne savais pas grand-chose d'elle. Avait-elle vécu toute sa vie à Camberloo, par exemple ?

« Oui. J'adore être ici, m'avoua-t-elle.

— En fait, elle a toujours vécu ici même, dans cette maison, intervint son père. Je l'avais fait construire avant sa naissance. Ce devait être un cadeau pour sa mère, mais elle est morte sans jamais l'avoir vue. »

Ils sourirent tous deux tristement à cette allusion très privée.

« Toutefois, reprit-il, Alicia ne veut pas non plus dire par là qu'elle est restée uniquement confinée à Camberloo. N'est-ce pas, Alicia ? »

Sollicitée de la sorte, elle commença à m'en confier davantage sur elle-même et, en l'écoutant, je compris qu'elle avait eu un style de vie complètement différent du mien. Elle avait fréquenté une école privée pour filles à Toronto et passé un an à la Sorbonne, où elle avait étudié les beaux-arts. Et, bien entendu, tous les ans elle allait vivre « à la dure » dans leur cottage du nord du pays, faisait de la voile sur les Grands Lacs, skiait dans le Vermont ou lézardait au soleil dans leur appartement de Key Biscayne.

Ce n'était pas que sa vie tout entière ne fût qu'un jeu. Elle siégeait en qualité de membre du conseil d'administration de la Camberloo Art Gallery à laquelle elle se consacrait plusieurs soirées par semaine, bénévolement. Gordon, s'avéra-t-il, était l'un des principaux soutiens de la galerie. Les toiles aux couleurs ternes sur les murs autour de nous faisaient partie de la collection qu'il était autorisé à emprunter.

Je lui demandai si elle avait déjà accompagné son père dans l'un de ses voyages d'affaires.

Elle secoua la tête et, à cause de ce mouvement de la tête, je me rendis compte qu'elle maintenait ce voile de cheveu devant le côté gauche de son visage afin de masquer en partie une sorte de décoloration de la joue.

« Je préfère franchement rester ici et veiller sur la maison, me répondit-elle.

— Et j'attends toujours avec impatience de rentrer l'y rejoindre », ajouta Gordon Smith.

Ils se regardèrent avec grande tendresse.

Comme de juste, je ne pus m'empêcher de le remarquer, dans le récit de sa vie elle n'avait fait aucune mention d'un mari ou d'un petit ami.

Le dîner fut servi dans la salle à manger par une domestique asiatique qui était aussi, en conclus-je, leur cuisinière et leur femme de ménage. Ils la complimentèrent sur le plat principal, un mets devenu l'un des préférés du maître de maison, après ses voyages en Orient. Il se composait de tofu, d'œufs, de crevettes et de riz agrémenté de diverses épices exotiques.

J'essayai d'avoir l'air d'apprécier.

Le dîner entier prit plus d'une heure, petit plat après petit plat. Les Smith se contentaient de picorer dedans, comme s'il s'agissait plus d'un rituel quotidien que d'un moyen de se sustenter.

Je m'étais senti assez tendu, mais le vin me délia la langue et pour une bonne part ce fut moi qui animai la conversation, surtout à propos de ma vie de marin et de mes expériences en Afrique et en Amérique du Sud. Je voulais être amusant, et ils paraissaient amusés. Même après qu'on eut débarrassé les reliefs de notre repas, nous restâmes un moment à table, buvant nos cafés et bavardant.

Puis Gordon Smith jeta un bref regard à Alicia, ils échangèrent un signe de tête et elle se leva. Nous nous levâmes aussi.

« Je vais maintenant vous laisser discuter affaires », fit-elle.

Elle embrassa rapidement son père sur la joue. Elle me serra de nouveau la main, peut-être un peu plus chaleureusement que lorsqu'on nous avait présentés.

« J'ai été ravie de faire votre connaissance, fit-elle. J'espère bien que vous reviendrez nous rendre visite. »

Elle paraissait du même âge que moi, aussi sa prodigieuse maîtrise d'elle-même m'impressionna d'autant plus. Je marmonnai quelques mots lui signifiant que j'ignorais combien de temps je resterais à Camberloo mais que j'espérais être de nouveau invité à dîner.

« Je suis sûr que vous le serez », fit-elle. Puis elle quitta la salle à manger.

3

Ce fut ensuite Gordon Smith qui prit la parole.

« C'est l'heure du cognac et des cigares. »

Il me conduisit dans une pièce attenante aux murs tapissés de rayonnages de livres et me laissa fureter. Il l'appelait « la bibliothèque » et elle était en effet remplie de volumes, essentiellement des éditions assorties de classiques, d'après ce que je pus voir – Platon, Shakespeare, Dickens, Tolstoï et d'autres –, des volumes qui semblaient ne jamais avoir été ouverts et n'être là qu'à titre décoratif. Près de la cheminée, une bibliothèque plus petite à côté de deux confortables fauteuils accompagnés de leurs liseuses était manifestement dédiée aux ouvrages qui étaient véritablement lus. Je jetai un œil à quelques titres : *Histoire de la technologie à travers les âges*, *La Pompe hydraulique pour forage de grande profondeur*, *Une pensée claire dans un monde complexe*, et *Les Affaires : approches stratégiques*. Je ne repérai pas de romans. Un certain nombre d'autres volumes, selon toute apparence des catalogues de galeries et des livres d'art de grand format, étaient posés à plat sur les rayonnages inférieurs.

Lorsque la domestique entra chargée d'un plateau avec une bouteille, des verres et une boîte de cigares, nous nous assîmes dans les fauteuils. Elle plaça le plateau sur une petite table près de Gordon et se retira en silence. Il nous servit deux cognacs bien tassés puis choisit deux cigares. Il les coupa et m'en tendit un.

« Cubains », dit-il.

Il les alluma, nous tirâmes quelques bouffées et bûmes quelques gorgées de cognac. C'était une sensation des plus agréables.

« Harry, c'est vraiment un plaisir de vous avoir ici », fit-il.

Nous trinquâmes, tirâmes et bûmes encore un peu, puis il posa son verre.

« Vous vous souvenez quand je suis venu vous voir à l'hôpital ? Comme je vous l'ai dit ce jour-là, ce n'était pas simplement un acte de pure bonté. Je recherchais quelqu'un qui représente l'entreprise à l'étranger et en qui je puisse avoir une totale confiance. Nous marchons fort bien, mais je devrais passer l'essentiel de mon temps ici, à Camberloo, pour m'occuper de nos plans d'expansion, au lieu de sillonner le monde. En plus, mon médecin m'a averti, je n'ai plus un cœur aussi solide que par le passé, et il est temps de s'éviter les rigueurs des voyages longue distance. » Les yeux de faucon se resserrèrent sur moi. « Dès que je vous ai rencontré, j'en ai vite conclu que vous étiez un bon jeune homme, gâchant ses talents dans ces camps de mineurs. Je pense vraiment que vous seriez capable d'accomplir pour nous de l'excellent travail. »

J'avais songé à ce moment depuis des semaines maintenant, et je lui répondis avec précaution, en lui faisant savoir que j'étais très flatté de son intérêt à mon égard. Mais je ne voulais pas non plus pour autant qu'il place sa confiance dans le mauvais interlocuteur. Comment un individu aussi ignorant que moi, même en matière de science élémentaire, pouvait-il lui être d'une quelconque utilité en représentant une entreprise spécialisée et d'une haute technicité comme les Pompes Smith ?

« Vous ne vous rendez sans doute pas compte quelle bouffée d'air frais c'est d'entendre cela, dit-il. C'est une qualité que nous ne trouvons pas souvent dans le monde de l'entreprise. Certains personnages prétendraient être des experts des pompes et des ventilateurs parce qu'ils ont vécu quelques mois dans une ville dotée d'une mine de charbon… comment s'appelait cet endroit déjà ? Duncairn ? »

Nous éclatâmes tous deux de rire.

« Écoutez, comme je vous l'ai déjà dit, reprit-il, nous n'avons pas besoin d'un ingénieur supplémentaire. Il nous faut quelqu'un d'intelligent, d'adaptable et que cela ne dérange pas de voyager. Nos clients ont leurs propres ingénieurs et ce sont eux qui décident de notre conception et des spécifications de performances qui leur conviendront. Mais ils préfèrent amplement traiter avec quelqu'un à qui ils peuvent se fier. S'ils achètent une de nos machines, ils veulent être sûrs de pouvoir compter sur nous en cas de problème durant la période de garantie et que nous saurons nous montrer corrects et disponibles après. Les clients apprécient cette sorte d'engagement. »

Je m'inquiétai tout de même de mon manque de compétences techniques et lui rappelai qu'il était venu à la mine de La Mancha ce jour-là parce qu'il était capable de manipuler un équipement technique destiné à mesurer la composition de l'air. Sur le moment, sa facilité de maniement de cet étrange appareil m'avait vivement impressionné.

Il secoua la tête.

« Sincèrement, en vingt années de métier, je n'avais jamais eu à faire quoi que ce soit de ce genre, admit-il. Je suis descendu effectuer ces mesures, non parce que j'étais ingénieur, mais parce que leurs propres ingénieurs étaient trop superstitieux pour descendre s'en charger eux-mêmes. L'un d'eux a dû me montrer comment allumer et éteindre cet appareil de mesure. Un enfant aurait pu en faire autant. »

Il vit que j'étais encore hésitant, et il essaya encore de me soulager de mes craintes.

« Si vous acceptez de faire un essai, je ne vous enverrai pas sur place tout seul, promit-il. Non, naturellement, je vous accompagnerai dans vos premiers déplacements pour vous montrer les ficelles du métier et vous permettre de découvrir par vous-même ce que cela recouvre. Je partirai avec vous jusqu'à ce que vous vous sentiez en totale confiance. »

Je n'arrivais toujours pas à me décider, aussi tenta-t-il un autre angle d'approche.

« À l'époque, la première fois que nous nous sommes rencontrés, continua-t-il, je me souviens que vous m'avez gratifié d'un petit sermon sur les manquements de l'industrie minière, avec sa pollution de la nature et sa destruction des cultures. Si vous acceptiez ce poste, vous auriez l'opportunité d'influer sur ces dérives... ne serait-ce qu'en fournissant des machines qui causent un minimum de dégâts. »

Alors que je réfléchissais à tout cela, il se leva de son fauteuil et se rendit à la fenêtre, en tirant sur son cigare, le regard vers la pelouse. Je regardai moi aussi dehors. Des chauves-souris, ou peut-être de petits oiseaux, dansaient fugacement dans la lumière émanant de la fenêtre.

Au bout d'un moment, il se tourna face à moi et je le sentis sur le point d'abattre ce qu'il espérait être son atout maître.

« Alicia est une jeune fille merveilleuse, continua-t-il. Sa mère est morte juste après les avoir mis au monde, son frère et elle. Il était mort-né et cela a rendu la naissance d'Alicia très difficile. Je n'ai jamais parlé de cela à personne, mais avez-vous remarqué la tache sur sa joue ? Elle a été endommagée au moment de l'expulsion hors de l'utérus et cette marque ne s'est jamais effacée. Elle en a fortement conscience et arrange toujours ses cheveux pour masquer cette tache. »

J'étais un peu gêné qu'il me fasse de telles confidences. Naturellement, je prétendis n'avoir remarqué aucune tache de peau. Il avait toutefois davantage à dire.

« Je ne me suis jamais remarié, mais j'ai essayé d'être à la fois le père et la mère d'Alicia, reprit-il. Je suis très fier de ce qu'elle est devenue. Comme vous le devinez, avec les années, un certain nombre d'hommes ont souhaité l'épouser. » Il s'interrompit un instant. « Nous n'en avons approuvé aucun. »

Je ne pus m'empêcher de remarquer le « nous ».

Il était maintenant assis en face de moi, je l'écoutai parler et ses yeux brillaient comme ceux de ces faucons de la jungle quand ils sont sur le point de fondre sur leur cible. En fait, c'était ce qu'il m'évoquait à cette minute : il avait l'apparence d'une créature amaigrie, mais dotée d'une énergie saisissante lorsqu'elle se concentrait sur sa proie. Quelle agilité et quelle force de volonté il me faudrait pour m'opposer à lui. C'est-à-dire si j'avais un jour l'envie de m'opposer à ce qu'il était. Il n'avait pas ouvertement déclaré qu'il voulait que je devienne le mari de sa fille bien-aimé, mais je n'en doutai pas.

Quelle tentation son offre implicite pouvait représenter pour quelqu'un dont les rêves étaient encore hantés par les taudis et l'atmosphère oppressante de Tollgate. Ce poste avait beau ne pas être idéal, si je l'acceptais, je pourrais sillonner le monde, je vivrais dans un luxe relatif pour le restant de ma vie – et j'aurais Alicia. Il n'y a encore pas si longtemps, l'idée d'une telle trahison, d'une telle déloyauté envers le souvenir de mon amour pour Miriam, au profit de telles considérations mercenaires, m'aurait paru tout à fait impensable. Mais après tout, n'était-ce pas Miriam qui m'avait brisé le cœur ? Devais-je éternellement déplorer la perte de cette femme ? Alicia était belle, à n'en pas douter – avec le temps, ne pourrais-je pas tomber amoureux d'elle ?

« Eh bien ? fit Gordon Smith. Que pensez-vous de ma proposition ? »

Je répliquai sans hésiter : j'aimerais vraiment essayer.

Sur le moment, il ouvrit grands les yeux de plaisir, ou de triomphe. Il me tendit sa main si maigre.

« Parfait ! s'écria-t-il. Je suis enchanté. Franchement. »

Je savais qu'il était sincère.

4

Pendant les deux mois qui suivirent cette conversation, Gordon Smith supervisa presque toute mon existence. Il me procura un visa de travail ainsi qu'un appartement meublé. Ce logement se situait au dernier étage d'un immeuble qu'il possédait, avec vue sur Camberloo Park, ses beaux et vieux arbres et ses parterres de fleurs aux motifs élaborés.

Presque tous les jours de la semaine, vêtu de l'un des costumes que je venais récemment d'acheter, j'effectuais à pied le trajet de huit cents mètres qui séparait mon appartement des bureaux de Gordon sur la place centrale de la ville. Lew Jonson, son associé en affaires et bras droit, ou lui-même m'instruisait sur les divers types et les tailles des pompes et ventilateurs de l'entreprise.

Certains jours, nous nous rendions à l'usine à quelques kilomètres à l'ouest de Camberloo, où s'opérait l'assemblage des pièces de ces machines, fabriquées dans plusieurs fonderies d'acier. La fabrique, assez petite, n'employait qu'une dizaine d'ouvriers, dirigés par Jonson. Cet ingénieur rondouillard à la calvitie naissante était le co-concepteur des pompes avec Gordon. Il me montrait sa panoplie d'engins en leur donnant des tapes affectueuses, comme s'il s'était agi de ses chiens. D'un tempérament placide, il aurait été visiblement incapable de remplacer Gordon comme vendeur.

J'eus assez vite la tête pleine à craquer d'une terminologie inconnue : déplacement centrifuge et positif, flux radial, mixte ou axial, rotors simples ou multiples, pistons circonférentiels, diaphragmes et cavités progressives, ventilateurs de sortie pneumatiques et centrifuges. Gordon Smith m'affirma qu'afficher ma compétence dans le maniement du *langage* relatif à nos produits serait la clef qui me ferait accepter de nos futurs clients. J'eus la surprise de constater qu'il ne me fallut guère de temps pour comprendre la signification de ces termes et où étaient localisées les pièces qu'ils nommaient, à l'intérieur de ces machines.

Après le travail, je dînais presque tous les soirs dans un petit restaurant de viande sur Camberloo Square, puis je parcourais à pied le kilomètre et demi qui me séparait de mon appartement et m'installais avec un livre. Mais une ou deux fois par semaine, Gordon Smith m'emmenait dîner chez lui.

Alicia avait toujours l'air ravie de me voir. Je compris assez vite qu'elle n'était pas très loquace – comme si, dès notre première rencontre, elle m'avait dit l'essentiel de ce qu'elle avait à dire. Mais j'étais flatté de ce qu'elle semblait apprécier de m'entendre parler et m'écoute attentivement, en hochant la tête de manière telle que le rideau de ses cheveux me laissait entrevoir parfois cette tache, sur sa joue gauche.

Pourtant, nous n'étions pas très souvent seuls. En règle générale, nous dînions tous les trois, puis Gordon et moi nous retirions dans la bibliothèque pour savourer cognacs et cigares, et il m'apprenait le métier. Quand il traitait de la partie pertes et profits des Pompes Smith, ces yeux-là paraissaient capables de fracasser le verre. Mais quand il parlait de l'art de la vente, son côté humain dominait et ses yeux s'adoucissaient.

Parfois, ces conversations se poursuivaient si tard qu'il insistait pour que je reste coucher dans la chambre d'amis du dernier étage. En fait, ces séjours nocturnes devinrent si fréquents que je laissai une tenue de rechange sur place. Je m'endormais souvent dans cette chambre d'amis en pensant à Alicia, derrière sa porte, à quelques pas de là.

Le matin, son père et moi prenions un petit déjeuner et nous dirigions vers le bureau avant qu'elle ne soit debout.

Un soir, nous avions pris place dans la limousine, en route pour sa demeure où nous rentrions dîner, et Gordon m'annonça qu'il partait pour Toronto, immédiatement après la fin du repas.

« Je dois attraper le train de nuit pour Montréal, m'expliqua-t-il. J'ai des soucis avec l'un de nos principaux fournisseurs, et il vaut mieux que j'aille voir sur place ce qui se passe. Je ne serai sans doute pas de retour avant demain soir, au plus tôt. Jonson vous donnera de quoi vous occuper, à l'usine. Il veut vous montrer certains des derniers composants. »

Le dîner fut agréable. Gordon était un peu préoccupé, ce qui était naturel. Je parlai beaucoup et, à son habitude, Alicia sut écouter à la perfection. Quand nous eûmes fini de dîner, nous accompagnâmes Gordon à la limousine. Il s'engouffra à l'arrière et, avant de refermer la portière, s'adressa directement à moi.

« Harry, pourquoi ne restez-vous pas cette nuit tenir compagnie à Alicia ? fit-il. Cela vous donnera une occasion de vous parler sans vous encombrer de ma présence. » Il nous dit au revoir, ferma la portière et la limousine s'éloigna dans la rue.

Ainsi, pour la première fois, Alice et moi étions seuls dans la bibliothèque. Nous bûmes notre brandy sans nous presser et je tirai sur un cigare cubain. Les paroles d'adieu de Gordon avaient été assez ambiguës pour me rendre nerveux et peu sûr de moi, aussi la conversation resta-t-elle guindée et se cantonna-t-elle à des généralités. Au bout d'un moment, la servante passa la tête une seconde pour nous dire qu'elle avait fini de ranger et qu'elle rentrait chez elle.

Maintenant que nous étions complètement seuls dans la maison, je me sentais encore plus tendu. Je fus soulagé quand Alicia mit un disque de piano classique, auquel on songeait comme fond musical à la galerie d'art. Nous écoutâmes, assis, en souriant avec un air approbateur. Vers dix heures, à la fin du disque, elle vida le verre de cognac qu'elle avait bu à petites gorgées durant tout ce temps et le posa.

« Bon, il est temps de se mettre au lit. Bonne nuit », dit-elle, en me regardant calmement dans les yeux. Elle quitta la bibliothèque et je l'entendis monter l'escalier.

Maintenant qu'elle était partie, je me sentis très déprimé. Je me servis encore un peu de cognac et jetai un œil, sans m'y intéresser beaucoup, aux illustrations de *La Pompe hydraulique des grandes profondeurs*. Vers dix heures et demie, je crus préférable d'aller à mon tour me coucher, si je voulais réussir à me lever le lendemain. J'éteignis les lumières dans la bibliothèque et montai l'escalier, vers la chambre d'amis.

La porte d'Alicia, au bout du petit palier, était entrouverte, révélant la lumière tamisée de sa lampe de chevet. J'avais à moitié franchi la mienne quand je décidai de tenter ma chance et d'aller lui dire bonsoir.

« Pourquoi n'entrez-vous pas un moment ? » me répondit-elle.

Mon cœur se mit à cogner. J'entrevis mon reflet dans le miroir : celui d'un étranger inquiet, l'air nerveux. Je respirai donc à fond, me rendis à sa chambre et poussai la porte.

Elle était allongée sur son lit, en chemise de nuit. Lorsque j'entrai, elle referma le livre qu'elle lisait et le posa sur la table de nuit. Elle avait encore son maquillage, les yeux soulignés de mascara, les lèvres rouges. Elle avait coiffé ses cheveux en arrière, et je pouvais donc voir le côté gauche abîmé de son visage – une sorte d'hématome sur sa peau.

« Il vous en a fallu du temps pour monter », dit-elle. Elle me tendit la main.

M'approchant d'elle, j'arrivai à peine à respirer. Je murmurai son nom.

« Ne parlez pas », fit-elle de sa voix la plus douce.

Nous nous parlâmes en effet, mais longtemps après minuit, enlacés dans son lit. La lampe de chevet était encore allumée, et je l'admirai.

« Je finissais par croire que vous ne m'aimiez pas », fit-elle.

Je protestai : elle n'aurait pu se tromper davantage, je m'étais senti toute la soirée très tendu, je n'arrêtais pas de songer à lui dire combien je la désirais, et je me taisais uniquement parce que, si je tentais de profiter de la situation, je craignais qu'elle n'en soit profondément offensée.

Elle se blottit contre moi.

« Les hommes sont si peu lucides, dit-elle. La plupart des femmes sont très flattées qu'on leur fasse des avances… après tout, le pire qui puisse arriver, c'est qu'elles disent non. Je veux dire, si un homme ne fait aucune avance, comment le saura-t-il ? » Ses yeux marron, sombres sous le faible halo de la lampe, étaient posés sur moi. « Je parie qu'il y a des femmes, dans tous ces endroits où vous avez voyagé, qui auraient eu envie que vous leur fassiez des avances, continua-t-elle, avec un rire feutré. Mis à part le pur plaisir de la chose, si un homme et une femme ne passent pas du temps au lit ensemble, comment sauront-ils s'ils sont compatibles ? »

Cette conception très terre à terre d'une chose dont j'avais toujours eu une vision plus ou moins mystique me stupéfia.

Elle me serra fort un instant, avant de me libérer.

« D'ici quelques heures, vous devrez vous lever pour aller travailler, fit-elle. Si nous voulons nous ménager l'un et l'autre un peu de sommeil, vous feriez mieux de regagner votre chambre. »

Elle avait raison, évidemment. C'était une décision difficile, mais je retournai dans mon lit et m'y étendis un moment, tout en me demandant à quoi cela ressemblerait d'être marié à une femme pareille. Je venais de conclure que ce serait une très bonne idée quand je réussis enfin à m'endormir.

5

Le lendemain après-midi, j'étais à l'usine avec Jonson, où j'étudiai les spécifications de toute une série de pièces détachées, quand Gordon Smith téléphona et me demanda. Rentré de Montréal plus tôt qu'il ne l'avait prévu, il s'était rendu directement à son domicile. Son voyage avait été fructueux et il souhaitait aborder une question avec moi.

« Seriez-vous libre pour revenir dîner ? »

Je lui répondis que oui.

« Au fait, j'ai bavardé avec Alicia, reprit-il. Elle me dit que vous avez eu une agréable conversation, hier soir. » Il parut amusé, sans que j'en sois trop sûr.

Je fis une réponse évasive, lui indiquant simplement que nous avions veillé tard.

« Quoi qu'il en soit, nous sommes impatients de vous avoir à dîner ce soir », me répondit-il.

J'arrivai à la maison en taxi vers sept heures. Au cours du dîner, la conversation fut tout à fait normale. J'essayai d'adopter envers Alicia une conduite qui ne trahisse aucun indice de ce qui s'était passé la nuit précédente, si délicat que ce fût sous le regard de son père. Ces yeux-là me semblaient plus que jamais impossibles à tromper.

Pourtant, il était manifestement de la meilleure humeur, parlant de Montréal en général et des divers hôtels et restaurants élégants qu'il fréquentait d'ordinaire lors de ses déplacements là-bas. Il ne nous parla guère des motifs de son dernier voyage : il discutait rarement affaires à table. J'en déduisis qu'un écueil s'était présenté avec la production d'un revêtement de valve dans une usine de Montréal, mais que c'était maintenant résolu.

Plus tard, nous passâmes à la bibliothèque, lui et moi, bûmes nos cognacs et fumâmes des cigares cubains. Au bout d'un moment, il aborda les raisons pour lesquelles il avait souhaité me convier à dîner.

« Vous êtes dans l'entreprise depuis à peu près trois mois, commença-t-il. Je sais que ce n'est pas beaucoup et je ne veux pas vous presser outre mesure. Mais vous avez pu constater par vous-même tout ce que j'ai à faire au bureau, pour garder la maîtrise de la conduite de mes affaires au jour le jour. Ensuite, il y a ces voyages comme celui de Montréal, symptomatiques du genre de situations qui se sont de plus en plus souvent présentées, suite à notre expansion. La vérité, c'est qu'à partir de maintenant je vais devoir consacrer l'essentiel de mon temps strictement à endosser la partie gestion, surtout pour m'assurer que nous obtenions des pièces de la plus haute qualité. En d'autres termes, j'ai besoin d'être ici, au Canada. Jonson et moi estimons qu'il est grand temps qu'un autre protagoniste se charge de la partie déplacements. »

Je prévoyais ce qui allait suivre.

« Nous sommes tous deux d'accord : vous êtes l'homme de la situation, continua-t-il. Vous avez travaillé dur et il est très impressionné de la rapidité à laquelle vous avez acquis une solide compréhension du fonctionnement de ces machines. Alors, qu'en pensez-vous ? Vous verriez-vous traiter avec nos clients à l'étranger ? Comme je vous l'ai promis auparavant, au début, je vous accompagnerais, afin de nous assurer que tout se déroule sans accrocs. Si vous refusiez, nous régresserions. »

J'entendais toute l'anxiété qui perçait dans sa voix, aussi le mis-je immédiatement à l'aise : s'il m'en croyait capable, j'essaierais volontiers.

Jamais je ne l'avais vu aussi heureux.

« Je ne pourrais être plus ravi », fit-il. Il me serra chaleureusement la main. « Alicia sera enchantée, elle aussi. Vous devriez monter le lui annoncer. »

À l'inverse de la nuit précédente, cette fois je courus à l'étage, tout droit à la chambre d'Alicia. Je frappai à sa porte entrouverte.

« Entrez », s'écria-t-elle.

Elle était assise au bord du lit, et me regardait, l'air d'attendre la suite. Je lui appris que Gordon m'avait demandé de me charger des déplacements à l'étranger, et que j'avais accepté. Elle vint à moi et nous nous étreignîmes.

« Quelle merveilleuse nouvelle, me souffla-t-elle. C'est merveilleux, merveilleux. »

Je rompis l'étreinte, les deux bras posés sur ses épaules, et la regardai résolument dans les yeux. Je lui dis que la seule chose susceptible de rendre cette journée encore plus parfaite serait qu'elle consente à devenir ma femme. J'avais eu beau préparer mon petit discours, je fus quand même un peu interloqué d'entendre ma bouche proférer ces mots-là.

Elle ne le fut pas du tout.

« Bien sûr que je serai votre femme », fit-elle.

Son corps vint se lover contre le mien, ses yeux sombres luisaient. Songeant à la nuit dernière et à toutes les autres nuits à venir, j'en avais le cœur battant.

Pensait-elle que Gordon approuverait ?

« Il approuvera, c'est certain, trancha-t-elle. À son retour d'Amérique du Sud, il n'arrêtait pas de parler de cette première rencontre avec vous. J'ai entendu tout le récit de votre vie, même la partie relative à votre tragique histoire d'amour. Nous trouvions cela si romantique. Je mourais d'envie de faire votre connaissance et, lorsque j'en ai eu l'occasion, je vous ai aussitôt apprécié. Ensuite, après la nuit dernière… »

Elle n'en dit pas plus, mais se blottit contre moi.

Je fus un peu surpris d'apprendre que Gordon lui avait parlé de mon amour pour Miriam – je jugeais préférable de ne pas le mentionner. Ce père et cette fille formaient un si étrange duo, je me demandais s'ils avaient le moindre secret l'un pour l'autre. Heureusement, dans ce cas-ci, il était clair qu'Alicia ne me tenait aucune rigueur de mon aveu d'un amour inaltérable pour une autre femme, et qu'elle le considérait au contraire comme un atout en ma faveur.

Après ces quelques instants de tendresse, elle s'écarta, se recoiffa et me regarda dans les yeux.

« Êtes-vous absolument certain que c'est ce que vous voulez ? » dit-elle.

Je lui promis que oui.

« Alors descendons le lui annoncer. »

Je remarquai tout de même que nous ne nous étions ni l'un ni l'autre déclaré notre amour. Si cette omission soulevait en moi des doutes, je les mis de côté. En un très bref laps de temps, j'en étais plus ou moins arrivé à la conclusion que probablement toutes ces idées d'amour indéfectible que j'avais eues naguère n'étaient rien de plus que les illusions d'un esprit immature. J'étais enfin sur le point de devenir quelqu'un de réaliste.

Nous descendîmes au rez-de-chaussée, main dans la main.

Troisième partie

Personne ne se rend compte que certaines personnes dépensent une force herculéenne pour être seulement normales.

Albert Camus

Le curateur, de nouveau

Plusieurs semaines supplémentaires s'étaient écoulées depuis que j'avais reçu la lettre du curateur. Ensuite, j'ai eu la surprise de recevoir un coup de téléphone de l'homme lui-même, au bureau, un après-midi. À présent, j'avais mentalement de lui l'image typique de l'universitaire barbu, l'air à moitié mort de faim, n'était sa voix assez forte.

« Je me demandais si vous pourriez être un peu plus précis : où et comment êtes-vous tombé sur ce *Nuage d'obsidienne* ? m'a-t-il fait. Je suis curieux de découvrir s'il existe un lien direct entre ce révérend Macbane et le Mexique. Il est vrai qu'un voyageur d'une époque révolue aurait simplement pu emporter ce livre et s'en débarrasser quelque part sur sa route. Je doute qu'un touriste des temps modernes transporte un objet aussi volumineux à l'autre bout du monde. En tout cas, se pencher sur une piste mexicaine ne débouchera peut-être sur rien, mais on ne sait jamais... cela pourrait se révéler un axe de recherche intéressant pour nous. »

J'avais espéré que cet appel téléphonique soit pour m'annoncer une évolution spectaculaire dans ses travaux sur *Le Nuage d'obsidienne*. Mais le curateur m'avait déjà averti lors de son précédent coup de fil que ces questions-là prennent du temps, et je me suis donc efforcé de ne pas laisser transparaître ma déception.

« N'aviez-vous pas évoqué le fait que vous l'aviez trouvé dans une sorte de vieille librairie ? a-t-il repris. Dites-m'en un peu plus à ce sujet. »

Je lui ai donc raconté la découverte du livre en tant que telle. Et ainsi, lors de ma troisième journée à La Verdad, alors que je marchais sur l'Avenida del Sol, le ciel s'était assombri, la pluie était tombée à verse et je m'étais abrité sous l'auvent d'une échoppe à l'air éphémère, au nom à moitié anglais :

Bookstore de Mexico

Normalement, je ne me serais jamais donné la peine d'entrer dans un endroit pareil. Au fil des ans, dans ma quête de curiosités, je m'enorgueillissais d'avoir du flair pour les librairies recelant des trésors cachés potentiels.

Le *Bookstore de Mexico* n'était décidément pas de celles-là.

Mais ce jour-là, pour patienter quelques minutes le temps que l'averse passe, j'étais entré dans cet endroit qui ne payait pas de mine – et j'étais tombé sur *Le Nuage d'obsidienne.*

« Eh bien, je dois dire que cette librairie ne me paraît pas une piste très prometteuse, a reconnu le curateur. J'espérais qu'il puisse s'agir d'une de ces enseignes établies de longue date… elles conservent souvent des registres de leurs acquisitions. Quoi qu'il en soit, si ce *Bookstore de Mexico* existe encore, nous irons certainement vérifier. Maintenant, que pouvez-vous me dire de la ville proprement dite ?… La Verdad ? Quel genre d'endroit est-ce… et d'ailleurs que faisiez-vous là-bas ? »

J'ai souligné que j'y étais allé uniquement parce que c'était le tour de cette localité d'accueillir l'AMCA, la convention minière annuelle des Amériques, à laquelle je me faisais toujours un devoir d'assister. En l'occurrence, cette réunion s'était révélée aussi quelconque que ces manifestations peuvent l'être en règle générale. Je m'étais rapproché là de plusieurs acteurs du secteur minier dont j'avais fait la connaissance depuis toutes ces années. J'avais aussi somnolé durant plusieurs conférences de divers professeurs en ingénierie sur les progrès des technologies minières.

En fait, je m'étais moi-même chargé d'une brève présentation à un groupe d'acheteurs éventuels sur la manière dont les Pompes Smith incorporaient les toutes dernières évolutions dans nos nouveaux modèles. Mon petit auditoire m'avait écouté assez poliment, mais leurs questions trahissaient leur principal centre d'intérêt – nos tarifs.

Quant à la ville de La Verdad à proprement parler, qu'en dire ? C'était une capitale d'État sans rien de bien remarquable, qui n'avait pas grand-chose à proposer aux étrangers de passage. La plupart des constructions étaient à la fois modernes et de qualité médiocre, et les taux de chômage et de criminalité y étaient plus élevés que la moyenne nationale. J'étais descendu dans l'un des deux hôtels les plus récents qui avaient mis leurs moyens en commun pour accueillir des manifestations comme l'AMCA. Les voyageurs qui ne participaient pas à la convention devraient se contenter d'hôtels plus petits et plus traditionnels dépourvus de climatisation, ou de pensions de famille assez délabrées aménagées dans d'anciens hôtels particuliers.

Ces demeures étaient surtout situées dans la *Ciudad Vieja*, la vieille ville de La Verdad, un quartier datant d'une époque antérieure au XXe siècle. Il était présenté comme une attraction touristique, mais je ne lui trouvais franchement rien d'attractif. Ce n'était jamais qu'un dédale de rues étroites, serrées les unes contre les autres dont les habitants ne consentaient aucun effort pour guider les touristes. Les effluves infects qui s'échappaient des vieilles bouches d'égout et se faufilaient jusqu'aux narines des visiteurs trop confiants n'étaient pas moins hostiles. Quelques demeures de la Ciudad Vieja étaient certes très imposantes, mais guère engageantes. Je remarquai qu'un certain nombre d'entre elles étaient protégées par de hauts murs tapissés d'enchevêtrements de vigne vierge et par des portails en fer forgé. Du haut des piliers de ces portails, les têtes sculptées de jaguars contemplaient les passants de leur regard courroucé.

L'*El Centro Plaza*, un nom bien trouvé, se situait au milieu de la vieille ville. Elle était cernée de *portales*, ces arcades très courantes, faites pour protéger les passants du soleil, et quelques petits cafés s'étaient installés à l'ombre de leurs voûtes. Je m'y suis rendu une ou deux fois, à la recherche d'un endroit où m'offrir le plaisir d'un café, en milieu de matinée. Mais l'architecture chancelante de la *plaza* ainsi que les statues ornées de grillages (pour empêcher les oiseaux de s'y percher et d'y laisser leurs petits souvenirs) rendaient peu alléchante l'idée de s'attarder ne fût-ce que quelques instants dans l'un de ces cafés. Et, à mon avis, le fait que beaucoup de statues aient été à l'effigie de conquistadors du XVIe siècle à l'allure effrayante, brandissant les têtes tranchées de guerriers mayas, n'améliorait guère la saveur du café.

La fierté de la Ciudad Vieja, c'était sa cathédrale. Les Espagnols l'avaient édifiée dans les années 1580 pour signifier aux Mayas vaincus qu'un dieu européen avait maintenant pris le pouvoir. En fait, une brochure touristique expliquait que l'édifice se dressait sur les ruines mêmes d'un temple érigé par les Mayas des siècles plus tôt, pour célébrer un massacre d'Aztèques. Certains matériaux du temple avaient même été utilisés pour construire la cathédrale. Après avoir lu cela, je crus pouvoir discerner les visages de ces divinités païennes et leur regard impuissant, à l'intérieur de certaines de ces grosses pierres.

L'ancien temple avait aussi fourni à la cathédrale sa porte massive en bois, une porte, selon une plaque fixée à côté, considérée comme miraculeuse. Apparemment, ce bois était d'une essence rare, si dense que les efforts des conquistadors pour l'incinérer n'avaient abouti en réalité qu'à le durcir.

Telles étaient mes impressions assez décousues de La Verdad, que j'ai débitées au curateur.

Il me posait parfois une question pour clarifier certains points (je l'entendais griffonner des notes). Finalement, il me remercia pour ces informations.

« On ne sait jamais, a-t-il ajouté. Peut-être existe-t-il un lien entre La Verdad et Duncairn. En tout cas, je contacterai les autorités. Il n'est pas impossible qu'il subsiste des archives dignes d'intérêt dans un coffre. »

C'était là toute la teneur de notre conversation, même s'il a mentionné une fois encore ma donation.

« Au nom du conseil d'administration, je tiens à vivement vous remercier. Nous travaillons avec un budget serré, comme vous pouvez l'imaginer, me dit-il. Si au cours de vos voyages vous avez l'occasion de passer par Glasgow un de ces jours, faites donc un saut, vous serez le bienvenu. Vous verrez le genre de choses dont nous nous occupons dans la salle des Livres rares et je pourrai vous faire un rapport verbal de l'état de nos recherches sur *Le Nuage d'obsidienne.* »

Je lui ai certifié que pour le moment un tel déplacement en Écosse était impensable – aux Pompes Smith, nous étions en plein dans la période de l'année la plus chargée. Ce n'était naturellement pas vrai. Comment pouvais-je lui répondre que deux souvenirs avant tout m'avaient toujours fait frémir à l'idée de retourner en Écosse : l'un lié à l'explosion d'une bombe, l'autre à une peine de cœur.

Mariage

1

Et c'est ainsi qu'âgé de vingt-cinq ans, j'épousai Alicia Smith. L'aversion de Gordon pour les « manifestations publiques » était pour nous une raison plus que suffisante d'organiser la cérémonie de mariage devant l'officier d'état civil de Camberloo, en présence seulement de Gordon et Jonson, en guise d'invités et témoins.

La réception fut tout aussi modeste : nous n'étions rien que nous quatre. Alice avait réservé l'une des petites salles à manger privées du premier étage à la Hanging Gardens Tavern, dans le village de St. Herbert, juste au nord de Camberloo. Nous y étions venus quelquefois déjeuner, elle et moi, et le style ancien des lieux nous plaisait. L'intérieur était lambrissé, avec des poutres apparentes et un lourd mobilier en bois.

Mais c'était l'extérieur qui ravissait le plus Alicia. Le mur de la façade, haute de trois étages, était tapissé de lierre. Durant les mois d'été, des centaines de fleurs et de plantes en floraison débordaient de petites alcôves au milieu des plantes grimpantes. Quand elles étaient pleinement épanouies, le mur ressemblait à un jardin perpendiculaire au sol, ou à un merveilleux tableau. C'était sans doute de là qu'était né ce nom : *The Hanging Gardens* – les jardins suspendus.

Toutefois, le folklore local nous en livre une explication d'une autre nature. Selon cette source, l'un des bâtisseurs de la taverne, au XIXe siècle, s'était pendu à une poutre du plafond, à cause de l'échec d'une histoire d'amour.

J'appréciais cette version, mais fidèle à elle-même, Alicia n'y accordait aucun crédit. Je crois qu'elle doutait vraiment que des êtres humains puissent avoir le cœur assez tendre pour se suicider par amour.

Notre lune de miel consista en une semaine dans un hôtel luxueux, un endroit situé à l'écart sur les rives des lacs Muskoka, à trois cents kilomètres au nord de Camberloo. C'était la fin septembre, et les frondaisons des feuillus de cette région changeaient déjà de couleur.

Dès notre retour à Camberloo, je m'installai de façon permanente dans la maisonnée des Smith. Gordon nous céda, à Alicia et moi, la chambre principale, qui était en réalité une suite composée de deux pièces et dotée d'une immense salle de bains. Et il reprit l'ancienne chambre de sa fille.

À part cela, ma présence ne sembla pas perturber fondamentalement les rythmes et les habitudes propres à l'existence des Smith. Ils n'avaient pas non plus à consentir de gros efforts pour m'associer à leur quotidien, car je tâchais autant que possible de m'intégrer sans le moindre heurt. Les matins de la semaine, pendant qu'Alicia continuait de dormir, je rejoignais Gordon dans la cuisine, pour le petit déjeuner. Nous prenions des toasts et un café, et parcourions les journaux sans beaucoup nous parler. La limousine venait nous chercher à huit heures trente.

Comme avant le mariage, ma journée de travail type se déroulait au bureau, où Gordon parachevait mon instruction dans l'art de la vente. À l'occasion, je me rendais à l'usine. Là, Lew Jonson m'expliquait patiemment les facettes les plus subtiles des pompes et des ventilateurs (les P et V, comme j'appris à les appeler).

Après le travail, nos habitudes étaient tout à fait arrêtées. À six heures et demie, Gordon, Alicia et moi (et Jonson, à l'occasion) nous réunissions dans la salle à manger et attendions que le dîner soit servi. Pour la première fois de ma vie, j'appris à goûter la nourriture comme un plaisir sensuel en soi et non, comme à Tollgate, comme un simple moyen de tromper la faim. Je finis par m'émerveiller devant les odeurs et les parfums si appétissants et si raffinés que souvent je ne savais pas si je mangeais du poisson, de l'agneau, de la volaille ou du bœuf.

Quand le repas était terminé, nous nous dirigions tous vers la bibliothèque pour les cafés et les cognacs, et les hommes fumaient des cigares. Nous bavardions de choses et d'autres, ou nous lisions en silence. Nous nous sentions à l'aise ensemble. À dix heures, Gordon disait bonsoir et se retirait dans sa chambre (si Jonson était venu dîner, il était déjà parti). Peu après, Alicia et moi montions. Elle prenait son bain du soir – son deuxième de la journée, car elle aimait toujours en prendre aussi un en début d'après-midi – pendant que je lisais au lit, en l'attendant.

Elle venait finalement à moi toute douce et parfumée d'eau de rose. À minuit, nous nous endormions enlacés. Souvent, à notre réveil, le matin, je lui parlais des rêves particulièrement intéressants que j'avais faits. Elle restait allongée là, à moitié endormie, à m'écouter. Quant à ses propres rêves, elle disait s'en souvenir rarement, mais quand cela lui arrivait, ils étaient trop déplaisants pour qu'elle en parle.

Je n'insistais pas.

Dans la journée, après le départ de Gordon et moi, Alicia s'affairait, à sa manière. Elle ne cuisinait pas et ne s'occupait pas des tâches ménagères, mais elle conseillait la domestique, dont c'était la responsabilité, sur les possibles menus du dîner et certaines tâches de ménage particulières.

Ensuite, il fallait intervenir auprès du jardinier, et ainsi de suite.

Plusieurs matins par semaine, en tant que membre de la commission des acquisitions de la galerie d'art, elle se rendait en visite dans les studios d'artistes locaux, en quête de pièces à retenir pour une éventuelle exposition. Fille d'un éminent citoyen de Camberloo, elle siégeait aussi aux conseils d'administration de l'hôpital St. Polycarp et de l'orchestre symphonique de Camberloo. Ces obligations comportaient des activités de levée de fonds qui la tenaient occupée.

Sa qualité de membre du conseil d'administration de l'orchestre symphonique me surprit un peu. Je n'avais jamais entendu Gordon fredonner ni siffloter aucun air, comme le faisaient mes parents. À part le soir où Alicia avait mis un disque, en l'absence de Gordon, parti pour Montréal, il était rare que l'on entende de la musique dans la maison. Ils écoutaient tous les deux les informations à la radio, mais s'il y avait tout à coup de la musique, l'un ou l'autre éteignait, comme s'ils remettaient de l'ordre.

En fait, ils durent souvent me ranger dans la catégorie du manque d'ordre. Ils faisaient toute une histoire (certes avec un brin d'humour) pour que je remette mes livres exactement à leur emplacement dans les rayonnages, que je rajuste les coussins là où je m'étais assis, ou que j'aligne soigneusement les chaussures que je retirais sur le paillasson, à côté des leurs.

Par la suite, je pris le pli. Mais, de temps à autre, j'oubliais de remettre une chose à sa place, rien que pour leur donner une occasion de la ranger là où elle devait l'être.

À l'occasion, l'une des réunions de conseil d'administration d'Alicia pouvait se tenir à notre domicile, dans la journée, quand Gordon et moi étions au bureau. Invariablement, à l'heure où nous rentrions, les membres du conseil étaient partis. Lorsque je m'enquérais à leur sujet, Alicia fronçait le nez, manière de me faire savoir que je n'avais pas manqué grand-chose. Mais je ne doutai pas qu'elle se soit conduite en hôtesse parfaite.

Gordon ou elle recevaient rarement à leur domicile à titre purement mondain, Jonson excepté. En fait, à part lui, ils ne semblaient pas désirer recevoir d'amis proches en dehors d'eux-mêmes, et maintenant de moi.

En ce sens, les choses n'avaient pas changé, depuis la vie à Tollgate : je faisais partie d'une nouvelle famille très peu élargie.

2

Comme promis, cette première année, Gordon m'accompagna dans mes premiers pas de vendeur. Ces voyages supposaient que nous soyons tous deux absents de Camberloo, parfois assez longtemps, jusqu'à un mois. Alicia ne s'en plaignait pas. Elle avait été bien formée aux exigences de la gestion d'une affaire.

Un mot sur nos trajets proprement dits : que ce soit par bateau, en avion ou en train, nous options toujours pour la première classe si elle était disponible, et nous descendions dans de bons hôtels. Bien sûr, il y avait des exceptions. Parfois, nous ne pouvions circuler que sur des routes si rudimentaires que nous avions besoin d'un Land Rover pour les affronter. De temps à autre, il n'y avait même pas de routes, quel qu'en soit l'état, et nous devions recourir aux bateaux fluviaux ou même à de petits esquifs, comme des canoës, que Gordon tolérait particulièrement mal.

« Si je dois passer encore une heure dans un ces machins, je ne serai plus jamais capable de me relever », se plaignait-il souvent.

Et il n'était pas toujours possible de trouver des hôtels corrects. Dans les villes de la brousse ou sur des îles lointaines, les établissements étaient souvent si spartiates qu'il leur manquait même l'électricité. Les toilettes pouvaient se composer d'une petite cabine sur pilotis, dressée au-dessus d'une rivière ou dans un emplacement où les eaux de la marée emporteraient toute pièce à conviction. Parfois, la douche se résumait à un réservoir d'eau placé en hauteur, à l'extérieur, au milieu des palmiers et des arbustes en fleurs. De tels hôtels ne valaient pas beaucoup mieux que les cabanes vermoulues où je résidais parfois quand je donnais des cours.

Lors des véritables réunions de travail auxquels nous assistions au cours de nos périples, Gordon était toujours aussi perspicace et efficace que la première fois que je l'avais vu à la mine de La Mancha. Mais le soir, de retour dans nos appartements, ses yeux remarquables étaient quelquefois presque dénués de vie, et il avait le visage pâle et tiré. Je comprenais alors pleinement combien ces voyages étaient devenus usants pour lui et pourquoi il était si désireux de m'en confier la charge.

Et, pour la première fois, je commençai à être véritablement confronté aux problèmes éthiques qui allaient de pair avec ce métier.

En ce mois de février, nous étions à La Coruna, une capitale provinciale de la région du nord-ouest des Andes. Gordon avait effectué une présentation très réussie dans les locaux d'une des grandes compagnies exploitantes de mines à ciel ouvert et ils nous avaient acheté deux pompes et un ventilateur.

Une autre opportunité s'offrit à l'improviste. Nous étions à l'hôtel en train de nous préparer à repartir pour le Canada quand Gordon reçut un coup de téléphone interminable du directeur d'une mine d'or établie de longue date près de la petite ville de Santa Cruz, à cent vingt kilomètres de là, pour lui réclamer son aide.

Apparemment, depuis au moins cent ans, les eaux usées de cette mine d'or s'étaient évacuées dans le Rio del Sol, une rivière qui passait à proximité de Santa Cruz. Afin d'en protéger la ville, ces rejets l'avaient toujours contournée au moyen de tuyauteries qui débouchaient dans la rivière, un kilomètre et demi en aval.

Au cours de ces cent années, les gens de la ville avaient bénéficié de la mine au plan économique et n'avaient jamais eu aucun motif de se plaindre de ces déchets.

Mais tout juste trois jours auparavant, une situation épineuse s'était présentée. La pompe contrôlant le tuyau d'évacuation des eaux usées avait faibli, comme c'était souvent le cas, avec les années, si trop de débris s'accumulaient dans la grille métallique au-dessus de sa valve d'admission. Arrêter la pompe pour évacuer ces débris en toute sécurité, puis la redémarrer, risquait de nécessiter jusqu'à une journée entière.

En conséquence, la procédure habituelle consistait juste à laisser tourner la pompe pendant que des ouvriers retiraient la grille. De la sorte, ils pourraient la nettoyer et la remettre en place sans aucune interruption trop longue du travail.

Deux ouvriers avaient été affectés à l'exécution de cette opération. La pompe tournant toujours, ils avaient réussi à dévisser les boulons rouillés qui fixaient la grille. Mais alors qu'ils tentaient de la soulever, ils glissèrent et furent aspirés dans la valve d'admission dépourvue de protection. L'énorme aube du ventilateur était ensuite devenue un hachoir à viande très efficace.

Cette sorte d'horreur était apparemment survenue en plusieurs occasions, sur plusieurs décennies, lors des opérations de nettoyage de ces grilles, sans qu'on en ait fait grand cas. Ce qui avait causé la crise actuelle, c'était que les clefs à molette et les pinces surdimensionnées que les hommes utilisaient avaient été aspirées elles aussi. En conséquence, le rotor, ses rouages, sa valve imposante en fonte et son logement étaient déchiquetés, tout comme le raccordement au tuyau d'évacuation. La fosse s'était aussitôt mise à refouler et à se déverser directement dans le Rio del Sol, juste en amont de la ville. Le fait que la rivière coulant devant la ville avait viré à l'orange vif, que les poissons flottaient le ventre en l'air – tout cela n'avait encore provoqué que des réactions limitées.

Mais l'odeur ! Pour la mine d'or, c'était un cauchemar au plan des relations publiques. La puanteur d'œuf pourri que dégageait l'eau gorgée de substances chimiques se répandait dans Santa Cruz de jour et de nuit, provoquant les pleurs des bébés et épouvantant leurs parents et l'ensemble des citoyens. Le maire et l'évêque, dont l'hôtel de ville et le palais se dressaient sur la rive, étaient tout particulièrement contrariés.

Ce fut un tollé chez les riverains. Pour la première fois de sa longue et profitable histoire, on ordonna la fermeture de la mine d'or.

« Et que voulez-vous que je fasse, au juste ? » entendis-je Gordon demander au directeur à l'autre bout du fil.

Smith était bien connu au sein de la fraternité minière. Le directeur de la mine de Santa Cruz se demandait s'il ne pourrait pas venir procéder à une rapide évaluation de l'état de la pompe endommagée.

« Si vous m'envoyez un moyen de transport, je descendrai demain matin, promit-il. Je viendrai avec mon collègue. »

Dans la matinée, un véhicule de l'entreprise passa nous prendre à notre hôtel et nous conduisit à la mine, à deux heures de route de là. C'était l'ensemble de bâtiments typique, aux toitures en tôle ondulée au milieu de grands monceaux de rocailles concassée. La rivière coulait à proximité. Nous fûmes accueillis par le directeur, un petit homme à la poitrine creuse qui me rappelait un peu mon père : une cigarette pendait à ses lèvres et il souffrait d'une toux chronique.

La pompe cassée, nous informa-t-il en bon anglais, était localisée dans « le lagon ». C'était le terme aux accents romantiques employé par l'industrie minière pour désigner les fosses septiques créées par le lavage de l'or au moyen d'un mélange de produits chimiques. La procédure de nettoyage durait deux semaines chaque mois. L'eau contaminée était ensuite acheminée de force, au moyen d'une énorme pompe en fonte vieille d'un siècle, dans une canalisation longue de trois kilomètres. Cette canalisation déversait à son tour son contenu dans le Rio del Sol, à distance de sécurité, en contrebas de la ville. Les seuls êtres humains affectés par ces rejets étaient les populations locales dont les villages se trouvaient sur les berges de la rivière tout en bas, lorsque la canalisation des déchets était en fonction. Ces villageois purent voir le Rio del Sol virer à l'orange, car les eaux usées contenaient de l'argile des galeries de la mine, mélangée à du cyanure et un certain nombre d'autres produits chimiques utilisés pour le rinçage de l'or.

Pendant deux semaines, après un pareil écoulement, tous les poissons de la rivière mouraient. Ensuite l'eau redevenait limpide, les poissons revenaient, et tout paraissait normal. Ou relativement normal, malgré des informations non vérifiées concernant des villageois morts de ce qui ressemblait à un empoisonnement au cyanure.

Le directeur de la mine nous rapporta que les propriétaires voulaient que l'on en revienne à ce *statu quo* plus ou moins acceptable.

« Ils disent qu'il faut réparer la pompe ou la remplacer *pronto*, que nous puissions reprendre l'exploitation », fit-il.

Il nous emmena ensuite constater le problème par nous-mêmes.

Le lagon était à plusieurs centaines de mètres de distance, le long d'une allée qui partait de son bureau. Par cette chaleur moite, dans le silence que seuls venaient rompre les piaillements des oiseaux dans la jungle environnante, je transpirais. Gordon paraissait aussi frais que d'habitude et insensible à notre escorte de moustiques.

Plus nous nous rapprochions du lagon, plus la puanteur nous tirait des larmes. L'allée était bordée de buissons de frangipaniers rouge et jaune en pleine floraison, mais au milieu de cette puanteur créée de la main de l'homme, tous les parfums qui auraient pu en émaner étaient indétectables.

Nous arrivâmes assez vite sur les rives du lagon proprement dit. Il était de la taille d'un terrain de football, avec des parois hautes de trois mètres. Presque toute l'eau qu'il contenait peu de temps auparavant avait déjà de nouveau filtré dans la rivière. La vieille pompe se dressait à moitié immergée dans la vase, telle une créature aquatique primitive. De la rive, l'ingénieur désigna les fissures dentelées dans la coque du moteur et les emplacements où les pales et le carénage s'étaient déchiquetés. Le directeur traduisit ses propos, puis questionna Gordon, plein d'espoir :

« Vous pouvez réparer, *señor* ? »

Gordon secoua la tête.

« J'ai bien peur qu'elle n'ait fait son temps, dit-il. Le miracle, c'est qu'elle ait survécu tant d'années. »

Nous retournâmes au bureau et commençâmes par discuter des spécifications d'une nouvelle pompe avec le directeur et son ingénieur. Gordon mena toute la conversation. Nous avions apporté la mallette de brochures et de diagrammes. Il montra à l'ingénieur notre modèle le plus puissant, fabriqué dans des alliages incomparablement plus robustes et plus flexibles que la fonte de la vieille pompe. Il se dit convaincu que notre ingénieur, Jonson, puisse très rapidement l'adapter à leurs besoins.

Des questions furent posées au sujet du prix et de la date d'installation : moins d'un mois, selon Gordon. Le directeur répondit qu'il consulterait les propriétaires et reviendrait ensuite nous voir, avec une décision, ce soir, à notre hôtel en ville.

Sur le trajet du retour à La Coruna, Gordon était d'humeur très enjouée. Le revêtement de la route venait d'être refait, et la voiture de la compagnie était climatisée.

Mais moi, je n'étais pas si content. À la faveur de mon expérience d'enseignant, j'avais constaté que l'industrie minière pouvait souvent agir en mercenaire. La seule chose dont les propriétaires des mines semblaient se soucier, c'était de les maintenir en exploitation et de maximiser les profits. Dans le cas de celle de Santa Cruz, l'équiper d'une nouvelle pompe plus performante aurait simplement permis que tout continue exactement comme avant, et elle pourrait obliger les hommes à travailler encore plus dur. Quant à la pollution de la rivière et à l'empoisonnement des autochtones habitant en aval, ils se perpétueraient avec encore plus d'efficacité.

Je fis part à Gordon de ce que j'avais à l'esprit.

« Je suis d'accord, dans une certaine mesure, me dit-il. Mais si nous ne leur vendons pas de nouvelle pompe, l'un de nos concurrents la leur vendra. C'est ainsi que marchent les affaires. » Il vit bien que cette idée ne me déridait guère. « Écoutez, Harry. Si les propriétaires de la mine se décident, notre pompe va bel et bien améliorer la condition des mineurs. Elle sera bien plus fiable et ne nécessitera aucune opération de nettoyage dangereuse comme l'ancienne. »

Je ne commentai pas, et il comprit donc que je n'étais toujours pas aussi emballé que j'aurais dû l'être, de son point de vue.

« Vous comprendrez certainement qu'il n'est pas de notre ressort de dire à nos clients ce que nous jugeons bien ou mal dans leur manière de procéder, continua-t-il. Si nous nous lancions dans cette voie, croyez-moi, nous serions assez vite en faillite. Je ne prétends pas que nous n'ayons pas de responsabilités au plan moral et que nous n'ayons pas à les assumer du mieux que nous le pouvons. Par exemple, nous employons les meilleurs matériaux et nous rendons nos machines aussi sûres et aussi fiables que possible. N'est-ce pas un avantage pour les mineurs qui dépendent d'elles ?

« L'autre aspect, c'est que nous ne trompons jamais nos clients. Nous vendons nos produits avec une marge bénéficiaire raisonnable et nous veillons à défendre leur qualité de fabrication. Ce sont là nos responsabilités au plan de l'éthique et nous les respectons. Le monde des affaires est tout aussi compliqué que le reste du monde… c'est une réalité que vous découvrirez. Il n'existe pas de solutions simples, donc nous ne pouvons attendre de chacun qu'il fasse ce que nous croyons juste, quand ce n'est peut-être pas si juste que cela. »

Je n'étais pas convaincu par ce plaidoyer. Peut-être parce que le directeur m'avait rappelé mon père, j'aurais aimé que celui-ci fût là pour distiller l'une de ses maximes astucieuses. Mais naturellement, il avait disparu depuis longtemps maintenant, et je ne voyais rien d'astucieux à répliquer.

Plus tard dans la soirée, le directeur téléphona à Gordon à l'hôtel pour le prier de lancer la commande de la nouvelle pompe. Après quoi, nous descendîmes au bar pour fêter la vente. La pompe en question était notre plus beau modèle et le plus cher. Ce marché était comme une prime inattendue.

De retour dans ma chambre, je téléphonai à Alicia pour lui dire qu'elle me manquait.

« À moi aussi, me dit-elle. Je suis si impatiente de te revoir. Gordon m'a appelé il y a deux heures pour m'annoncer que le voyage était une belle réussite. »

Il ne m'avait pas mentionné qu'il lui avait déjà parlé. Je n'étais plus aussi surpris qu'avant de ce qu'ils communiquaient entre eux en dehors de moi. Et je ne lui confiai pas non plus mes sentiments mitigés par rapport à cette vente. Elle était trop semblable à Gordon pour apprécier mes scrupules excessifs. Peut-être avaient-ils tous les deux raison et je prenais trop à cœur, sur un plan personnel, ce qui n'était en réalité qu'un accord commercial.

Sa voix au téléphone était séduisante. « Toi et moi, nous trouverons une manière bien particulière de fêter cela quand tu seras de retour à la maison. »

Cette nuit-là, couché dans mon lit, à l'hôtel, je restai un long moment sans trouver le sommeil, à repenser à ce qui s'était passé. Par la suite, je me laissai convaincre de ce que le regard de Smith sur le monde, si plein de bon sens, était probablement très raisonnable et que les reliquats d'idéalisme que je conservais en moi n'étaient rien d'autre que le signe que je n'avais pas réellement grandi.

Ensuite je dormis d'un sommeil agité.

3

À notre arrivée dans la venteuse Camberloo, Alicia s'efforça en effet de rendre mon retour au foyer plus agréable encore que d'habitude. Gordon et moi étions rentrés de l'aéroport en fin de journée. Nous avions pris un repas léger et Alicia avait célébré notre succès avec un verre de vin. Épuisé par le voyage, Gordon ne tarda pas à nous souhaiter bonne nuit et à rejoindre son lit.

Peu après, Alicia et moi montâmes à l'étage. Dans la salle de bains, elle prépara la baignoire et, pendant que celle-ci se remplissait, disposa tout autour des bougies qu'elle alluma. Nous nous allongeâmes ensemble un moment dans l'eau chaude. Ensuite nous nous séchâmes l'un l'autre et fîmes bon usage d'un pot d'huile aromatique, avant de nous livrer au plus agréable des exercices.

Mais ce qui rendit cette occasion particulièrement mémorable fut une révélation qu'elle me souffla plus tard, alors que nous étions enlacés.

« Tu te souviens de la première fois que nous avons fait l'amour ? » me demanda-t-elle.

Comment pourrais-je jamais oublier cette nuit où Gordon était parti à Montréal, nous laissant la maison à nous deux ?

« Je lui ai tout raconté à son retour », m'avoua-t-elle.

Elle ne voulait pas dire qu'elle lui avait *tout* raconté ?

« Si, tout, insista-t-elle, en se blottissant dans le creux de mon épaule. Je lui avais toujours clairement signifié que je ne pourrais pas épouser quelqu'un avec qui je ne m'entendrais pas bien au lit. C'est pourquoi il t'a suggéré de rester avec moi ce soir-là. Il voulait me fournir une occasion de te tester. À son retour à la maison, il m'a questionnée à ce sujet, et je lui ai assuré que c'était une grande réussite. »

Elle vit toute ma surprise en entendant cela. Non que je ne l'aie pas suspecté d'avoir été de connivence avec elle pour nous laisser seul à seul (peut-être même jusque dans un lit). Mais qu'elle lui ait livré une évaluation de nos performances amoureuses ! Cela me laissait une impression fort peu romantique. J'eus envie de lui demander si elle avait « testé » ses autres prétendants, mes prédécesseurs, que Gordon avait mentionnés. Je savais qu'elle me répondrait sans mentir, si c'était réellement ce que je voulais, car elle était par nature une personne éprise de vérité. Mais je n'avais aucune envie de savoir.

« Ai-je dit quelque chose de mal ? fit-elle, en riant à ma réaction. Si j'avais su que tu préférais, j'aurais gardé cela pour moi. »

Elle me regardait à présent, de ses yeux marron, chauds et affectueux. Je crois en effet qu'elle avait de l'affection pour moi, ne serait-ce qu'en raison de ma candeur – tout comme j'en avais pour elle, ne serait-ce qu'en raison de son extrême sincérité. Peut-être était-ce là un fondement suffisant pour un mariage.

Mais l'amour ? Le véritable amour ? Sur ce plan, j'estimais détenir quelques points de comparaison. Si j'aimais un tant soit peu Alicia, c'était une forme d'amour moindre que l'amour dévorant que j'avais connu avec Miriam. Le simple fait de me remémorer cet amour-là me rendait à la fois triste et heureux : triste que cela n'ait pas résisté, mais heureux que la possibilité de cet amour ait existé et de l'avoir jadis vécu. Ou c'était du moins ce que je croyais, et je me raccrochais à cette conviction comme d'autres pourraient se raccrocher à la foi dans un grand pouvoir qui prête un sens à leur monde, pour le meilleur ou pour le pire.

J'essayais donc d'argumenter ma position. Un homme (moi-même, par exemple) pouvait se comporter de façon pragmatique et égoïste, notamment en se mariant pour assurer son ascension sociale, ou exercer une profession lucrative mais dépourvue de toute éthique sous prétexte que, s'il ne l'exerçait pas, quelqu'un d'autre n'hésiterait sûrement pas à l'exercer à sa place. Pourtant cet homme (moi-même, là encore) pourrait malgré tout, au plus profond de son être, se raccrocher à des principes en désaccord fondamental avec son attitude véritable. En fait, c'était peut-être ainsi que vivaient la plupart des individus. Malgré leur incapacité à mener une existence à la hauteur de leur idéal, leur foi dans l'existence de celui-ci leur permettait de vivre relativement heureux.

La logique même de mon argumentation me paraissait un peu fallacieuse. Pourtant, comme auparavant, je réussis presque à me convaincre de sa validité.

Sur cette note de bonheur relatif, allongé à côté de ma très sincère Alicia, je sombrai dans un profond sommeil.

À un certain moment de mes rêves, redevenu jeune homme, je courais dans une rue grise de Tollgate – ou peut-être s'agissait-il de Duncairn –, poursuivi par un étranger à la joue barrée d'une cicatrice. Terrifié et à bout de souffle, incapable de courir plus loin, je m'accroupis, les mains tendues pour m'en faire un bouclier. Ensuite, suivant cette bizarre mécanique des rêves, j'eus tout à coup conscience que je regardai dans un miroir et que cet étranger n'était pas un étranger : c'était seulement la version adulte de moi même.

À mon réveil le lendemain matin, ce rêve demeurait ancré dans mon esprit. Il m'apparaissait comme l'image concrète de mon angoisse croissante, liée à qui j'étais et à ce que j'étais devenu. Mais bien entendu, ce n'était qu'un rêve, à ne pas prendre au sérieux.

4

Ce printemps-là fut important pour moi. Gordon et moi effectuâmes un voyage d'une semaine dans une grande mine d'uranium de l'Ontario du Nord. Là, j'assumai le premier rôle en présentant une offre de vente de deux pompes neuves ainsi que des pièces détachées pour des équipements plus anciens. J'avais aussi averti Gordon que j'allais proposer à la mine l'achat d'un ventilateur. Dans la plupart de ces sites d'exploitation plus vétustes, les travailleurs dépendaient des minces filets d'air qui pénétraient dans les galeries, une ventilation naturelle, comme on l'appelait. Les mineurs souffraient presque invariablement de problèmes pulmonaires causés par l'inhalation de particules de poussière et de gaz, devaient souvent se mettre en congé et mouraient généralement jeunes.

Aussi, lors de mon intervention, je suggérai aux responsables de la mine chargés de la négociation qu'un système de ventilation efficace serait en réalité un bon investissement (je n'employai pas l'épithète « éthique ») à long terme, et ils acquiescèrent. Gordon était ravi et surpris. Pendant presque toute la durée de notre voyage, visiblement épuisé, il n'était que trop heureux de s'en remettre à moi pour la partie vente.

Nous n'étions de retour à Camberloo que depuis une semaine quand il me convoqua dans son bureau un matin, le sourire aux lèvres.

« Bravo, Harry ! s'écria-t-il. Regardez ce qui vient d'arriver au courrier. » Il brandissait les contrats signés pour le marché avec la mine d'uranium. « En ce qui me concerne, votre apprentissage est officiellement terminé. Par les présentes, vous voilà promu au poste de directeur commercial des Pompes et Ventilateurs Smith. Félicitations ! » Il me serra vigoureusement la main. « C'est franchement une journée à marquer d'une pierre blanche, pour nous tous. »

Je supposai naturellement qu'il parlait encore de ma promotion.

Mais à notre retour à la maison ce soir-là, ce fut Alicia qui nous accueillit à la porte.

« Nous allons avoir un bébé ! m'annonça-t-elle, et il émanait de ses yeux sombres une chaleur que je n'y avais jamais vue. Le médecin me l'a confirmé ce matin. N'est-ce pas merveilleux ? Quand il l'a appris, père ne se tenait plus d'excitation.

— Et comment ! » fit son père, tout sourire.

Elle lui avait réservé la primeur de cette nouvelle, avant moi. Après avoir quitté le médecin, elle lui avait téléphoné – d'où le commentaire de Gordon sur l'immense portée de cette journée. C'était son idée, qu'elle me surprenne avec cette nouvelle à notre retour à la maison, et que nous sortions ensuite tous les trois fêter la grossesse ainsi que ma promotion. Ils ne faisaient cependant pas mystère de ce qui comptait le plus à leurs yeux.

Je tâchai de me montrer enthousiaste, par respect pour Alicia, mais je me sentais véritablement trahi.

Nous allâmes dîner au restaurant et, pour l'occasion, il commanda une bouteille de vin de grand prix. Surexcités, Alicia et lui passèrent la soirée à émettre les plus folles conjectures à propos du bébé. Je glissai un mot de temps à autre, et ils me souriaient affectueusement. Il ne se dit pas grand-chose au sujet de ma promotion.

Le bébé est né à l'hôpital général de Camberloo, à six heures et demie, par une matinée de janvier d'un froid cinglant. Gordon était déterminé à assister à la naissance, aussi l'accompagnai-je, même si je savais que je me sentirais dégoûté.

Cela se révéla un spectacle très dur à regarder : un véritable combat, atroce, interminable. Alicia dut souffrir épouvantablement, mais ne se plaignit pas. Le bébé se présentant par le siège, il fallut énormément intervenir au forceps. En fin de compte, ce fut un garçon qui sortit de son ventre, mais à ce stade elle se trouvait dans un tel état que cela lui était vraiment égal. Avant qu'on ne l'emmaillote dans une grenouillère, un bref coup d'œil à son visage suffit à nous faire découvrir un large hématome à la joue droite. Une infirmière nous assura, à Gordon et moi, que cette marque, causée par les forceps, était superficielle et disparaîtrait bientôt.

Durant les vingt-quatre heures suivantes, Alicia resta couchée en salle de réveil, sous forte dose de sédatifs. Gordon et moi nous relayions à son chevet, mais lorsqu'elle se réveilla enfin, le hasard fit que nous étions tous deux présents. Elle demanda tout de suite à voir le bébé. Quand l'infirmière le déposa à côté d'elle sur le lit, il fallut la rassurer et lui promettre que la marque à la joue était temporaire. Ensuite elle se concentra sur lui et elle eut dans le regard une expression que je ne lui connaissais pas. Elle se mit à roucouler quelques mots au bébé, sans bien articuler : « Petit Franchiche chéri. Petit Franchiche chéri. » Elle ne cessait de répéter ces mots.

Gordon m'en expliqua la signification.

« Si c'était un garçon, nous nous sommes entendus pour l'appeler Francis, en souvenir de mon père, m'expliqua-t-il. J'espère que cela ne vous ennuie pas ? Tout le monde l'appelait Frank. »

Cela ne me gênait vraiment pas, mais j'aurais aimé qu'ils me posent la question. Mais enfin, ce nom lui allait vraiment bien. Il y avait en effet une franchise dans les yeux bleus de ce petit garçon à la joue marquée, qui était allongé là sur le lit, les yeux levés fixant maintenant sa mère meurtrie, et maintenant son grand-père, et moi maintenant, son père, comme s'il nous jaugeait. Je ne pus m'empêcher de me demander ce qu'il aurait pensé d'un père qui n'avait pas eu son mot à dire sur le choix du prénom de son fils.

Alicia rentra finalement se rétablir à la maison. Une cohorte de nounous l'aidait à s'occuper du petit Francis, ou Frank, diminutif que nous préférions tous. Elle avait beau l'aimer, Alicia se fatiguait facilement et devait souvent se mettre au lit tôt.

Lorsque nous rentrions du travail le soir, Gordon et moi nous efforcions de respecter certains de nos anciens rituels. Nous nous installions toujours dans la bibliothèque pour boire tranquillement un whisky et lire. À cette période, il lisait une *Histoire de l'Écosse* illustrée et me posait de temps à autre des questions sur certaines coutumes anciennes. Vers neuf heures, la nounou rentrait chez elle, après avoir vérifié que Frank s'était bien endormi, dans la chambre d'enfants, la pièce attenante à la nôtre. À dix heures, Gordon montait se coucher et je jetais aussi un œil sur Frank, avant de me glisser au lit à côté d'Alicia, en veillant à ne pas perturber son sommeil. Si notre fils se réveillait dans la nuit, je répondais à ses besoins.

Ce fut là notre nouveau quotidien, durant plusieurs semaines, en attendant que ma femme reprenne des forces.

5

Un soir de cette période, après le dîner, selon notre rituel, Gordon et moi nous étions retirés dans la bibliothèque, et il buvait tranquillement son cognac, puis se racla la gorge et se lança dans ce qui devait être, je m'en rendis vite compte, un propos à la tonalité paternelle. Le sujet : une relation mature entre mari et femme.

« Je repense souvent à ce que vous m'avez dit lors de notre première rencontre… au sujet de votre grande histoire d'amour, en Écosse, commença-t-il. Votre idéalisme comptait parmi les traits de caractère que j'avais appréciés chez vous, à l'époque.

« Comme vous l'avez sans doute compris à présent, l'idéalisme n'est pas dans mon tempérament. J'ai toujours eu un caractère plus pragmatique. Prenez mon mariage avec la mère d'Alicia, par exemple. J'étais très épris d'elle et profondément peiné de sa mort, si jeune. Mais nous ne nous étions ni l'un ni l'autre mariés strictement par amour. Non, c'était pour des motivations bien plus pratiques. Je travaillais pour son père, il possédait une petite société d'ingénierie qui fabriquait des pièces de machines. Nous avions un accord, lui et moi : si j'épousais sa fille, je deviendrais son associé. Et c'est exactement ce qui s'est passé. Ensuite, lorsqu'il a pris sa retraite, j'ai réorienté l'entreprise vers des travaux plus spécialisés : c'est devenu les Pompes et Ventilateurs Smith.

« Donc, au plan des affaires, ce mariage a clairement été une grande réussite. Et, naturellement, cette union a produit Alicia. Qu'est-ce qu'un homme aurait pu demander de plus ? Quel aurait été l'intérêt pour moi de me remarier ? »

Gordon avait achevé le préambule de son discours. Il était sur le point d'en venir au fait, et ses yeux me semblèrent scintiller encore plus.

« D'après ce que j'ai lu, jusqu'à une époque récente, jamais les hommes ambitieux n'auraient songé à se marier uniquement par amour. J'entends, s'il n'y avait pas quelque avantage matériel à en retirer, ils ne l'auraient pas envisagé. Le mariage concernait strictement la propriété, l'héritage ou les affaires.

« Vous voyez ce que je veux dire ? L'idée de l'amour comme fondement du mariage était apparemment l'une de ces notions inventées pour le bonheur des gens ordinaires. Cela leur permettait de croire leur mariage tout aussi important que celui d'un autre… en particulier ceux pour qui ils devaient travailler.

« Je vais vous paraître cynique, et telle n'est pourtant pas mon intention. En ce qui me concerne, même dans un mariage fondé sur des considérations pragmatiques, économiques, il vaut mieux qu'un homme aime sa femme.

« Mais voici où je veux en venir : disons que, pour une raison ou une autre, l'épouse d'un homme ne puisse lui offrir ce dont il a besoin au plan physique. Oui, physique… vous saisissez ? Eh bien, en ce cas, il n'y a rien de mal à ce qu'il aille chercher satisfaction ailleurs. Discrètement, bien entendu. Cela ne signifie pas qu'il ne soit pas un mari aimant et elle une épouse tout aussi aimante. C'est juste qu'on ne peut attendre des hommes qu'ils se privent de certains besoins. Et en tout état de cause, la plupart des messieurs apprécient… un peu de variété, dirons-nous ? Donc, de notre point de vue, ce n'est pas si mal. »

Le ton de ces dernières réflexions me surprit vraiment, comme si c'était un moine cloîtré qui tenait pareils propos. Car Gordon m'était toujours apparu comme un moine, au service des Pompes Smith.

« Toute femme digne de ce nom comprend ces choses, continua-t-il. Tant que la discrétion est préservée, elle sait qu'un mariage repose sur des éléments bien plus substantiels… des intérêts mutuels d'affaires et de famille.

« Voilà, et dans votre cas, Harry, quand vous viviez en Écosse, placer l'amour sur un piédestal était tout à fait compréhensible. À l'époque, vous étiez jeune et pauvre… vous n'aviez rien à perdre. Mais, maintenant, vous êtes associé dans une affaire prospère. Alicia et vous avez engendré un fils… un héritier. C'est tout l'enjeu du mariage. Le reste n'a vraiment aucune importance. »

Il se redressa contre le dossier de son fauteuil et but une petite gorgée de son cognac. Il paraissait extrêmement satisfait de tous les propos qu'il venait de tenir sur le sujet du mariage. Il considérait pour acquis qu'il n'y aurait pas de question.

Là-dessus, il avait raison. J'aurais pu lui demander pourquoi il avait même soulevé le sujet… je suspectai qu'Alicia et lui avaient tout préparé, ensemble… mais je me tus. En fait, nous n'en reparlâmes plus jamais.

6

Au milieu de l'été, Alicia s'était presque complètement rétablie de l'accouchement. Frank avait à présent six mois.

Je venais de rentrer d'un voyage d'affaires de cinq semaines qui m'avait conduit à négocier des ventes de machines dans des mines de diamant et de bauxite du nord de l'Australie. En soi, le circuit avait été épuisant, et j'étais donc heureux d'entendre Gordon me proposer de m'accorder une semaine loin du bureau et de « refaire connaissance », c'était sa formule, avec Alicia et Frank. En conséquence, je restai à la maison et il se rendit seul au bureau tous les jours.

L'un de ces matins, Alicia et moi jouions avec Frank dans le jardin derrière la maison quand le téléphone sonna. Il était dix heures et demie. Je courus à la cuisine et je décrochai.

C'était Jonson au bout du fil, qui appelait de l'hôpital St. Polycarp. Apparemment, peu après son arrivée au siège, une heure auparavant, Gordon s'était effondré sur son bureau. Jonson avait immédiatement appelé une ambulance. Il était monté à l'arrière, restant à côté de Gordon jusqu'à l'arrivée à l'hôpital. Avant cela, il n'avait pas eu l'occasion de téléphoner.

Alicia et moi laissâmes Frank avec la nounou et nous dirigeâmes aussitôt vers l'hôpital.

C'était l'une de ces journées d'été incomparables, à Camberloo. Le ciel était d'un bleu parfait, les arbres en pleine feuillaison, et les citadins portaient des vêtements estivaux aux couleurs éclatantes. L'hôpital proprement dit, dans les tons rouge brique, s'était paré de ses plus beaux atours, avec des rangées de fleurs jaunes et bleues toutes épanouies le long des jardins de l'accès aux urgences.

Jonson nous accueillit à la porte.

« Ils ont réussi à contacter son médecin, annonça-t-il à Alicia. Il était occupé par une visite à domicile, mais devrait être ici d'une minute à l'autre. »

Il nous conduisit ensuite dans un petit service de la partie clinique privée, à l'étage principal, et nous entrâmes tous les trois.

Gordon était alité, la tête calée contre un oreiller. Quand il vit arriver sa fille, ses yeux s'illuminèrent et il sourit faiblement. Il tendit la main vers elle, et elle la prit dans la sienne.

« Comme te sens-tu ? fit-elle.

— Maintenant que tu es là, ça va bien », lui répondit-il d'une voix paisible.

Il essaya d'ajouter autre chose, mais il ferma à demi les yeux, il eut l'air égaré. Puis cet air d'égarement s'effaça de son visage et toute lumière s'en fut de ses yeux. Et il était mort.

Il avait le cœur fragile, depuis longtemps. Ce fut ce que son médecin nous révéla, un homme rondouillard arborant un nœud papillon à pois, arrivé à l'hôpital quelques minutes après le décès. Il était surpris qu'Alicia ne sache pas que, ces dernières années, son père avait consulté un certain nombre de spécialistes. Tous l'avaient mis en garde : il ne devait pas travailler. Il suivait un traitement très strict, à base de comprimés.

Ce soir-là, Alicia retrouva plusieurs flacons de ces comprimés cachés sous des couches de sous-vêtements et de chaussettes, dans le fond d'un tiroir de sa commode.

Deux jours après sa mort, Alicia, Jonson et moi étions assis, misérables, dans la chapelle du crématorium de la Porte ultime. Le cercueil en bois tout simple était posé sur le catafalque. J'avais le bras autour de l'épaule d'Alicia qui sanglotait en silence. Fidèle à son aversion de toute forme d'étalage public, Gordon avait exigé que son corps soit incinéré, que nous trois seulement soyons présents, et qu'il n'y ait aucun service funéraire. Dans le crématorium, il faisait froid, à cause de la climatisation. À l'extérieur, le temps de la journée était à l'humidité, le ciel chargé, l'orage menaçait.

L'ordonnateur des pompes funèbres fit son apparition et chuchota que nous pouvions voir une dernière fois le défunt si nous le souhaitions. Nous nous approchâmes donc de la bière. Le couvercle en avait été retiré et nous pûmes revoir celui qui était naguère Gordon couché là, les yeux clos, le visage pareil à une pomme fripée. Les efforts du croque-mort pour redonner du rouge aux lèvres et aux joues n'avaient pu lui rendre une expression de vie.

À cette vision de son père, Alicia fondit en larmes. Jonson et moi la prîmes par le bras pour la soutenir.

Nous étions là, debout devant lui, quand la porte de la chapelle s'ouvrit et des pas s'approchèrent du catafalque. C'était le médecin de Gordon, arborant le nœud papillon à pois qu'il portait lors de notre dernière entrevue. Il avait maintenant à la main une sacoche de docteur en peau d'alligator.

Naturellement, nous nous demandions ce qu'il venait faire ici.

Il était un peu gêné que l'ordonnateur des pompes funèbres ne nous en ait pas informés. Le fait était que Gordon, plus d'un an auparavant, lui avait fait part de son souhait d'être incinéré. Il l'avait chargé de se rendre au crématorium dans les derniers instants précédant la crémation, pour s'assurer qu'il soit bien mort.

« C'est juste une formalité, nous affirma le praticien. C'est-à-dire, si vous n'avez nulle objection. »

Nous n'avions nulle objection.

Nous avions fait nos derniers adieux à Gordon, et l'entrepreneur des pompes funèbres ordonna qu'on roule le cercueil hors de la chapelle, dans la salle d'introduction, réservée à l'identification du défunt, sa dernière étape avant le four. Muni de sa sacoche, le médecin accompagna le cercueil. Il se trouvait dans cette salle d'identification depuis quelques minutes seulement lorsqu'il nous rejoignit.

« Tout est en ordre », nous annonça-t-il.

Peu après, une lampe bleue clignota dans la chapelle. C'était le signal que l'acte final était sur le point de débuter, loin de nos regards. Nous entendîmes le ronflement des jets de gaz à l'allumage, suivi peu après du grincement des galets du convoyeur, lorsque le cercueil coulissa à l'intérieur du four.

L'ordonnateur des pompes funèbres réapparut et nous suggéra de rentrer chez nous. La procédure d'incinération et de préparation des cendres réclamerait plusieurs heures. Nous pourrions venir les chercher ce soir, si tel était notre souhait.

Avant notre départ de la chapelle, j'allai voir le médecin de Gordon et le remerciai d'avoir respecté son ultime requête, quelle qu'elle fût.

« Il voulait simplement que j'effectue une petite intervention chirurgicale sur son cadavre, m'expliqua-t-il. Il fallait sectionner ses carotides, ici, dans le cercueil. J'ai procédé à cette intervention, avec l'ordonnateur des pompes funèbres pour témoin. Nous pouvons tous deux attester que son sang s'était complètement coagulé. »

Il vit ma surprise, entendant cela.

« Je dois en déduire qu'il souhaitait que toutes les précautions soient prises », fit le docteur.

Le lendemain matin, nous plantâmes un jeune rosier au milieu de ses cendres, dans le jardin. C'était mon idée. Du temps où j'enseignais, les autochtones qui habitaient près des mines affirmaient que les plus belles orchidées poussaient sur les cadavres en décomposition. Je pensais que si cette idée recelait la moindre vérité, d'une certaine manière elle s'appliquerait également aux cendres des morts. Aussi, avec le consentement d'Alicia, je mélangeai les cendres de son père à des sachets de terreau et plantai le rosier au centre.

7

La mort de Gordon me laissa sous le choc. Je m'étais fortement attaché à lui – il était pour moi un second père et semblait me vouer un amour inconditionnel, comme mes parents avant lui, bien qu'il fût très différent d'eux. Pourquoi s'était-il à ce point lié d'amitié avec celui que j'étais et avait-il vu en moi un mari convenable pour sa fille, je ne l'avais jamais vraiment compris.

Je ne suis pas certain qu'il l'ait su lui-même. En dépit même de ses théories, il a pu se laisser guider par un sentiment ou une intuition qu'en temps normal un homme pragmatique comme lui aurait ignorés. Peut-être avait-il senti d'instinct qu'il faudrait à Alicia quelqu'un qui soit le contraire de celui qu'il était.

L'autre énigme concernait cette étrange dernière demande de sa part, à propos du sectionnement de ses artères. D'un côté, il se pouvait que ce fût une affaire de simple logique

– le souhait d'un homme de compétences et d'efficacité de conserver la maîtrise de son corps jusqu'à l'instant de sa désintégration. D'un autre côté, peut-être cela révélait-il une facette de son esprit qu'il tenait généralement secrète, en proie à la très ancienne terreur d'être déclaré mort à tort.

Son incinération me fit repenser une fois encore au décès terrible de mes parents, dans cet enfer de Tollgate. Jamais je ne m'étais laissé aller à envisager la possibilité qu'ils aient eu pleinement conscience de ce qui se passait lorsque les flammes de leur logement en feu les engloutirent. Cette seule pensée était encore trop dure à supporter.

Alicia était anéantie par la mort de son père. Pendant des semaines, elle réussit à peine à contenir ses larmes. Je crois que, sans la présence du petit Frank, elle aurait sombré dans une totale dépression.

J'essayai de la réconforter, mais je savais l'étroitesse du lien qui l'unissait à Gordon. Ils n'étaient pas seulement père et fille, ils échangeaient des confidences sur tout. Enfin, pas tout à fait sur tout. Il lui avait dissimulé son affection cardiaque, sans nul doute pour qu'elle ne s'inquiète pas indûment.

Je lui laissai entendre qu'il était naturel pour tout parent d'essayer de protéger sa fille de la sorte. Mais malgré tout l'amour qu'ils se portaient mutuellement, elle semblait considérer cela comme une forme de trahison de sa part. Naturellement, je ne mentionnai pas l'histoire des artères tranchées.

Quelques semaines après la crémation, je fis une toute nouvelle découverte au sujet d'Alicia. Au milieu de la nuit, elle se mit à s'agiter sous les couvertures en laissant échapper de petits geignements qui me réveillèrent. Sous le halo de lumière nocturne, je vis bien qu'en réalité elle était endormie. Je lui secouai délicatement l'épaule et elle se réveilla, les yeux écarquillés de frayeur.

Je lui dis qu'elle avait fait ces petits bruits.

« Ai-je dérangé le bébé ? » demanda-t-elle, en regardant en direction de la porte de la chambre attenante, où Frank était couché.

Je lui assurai qu'il dormait paisiblement et lui demandai si elle avait rêvé. Je lui tins la main – elle était toute froide. Je lui soufflai que raconter son rêve serait susceptible de l'aider.

« Très bien », dit-elle. Lentement, elle s'efforça de traduire par le verbe ce dont elle avait pu rêver.

« J'étais dans une eau glaciale, commença-t-elle. Ce devait être l'hiver et je ne sais comment, je me trouvais à bord d'une sorte de bateau sur l'océan ou sur un lac. C'était la nuit et je n'apercevais aucun rivage nulle part. Mais il y avait des lumières au loin, aussi ai-je essayé de nager dans leur direction. Ensuite, mes bras refusaient de bouger, comme s'ils étaient paralysés. Je hurlais pour appeler à l'aide sans réussir à proférer un mot, je ne produisais que des borborygmes. Et puis tu m'as réveillée. »

Je l'étreignis et la rassurai. Son mauvais rêve était sûrement lié à la mort de Gordon et au choc de cette perte. Bientôt, elle ferait à nouveau de beaux rêves.

« Non, là-dessus, tu te trompes, reprit-elle. Toute ma vie, c'est le seul genre de rêve que j'aie jamais fait. J'essaie de ne pas y penser. »

Je ne la questionnai plus. Je me contentai de la serrer et de la bercer et, au bout d'un moment, elle se rendormit. Mais cette révélation au sujet de ce rêve éprouvant me troubla et me maintint éveillé. Cette femme à mes côtés, la mère de mon fils, se révélait en réalité une étrangère, et ce sûrement à plus d'un titre.

Après le petit déjeuner, le lendemain, nous jouions dehors dans le jardin avec Frank, Alicia se tourna soudain vers moi.

« Parler de ce rêve de la nuit dernière ne m'a aidée en rien, me confia-t-elle. En réalité, le traduire en mots l'a rendu encore plus pénible. » Elle me dévisagea. « Et en plus, je lis dans tes yeux qu'il a fini par te créer des inquiétudes, à toi aussi. »

Je niai qu'il en soit ainsi, mais il était troublant de constater combien j'étais transparent à ses yeux.

Décès ou pas, les affaires devaient reprendre. Assez vite, je m'installai dans le fauteuil de Gordon à son bureau, guidé par deux secrétaires d'âge mûr qui travaillaient pour lui depuis de nombreuses années et devaient maintenant s'habituer à moi. Jonson fit en sorte que l'usine reparte à plein régime. Je tâchai d'écourter mes déplacements commerciaux, qu'ils soient aussi brefs que possible, car j'étais toujours impatient de rentrer à Camberloo.

Mais ces retours au foyer n'avaient plus la même saveur. Ces rituels sensuels du coucher auquel nous nous livrions à mon retour n'avaient plus lieu. Par la suite, quand j'y risquai une allusion, Alicia (qui, pour moi, était toujours aussi séduisante) me fit clairement comprendre, sans être désagréable, qu'il n'en serait plus question.

J'avais conscience que la naissance de Frank, au plan physique, et la mort de Gordon, au plan émotionnel, l'avaient blessée. J'étais trop pressé, supposai-je, et m'excusai de mon manque d'égards.

« Oh, non, fit-elle. Cela n'a rien à voir avec toi. C'est simplement que je ne peux pas. Je n'éprouve plus aucun désir. » Et avant que j'aie pu répondre quoi que ce soit, elle ajouta ceci : « Pourquoi ne trouves-tu pas quelqu'un d'autre pour te satisfaire en ce domaine ? Les hommes n'apprécient-ils pas… un peu de variété ? »

« Un peu de variété » – la même formule que celle que Gordon avait employée lors du petit discours qu'il m'avait tenu, peu avant sa mort. J'eus aussitôt la certitude de ce que j'avais suspecté sur le moment : ils avaient discuté de cette question de mes « besoins » tout comme ils avaient discuté de tant d'autres sujets. Il ne fait aucun doute que c'était la raison d'être de cette conversation à cœur ouvert avec moi, à propos de ce qu'il considérait comme les réalités du mariage.

« Cela ne m'ennuierait pas, insista-t-elle. Sincèrement, pas du tout. »

La sincérité était en effet sa marque de fabrique. Parfois, selon l'humeur dans laquelle j'étais, je me demandais si cette sincérité qui lui était propre ne s'apparentait pas moins à une vertu qu'à un manque d'imagination, une incapacité à inventer de plaisants mensonges. Pour Gordon, une qualité comme l'honnêteté était probablement une alternative plus qu'adéquate à l'amour véritable. Qu'il ait eu raison ou non, c'était ce que j'allais devoir découvrir.

Frank

1

Dans mon rôle de successeur de Gordon à la tête des Pompes Smith, je consacrai une bonne partie des années qui suivirent à voyager. Mes itinéraires regorgeaient de noms aux sonorités exotiques. En Orient, je visitai le Kamtchatka, Oulan Bator, Quingyang, Tanaga, Tuvalu, Banjamarsi, Port Moresby, les îles Tuamotu, Bangalore, Jabalpur et Oamaru. Je sillonnai l'Afrique en tous sens, de Tombouctou et Addis Abeba à Nova Lisboa et retour. Le continent sud-américain, de Cochabamba, San Fernando de Atabapo et Paysanchi à Rio Gallego en Patagonie, faisait partie de mon territoire. En réalité, le monde était mon territoire.

De prime abord, les sonorités mêmes de ces noms avaient sur moi l'effet de la poésie, comme c'était le cas, lorsque j'étais écolier, absorbé dans un atlas, et rêvais d'être n'importe où, sauf à Tollgate.

Mais plus je voyageais, plus la désillusion me gagnait. Ces lieux porteurs de noms aux sonorités lyriques étaient maintenant le foyer de réalités aussi peu romantiques que la moderne industrie des drogues dures et la violence qui l'accompagne. Les seules formes de traditions anciennes que les nouveaux voyous honoraient encore consistaient en des barbaries telles que trancher les mains d'un ennemi.

Cela me soulageait un peu de ma culpabilité au sujet de mon activité « légitime ».

Durant mes absences fréquentes, Alicia devait agir à la fois en mère et en père de Frank. Ils attendaient tous deux mon retour, surtout mon fils, pour qui j'étais le porteur de cadeaux. Au début, quand il était très petit, je lui rapportai des animaux de diverses espèces, si bien que la chambre d'amis se transforma en zoo privatif. Un perroquet d'Australie lui criaillait « Bonjour, mon pote », et à lui seul, chaque fois qu'il venait lui servir sa nourriture. Un duo de salamandres à l'air féroce et un basilic d'Afrique eurent aussi beaucoup de succès : il était fasciné de voir leur apparente immobilité se transformer en violentes décharges d'énergie lorsqu'ils se jetaient sur les insectes composant leur dîner. Le cadeau qu'il aimait le plus, toutefois, était un cactus Oaxaca de quatre-vingt-dix centimètres de haut habité par une colonie de souris pygmées. Frank nourrissait ces souris plusieurs fois par jour avec des graines pour oiseaux et passait des heures à essayer de se lier d'amitié avec elles. Mais il était si gigantesque qu'elles ne paraissaient jamais capables de le percevoir comme leur semblable.

À neuf ans, il s'intéressa moins aux animaux exotiques, aussi cherchai-je d'autres cadeaux susceptibles de stimuler son imagination. Dans un bazar de la côte de Malabar, en Inde, je découvris un marchand qui vendait des figurines en marbre peint du XVIe siècle, d'à peu près trois centimètres de haut. Elles étaient assez coûteuses et je ne comprenais pas du tout pourquoi on avait pu vouloir créer des objets aussi petits. Mais pris d'une lubie, parce que je savais combien les souris pygmées avaient plu à Frank, je lui achetai ces figurines.

Je les rapportai à la maison et, dès qu'il les vit, il tomba immédiatement en adoration devant elles, plus que de ses jouets habituels. S'aidant d'une loupe, il réussissait à transformer ces minuscules fragments de pierre en hommes et femmes d'une autre époque, tout à fait identifiables.

« Regarde, disait-il. C'est comme de la magie. »

Et en effet, sous cette loupe, ce peuple lilliputien donnait aussitôt l'impression de s'animer, dans ses robes et turbans orientaux multicolores, certains maniant le cimeterre en plongeant le regard dans celui de l'observateur. Tout se passait comme si, après avoir subi un rapetissement cinq cents ans plus tôt, ils avaient attendu qu'un chamane comme Frank leur restitue leur taille véritable.

Instruit par sa réaction à ces figurines, j'ouvris l'œil. À Paris, où j'assistai à une convention minière, j'achetai ce qui ressemblait à une boîte d'allumettes, à ceci près que ces allumettes étaient des bâtonnets en ivoire fabriqués par les Inuits. La pointe de ces bâtonnets était en réalité sculptée de toute une ménagerie d'ours, de renards, de requins, de baleines, d'ombles, de flétans et de morues, tous exécutés avec une précision merveilleuse. Quand Frank les découvrit, il fut captivé, et consacra des heures innombrables à admirer ces petites créatures sous sa loupe.

Ce fut un modèle réduit de train qui eut le plus grand succès. Je le trouvai dans un magasin de jouets anciens à Zurich, où je fis escale une nuit, au retour d'Extrême-Orient. Le moteur à mécanisme d'horlogerie et les voitures des passagers datant du début du siècle étaient méticuleusement usinés. Les bâtiments de la gare, les ponts et le décor, les visages du personnel du train et des passagers étaient détaillés et convaincants.

Frank, qui venait d'avoir dix ans, était aux anges. Pendant des semaines, il joua exclusivement avec ce train, des heures d'affilée. Il donnait des noms aux petits personnages qui habitaient ce monde, leur inventait toute une histoire et leur parlait. Il les présentait à ses figurines et aux créatures des bâtonnets d'ivoire. Alicia avait souvent du mal à le convaincre de les laisser, pour prendre ses repas ou aller se coucher.

Mon fils était toujours curieux de savoir comment et où j'avais acquis ces cadeaux. Pour lui, cela semblait avoir une part vitale dans le plaisir de les posséder. En règle générale, je lui disais la vérité toute simple, mais parfois je brodais, rien que pour rendre mon récit un peu plus spectaculaire. Et quand je devais lui raconter à nouveau, je redoutais d'oublier certains détails inventés.

Ce furent ces bâtonnets en ivoire qui menèrent à une révélation.

Un jour, alors que j'étais absorbé dans la lecture du manuel d'une de nos toutes dernières pompes, il les examinait sur la table de la bibliothèque. Tout à coup, il me demanda une fois encore de lui raconter comment j'avais mis la main sur ces bâtonnets. Presque sans réfléchir, car j'avais l'esprit trop accaparé par le jargon technique du manuel, je commis l'erreur de lui dire la vérité : j'avais vu ces bâtonnets dans la vitrine d'une bijouterie, près de mon hôtel, à Paris, et les lui avais achetés.

« Mais alors, et ce vieux Gitan sur ses béquilles, celui qui mendiait à un coin de rue près de Notre-Dame et qui te les avait signalés ? demanda-t-il. Tu lui as donné un billet de vingt francs et il était si reconnaissant qu'il t'a conduit à un magasin secret où l'on vendait ces bâtonnets en ivoire. C'était tout au bout d'une petite rue sombre, en haut d'un long escalier, et tu n'aurais jamais trouvé l'endroit s'il ne t'avait pas accompagné, en boitant, pour te montrer où cela se situait. »

Démasqué, je crus préférable d'avouer que j'avais inventé ce vieil homme, ses béquilles et le magasin secret. Que j'inventais parfois des histoires au sujet de mes cadeaux, pour ajouter à son plaisir. En d'autres termes, ces récits n'étaient pas l'absolue vérité.

Frank me regarda sans ciller.

« Je le sais. » Sa manière abrupte de me répondre me fit l'effet d'une réprimande.

J'étais très surpris, et je promis de continuer sans rien changer. Mais je savais que je n'avais plus à me soucier d'oublier certains détails. Et lui, bien sûr, n'avait plus à faire semblant de ne pas savoir démêler la vérité de la fiction.

Les livres miniatures devaient vite devenir la grande passion de Frank.

Lors d'un de mes voyages, en passant par Athènes, j'étais allé me promener dans le quartier de Monastiraki, près de l'Acropole, à la recherche d'un objet pour son douzième anniversaire, qui approchait. Une librairie où j'entrai était spécialisée dans les livres rares, notamment miniatures, dont certains n'étaient pas plus grands que des timbres-poste. J'en examinai un certain nombre, sur un pupitre où était posée une loupe destinée à aider le lecteur. Ils étaient tous magnifiquement imprimés, souvent avec des illustrations en couleur d'apparence aussi fidèle que celles d'ouvrages de formats normaux.

Un volume minuscule à la reliure en cuir attira tout particulièrement mon attention : *Le Livre des saisons*, imprimés à Bruxelles en 1450. C'était une sorte de livre de prières de trois cents pages, chacune d'elle s'ouvrant sur de magnifiques lettrines. Ce n'étaient pas ces prières en latin ou les lettrines ornementées qui me convainquirent, mais les cinquante pages rehaussées d'enluminures méticuleusement exécutées, criantes de vérité, de personnages du Moyen Âge et de leurs activités. Le livre était coûteux, mais j'avais le sentiment que Frank l'apprécierait, donc je le lui pris.

Mon instinct ne m'avait pas trompé. Dès l'instant où il l'observa à travers une loupe, il fut captivé. L'idée même d'un livre entier en miniature, avec tous les attributs d'un volume de plein format, le stupéfia tout autant qu'elle m'avait étonné. Ces enluminures, surtout, le fascinèrent.

Un soir, dans la bibliothèque, il les étudiait depuis un long moment.

« Viens voir ça », me dit-il, d'un ton surexcité.

Je le rejoignis au bureau et il me tendit la loupe. Sous le verre grossissant, le tableau miniature qu'il observait acquit toute la taille et la netteté d'une œuvre exposée dans une galerie. Le sujet était religieux : une figure sainte couronnée de son auréole chevauchait le long d'une rivière franchissant un col de montagne, peut-être dans les Alpes. Les montagnes, les courants et les remous de la rivière, le harnachement du cheval et ses muscles saillants, les détails de la tenue médiévale du cavalier, son visage à l'expression pieuse mais déterminée, le regard tourné vers l'amont, tout cela était rendu avec un réalisme convaincant.

« Regarde de plus près, ici », me dit Frank, en attirant mon attention sur un endroit précis du tableau.

J'observai donc de plus près. En orientant la loupe sous un angle différent, je pus discerner plusieurs espèces d'oiseaux dans toute une variété d'arbres. Plus loin sur la rive, des paysannes en blouse travaillaient dans le jardin de leurs chaumières. Dans l'une d'elles, j'entrevis même une silhouette penchée par une croisée, en direction du cavalier là-bas au loin, comme si elle attendait son arrivée.

« Mais regarde le bateau », insista Frank.

Je n'avais pas vu de bateau. Mais là encore, en ajustant la position de la loupe, je m'aperçus que ce que j'avais pris pour une marque minuscule très en amont du cours d'eau, était en réalité une barque à rames, avec trois hommes à son bord, leurs traits, leurs tenues distinctement visibles.

Deux d'entre eux ramaient de toutes leurs forces, en luttant contre le courant.

« Regarde le troisième homme, fit Frank. Tu vois ce qu'il tient dans la main ? »

Je jouai encore un peu de la position de la loupe. Ce troisième personnage semblait en effet tenir dans ses doigts un objet qu'il regardait fixement. J'orientai mieux le verre grossissant et l'objet dans sa main oscilla quelques instants avec plus de netteté. Cela ne faisait aucun doute. Cet objet, dans la main de cet homme, c'était un livre.

« Tu crois que c'est *ce* livre-ci qu'il lit ? » me demanda mon fils.

J'étais tout à fait étonné que Frank eût même pu envisager pareille hypothèse, car pour moi c'était là une idée complètement vertigineuse. Pour la première fois, je crois, je percevais une part de l'envoûtement que ces miniatures pouvaient susciter avec leurs mondes microscopiques emboîtés, face à nous-mêmes, créatures gigantesques qui les observions en plongeant le regard en elles. Ou je comprenais même que notre monde pouvait n'être rien de plus qu'un minuscule grain de poussière qu'observeraient des géants infiniment plus grands.

Bien entendu, je ne fis aucune mention de cette dernière réflexion à Frank. Je craignais que de telles idées ne pussent précipiter l'esprit fragile d'un jeune garçon dans la folie. Pourtant, en dépit de sa jeunesse, je ne savais jamais trop quoi penser de lui. Il me paraissait souvent taillé d'une fibre plus solide que son père.

2

Durant les six années suivantes, alors que Frank progressait dans sa scolarité de lycéen, je lui rapportai régulièrement des livres miniatures. Certains d'entre eux étaient des classiques du genre réputés : *Portraits de la ville de Madrid*, 1741, *Le Petit Poucet*, 1800, *Coutumes de l'Hindou Kouch*, 1834, et *Le Calendrier du Bijou anglais poétiquement illustré*, 1841. Ils étaient tous fameux pour leurs illustrations superbes.

Je trouvai également une bibliothèque miniature composée de petits rayonnages qui recevraient sa collection. Il tomba aussi amoureux de cette bibliothèque.

Pour célébrer son dix-huitième anniversaire et son entrée à l'université, je lui cherchai un livre miniature très spécial. En négociation d'affaires à la mine située près d'Erzurum, dans l'est de la Turquie, j'empruntai une voiture pour me rendre au vieux village de Gez, où j'avais entendu dire qu'existait une belle librairie. Je la trouvai à mi-hauteur de la rue principale du village, dont les pavés étaient à eux seuls un supplice pour les essieux.

La boutique était remplie de livres reliés en cuir, de toutes formes, de toutes tailles et de tous âges, ainsi que de vitrines où étaient exposées des dizaines de très belles plumes d'oies anciennes avec leur encrier. Mais au bout de presque une heure de recherches, je n'avais pas vu de livres miniatures.

Je m'adressai ensuite au libraire, un Turc sophistiqué d'Istanbul qui parlait l'anglais. Il me dit qu'en l'occurrence il avait bien un livre miniature – un seul. L'objet n'était pas sur les tables, il était trop coûteux pour qu'on le laisse exposé. Il me conduisit dans son bureau, ouvrit un coffre massif, et en sortit une boîte en carton. Il retira le couvercle de la boîte, et me tendit un petit livre, que j'examinai.

Il mesurait à peu près cinq centimètres par quatre, sous une couverture en cuir dotée d'une serrure en argent à l'aspect patiné par l'usage. Le libraire m'expliqua qu'il s'agissait d'une édition turque du XIVe siècle du classique de la littérature érotique, le *Kama Sutra*. Je défis la serrure et le parcourus. Le livre contenait soixante-quatre minuscules gravures en couleur des fameuses positions intimes – je présumai du moins qu'il s'agissait de cela : elles étaient trop petites pour être visibles.

Son propriétaire me proposa d'aller me chercher une loupe pour me convaincre de ce qu'elles étaient criantes de vérité, mais je lui dis que ce ne serait pas nécessaire. J'avais déjà décidé que ce pourrait être le cadeau parfait pour le dix-huitième anniversaire de Frank et me lançai dans le marchandage habituel du prix. En fin de compte, je le payai plus cher que je n'aurais voulu mais repartis de la librairie avec le livre en poche.

Le jour de mon retour à Camberloo, après la Turquie, Frank ne se trouvait pas à la maison. Il était à la recherche d'un appartement à Toronto, où il fréquenterait l'université. J'étais content de son absence, car je n'étais plus sûr de vouloir lui offrir ce petit volume. Maintenant que j'avais bien étudié les illustrations à la loupe, je me demandai si c'était le genre de cadeau approprié d'un père à un fils, même si l'ouvrage était un classique.

Je fis part de mes doutes à Alicia, et elle me répondit qu'elle y allait y jeter un œil. Elle commença par examiner les illustrations à la loupe et éclata aussitôt de rire, ce qui lui arrivait rarement.

« Dieu du ciel ! Non mais, regarde-moi ça ! » répéta-t-elle à plusieurs reprises. Et, à la fin, elle n'avait pas le moindre doute. « Bien sûr que tu dois le lui offrir. Quel beau cadeau pour un garçon de son âge. Quel bonheur ! »

Aussi, dès que Frank fut rentré de Toronto, je le lui offris, en effet, et il eut l'air ravi. Pourtant, jamais nous n'évoquâmes le sujet du livre – je n'aurais su que dire. Et il ne releva non plus aucune des nombreuses caractéristiques intéressantes de ces illustrations, comme il le faisait d'habitude. En revanche, je les ai vus, Alicia et lui, les examiner ensemble et en rire.

En ce mois de septembre, il rejoignit Toronto, pour son premier semestre. Il laissa les autres miniatures à la maison, mais emporta son *Kama Sutra*.

Il manquait vraiment à Alicia, et à moi aussi, mais pas autant (ce qu'évidemment, je m'abstins de lui confier). Le fait était que, depuis son entrée dans l'âge adulte, il était devenu de plus en plus un mystère à mes yeux. À l'inverse de ma relation avec mon propre père, fondée sur une chaleur et un amour absolus, il subsistait une certaine distance entre Frank et moi. Je redoutai qu'il ne puisse lire dans mes pensées et n'y découvre un trait de caractère qui lui serait intolérable. C'était si présent à mon esprit qu'il m'était impossible de lui témoigner spontanément des marques d'amour, comme un père aimerait le faire avec son fils. Même lors de nos conversations, je n'étais jamais sûr de ce qu'il attendait de moi. Peut-être avait-il besoin que je sois ce que je ne pouvais être. En conséquence de quoi il se repliait à son tour sur lui-même, se distanciant un peu plus de moi.

Quant au *Kama Sutra*, la réaction d'Alicia au livre était typique de son attitude vis-à-vis de tout ce qui touchait au sexe. Elle les considérait avec le même bon sens qu'elle avait toujours eu. Je savais qu'elle vivait mal notre propre manque d'activité en ce domaine, depuis la naissance de Frank.

De temps à autre, elle me demandait avec prévenance si j'« allais bien », et je la rassurai.

Malgré son penchant naturel pour la vérité en toutes choses ou presque, cela ne la gênait pas de tromper les autres dès qu'il s'agissait de l'image extérieure de notre mariage. Par exemple, chaque fois que nous recevions des convives à dîner, circonstance peu fréquente, nous nous comportions en couple idéal. En fait, nous prenions un certain plaisir à jouer la comédie de façon convaincante, comme ce peut être le cas de quantité de couples.

La plupart de ces invités étaient des hommes, des représentants des mines, venus à Camberloo pour un ou deux jours inspecter des machines à l'usine, et je voyais bien qu'ils m'enviaient. S'ils avaient par hasard leur épouse avec eux, Alicia s'ingéniait à perfectionner encore plus notre petit numéro.

Le cas de Lew Jonson était similaire, en un sens. Son épouse était décédée des années avant mon arrivée à Camberloo. Ils n'avaient pas eu d'enfants et Lew avait fini par considérer Alicia comme une fille. Quand je m'absentais pour affaires, il craignait qu'elle ne se sente seule et lui téléphonait. Souvent, cela se terminait par une invitation à dîner de sa part à elle.

Alicia évoquait pour moi les curieux rituels qui avaient lieu lors de ces dîners avec Jonson. Elle était membre du conseil d'administration de l'orchestre symphonique, et lui-même amoureux de l'opéra il croyait que ce serait naturellement un régal pour tous deux d'écouter certains de ses disques, après le dîner. Il ignorait à quel point elle appréhendait la chose. Comme son père, elle n'était pas réellement mélomane.

Je lui demandai un jour pourquoi elle ne le lui avouait pas franchement, pour en finir.

Elle secoua vigoureusement la tête.

« Une aversion pour la musique n'est pas le genre de travers que j'ai envie d'admettre », me dit-elle.

Jamais je ne l'aurais entendu davantage reconnaître que ce serait là un défaut.

Aussi, quand Jonson rapportait ses disques, elle s'efforçait de manifester un intérêt poli. Mais les extases des divas et des ténors qui enchantaient tellement l'ingénieur constituaient pour elle un pur supplice. La représentation que se faisait Jonson des soirées musicales père-fille n'était pas moins une comédie que l'image d'un mariage parfait qu'elle et moi présentions au monde extérieur.

Je me surprenais fréquemment à penser combien il aurait pu être merveilleux d'épouser Miriam Galt. Mais ces moments de vœux pieux n'étaient qu'une forme de sadisme, une part de mon esprit tourmentant l'autre. Je m'efforçais aussitôt de penser à autre chose, et si ces efforts ne portaient pas leurs fruits, je sortais dans le jardin, je tondais la pelouse ou je taillais les mauvaises herbes. En dernier recours, je me rendais même dans la bibliothèque et je m'obligeais à me concentrer sur un article très technique de la dernière livraison de l'*International Journal of Pumps*.

En de telles occasions, je me persuadais de ce que mon sens de l'autodiscipline était nécessaire pour m'éviter de sombrer dans la folie. Mais j'étais incapable de conjurer mes doutes – que peut-être la véritable folie tenait à ma volonté permanente d'oublier un épisode aussi important de mon passé.

Quoi qu'il en soit, je n'avais aucun moyen de défense contre mes rêves. Dans l'un des plus tenaces, j'arpentais les collines pourpres de Duncairn en route pour la maison de Miriam, le cœur battant d'impatience.

Me réveiller de ce rêve, le cœur battant, etc., dans ma réalité présente du moment, c'était là une forme raffinée de torture.

Oluba

1

Début mars, en cette première année universitaire de Frank, il me fallait abandonner les neiges de Camberloo et me diriger vers l'hémisphère sud pour affaires. Gordon devait s'y rendre souvent, et il m'avait parlé des épreuves que cela comportait de rallier les îles Fidji, dans le passé – et notamment un assez pénible périple maritime de plusieurs semaines avec la probabilité de passages de très mauvais temps. En revanche, pour moi, désormais, il s'agissait simplement d'embarquer à bord d'un vol transpacifique pour en ressortir quelques heures plus tard dans l'air chaud parfumé de frangipaniers et je ne sais quels autres parfums.

La principale affaire de ce voyage se conclut à Suva, la capitale de l'île principale de l'archipel, Viti Levu. Je participai à de nombreuses réunions et vendis six pompes neuves et tout un assortiment de pièces détachées à Consolidated Minerals, la plus importante société minière de l'île. Depuis des années, nous avions tenté de les intéresser à nos pompes, sans succès, aussi était-ce en somme un résultat satisfaisant.

Mais je ne repris pas directement le vol du retour.

Quelques semaines avant mon départ de Camberloo, Jonson avait reçu une lettre du directeur d'une entreprise d'extraction de phosphates sur Bird Island, l'une des îles de la chaîne des Oluba, à proximité des Fidji. En résumé, cette lettre m'indiquait que Gordon, vingt-cinq ans plus tôt, avait vendu à cette compagnie deux pompes utilisées dans le processus d'extraction des phosphates. Ces engins étaient désormais très vétustes. Les documents de la vente initiale avaient été retrouvés par le directeur actuel sur Bird Island, et il avait décidé de contacter les Pompes Smith et de s'enquérir sur de possibles pièces de rechange ou d'éventuelles réparations.

Jonson m'avait montré cette lettre et nous en avions conclu qu'un saut de puce depuis les Fidji s'imposait. Le directeur de Bird Island et son ingénieur acceptaient de venir me rencontrer sur l'île principale d'Oluba.

Ainsi, après avoir bouclé l'affaire fidjienne, je me mis en route à bord d'un schooner assurant la liaison entre les îles, en direction du sud et de l'archipel d'Oluba, un chapelet d'îles volcaniques et d'atolls coralliens disséminés sur près de cinq cents kilomètres d'océan. Sur la carte, cette chaîne d'îles ressemblait à un monstre à moitié immergé, avec l'île principale – Oluba proprement dite – formant la tête de ce monstre. Je me souvenais que Gordon m'avait plusieurs fois mentionné cette île, en soulignant la bonté de ces gens à son égard.

Durant la longue journée et la nuit de navigation à bord de ce schooner effectuant la liaison entre les îles, je souffris une fois encore de ce fléau du mal de mer. À l'aube, ne pouvant plus supporter la nausée, je sortis en titubant de ma cabine sur le pont pour respirer une grosse goulée d'air frais. Je remarquai que ce qui, la veille au soir, ressemblait à une simple traînée sur la ligne d'horizon, s'était transformé en île.

Sans vomir, je réussis à demander à un marin qui enroulait un cordage près de moi sur le pont si nous étions proches de notre destination.

« Oui, me fit-il. C'est Oluba, l'île principale, à la proue. Les femmes de là-bas ont des tatouages et des jambes robustes. »

C'était une curieuse remarque. Mais je me sentais trop mal pour lui demander ce qu'il entendait par là.

Oluba n'était pas tout à fait aussi proche qu'il avait semblé à l'aube. En fait, lorsque le schooner s'engouffra dans l'étroite ouverture de la barrière de récifs pour s'engager dans les eaux lisses du lagon, ma montre affichait quatre heures et demie de l'après-midi. En même temps, magiquement, je perdis toute envie de vomir et m'intéressai même suffisamment à ce qui m'entourait pour remarquer quelques dizaines de voiliers à l'ancre ainsi que quelques cargos. Un luxueux yacht à moteur était au mouillage devant le quai où s'amarra notre schooner. Plusieurs insulaires vinrent aider notre équipage à décharger les caisses et d'autres cargaisons.

Le crépuscule tombait déjà lorsque je me dirigeai vers mon hôtel, sac à la main. J'étais un homme heureux d'être de nouveau sur la terre ferme.

D'après ce que je pus en voir, Oluba était un village autochtone typique en bordure d'une plage. Il consistait en une rue principale et un quai d'assez vastes dimensions qui s'avançait dans le lagon. Il y avait là les édifices habituels, une église, plusieurs magasins aux enseignes multicolores et un bureau de poste, tous construits en bambou et dans d'autres essences locales. Les maisons avaient des toits tressés d'herbes et des murs assez minces pour laisser l'air frais passer au travers. Les toilettes étaient en général des cabanons délabrés perchés au-dessus des eaux de marée.

Au bout de la rue, j'arrivai devant un hôtel à l'enseigne particulièrement grande – *The Mango Tree Hotel*. Selon les dossiers de Gordon, c'était là qu'il descendait toujours à chacune de ses visites. L'ensemble se dressait sur des sols nappés de sable et comprenait un certain nombre de huttes en bambou, dominées par un bâtiment principal au toit d'herbes tressées. J'y entrai.

Une femme était assise derrière la réception, vêtue d'un sarrau bleu à manches longues. À la lumière des suspensions (l'hôtel possédait visiblement son propre générateur), la peau de son visage et de son cou paraissait si abîmée que je crus de prime abord qu'elle avait subi un épouvantable accident. Ensuite, je me rendis compte que ces taches étaient en fait des tatouages aux motifs chargés, herbes, fleurs et vigne vierge.

Cela me remit à l'esprit la réflexion du marin sur le pont, plus tôt ce matin, au sujet des femmes d'ici. Au cours de tous mes voyages, je n'avais jamais vu personne à ce point couvert de tatouages. L'effet de camouflage était tel qu'il devenait difficile de déterminer précisément son âge, mais je devinais qu'elle devait avoir le milieu de la vingtaine. Elle avait une attitude amicale mais ne parlait pas anglais, même pas le pidgin, donc nous communiquions par le langage des signes. Finalement, elle me remit une petite carte avec le numéro de la hutte qui m'avait été attribuée. Une information sur le dîner, servi à sept heures, y était imprimée en plusieurs langues. J'inscrivis mon nom et celui de mon entreprise dans le registre et me dirigeai vers la hutte.

Il s'avéra qu'elle se situait derrière le bâtiment principal, avec vue sur le lagon. Les cloisons en bambou étaient peintes en blanc et le sol était revêtu d'un tapis en rotin. Il y avait un grand lit, un bureau et une chaise, et une penderie. J'étais très content que la hutte ait aussi une douche et des toilettes.

La lampe de chevet mettait en lumière une caractéristique curieuse de la chambre. Au-dessus du lit et sur toute sa longueur, une poutre en bois dur de section ronde était soutenue par des montants. Un très mince filet anti-moustiques était suspendu à cette poutre, dispositif apparemment un peu excessif pour pareil usage.

Après une douche pour me rincer le corps du sel de la traversée, j'enfilai des vêtements propres et regagnai le bâtiment principal. Avant d'accéder à la salle à manger, je devais traverser un bar joliment garni où je commandai un scotch au barman, un homme chauve, la soixantaine, aux mouvements lents. C'était un insulaire, mais il ne portait pas le pagne traditionnel. Sa panse proéminente renflait une chemise blanche unie.

Je m'assis au bar avec mon verre, et il me parla de lui et de l'hôtel. Il s'appelait Joe, il était Américain, avec un accent traînant sans nul doute adapté au rythme de la vie sur l'île d'Oluba. Soldat, affecté ici durant la Seconde Guerre mondiale, il avait tellement apprécié l'endroit qu'il était revenu s'y installer définitivement, après la fin des hostilités.

« L'hôtel appartient à Anata, me précisa-t-il. Elle est en cuisine, elle prépare le dîner de ce soir. »

Il était aussi très intéressé d'apprendre la nature de mon lien avec les Pompes Smith.

« Je connais les Pompes Smith, me dit-il. Gordon Smith venait régulièrement ici. Nous ne l'avons plus revu depuis peut-être vingt ans. »

Je lui annonçai que Gordon était en fait décédé depuis dix-huit ans.

« Gordon est mort ? » L'autre paraissait sous le choc. « Eh bien, cela me désole de l'apprendre. »

Il se retourna et, dans la langue locale, appela quelqu'un du côté de la salle à manger. Une insulaire aux cheveux gris fit son apparition depuis la salle et se joignit à nous.

C'était Anata, la propriétaire du Mango Tree Hotel, et je dois avouer qu'elle me fit une première impression fort intéressante. Elle avait de longs cheveux gris, et le visage, les épaules et les bras nus entièrement couverts de tatouages évoquant des vignes vierges, des lianes et des plantes tropicales. Ces plantes tatouées paraissaient flétrir avec l'âge, comme Anata elle-même. Elle portait une espèce de sarong fendu de la cheville à la cuisse, de sorte que je pus voir qu'elle avait également les jambes tatouées de végétation. Ces jambes-là avaient l'air remarquablement musclées, pour une femme qui n'était plus dans la fleur de l'âge.

Joe lui adressait posément la parole, dans la langue locale. Le nom de Gordon fut mentionné à plusieurs reprises.

Elle parut choquée de ce qu'il venait de lui annoncer. Elle se tourna vers moi et se mit à parler, dans sa langue, sur un débit précipité. Avec tous ces tatouages lui masquant le visage, on eût presque cru qu'elle s'exprimait derrière le feuillage d'une plante en pot. Certes, je ne comprenais pas un traître mot de ce qu'elle disait, mais j'entendis de nouveau prononcer le nom de Gordon.

Quand elle eut terminé, Joe me traduisit très brièvement.

« Elle est très bouleversée de cette nouvelle à propos de Gordon, me confia-t-il. Il était très généreux avec elle. »

Il en aurait volontiers dit davantage, mais juste à cet instant, une demi-douzaine d'autres dîneurs firent leur apparition, à première vue des marins d'un des cargos à l'ancre devant le port. Joe dut se consacrer à ses devoirs de barman pour ces nouveaux clients et Anata retourner à ses fourneaux.

Le dîner se composait de poisson frais du lagon, arrosé de vin de palme. Ce breuvage était d'un bouquet étonnamment agréable, et j'en bus un peu trop. Les marins des autres tables en buvaient aussi, ce qui les rendit très turbulents, aussi regagnai-je ma chambre. Après ma nuit de traversée sans dormir, j'étais fatigué, et j'avais envie de lire un peu, puis de me coucher tôt.

Or, avant même que j'aie pu ouvrir mon livre, la lampe avait attiré des moustiques et ces petits insectes qui piquent, qu'aux Fidji on appelle des *nonos*. Je me dévêtis donc et me mis au lit sous la moustiquaire, avec mon livre, *Les îles dévoilées*. Je l'avais trouvé dans une librairie de Suva et il m'avait attiré à cause de la couverture précisant que l'ouvrage traitait d'Oluba. L'auteur était l'un des premiers voyageurs occidentaux à s'être rendu là-bas, un anthropologue, Ireneus Fludd.

Dans le premier chapitre, Fludd mentionne l'usage omniprésent des tatouages, surtout chez les femmes d'Oluba. Il attribue cette pratique à un culte de la végétation et de la fertilité très répandu dans la région. Il évoque aussi tout particulièrement les jambes de ces femmes :

> Chez les Olubiennes, des jambes musclées sont considérées comme les attributs les plus désirables. Alors que je marchais sur la plage, lors de mes premières journées dans l'île, j'observai les insulaires de sexe masculin occupés à réparer leurs filets de pêche et les voiles tissées de leurs canoës à balancier. Mais le plus captivant, c'était de voir des femmes de tous âges effectuer de vigoureuses flexions des genoux et d'autres exercices de jambes. Répondant à mes questions, l'un des chefs olubiens m'expliqua que l'exercice correspondait au rite du *paratac*, un terme qui m'était alors inconnu.

Fludd devait bientôt découvrir la signification de ce terme et l'objet de ces exercices quotidiens d'étirements des jambes.

Il avait été invité par le chef d'Oluba à prendre part à un banquet. Après la fin de leurs agapes, le chef, suivant une coutume olubienne destinée à mettre les étrangers à leur aise, lui avait offert l'une de ses filles en cadeau temporaire.

La fille du chef le conduisit à une résidence toute proche. À l'intérieur, une grosse poutre était érigée à la manière d'une barre fixe de gymnaste, à environ un mètre cinquante au-dessus du sol.

Fludd consigne fidèlement ce qui se déroula ensuite :

> Elle se dévêtit de son sarong et, avec un mouvement acrobatique, s'accrocha par les jambes à cette lourde poutre et s'y suspendit la tête en bas, ses cheveux noirs effleurant le sol. Elle me tendit les bras, puis me souleva lentement par la taille, ses jambes superbes supportant nos deux poids cumulés, et elle me retourna la tête en bas, jusqu'à ce que nous nous trouvions face à face. Dans cette position, elle me fit pénétrer en elle et s'accrocha à moi.
>
> « *Paratac* », dit-elle.
>
> Elle commença lentement à se balancer, d'avant en arrière, ce qui, à mon tour, me fit osciller de bas en haut, sous l'effet de la loi de la gravité.
>
> Elle ne tarda pas à haleter et à crier dans sa langue. Je me sentais obligé de participer, aussi criai-je aussi les mots appropriés, mais en anglais. Ma participation vocale sembla l'exciter encore davantage ce qui, je l'avoue, m'excita encore plus.
>
> Après un bref accès de frénésie, nous restâmes pendus en silence. Puis elle me retourna lentement, la tête en haut, me redéposa au sol et se décrocha. Je compris que c'était la fin du *paratac*.

Je laissai ma lecture et levai les yeux du livre vers la poutre au-dessus de mon lit. Elle avait sûrement été installée là pour le *paratac*. Tout l'exercice, tel que décrit par Fludd, ne me paraissait guère attrayant.

Je repris ma lecture. Les chapitres suivants du livre de Fludd se composaient d'analyses assez techniques du système complexe de totems adopté par les Olubiens. Ce numéro de sexe acrobatique du *paratac*, par exemple, était en soi une pratique totémique : il imitait le comportement des roussettes, dont Fludd disait qu'il en avait observé des multitudes pendues la tête en bas, aux hautes branches des cocotiers.

Ces chapitres techniques étaient sans nul doute le genre de textes qu'un anthropologue pouvait savourer. Mais pour moi, transpirant couché sous cette moustiquaire, épuisé par mon voyage, à moitié ensommeillé à cause du vin de palme et luttant pour tenter de garder les yeux ouverts, c'en était trop. Je renonçai à faire davantage d'efforts, éteignis la lampe et m'endormis.

2

Le lendemain matin, je me douchai et me vêtis pour aborder l'affaire qui m'avait amené ici : ma rencontre avec les représentants de Bird Island Phosphates. L'île était en réalité située à plus de cent soixante kilomètres au sud d'Oluba proprement dite, mais pour m'éviter une autre traversée, le directeur et son ingénieur en chef étaient venus jusqu'ici se mettre au mouillage. Nous devions traiter notre transaction à bord du bateau de la compagnie, avant qu'ils ne regagnent Bird Island à la faveur de la marée.

Je descendis au port en flânant et me rendis compte que ce bateau de la compagnie n'était autre que le yacht à moteur d'allure cossue que j'avais remarqué, amarré à notre quai. Le directeur de Bird Island Phosphates et son ingénieur m'accueillirent à bord. C'étaient deux Anglais d'à peu près mon âge, et qui paraissaient bons amis. Notre réunion se tint à l'abri du taud dressé sur le pont.

Ce matin-là, la mer était basse et des herbes et des coraux affleuraient à la surface des eaux du lagon. L'air était chargé d'odeurs fortes de végétation pourrissante et de toutes sortes d'autres entités mortes exposées au soleil. Nous pouvions apercevoir au loin l'écume des déferlantes se brisant contre les récifs sur fond d'océan infini d'un bleu sombre.

L'ingénieur avait apporté des photographies de deux pompes que Gordon avait vendues à la compagnie de phosphates bien longtemps auparavant. Elles étaient d'un modèle ancien et les blocs-cylindres et les têtes de soupape très usés, autrement dit les pistons n'étaient plus capables de fonctionner avec beaucoup d'efficacité.

À en juger par les commentaires de l'ingénieur, il était clair qu'il espérait que les anciennes pompes ne puissent être réparées. Il consacrait une grosse part de son temps sur Bird Island à essayer de les maintenir en fonctionnement, mais selon lui cela devenait une bataille perdue d'avance. Ayant vu notre catalogue récent, il avait la ferme intention d'acheter de nouvelles pompes. En tout état de cause, il fallait prendre une décision rapide. Ces pompes remplissaient une fonction vitale parce qu'une bonne part des gisements de phosphate se situait au-dessous du niveau de la mer et les sites de forage étaient sujets aux inondations.

À l'évidence, le directeur comprenait les préoccupations de son ami, mais son travail consistait à veiller aux finances. Il se demandait si, en remplaçant les parties usées, il n'épargnerait pas de l'argent tout en récupérant des pompes en état de marche.

Je voyais bien qu'ils avaient déjà souvent eu cette discussion, précédemment. En fait, j'avais souvent été confronté à des situations similaires.

« Bien sûr, nous pourrions acheter des pièces neuves, admettait l'ingénieur. Mais elles ne feraient que révéler des faiblesses supplémentaires dans ces pompes. Ensuite, nous en serions réduits à devoir acheter d'autres pièces de rechange. C'est un cercle vicieux. » Il se tourna vers moi, en quête de soutien. « Nous risquerions de finir par être obligés de remplacer tant de pièces que cela équivaudrait à acquérir des pompes neuves, en les payant dix fois plus cher, n'est-ce pas ? »

Je n'aurais pu formuler moi-même meilleur argumentaire de vente. Toutefois, par diplomatie, je répondis au directeur qu'il avait raison, il était possible de réparer ces pompes. Mais son ingénieur n'avait pas moins raison, en soulignant les problèmes susceptibles de résulter de l'insertion de pièces neuves dans de vieilles machines.

Je jouai alors la carte dont j'avais débattu avec Jonson avant de quitter Camberloo. En raison de la fidélité des Bird Island Phosphates envers Smith, j'offris une remise substantielle pour les deux pompes neuves ainsi qu'une livraison gratuite et dix ans de garantie.

Après avoir entendu ces précisions, le directeur se laissa convaincre. Son ami, l'ingénieur, était ravi. Un contrat fut signé.

« Buvons pour fêter cela », déclara le directeur.

Assis là, en nage, sous le taud, nous bûmes plusieurs verres de scotch et nous discutâmes. J'appris que leur marque de phosphate était demandée dans le monde entier, pour servir d'engrais. Les ouvriers qui l'extrayaient étaient amenés sur le site depuis d'autres îles. Comme tous leurs prédécesseurs, ces deux Anglais étaient engagés sur la base de contrats de trois mois. Ils avaient clairement signifié qu'ils resteraient pour cette période de temps exactement et pas un jour de plus.

« Personne ne pourrait vivre sur Bird Island au-delà de trois ans sans devenir fou, m'affirma l'ingénieur. Ce n'est pas un endroit fait pour les êtres humains. Cela ne devrait pas s'appeler une île. Ce n'est que l'accumulation de milliers d'années de déjections d'oiseaux sur un récif corallien. Les mouches sont si tenaces qu'à l'approche de la mer, on jurerait des nuages de fumée échappés d'un volcan. »

Nous rîmes à sa description. Je me souvenais de ces colonnes de mouches au-dessus du champ de bataille, non loin de l'hôpital de Dupont, en Afrique.

« Heureusement, lorsque les nouvelles pompes auront été installées, notre séjour ici sera sur le point de toucher à sa fin, m'expliqua le directeur. Ils rentreraient en Angleterre, s'accorder six mois de repos et de récupération, ensuite ils seraient affectés sur un autre site, dans une autre contrée reculée. Ce ne pourrait certainement pas être pire que Bird Island. »

Je lisais sur leurs visages les signes des ravages de la malaria et de l'isolement. Au vu de ce qu'ils m'avaient dit, j'étais donc curieux de savoir pourquoi un homme irait passer une partie de sa vie dans un endroit tel que Bird Island.

L'ingénieur m'observa un moment, me toisant du regard.

« Il y a un Bird Island dans la vie de chacun », lâcha-t-il.

Réflexion qui nous fit tous éclater de rire, probablement à cause du scotch.

3

Après le dîner, ce soir-là, ma dernière nuit au Mango Tree Hotel, je sortis sous la véranda de la hutte principale et m'installai dans une profonde banquette en rotin d'où l'on avait vue sur le lagon. J'avais apporté mon verre et un fond de carafe de vin de palme.

C'était l'un de ces moments idylliques des mers du Sud, à peine gâché par les plaintes stridentes et rageuses des moustiques, incapables de se décider entre la lanterne de la véranda et l'épiderme de mon cou. Sur la plage en contrebas, des palmiers grinçaient et laissaient échapper des soupirs sous le vent chaud nocturne. Le lagon était ponctué de canoës à balancier d'où les pêcheurs d'Oluba laissaient pendre des lanternes censées hypnotiser les poissons. Très au-dessus dans les cieux, une lune gigantesque flottait en suspension parmi des amas d'étoiles infinis.

Au bout de cinq minutes à peine, j'entendis un craquement de lattes de plancher et un bruissement de vêtements. Je me retournai.

À l'entrée de la véranda se tenait la femme qui m'avait fait signer le registre à la réception, lors de mon arrivée. Elle était là, debout, et m'observait à travers le feuillage de végétation tatouée qui lui masquait le visage. Elle portait un sarong rouge et un petit sac tressé. Une orchidée blanche était piquée dans ses cheveux longs et noirs, au-dessus de l'oreille gauche.

Comme elle ne parlait pas l'anglais, d'un geste je désignai le fauteuil en cannage à côté de la banquette, manière de l'inviter à venir s'asseoir. Mais au lieu de prendre place dans ce siège, elle vint s'asseoir à côté de moi sur la banquette, son sac tressé sur les genoux. Sa peau luisait, ointe d'une sorte d'huile parfumée. Avec ce parfum et ces tatouages de plante, elle était près de moi tel un jardin d'essences odorantes.

Je me pointai du doigt.

« Harry », dis-je.

Elle se pointa du doigt.

« Maratawi. »

Ce nom tinta à mes oreilles comme un chant.

« Voulez-vous un peu de vin, Maratawi ? » dis-je, en levant mon verre.

Elle hocha la tête.

Dans mon état d'ébriété, je n'eus aucun mal à m'imaginer que la vieille coutume des *Îles dévoilées* de Fludd devait être encore en vigueur et que cette belle femme m'avait été envoyée, à moi, un étranger, pour m'accueillir au mieux.

Et, en effet, tout s'enchaîna, de fil en aiguille – ou plutôt d'un verre à l'autre. Peu après, Maratawi entrait à l'intérieur de ma hutte, mes vêtements étaient éparpillés au sol et son sarong rouge les avait rejoints. Sur le lit, nous nous massâmes mutuellement avec un petit flacon d'huile qu'elle avait sorti de cette pochette tressée. Ses cuisses ne me parurent nullement musclées, mais je ne pus m'empêcher de sentir la présence de cette lourde poutre qui soutenait la moustiquaire au-dessus de nous. Je me préparai mentalement au supplice délicieux qui m'attendait.

C'était inutile.

Ce par quoi nous poursuivîmes se déroula au lit, dans la plus pure tradition. Ce fut certes un peu bruyant, mais tout à fait agréable. Après quoi, nous nous endormîmes tous les deux. Vers deux heures du matin, je me réveillai et vis qu'elle était partie. Je ne restai pas éveillé longtemps. Grâce aux effets combinés de l'alcool de palme et de ces exercices épuisants, je retombai dans un profond sommeil.

Le lendemain matin, je me réveillai avec un mal de tête atroce et une bonne dose de remords suite à mes activités de la nuit précédente. En chemin vers la salle à manger pour aller prendre le petit déjeuner, je devais passer devant la réception et fus soulagé de voir que Maratawi n'y était pas. Joe, le barman, m'apporta tout de suite des beignets de fruit à pain et un café.

« Vous avez l'air fatigué, remarqua-t-il. Pas étonnant. Vous vous en êtes payés, Maratawi et vous, la nuit dernière. Nos chambres sont à l'autre bout de l'hôtel et nous pouvions vous entendre. Nous avons bien cru ne jamais pouvoir trouver le sommeil. »

Clairement, un hôtel composé d'herbes tressées n'était pas le meilleur endroit pour conserver certains secrets. Je ne lui répondis pas, mais il resta près de la table, avec l'envie de bavarder.

« Maratawi ne viendra pas aujourd'hui, me signala-t-il. Elle reste chez elle avec son mari et ses deux enfants. »

Cette information fort malvenue ne fit qu'aggraver mon malaise. Mais cela ne devait pas s'arrêter là.

« Vous avez entendu parler du *paratac* ? » me demanda-t-il.

J'opinai, ne sachant à quoi m'attendre.

« Gordon et Anata faisaient cela, ensemble, continua Joe. C'était du temps où les femmes s'y livraient encore. Les toutes dernières fois qu'il était là, il se disait trop vieux pour recommencer et cela le démoralisait. Après le *paratac*, j'imagine qu'il lui était difficile de revenir à la chose ordinaire. »

Je restai sans voix. Gordon se livrait à des séances de sexe athlétiques avec cette femme olubienne tatouée ! Encore une fois, ce n'était pas tout à fait l'image d'ascète du travail que j'avais toujours associée au personnage.

Joe, le barman, n'en avait pas fini avec ses révélations.

« Maratawi est leur fille, ajouta-t-il. C'était l'une des raisons pour lesquelles il revenait tout le temps par ici… pour voir comment elle s'en sortait. »

J'étais réellement abasourdi. Si ce qu'il disait était vrai, moi qui étais légalement marié à l'une des filles de Gordon, je venais de coucher avec une autre, dont il n'avait jamais mentionné l'existence.

« Vous pouvez remercier Anata de vous avoir envoyé Maratawi la nuit dernière vous tenir compagnie, fit Joe. Par ici, ce n'est pas si grave, tant que vous vous êtes amusés, tous les deux. »

À ce moment, Anata la tatouée s'approcha, de sa démarche traînante, l'air d'une plante sur pattes.

J'avais un peu de mal à comprendre comment une mère avait pu imposer pareil traitement à sa fille. Que penserait-elle si elle savait que j'étais marié à une autre des filles de Gordon – et d'ailleurs, s'en formaliserait-elle seulement ?

« Quand Gordon a découvert qu'Anata était enceinte de Maratawi, il lui a donné de l'argent pour s'acheter cet hôtel et en faire ce qu'il est devenu, me racontait Joe. Il voulait qu'elles soient à l'aise pour le restant de leur vie. Avec la bénédiction de Gordon, Anata m'a pris pour époux et nous avons vraiment nettoyé cet endroit de fond en comble. Des hommes d'affaires et des capitaines au long cours ont pris l'habitude de descendre ici quand ils sont en ville. Nous espérons que vous ferez de même chaque fois que vous viendrez ici. Maratawi sera toujours heureuse de vous tenir compagnie. »

Vers cinq heures cet après-midi-là, j'étais sur le pont du schooner qui reliait les îles, le regard tourné vers Oluba. Anata et Joe me faisaient des signes depuis le quai et je leur répondis. Nous franchîmes sans encombre la brèche dans la barrière de récif et débouchâmes en pleine mer, en direction des Fidji. Le vent était doux et le ciel bleu était moucheté de nuages minuscules.

Les silhouettes sur la plage rapetissaient maintenant très vite. J'empruntai une paire de jumelles au second et fis le point. Anata et Joe m'adressaient toujours des signes, mais je doutai qu'ils me voient encore. Et pourtant, ils restaient là, devenant de plus en plus minuscules, et moi, par politesse, je leur répondis jusqu'à ce que l'obscurité de six heures du soir s'abatte comme une hache.

Lors de ce voyage de retour aux Fidji, ne souffrant pas trop du mal de mer, je pus repenser sans cesse à la signification de mon expérience olubienne.

J'avais eu ma nuit de plaisir avec Maratawi, dans une version mise au goût du jour d'une ancienne coutume d'Oluba.

Mais plus j'y pensais, plus je frémissais à l'idée d'avoir couché avec une autre fille de Gordon. Dans la pratique, ce n'était peut-être pas un inceste. Mais si j'en avais été informé avant que cet acte n'ait lieu, aucun alcool de palme n'aurait pu m'y inciter. Et maintenant, même si personne d'autre ne saurait jamais, moi, je savais, et j'aurais à vivre avec cela.

Je méditai aussi sur la découverte stupéfiante que j'avais faite au sujet des exploits de Gordon Smith à Oluba. Une fois de plus, je me rendais compte que, si j'avais été proche de lui, je le connaissais à peine. Ce qui n'aurait pas dû me surprendre, évidemment. Quand nous prenons un tel soin de déguiser nos vrais sentiments aux autres, pourquoi devrions-nous espérer lire en eux à livre ouvert ?

Toutes ces pensées m'emplirent l'esprit durant tout ce voyage. Le lendemain, lorsque le schooner entra dans le port de Nani, j'avais arrêté ma décision sur un point au moins : Oluba ne me reverrait jamais.

4

Un vent de nord-est d'un froid cinglant, précurseur d'un blizzard de la fin mars, fouaillait les rues de Camberloo en cette matinée de mon retour. Mais l'accueil d'Alicia fut d'une chaleur inhabituelle. Moi absent, et Frank étant parti à l'université de Toronto, elle se sentait seule. Elle avait adopté un chat pour lui tenir compagnie, ce qui me surprit. Gordon et elle ne m'avaient jamais semblé attirés par les animaux domestiques – et notamment pas les chats, peut-être en raison de leur imprévisibilité.

J'allai au lit à midi et dormis plusieurs heures pour me remettre du dérèglement causé par le décalage horaire. À mon réveil, je me sentais beaucoup mieux. À six heures, Alicia et moi dînions ensemble, puis je m'installai dans la bibliothèque avec un café et un cognac. Je m'assis dans le fauteuil installé près d'une belle flambée. Alicia était assise en face de moi dans le sofa. Elle avait Miss Sophie sur ses genoux, sa chatte, une petite siamoise ivoire qui semblait déjà se sentir tout à fait comme chez elle.

Comme toujours, je ne pouvais m'empêcher d'admirer Alicia, assise là. Comme elle paraissait belle et mystérieuse, avec ses yeux sombres et ses longs cheveux masquant partiellement son visage. Elle était d'une humeur inhabituellement loquace et me posa plus de questions sur mon voyage qu'elle ne m'en posait en temps normal. Je lui dis qu'après les Fidji j'avais passé quelques jours dans une île nommée Oluba.

« Oluba ? fit-elle, subitement intéressée. Je ne savais pas que tu allais là-bas. »

Je lui expliquai que c'était un ajout de dernière minute à mon programme.

« Je t'en prie, dis-m'en plus sur Oluba, insista-t-elle. Gordon adorait aller là-bas. »

Je m'étendis longuement sur les récifs coralliens, les plages immaculées et les palmiers, puis sur mon intéressante rencontre avec ces deux messieurs de Bird Island et les horreurs de leur situation.

« Est-ce que le Mango Tree Hotel existe toujours ? »

Que ce nom lui soit si familier me surprit. J'admis que c'était là que j'étais descendu.

« Gordon en parlait beaucoup, dit-elle. C'était là qu'il descendait toujours, lui aussi. À l'époque, la propriétaire était une femme, qui s'appelait Anata. J'imagine que tu ne l'as pas rencontrée ? »

Là, je fus prudent, en sa mémoire à lui autant que pour moi-même. Oui, en effet, Anata était toujours la propriétaire de cet hôtel. C'était une femme âgée.

« Gordon disait que c'était l'une des plus belles femmes

qu'il ait jamais rencontrées, fit Alicia. Il lui a donné de l'argent pour s'acheter cet hôtel… apparemment, l'endroit détenait un fort potentiel. »

Je n'aimais pas le tour que cela prenait.

« En un sens, c'était la récompense de certains services rendus », continua-t-elle.

J'affichai une expression déconcertée.

« Oh, oui, dit-elle. Au lit, c'était une sacrée athlète… du moins à l'époque. *Paratac*, ou une chose de ce style, comme il appelait cela, je crois. »

L'entendre employer ce terme et découvrir que Gordon lui avait en réalité parlé de ses activités en chambre à Oluba n'aurait pas dû m'étonner, et pourtant, une fois encore, cela me surprit. Quelle relation père-fille peu orthodoxe ils avaient eue.

Et il y avait une suite.

« Anata n'a pas mentionné qu'ils avaient eu une petite fille ensemble ? »

Une fille ? Je pris un air stupéfait et j'expliquai que j'avais à peine aperçu Anata, et que de toute manière elle ne parlait pas anglais.

« Maratawi, c'est le nom qu'ils ont donné à la fillette, continua-t-elle. N'est-ce pas un prénom délicieux ? J'avais six ans quand elle est née. "Tu as une petite demi-sœur à l'autre bout du monde", me répétait Gordon. Elle doit être grande maintenant. Alicia me dévisagea. Tu es sûr que tu n'as pas rencontré quelqu'un du nom de Malawi ? »

Bien sûr, je niai.

À bien des égards, elle était pour moi un si complet mystère que face à elle, je me sentais souvent désarçonné. Comment réagirait-elle si je lui révélais tout, y compris mon aventure avinée d'une nuit avec sa demi-sœur ? Serait-elle contrariée ? Ou amusée ? Bien sûr, je me bornai à garder le silence.

« Si jamais tu retournes à Oluba, mę dit-elle, prends la peine de chercher Maratawi. Après tout, c'est ta belle-sœur. »

Je lui assurai que je ferais ce qu'elle me suggérait, mais je me demandais bien pourquoi elle n'avait elle-même jamais manifesté davantage d'intérêt à l'idée de rencontrer sa demi-sœur. Elle me considéra d'un air très dubitatif, toujours pas satisfaite du récit de mon voyage.

« Tu devrais savoir à présent que tu peux me dire la vérité, me fit-elle. S'il y a une chose que je ne peux supporter, c'est que l'on ne me dise pas la vérité. »

Je changeai de sujet et lui demandai si elle avait jamais parlé à Frank de sa demi-sœur à Oluba. Après tout, Maratawi était sa tante ou sa demi-tante.

Alicia se laissa prendre à cette diversion.

« Non, pas encore, m'avoua-t-elle. Je t'en prie, ne lui en fais pas mention. Je réserve cela comme une grande surprise pour un jour prochain. »

À la fin, je lui promis de chercher Maratawi la prochaine fois que je serais à Oluba. Je n'éprouvai pas le besoin d'ajouter que j'avais déjà résolu de ne jamais y retourner.

L'Emporium

1

Frank obtint son diplôme des beaux-arts qui lui avait permis d'effectuer un cursus spécialement dédié aux vieux meubles et aux livres rares. C'était à présent un garçon de vingt-deux ans, d'allure juvénile, et il avait les cheveux et les yeux brun foncé de sa mère. En fait, physiquement, à bien des égards, il était comme elle. Un étranger aurait pu trouver une certaine ironie dans le fait que les gènes d'une femme qui tendait à éviter la société pouvaient se révéler aussi dominants, au point d'imprimer leur image sur notre fils. Le seul trait marquant qu'il avait pris de moi, c'était son nez, accusant un léger biais vers la gauche.

J'étais donc toujours perplexe lorsqu'Alicia disait, comme cela lui arrivait souvent, que « Frank te ressemble plus que tu ne le penses ». Je présumai qu'elle faisait allusion à son tempérament, ou à sa personnalité, et fut surpris qu'elle le perçoive ainsi.

Après avoir obtenu son diplôme, il revint vivre à Camberloo, mais pas avec nous. Il voulait avoir son lieu à lui, envie naturelle chez un jeune homme. Alicia en fut naturellement désappointée, mais elle lui procura un appartement, dans l'immeuble situé à côté du parc où j'avais moi-même vécu lors de mon arrivée dans la ville. Quand j'aidai notre fils à déménager, je me sentis très nostalgique en repensant à cette période de ma vie.

Quant à ce qu'il ferait de la sienne, Alicia et moi étions partis du principe que, le moment venu, il prendrait sa place dans l'entreprise familiale, bien qu'il n'ait jamais manifesté beaucoup d'intérêt pour les pompes. Mais il s'avéra qu'il avait d'autres idées bien arrêtées sur son avenir.

Il se joignit à nous un soir pour le dîner, peu après avoir emménagé dans son appartement et nous exposa un projet auquel il avait manifestement réfléchi depuis un certain temps. Voici de quoi il s'agissait : il voulait ouvrir un magasin spécialisé dans les objets rares, en particulier les meubles et les livres. Il avait effectué des recherches et en avait conclu qu'un tel magasin serait unique à Camberloo et dans la région.

« Ces cadeaux que tu me rapportais de chaque voyage, quand j'étais petit, tu sais combien ils me plaisaient toujours, me rappela-t-il. Quand je suis entré à l'université, je me suis mis à y repenser : ne serait-ce pas merveilleux de posséder un endroit où présenter de tels objets ? Tout au long de mes études, j'ai gardé cette idée dans un coin de ma tête. »

Cela me surprenait. Je n'étais pas tout à fait certain de savoir ce que cela m'inspirait de découvrir que j'étais la cause première de cette annonce inattendue. Alicia ne semblait pas trop se formaliser de ce qu'il n'ait aucune envie de me rejoindre aux Pompes Smith – ce n'était pas étonnant, car elle lui cédait tout. Et je suppose que cela ne me gênait pas davantage que cela non plus, quoique pour des raisons différentes : j'avais souvent craint que nous ne soyons pas en mesure de nous entendre dans le travail, et qu'en découvrant l'ampleur des compromis que j'avais depuis longtemps consentis au plan éthique, il n'ait une piètre opinion de moi.

Nous commençâmes par discuter de la manière dont il pourrait mettre son projet en œuvre, en trouvant un magasin en bail commercial qui convienne et en le garnissant des objets voulus ; naturellement, nous, ses parents, nous attendions à devoir jouer un rôle primordial en matière financière. Nous nous accordâmes à considérer qu'une localisation en centre-ville serait l'idéal, et l'encourageâmes à poursuivre ses explorations.

Après avoir pris congé de Frank ce soir-là, Alicia et moi discutâmes de ses intentions. Nous mesurions tous deux avec réalisme son absence de réalisme : le genre de boutique qu'il avait en tête ne générerait probablement pas de chiffre d'affaires important. Mais nous voulions surtout qu'il soit heureux.

Ce fut alors que notre conversation prit un tour tout à fait inattendu.

« Si jamais il m'arrive quelque chose, veux-tu me promettre de veiller sur lui et de t'assurer qu'il ne gâche pas sa vie ? » me dit Alicia.

Je pris à la légère l'idée qu'il puisse lui arriver quoi que ce soit ; elle me survivrait forcément de plusieurs dizaines d'années. Mais elle était d'humeur grave, et je lui promis que je serais toujours là pour lui porter conseil. Certes, je ne crois pas vraiment que les fils soient enclins à suivre le conseil de leurs pères en ces affaires, surtout un fils avec qui son père n'avait jamais été très à son aise.

Ma promesse sembla soulager les craintes qu'elle pouvait nourrir.

« Je t'en remercie. » Elle sourit. « Et ne t'inquiète pas. Je compte fermement te survivre, moi aussi. »

À l'automne, Frank signa le bail d'un vieux magasin de taille modeste (on y vendait anciennement des chaussures) au coin de King Street et Delta Street, près de l'Hôtel de ville. Dans l'ensemble, l'immeuble paraissait inchangé depuis les années 1920, avec ses murs aux briques effritées et ses planchers grinçants. Frank était particulièrement enchanté que l'endroit ait conservé un vieux réseau de tubes à pneumatiques : depuis le comptoir, les commandes et les espèces filaient au-dessus des têtes par un tube en cuivre, en direction des bureaux, situés à l'arrière.

Il était lui-même très souvent sur la route, à cette époque, occupé à acquérir des objets pour sa boutique, non sans diriger aussi les travaux de rénovation. Enfin, le mot n'était guère approprié. Sa conception d'une rénovation s'apparentait plus à une restauration du bâtiment dans son état originel, avec le dévoilement du briquetage intérieur masqué par le plâtre et le dénudement des tuyauteries d'un système de chauffage ancien. S'il y avait eu un moyen de même rétablir les odeurs uniques qui devaient régner dans ce magasin à son âge d'or, il en eût été tout à fait ravi.

2

En novembre, l'Emporium Smith ouvrit ses portes sans grand tapage. L'emploi du nom familial plut énormément à Alicia. La veille de l'ouverture, dans la soirée, alors qu'elle assistait à l'une des réunions de son conseil d'administration, Frank me téléphona et me demanda si je voudrais bien venir découvrir un premier aperçu de sa collection.

« J'aimerais avoir ton avis », me dit-il.

Je dois admettre que j'étais enchanté de cette invitation. Peut-être était-ce le signe d'une évolution positive de nos relations. Aussi le retrouvai-je au magasin, pour une visite guidée.

L'Emporium avait beau être de dimensions relativement modestes, mais il l'avait scindé en deux espaces distincts, ou « galeries », comme il les appelait. La galerie du Mobilier débutait juste après la porte d'entrée et quatre lions d'un temple chinois du xe siècle y montaient la garde. Pour garnir ce premier espace, il avait acheté la presque entièreté du stock d'une enseigne d'antiquités new-yorkaise qui avait déposé son bilan. Cela comprenait toute une panoplie d'objets de siècles divers – armoires, buffets en noyer, tabourets inconfortables et lourdes tables en chêne, ainsi que ces quatre lions. Toutes les acquisitions exposées étaient agrémentées de petits cartels indiquant leur origine.

Certaines pièces s'avéraient tout à fait remarquables. La place de choix était réservée à une malle à vêtements de la Renaissance, aux panneaux incrustés montrant des scènes de la vie quotidienne dans un palais ducal. Juste derrière, un vaisselier français du XVIIe siècle renfermait un service de plats en porcelaine, pour un bon nombre cassés et soigneusement recollés, dépeignant des scènes pastorales.

Une section spéciale de la galerie du Mobilier contenait un assortiment des pièces préférées de Frank. Une figure de proue d'une femme nue, sans tête, provenant d'un galion espagnol, repêchée au large des côtes de Florides, saillait du mur, au-dessus de ces objets. Une crédence en noyer noir, d'aspect patiné, originaire du Pérou, était utilisée par les serviteurs du conquistador Hernan Cortés pour vérifier la présence de poison dans ses aliments – en conséquence, plusieurs d'entre eux étaient morts, au terme d'atroces souffrances. Une commode florentine très ornée sortait tout droit de la chambre à coucher de Maddalena de Médicis, alors mariée à un fils du plus dépravé des souverains pontifes, le pape Innocent VIII. Près de cette commode étaient disposées des chaises pliantes militaires de la Guerre de Sécession. Une tache sur le coussin jaunâtre et passé de l'une d'elles avait été identifiée comme celle du sang d'un officier confédéré à la bataille de Chickamauga.

La galerie du Mobilier débordait dans la galerie des Livres, qui occupait le reste du magasin. C'était surtout un dépôt de vieux ouvrages en latin, reliés en cuir. Les sujets de ces volumes n'avaient rien d'engageant (traités sur l'horticulture, recueils de prières et de méditations pieuses), mais pour un amoureux des livres, c'était un plaisir extrême de seulement les caresser, de feuilleter leurs pages anciennes et même d'inhaler leurs vieilles poussières.

Certains volumes de la section « erotica » retenaient forcément l'attention, pour d'autres raisons. C'étaient des éditions à compte d'auteur, qu'il était difficile de se procurer. Il y avait parmi eux des titres comme *La Belle Concubine*, *Vénus la Flagellante*, *Le Copulateur discret* et *Le Godemiché – Récit épique*. La plupart des auteurs de ces livres avaient sagement choisi de conserver l'anonymat.

Pour moi, la partie la plus captivante de la galerie des Livres était une vitrine, dans le fond, et l'écriteau indiquant au-dessus : *Quatre des plus grands livres égarés de l'Occident*. Les quatre ouvrages exposés dans la vitrine s'accompagnaient eux aussi de cartels comportant des informations sur les ouvrages ainsi que sur les marchands européens auprès desquels Frank les avait achetés.

Les livres étaient rangés par ordre chronologique.

Le premier était un volume d'aspect très abîmé intitulé *Inventio Infortunata*. C'était le récit anonyme d'une entreprise apparemment impossible, par un témoin du XIVe siècle : une exploration de l'Arctique. Le livre avait été mentionné par divers chercheurs au cours des siècles suivants, mais on n'en avait jamais découvert aucun autre exemplaire.

Le deuxième ouvrage, à la reliure en tissu toute tachée, s'intitulait *Les Journées de Florbelle*. Apparemment, c'était le neuvième tome d'un récit érotique rédigé à la main par le marquis de Sade durant sa détention dans l'asile d'aliénés où il avait vécu presque toute son existence. Des chercheurs avaient d'abord cru l'œuvre tout entière détruite par le fils du marquis, après la mort de son auteur dans cet asile.

Le troisième volume n'était en réalité qu'un opuscule endommagé par la fumée et les flammes, sous ce titre, *Mon amour secret*, griffonné en couverture. C'était le récit rédigé à la plume et à l'encre, par Robert Louis Stevenson, de sa liaison avec une femme des îles Samoa. Son épouse, Fanny Osbourne, l'avait découvert dans le tiroir de sa table de chevet, après son décès, et l'avait jeté au feu. Un serviteur l'y avait ensuite récupéré.

Le quatrième n'était pas non plus un ouvrage publié, mais un épais manuscrit enfermé dans un classeur singulier, qui avait l'aspect du cuir. Le titre et le nom de l'auteur étaient dactylographiés dessus :

LE PAUVRE HOMME ET LA DAME
par
Thomas Hardy

C'était une ébauche du premier roman de Thomas Hardy, le seul à n'avoir pas été publié. Le romancier avait néanmoins conservé le manuscrit, et réutilisé certaines parties du texte dans d'autres de ses œuvres. À sa mort, selon ses biographes, on avait prélevé son cœur, par voie de chirurgie, afin de l'inhumer dans la tombe de sa femme. Le cœur excisé avait été temporairement rangé dans une boîte à biscuit en métal, sur la table de sa cuisine. Dès que tout le monde avait eu le dos tourné, le chat préféré du défunt s'était faufilé par une fenêtre ouverte, avait renversé le couvercle de la boîte et dévoré un morceau du cœur de son maître. Le classeur à l'aspect de cuir contenant le manuscrit était en réalité taillé dans la peau du chat.

En cette première fois où j'observai la vitrine contenant *Quatre des plus grands livres égarés de l'Occident* et lus les notes sur les cartels qui les accompagnaient, je demandai à mon fils si ces œuvres littéraires étaient véritablement authentiques.

« Eh bien, en leur temps, certains experts ont attesté leur authenticité et mention en était faite dans des bibliographies autorisées, me répondit-il. Mais les chercheurs actuels, en se servant d'outils de recherche scientifique, ont remis leur authenticité en question. Cela ne soulève aucun doute. Ce sont tous des faux, c'est une certitude. »

Je me demandai, en ce cas, pourquoi il s'était porté acquéreur. Je ne pouvais m'imaginer que quiconque ait envie de lire ou de collectionner de tels faux.

« La vérité, c'est qu'ils paraissent si authentiques qu'on aurait envie de croire à leur origine, reprit-il. Pour des faux de ce calibre, les collectionneurs acceptent de payer un prix élevé. Même sachant déjà que ce sont des faux, on ne peut s'empêcher d'admirer le perfectionnisme de ces faussaires et combien ils ont dû s'échiner à ce travail. Premièrement, ils ont dû maîtriser les manières et styles précis des auteurs, jusques et y compris leur calligraphie. Ensuite le papier, les reliures et les encres devaient avoir l'air assez authentiques pour que même des experts s'y laissent prendre. Les auteurs qu'ils copiaient en auraient été flattés, j'en suis fermement convaincu. »

Sa volonté de minimiser la différence entre faux et pièce authentique me laissait sceptique.

« Tu as le droit de défendre ton point de vue, concéda-t-il. Mais j'ose affirmer que certains livres factices, tout comme certains faux tableaux, sont en réalité *meilleurs* que ceux des artistes imités. En fait, ils sont trop bons… et c'est ce qui les trahit. »

Il proposa de me laisser lire les quatre ouvrages chaque fois que j'en aurais le temps, et de me créer ma propre opinion. L'idée même me mettait mal à l'aise.

Tout au fond de la galerie des Livres, dans un recoin à proximité de son bureau, mon fils conservait ses miniatures dans une bibliothèque éclairée, fermée par des portes en verre. Toutes celles que je lui avais offertes au long de ces années étaient là, ainsi que d'autres qu'il s'était achetées depuis lors. Sa toute dernière acquisition, des *Œuvres complètes de Shakespeare* du XIXe siècle, était écrite à la main au dos de sept cents timbres-poste Penny Black de l'époque victorienne.

Ce chef-d'œuvre, témoignage d'une abnégation hallucinante, était apparemment un produit issu d'une colonie pénitentiaire d'Australie, travaillé de la main d'un Anglais, un acteur qui purgeait une peine de trente-cinq ans après un cambriolage de banque raté. Cette attaque, qui avait eu lieu à Londres, visait à financer une production itinérante de *La Tempête*, où il jouait lui-même le rôle de Prospero. Il avait été condamné à la déportation dans la Terre de Van Diemen, pour une durée de vingt-cinq ans. Il avait travaillé à sa miniature *Shakespeare* pendant exactement cette période de temps, l'avait achevé, avant de promptement s'éteindre.

« Il effectuait la copie au moyen de ses cheveux, m'expliqua Frank. Il faut une loupe à triple foyer pour les lire. »

Il était particulièrement fier du bureau de sa petite pièce de travail. Le meuble occupait un mur entier et la quasi-totalité de la surface au sol. C'était un bureau géorgien labyrinthique, haut d'un mètre cinquante et large d'un mètre vingt, ponctué d'un damier de tiroir, de niches et de panneaux coulissants. Ce bureau était fabriqué de manière à pouvoir être réassemblé à tous les emplacements souhaités par son acquéreur. S'il fallait le déménager, il était transportable en pièces détachées avait d'être remonté.

« Nous avons pu constater que le montage représente quelques journées de travail, mais cela vaut vraiment la peine, souligna Frank. Je l'ai acheté à un marchand irlandais persuadé qu'il pouvait fort bien s'agir du bureau où Swift écrivit les *Voyages de Gulliver.* » Il ouvrit l'un des tiroirs et me tendit ce qui ressemblait à une paire de besicles. « Le marchand les a trouvées dedans. Essaie-les. »

Je m'exécutai et les essayai : l'œil droit agrandissait les objets et le gauche les rapetissait. Selon l'œil que je fermais, Frank était soit un géant soit une marionnette minuscule. Je commençais à me sentir très nauséeux et retirai rapidement la paire de besicles.

« Au Moyen Âge, les étudiants des textes de la philosophie antique se servaient de besicles comme celles-ci, m'expliqua-t-il. Ils étaient fascinés par l'idée de proportion, dans la nature et dans l'univers en général. En somme, le marchand qui m'a vendu le bureau pouvait bien avoir raison à propos de Swift, qui en aurait été le propriétaire. Tu te souviens, dans Gulliver, du petit peuple de Lilliput et des géants de Brobdingnag ? Swift a pu porter cette paire-ci dans le cadre de ses recherches. »

Me voyant impressionné, il sourit.

« D'un autre côté, les marchands d'antiquités irlandais sont réputés pour leurs argumentaires de vente farfelus, aussi a-t-il probablement placé ces lunettes dans ce tiroir lui-même, ajouta-t-il. En tout cas, Swift ou non, j'adore cette idée et n'ai aucune intention de revendre ce bureau un jour. »

Une autre de ses acquisitions était exposée au-dessus du bureau, une pendule murale d'allure étrange. Le squelette préservé d'un lièvre en extension, figé dans sa fuite, abritait un mécanisme d'horlogerie à l'ancienne installé dans sa cage thoracique. Le tic-tac solennel du mouvement d'horlogerie tranchait bizarrement avec cette vision d'un lièvre se carapatant à toute allure.

Frank vit bien que cette pendule m'enchantait.

« Je regrette de te décevoir, mais elle n'est pas à vendre non plus. »

Je finissais par avoir le sentiment qu'il ne se souciait guère de voir quiconque lui acheter quoi que ce soit, dans son Emporium Smith : c'était davantage son musée privé qu'une entreprise commerciale.

À partir de ce soir-là, quelque chose changea dans notre manière de nous entendre, Frank et moi. Il ne pouvait dissimuler sa satisfaction de m'avoir vu si manifestement impressionné par sa collection. Et, en retour, ce simple fait était pour moi gratifiant, car jusqu'alors je n'étais pas sûr que mes réactions eussent été pour lui d'une quelconque importance.

Alicia s'était quelquefois inquiétée de ce que son obsession de collectionneur ne soit un substitut de la « vraie vie » et, dans le passé, j'avais tendance à abonder dans son sens. Mais après cette soirée de visite guidée, je tentai de la persuader que, même si son envie de collectionner pouvait sembler peu pragmatique et peu utile, comparée à une activité commerciale telle que les Pompes Smith, peut-être s'agissait-il d'une occupation bien plus épanouissante et saine pour un être humain – surtout pour un être que nous aimions. Elle avait beau aimer Frank, en effet, je voyais bien qu'elle n'était pas certaine de ce que j'entendais par là, en prenant la défense de son choix de carrière, car elle était encore la fille de Gordon.

3

Frank aimait assurément son travail, et il s'attardait souvent au magasin bien après dix-huit heures, l'horaire officiel de fermeture. À l'occasion, si, passant devant en voiture, je voyais encore de la lumière allumée dans son bureau, je priai le chauffeur de me déposer et de rentrer à la maison de son côté. Ensuite, je tapotai à la vitrine pour attirer l'attention de mon fils. Il paraissait apprécier mes visites, et cela me procurait un immense plaisir. En outre, j'aimais jeter un œil à ses toutes dernières acquisitions : les raisons qui l'avaient amené à les choisir pourraient éventuellement m'éclairer plus en profondeur sur sa personnalité.

Devant moi, il affichait même un certain sens de l'humour, ce qui auparavant lui arrivait rarement.

Un soir en particulier où je frappai à sa vitrine, il vint m'ouvrir la porte d'entrée à l'instant où un homme sorti pour sa promenade vespérale passait par là en tenant deux chiens en laisse. L'un des deux chiens était de grande taille et se déplaçait lentement, avec un museau de canidé mélancolique. L'autre était un terrier minuscule à l'œil brillant, qui grognait et tentait de happer la patte de son gros congénère.

« Exactement comme un couple marié, hein ? » fit-il.

Riant tous les deux, comme il se doit entre un fils et un père, nous entrâmes dans la boutique. Là, il me montra un cube égyptien antique qu'il venait d'acquérir. Il était en marbre, haut d'une quinzaine de centimètres, avec des hiéroglyphes sculptés sur les quatre faces. Les égyptologues avaient apparemment été incapables d'en déchiffrer la signification.

J'émis l'hypothèse qu'avec le temps, quelqu'un finirait sûrement par percer l'énigme.

« J'espère que non, me répondit-il. Il y a quelque chose

de très attirant dans l'idée d'un mystère qui ne s'expliquera jamais… tout comme celui de notre esprit. » Il me regarda comme si cela pouvait s'appliquer à nous deux, et que le fait de ne pas vraiment nous comprendre n'était pas une si mauvaise chose.

À cette époque, il avait une petite amie, journaliste au *Camberloo Record*. En tirant certaines ficelles, elle s'était organisée pour publier un article sur la boutique dans l'édition du week-end, avec une photo de Frank assis à son grand bureau géorgien. Le titre annonçait : *L'Empereur dans son Emporium*.

Suite à cette publicité, pendant quelques semaines, beaucoup de gens de la ville passèrent juste voir pourquoi on faisait tant de bruit autour de cette enseigne. Naturellement, la plupart de ces curieux trouvèrent les pièces présentées trop chères ou trop bizarres à leur goût, voire même les deux.

Il était difficile d'imaginer, par exemple, que beaucoup de clients puissent envisager de placer sur la table de leur salon l'une des toutes dernières acquisitions de mon fils – un bocal de laboratoire en verre jaune découvert en Terre de Feu. Il contenait les parties génitales conservées dans de la saumure d'un explorateur russe qui avait pris part à l'une de ces funestes expéditions dans l'Antarctique, à la fin du XIXe siècle. Le cartel posé à côté de ce bocal précisait que son contenu était tout ce qui subsistait de son corps. Apparemment, les survivants de l'expédition avaient cannibalisé le reste de sa personne.

Quoi qu'il en soit, après ce frémissement d'intérêt causé par l'article, le flux des visiteurs finit par décroître. Visiblement, cela ne gênait pas Frank. Comme j'avais commencé à le suspecter, la majeure partie des objets de l'Emporium composait en réalité sa collection privée, qu'il faisait passer pour un lieu de commerce.

4

L'ouverture de l'Emporium fut suivie d'une année ou presque de relative tranquillité. J'étais dans mon bureau, un vendredi après-midi, à l'automne, discutant de quelques questions liées à l'entreprise avec Jonson, qui était sur le point de rentrer chez lui. Il enfilait son imperméable et regardait par la fenêtre les grands arbres de Camberloo Square, qui déjà changeaient de couleur.

Je ne pus m'empêcher de remarquer leur beauté.

« Cela dépend du point de vue, fit-il. Sous un angle scientifique, ce changement de couleur est une forme de strangulation. La marbrure des feuilles est l'effet de la privation de soleil. Dire que c'est beau revient à dire d'un homme qui étouffe qu'il vire d'une belle couleur. »

Je n'émis aucun commentaire. Je m'estimai simplement heureux de ne pas être scientifique. Jonson venait à peine de refermer la porte derrière lui quand le téléphone sonna.

C'était mon fils, la voix inquiète.

« Je suis passé à la maison prendre un café avec maman, me dit-il. Elle est ici, mais quelque chose ne va pas. Je t'en prie, viens vite. »

Ce fut un Frank à la mine très soucieuse qui m'ouvrit la porte à mon arrivée.

« Elle est dans la salle de bains et refuse de répondre, me dit-il. Je ne peux pas ouvrir et je ne savais que faire. »

Nous n'ignorions ni l'un ni l'autre que le bain de midi d'Alicia était l'un de ses rituels indispensables. Mais il était maintenant trois heures passées. Elle aurait dû en avoir terminé depuis longtemps.

Nous montâmes à l'étage, vers la salle de bains parentale. Miss Sophie, la chatte, rôdait devant la porte. Je frappai et j'appelai Alicia par son prénom. Tout comme Frank avant moi, j'essayai la poignée, mais c'était fermé de l'intérieur. De l'épaule, je poussai donc dessus, elle s'ouvrit d'un coup et j'entrai.

Miss Sophie fila devant moi, sauta sur le rebord de la baignoire, et la chatte vit ce que je vis.

Alicia était allongée sur le dos, dans la baignoire presque pleine. Le rebord de marbre était jalonné d'une demi-douzaine de bougies relâchant un parfum d'encens, et deux d'entre elles coulaient, presque consumées. L'eau était très limpide, et ma femme paraissait très belle et très paisible, ses seins et ses bras flottant légèrement. Elle avait les yeux ouverts, levés vers moi, les lèvres à peine entrouvertes révélant ses dents. On aurait pu la croire en vie, n'était le fait que les yeux immergés se trouvaient sous quatre ou cinq centimètres d'eau. Je me penchai et lui touchai l'épaule. Elle était froide, et l'eau était froide.

Frank était resté dehors, dans le couloir.

« Qu'est-ce qui ne va pas ? » me lança-t-il.

Je lui annonçai que sa mère s'était noyée.

« Oh, non », dit-il.

Je crus préférable qu'il ne la voie pas morte et nue. Je le priai donc de descendre au rez-de-chaussée et d'appeler la police. En attendant, je m'assis sur le siège des toilettes. Désappointée de l'absence de réaction d'Alicia, Miss Sophie sauta sur mes genoux, pour se faire caresser.

L'ensemble de cette scène avait quelque chose de réconfortant : les bougies qui continuaient de brûler, le chat qui ronronnait, Alicia flottant à moitié dans sa baignoire, l'air très détendue, comme en méditation. On aurait même cru déceler sur son visage la trace infime d'un sourire, sauf que l'eau était froide, et je savais qu'elle n'aurait pas du tout apprécié.

La police écarta tout de suite l'hypothèse d'un acte criminel : la porte et la fenêtre de la salle de bains ne pouvaient se verrouiller que de l'intérieur. Quand le médecin légiste arriva peu après et vida l'eau de la baignoire pour examiner son corps, il découvrit un vilain hématome derrière la tête. Cela lui permit d'écarter la thèse du suicide. À son avis, elle avait très vraisemblablement glissé en entrant dans la baignoire et s'était assommée, perdant connaissance lorsque sa tête avait heurté le marbre ou le robinet. Ses poumons n'étaient pas non plus remplis d'eau, et la combinaison du coup à la tête et du blocage presque immédiat du conduit nasal avait probablement été la cause du décès.

« Je compatis à la perte qui vous frappe », nous dit-il à Frank et moi, lorsqu'il finit par redescendre au pied de l'escalier. C'était un homme âgé au visage triste et ridé, et il avait l'air de celui qui a vu quantité de choses épouvantables, non sans conserver son humanité. « Quand la mort survient de manière si inattendue, c'est toujours éprouvant pour les proches, ajouta-t-il. Pour ce que cela vaut, je peux vous affirmer qu'elle a connu une fin que nous pourrions tous lui envier. »

Je le remerciai. Après quoi, ses assistants et lui s'en furent avec le corps.

Frank était assis dans le canapé du salon, il sanglotait en silence. Il vivait l'état de choc que j'avais moi-même connu jadis. Ici, sa première expérience réelle de la mort, c'était la disparition de la personne qui l'avait adoré.

Quant à moi, j'étais profondément affecté par la fin d'Alicia, en réalité bien plus que je ne l'aurais imaginé. Durant toutes ces années, je m'étais persuadé que ma relation avec elle, quelle qu'en fût la teneur, n'était pas l'union de deux âmes sœurs, de celles qui s'achèvent en vous brisant le cœur – du style de celle que j'avais connue avec Miriam.

Mais à présent je commençai à m'en rendre compte, tandis que Miriam était devenue un fantôme, reculant de plus en plus dans les recoins de ma mémoire, Alicia était indéfectiblement restée ma meilleure amie et mon alliée. À sa manière, elle m'avait aimé sans retenue. Sans en avoir conscience, petit à petit, j'avais fini par l'aimer moi aussi.

Je songeai à ce que m'avait déclaré le médecin légiste – que ce n'était pas pour elle une si mauvaise façon de s'en aller. L'image d'Alicia glissant, inconsciente, dans l'eau chaude, ses derniers soupirs parfumés par les émanations épicées de ses bougies, était plus ou moins une consolation. Si j'étais mort ainsi, elle aurait probablement ressenti la même chose.

Trois jours plus tard, nous incinérions Alicia. Un invité inattendu, le docteur de Gordon, de vingt ans plus âgé, à présent, mais arborant toujours son nœud papillon à pois, se montra pour l'occasion. Je fus interloqué d'apprendre de sa bouche qu'avant d'être introduits dans l'incinérateur, Alicia et Gordon avaient exigé d'avoir les carotides tranchées.

Cela me rappela qu'une nuit, peu après la mort de Gordon, j'avais pris l'*Histoire de l'Écosse* illustrée qu'il lisait souvent. Une page cornée marquait un chapitre consacré aux inhumations prématurées, relativement courantes jusqu'au XIXe siècle. Afin de parer à cette déplaisante éventualité, certains mourants exigeaient qu'après avoir été déclarés morts, leurs carotides soient tranchées. Ils n'avaient aucune envie de se réveiller dans un cercueil, sous terre – ou, pire encore, dans l'enfer d'un four de crématorium.

J'avais arraché cette page du livre et je l'avais détruite, en songeant qu'Alicia pourrait en être alarmée, si elle croisait cette lecture. Mais durant toutes ces années, elle avait tenu leur pacte secret, sachant justement que cela m'alarmerait.

Plus tard ce jour-là, sous une bruine légère, Frank, Jonson et moi ensevelîmes ses cendres sous le rosier où l'on avait mêlé les cendres de Gordon à la terre, plus de vingt ans auparavant. Le rosier avait toujours eu l'air assez sain mais n'avait jamais produit de roses, malgré les soins attentionnés d'Alicia.

Après cela, dans la maison, devant un verre, Jonson me questionna au sujet de ce détournement de notre petite cérémonie d'inhumation. Je lui parlai des tribus sud-américaines qui croyaient que les meilleures orchidées poussaient sur des cadavres, la beauté surgissant de la tragédie.

« Ah », ce fut son seul commentaire. Il n'était pas d'un caractère sentimental.

Mais j'aimais assez l'idée du rituel, fût-ce seulement à titre de symbole. Il n'y avait certainement rien de mal à souhaiter que, des cendres de Gordon et Alicia, deux êtres qui avaient tant fait pour moi, qui m'avaient aimé, puisse naître de la beauté.

5

Une année s'était écoulée depuis la mort d'Alicia. Je n'avais pas compris à quel point elle me manquait, et j'essayai de m'immerger dans le travail, afin de m'occuper l'esprit. Nous avons été informés de ce que la Convention annuelle du secteur minier des deux Amériques était prévue à La Verdad. Au fil des ans, j'avais assisté à presque toutes les conventions de l'AMCA et, cette fois, j'étais en réalité invité à faire une présentation de nos tout derniers modèles de pompes. Or, je n'avais pas l'intention d'y aller. Frank et moi nous étions devenus beaucoup plus proches, au lendemain de la mort de sa mère, et l'idée de le laisser tout seul ne me plaisait guère. Mais quand il a appris la tenue de cette assemblée de l'AMCA, il a insisté pour que j'y aille : une semaine au Mexique, cela me ferait du bien.

Je suis donc parti pour La Verdad, à contrecœur. En réalité, j'aurais volontiers considéré tout ce voyage comme une pure perte de temps. Jusqu'à ces quelques minutes où je m'étais abrité de l'orage dans une librairie miteuse, et où j'avais découvert un livre – *Le Nuage d'obsidienne*.

Après l'avoir rapporté à la maison, je l'ai prêté à Frank, pour savoir ce qu'il en pensait.

Il était tout excité. C'était exactement le genre de curiosité qu'il aimait. Je lui avais mentionné le lien qui m'unissait à Duncairn, mais en me cantonnant à de simples généralités. C'était l'une des raisons pour lesquelles j'avais passé une part considérable de mon temps libre à la bibliothèque universitaire, où je m'étais livré à toutes les recherches possibles et imaginables sur les origines du livre et son auteur. Sans le moindre succès.

Frank n'était pas surpris.

« Regarde, me dit-il. Je le sais d'expérience, ce n'est pas le genre de travail qu'un amateur peut réaliser. Il faut confier ce livre à un spécialiste, et là, tu pourrais obtenir quelques résultats. »

J'ai cru qu'il faisait allusion à lui-même, car sa collection de curiosités incluait des livres rares. Il avait déjà laissé entendre que cela ne le gênerait pas de placer *Le Nuage d'obsidienne* dans sa collection de l'Emporium, non pour le mettre en vente, naturellement, mais simplement pour le montrer.

En fait, il va de soi qu'il avait en tête le curateur du département des Livres rares au Centre culturel national de Glasgow.

« Je ne lui ai jamais été présenté, m'a-t-il avoué. Mais j'ai lu des articles de lui dans diverses revues. Il connaît vraiment son affaire. »

Je fis donc ce qu'il suggérait, et le curateur manifesta ensuite son enthousiasme pour cette tâche. Et, alors que ses recherches progressaient, un autre personnage important de mon passé a fait, lui, sa réapparition.

Le retour de Dupont

1

C'était un vendredi, et j'étais resté à mon bureau plus tard que d'habitude, pour préparer une importante réunion, lundi matin, avec les représentants d'un consortium de compagnies minières. Le téléphone a sonné et j'ai décroché, en m'attendant à ce que ce soit Jonson. Il s'était précédemment rendu à l'usine pour contrôler des pièces de machine et m'avait averti qu'il m'appellerait s'il constatait une rupture de stock.

« Harry, est-ce vous ? »

La voix n'était pas celle de Jonson.

« C'est Charles Dupont. »

J'avais la tête pleine, occupée par la réunion de lundi, aussi de prime abord ce nom ne me disait rien ou presque.

« Vous savez… le docteur Dupont. Nous étions ensemble en Afrique, il y a plus de vingt ans ? »

Dupont ! J'étais surpris et ravi. Je lui ai répondu que j'avais souvent pensé à lui, au cours de toutes ces années, me demandant ce qu'il était advenu de lui. Il était de ceux qui avaient fait preuve de bonté envers moi, quand j'avais eu cruellement besoin d'un ami.

« Eh bien, c'est sympathique d'entendre qu'on ne m'a pas oublié, m'a-t-il répliqué. Je me suis souvent demandé ce que vous étiez devenu. »

Je lui ai fait un bref récit de ma vie depuis notre dernière rencontre, et il a fait de même. Après avoir quitté l'Afrique, il était parti rejoindre diverses affectations dans d'autres régions reculées de la planète. Plus récemment, ces trois dernières années, en réalité, il avait pris la direction du service de chirurgie dans un institut du nord de l'État de New York, près de la frontière canadienne.

« Et c'est comme cela que j'ai fini par entendre parler de vous », a-t-il conclu.

Apparemment, on avait fait venir un technicien du Canada pour réparer un magnéto défectueux sur l'un des générateurs qui alimentaient les labos de l'institut. Le technicien avait achevé ce travail le jour même et, avant de reprendre la direction du nord et de franchir la frontière, il avait remis son rapport à Dupont. Par hasard, ce technicien avait mentionné qu'il avait appris certains aspects de son métier au Pompes Smith, à Camberloo, et cité mon nom. Dupont avait posé quelques questions et fini par comprendre que ce devait être le même Harry Steen qu'il avait connu dans un lointain passé en Afrique.

« Vous pouvez imaginer quelle a été ma surprise, a-t-il continué. Mais c'était aussi une telle coïncidence, car je venais justement de penser à vous. Il se trouve que je reçois le week-end prochain la visite de quelqu'un qui a passé un certain temps dans cette petite ville minière d'Écosse dont vous parliez tout le temps. Duncairn, c'était cela, n'est-ce pas ? »

J'étais encore plus surpris d'entendre à nouveau ce nom, si peu de temps après la découverte de La Verdad, et que Dupont s'en soit même souvenu, tant d'années après.

« Eh bien, vous en parliez assez souvent, à cette époque… de cela et de votre cœur brisé, m'a-t-il rappelé. Quoi qu'il en soit, dès que ce technicien est ressorti de mon bureau, j'ai trouvé le numéro de téléphone des Pompes Smith, et je suis tellement content de vous avoir trouvé. Voilà ce que j'avais envie de vous demander : je sais que je ne vous laisse pas beaucoup de temps pour vous préparer, mais y aurait-il une chance pour que vous puissiez venir ici ce week-end ? Nous pourrions nous raconter un peu nos vies et vous auriez l'occasion de rencontrer cette relation qui nous rend visite et d'entendre parler de Duncairn, qui plus est. »

Comment pouvais-je refuser une invitation aussi tentante ? Bien sûr que j'allais prendre la route et descendre le voir dès samedi. Mais je serais contraint de repartir tôt dimanche, pour rentrer à Camberloo, car j'avais une importante réunion lundi matin à la première heure. Y avait-il un hôtel proche de l'institut, où je pourrais dormir la nuit de samedi ?

« Vous ne vous figurez tout de même pas que vous coucherez à l'hôtel, m'a-t-il rétorqué. J'ai mes appartements à l'institut et je vous installerai dans la chambre d'amis. Maintenant je vais vous expliquer le meilleur moyen d'arriver ici. Nous sommes situés un peu à l'écart. »

2

Samedi matin, j'ai pris le volant, mais à cause des routes très encombrées par la circulation du week-end, le trajet a pris plus de temps que je ne l'escomptais. Ensuite, au bout de sept heures épuisantes, je suis sorti à la bretelle de l'Interstate que Dupont m'avait indiquée. Pendant l'heure suivante, je me suis retrouvé au milieu de forêts d'épicéas et d'érables qui se resserraient de plus en plus, de part et d'autre de la route, jusqu'à ce que la chaussée devienne trop étroite pour deux voitures de front. Je surprenais parfois des familles de cerfs occupées à brouter, et j'ai même fait fuir un grand loup tout maigre. Il se dressait au milieu de la chaussée, rendu fou peut-être par les moustiques qui, à cette période de l'année, infestaient les sous-bois ombragés.

Vers trois heures de l'après-midi, la route s'est achevée en impasse devant ce qui ressemblait à une caserne : un ensemble de longs baraquements au toit semi-circulaire en tôle ondulée, sur un terrain de la taille de plusieurs terrains de football. L'ensemble était protégé par une haute clôture grillagée surmontée de feuillard. Les pignons de ces baraques étaient couleur kaki passée. Les fenêtres et les portes paraissaient avoir grand besoin d'un coup de peinture. Les toits en étain étaient rouillés. Au total, l'endroit ne me faisait guère bonne impression, même s'il se fondait assez bien dans la forêt environnante.

Je me suis garé sur une petite aire de stationnement, à côté de plusieurs véhicules d'allure officielle, et je suis sorti de la voiture sous un chaud soleil. Le seul bruit émanait du bourdonnement des insectes. Je commençai à me demander si je n'avais pas commis une erreur et pris le mauvais virage.

Mais non, il y avait bien un écriteau fixé à un grand portail pratiqué dans la clôture.

INSTITUT FÉDÉRAL 77
DÉFENSE D'ENTRER

C'était le nom et le numéro que Dupont m'avait prié de retenir au cas où je me perdrais. Ne voyant aucune sonnette nulle part, j'ai essayé de tourner la poignée du portail. Immédiatement, la porte de la baraque la plus proche s'est ouverte. Un jeune homme en uniforme de soldat accompagnait un homme âgé en blouse blanche, et ils ont emprunté un chemin de cendrée dans ma direction. Le soldat a déverrouillé le portail et m'a fait signe d'entrer. L'autre, qui portait de petites lunettes de soleil, m'a tendu la main.

« Harry, m'a-t-il fait. Je suis tellement enchanté de vous revoir. »

C'était le docteur Dupont.

Jamais je ne l'aurais reconnu, il paraissait tellement plus âgé, et plus mince. Il avait des cheveux courts et gris et il était rasé de près – les barbes jumelles que, dans mon souvenir, j'avais toujours associées à sa personne, avaient disparu. Avec sa blouse blanche de laborantin et sa cravate à rayures, il évoquait l'archétype du scientifique employé par le gouvernement. Ensuite, il a retiré ses lunettes de soleil et j'ai reconnu ces yeux verts et leur étincelle amusée.

Le soldat a extrait mon bagage de la voiture et nous nous sommes dirigés vers la baraque d'où ils étaient sortis m'accueillir. Y pénétrer, c'était comme de s'engouffrer dans un immense tonneau qui aurait été découpé en son milieu et couché sur le côté. La baraque contenait plusieurs tables bien patinées et un passe-plat qui ouvrait sur une cuisine. Apparemment, c'était à la fois le lieu de réunion et le réfectoire de l'institut, mais il n'y régnait aucune animation, car c'était le week-end.

Dupont et moi nous sommes assis à une table et avons aussitôt entamé la conversation en buvant un café, tout à fait à notre aise, comme s'il ne s'était pas écoulé des dizaines d'années. Je lui ai raconté plus en détail ce qu'avait été ma vie après que nos routes se furent séparées, en Afrique. Ma traversée de l'Atlantique, ma période d'enseignement en Amérique du Sud, ma rencontre avec Gordon Smith, des Pompes Smith, puis mon mariage avec sa fille Alicia et le fils que nous avions eu ensemble. Hélas, Alicia était morte l'an dernier.

Dupont m'écoutait en silence, en ponctuant d'un signe de tête aux moments appropriés.

Puis je l'ai questionné sur les dernières journées qu'il avait vécues en Afrique. Je ne me souvenais que trop bien de l'ultime vision que j'avais eue d'eux, fugitivement, par le hublot de l'avion.

« Je m'en souviens, moi aussi, m'a-t-il avoué. Nous vous avons envié de pouvoir vous envoler ainsi loin de tout cela, mais nous devions emballer tout le matériel de l'hôpital. Ensuite, la veille du jour où nous attendions l'arrivée des rebelles, nous avons réussi à trouver des places dans un camion qui se dirigeait vers la côte. Nous avions peur qu'ils ne nous prennent en chasse et j'étais décidé à ce qu'on ne se laisse pas capturer vivants. Je n'ai rien dit à Clara, mais j'avais emporté deux capsules de cyanure pour nous deux, juste au cas où. Vous aviez vu le sort qu'ils réservaient à tous ceux qu'ils attrapaient.

« Les routes étaient dans un état encore plus déplorable que d'habitude, et nous progressions si lentement que le camion a dû s'arrêter pour la nuit au milieu des arbres, afin de se camoufler. Clara et moi avons dormi sur le plateau du véhicule. Juste avant l'aube, un serpent de je ne sais quelle espèce s'est laissé tomber d'une branche au-dessus de nous et l'a mordue. En quelques minutes, le venin s'est répandu dans tout son corps. Je n'avais jamais rien vu de tel. Au bout d'une heure, elle était à moitié paralysée et pouvait à peine respirer. Je n'ai pu que la regarder enfler et mourir dans d'atroces souffrances.

« J'avais ces capsules de cyanure, et j'aurais pu lui en donner une pour mettre fin à son supplice. Si elle avait été une inconnue, je n'aurais pas hésité une seconde. Mais parce que je l'aimais, je n'ai pas cessé d'attendre et d'espérer. »

Je lisais la douleur dans les yeux de Dupont.

« C'était pur égoïsme de ma part de la laisser mourir de la sorte. Je n'ai jamais pu me le pardonner. »

Pour le réconforter, je lui ai laissé entendre que son comportement était tout à fait compréhensible, mais à l'évidence il n'était pas d'accord.

Au bout d'un moment, il a fini par me parler des missions qu'il avait continué d'assumer en diverses régions du monde, certaines d'entre elles n'étant pas moins dangereuses. Par la suite, le poids de l'âge se faisant sentir, il ne s'était plus senti capable d'affronter les épreuves d'une vie pareille. Il avait cherché un autre métier, un peu plus sûr, mais non moins exigeant, et on lui avait proposé ce poste de directeur de l'Institut 77. Cette responsabilité faisait appel autant à ses compétences d'anthropologue que de chirurgien.

« Quand je dis que cet emploi ici est plus sûr, je considère que tout est relatif. Cela comporte aussi certains risques… mais surtout pour les patients », m'a-t-il précisé.

Il a consulté sa montre : nous conversions depuis plus d'une heure.

« Il est temps d'y aller. » Il se leva. « Je vais vous montrer où est votre chambre, et ensuite nous nous rendrons à Waterville. C'est une localité à environ une heure de route d'ici. Cette relation que je vous ai mentionnée… qui connaît Duncairn… nous rejoindra là-bas pour le dîner. »

Plusieurs baraques servaient de quartiers d'habitation communs au personnel de l'institut. En sa qualité de directeur du service de chirurgie, Dupont occupait une baraque entière à lui seul. Elle comprenait un salon assez vaste au sol moquetté et aux canapés et fauteuils confortables.

Dès notre entrée, un chat blanc aux énormes yeux verts a sauté d'un canapé où il dormait et couru vers son maître avec de petits miaulements d'excitation. Il a bondi sur son épaule, en ronronnant bruyamment et en se frottant contre son visage. Dupont lui a caressé le pelage. Son affection pour les animaux était l'un des traits que j'appréciais chez lui.

Et voilà maintenant que du haut de ce noble perchoir, ce chat blanc m'examinait avec un air supérieur.

« Elle s'appelle Prissy, m'a glissé Dupont. Elle fait en sorte que les souris ne deviennent pas trop un fléau, du moins à l'intérieur de ce baraquement. Tout l'institut en est rempli, surtout à l'arrivée de l'hiver. »

Avec le chat toujours sur son épaule, il m'a montré où se situaient les chambres, vers le fond de l'espace de vie. La chambre d'amis où je logerais pour la nuit était sommairement meublée d'un châlit en métal et d'une table en bois blanc avec une lampe. Une salle de bains privative y était attenante.

J'en ai profité pour me rincer le visage et enfiler une chemise propre. Le temps que je rejoigne Dupont au salon, il avait quitté sa blouse pour mettre une veste de costume. Prissy s'était de nouveau installée dans le canapé.

« Avant que nous ne partions pour Waterville, je dois aller rendre visite à mon patient, m'a-t-il annoncé. Cela ne prendra que quelques minutes. Voudriez-vous m'accompagner ? Vous risquez de trouver cela intéressant. »

3

Nous sommes passés devant plusieurs baraques, l'accès à certaines d'entre elles se faisant par des allées envahies de mauvaises herbes.

« Ces baraques n'ont plus servi depuis les derniers jours de la guerre, quand cet endroit était une base militaire en activité », m'a-t-il expliqué.

Le bâtiment suivant était un édifice moderne en brique, et un système de climatisation vrombissait, installé contre le mur extérieur. J'ai supposé que c'était là que nous nous dirigions.

« Non, m'a-t-il détrompé. C'est notre bloc opératoire. Il est très bien équipé, mais ce n'est pas ce que je veux vous faire voir. »

Notre destination était en réalité un autre de ces baraquements de l'armée, qui paraissait proportionnellement beaucoup plus vaste que ceux devant lesquels nous étions passés, et en meilleur état extérieur. Les pignons avaient été repeints de frais et le toit en tôle ondulée semblait avoir bénéficié récemment d'un traitement antirouille. Des barreaux noirs et luisants protégeaient toutes les fenêtres.

« C'est la salle de réveil, m'a précisé Dupont. Il y a toujours un gardien en faction. »

Il a frappé à la porte et nous avons entendu des verrous coulisser et claquer. Un soldat solidement charpenté, avec son ceinturon de cartouches et un pistolet dans son étui, nous a ouvert.

« Entrez, docteur, a fait l'homme.

— J'ai aussi un invité. »

Le soldat m'a rapidement toisé de la tête aux pieds.

« Pas de problème. » Il nous a laissés entrer, puis a verrouillé la porte derrière nous.

Un couloir s'enfonçait vers la gauche du baraquement, le plafond se resserrant un peu à cause du toit incurvé. Le soldat nous a précédés, nous sommes passés devant une enfilade de portes, sur la droite. La dernière était équipée d'un judas. Il s'est arrêté devant, a inséré une clef dans la serrure, l'a tournée, mais sans ouvrir. Il s'est effacé en reculant d'un pas, et il est resté posté en faction, bras croisés.

Dupont a regardé par le judas, frappé doucement, et tendu l'oreille. Aucun bruit ne provenait de l'intérieur. Il a tourné la poignée et, d'un geste, m'a invité à le suivre dans la pièce. Le soldat a refermé derrière nous.

Nous étions tous les deux seuls à l'intérieur d'une pièce spacieuse aux murs peints en bleu ciel. Une légère odeur flottait dans l'air, peut-être celle de l'ammoniaque. Le seul bruit émanait de quelques mouches qui bourdonnaient à la fenêtre protégée par des barreaux, dans un angle, au-dessus d'un lavabo et d'une lunette de toilette. Un lit défait, une chaise et un bureau étaient les seuls meubles. Le sol était jonché de journaux.

Tout à coup, je me suis rendu compte que nous n'étions en fait pas seuls dans la pièce. Une femme très maigre était assise au pied du lit. Malgré sa robe bleue à peu près de la couleur des murs, je me demandai comment j'avais pu manquer de la voir. Elle me paraissait avoir la quarantaine, des cheveux châtain gris coupés ras et des yeux verts. Son visage était en forme de cœur et sa peau très pâle. Une cicatrice blanchâtre, longue de sept ou huit centimètres, lui barrait le côté gauche du front, de la naissance des cheveux jusqu'au sourcil.

Cette femme avait certainement conscience de notre présence. Elle a souri à Dupont, d'un sourire blafard, et il lui a souri à son tour.

« Bonsoir, Griffin, lui a-t-il dit. Juste une rapide visite. J'espère que vous vous sentez bien.

— Oh oui. Je me reposais, c'est tout. Je suis si fatigué, ces derniers jours. »

J'ai dû tendre l'oreille, elle avait une voix si feutrée et ce qui pouvait être un très léger accent étranger.

Dupont m'a désigné d'un geste.

« C'est mon vieil ami, Harry. »

J'allais lui tendre la main pour la lui serrer, mais Dupont a posé la sienne sur mon épaule pour m'en empêcher.

Griffin m'a observé de la tête au pied. Ses yeux gris s'étaient éclairés et elle s'est même mise, je crois, à flairer un peu l'atmosphère dans ma direction.

« Je voulais simplement vérifier si vous aviez besoin de quelque chose pour vous aider à vous endormir, cette nuit, a-t-il fait.

— Non, lui a-t-elle répondu. Pas cette nuit.

— Bien. C'est tout ce que je voulais savoir. Je reviendrai vous voir demain dans la matinée pour notre séance habituelle. »

Nous sommes repartis sans ajouter un mot. En franchissant la porte, j'ai jeté un bref coup d'œil et j'ai vu qu'elle m'observait encore. Le soldat a verrouillé derrière nous.

Le parking n'était qu'à quelques pas, mais en quelques minutes l'obscurité semblait avoir poussé comme un champignon. Dupont s'est dirigé vers un van de l'institut, nous sommes montés dedans et nous avons pris la route de Waterville. Il avait roulé moins de deux kilomètres lorsque les premières étoiles ont fait leur apparition.

« Nous y serons dans environ une heure », m'a-t-il précisé alors que nous filions sur la route bordée d'arbres.

Je n'avais qu'une question en tête : pourquoi n'avais-je pas vu cette femme, Griffin, dès notre entrée dans la pièce ? Y avait-il là un compartiment secret, un recoin où elle aurait pu se cacher ? Ma question a fait rire Dupont.

« Je comprends très précisément ce que vous ressentez… ce peut être déconcertant, a-t-il admis. Mais permettez-moi de vous assurer qu'à notre entrée dans la pièce, Griffin était là, bien en vue, même si vous ne l'avez pas repérée d'emblée. Pourquoi ? Eh bien, comme les scientifiques et des philosophes l'ont observé à maintes reprises, dans quantité de circonstances, nos yeux ne sont absolument pas fiables. Ces étoiles que vous apercevez là-haut ? »

Il a pointé le doigt vers le ciel nocturne, devant le pare-brise.

« Nos yeux nous disent qu'elles sont là, mais nous savons,

grâce aux astronomes, que nombre d'entre elles n'existent déjà même plus.

« Ou alors, prenez l'écran de cinéma. Notre esprit saisit une seule et unique image, mais un film se constitue en réalité de milliers d'images montées ensemble, et nous ne voyons pas ces articulations, tant elles défilent vite. D'autre part, le mouvement le plus lent n'est pas non plus visible… par exemple, la croissance d'un arbre, minute après minute.

« Ou encore, un autre exemple, plus proche de ce que nous sommes : qu'en est-il de nous deux, Harry ? Vous avez dû remarquer que je suis maintenant assez âgé, tout comme j'ai constaté que vous aviez vieilli, vous aussi… enfin, pas aussi mal que moi ! Mais si nous avions été quotidiennement en contact, nous n'aurions guère remarqué ces ravages du temps sur l'autre.

« Quoi qu'il en soit, vous voyez où je veux en venir. Par exemple, vous reconnaissez quelqu'un dans une soirée et vous allez lui adresser la parole, pour vous apercevoir que vos yeux vous ont abusé. Ou alors vous voyez votre chat endormi dans un recoin et il s'avère qu'il s'agit en fait d'une paire de chaussettes roulée en boule. Et ainsi de suite.

« Maintenant, dans le cas de Griffin, bien que ce soit similaire, ce n'est pas tout à fait du même ordre. Vous connaissez cette sensation que tout le monde éprouve un jour : vous cherchez quelque chose… disons, vos clefs de voiture… et vous n'arrivez tout bonnement pas à les trouver. Et quand, à bout de contrariété, vous êtes sur le point de renoncer, vous finissez tout à coup par les voir plus ou moins là où elles devaient être et vous n'arrivez pas à croire que vous ayez pu les louper.

« Eh bien, Griffin possède un peu cette caractéristique depuis son plus jeune âge… d'être quelquefois presque indétectable, même quand elle est juste devant vous. Beaucoup d'animaux partagent ce don, comme le caméléon, avec sa manière de changer de couleur pour se confondre avec le relief. Et il existe des oiseaux si doués pour se fondre dans leur environnement que même des ornithologues avisés ont du mal à les identifier. »

Je me suis subitement souvenu de ce moment sur le camion en Afrique, quand il m'avait désigné les engoulevents. Je lui ai rappelé combien j'avais été surpris que ces grands oiseaux noirs soient presque invisibles, alors même qu'ils étaient perchés sur des souches d'arbres, en plein jour.

« Je me souviens d'eux, moi aussi, m'a-t-il confié. Mais dans le cas de Griffin, à l'inverse des engoulevents, elle n'était pas née avec ce don... elle a dû le développer. Sa situation familiale était probablement la source de cette aptitude. Sa mère étant morte jeune, elle en avait été réduite à vivre avec un père profondément religieux et qui l'avait élevée, un homme qui n'aurait jamais dû être père.

« C'était un individu congénitalement incapable d'imaginer les effets dévastateurs de ses propos sur un très jeune enfant. Chaque fois que Griffin agissait d'une manière qu'il désapprouvait, il l'avertissait qu'elle mourrait dans d'atroces souffrances, en raison de ses péchés, ou que sa chair serait dévorée par le feu, dans des ténèbres éternelles.

« Pour un certain type d'enfants, entendre des propos pareils, c'était terrible, surtout s'ils émanaient de la voix de l'autorité.

« Griffin semble avoir développé cette aptitude à se déguiser, si c'est le terme, comme une forme de réaction. Elle a essayé de se rendre aussi peu visible que possible, d'abord aux yeux de son père, et ensuite vis-à-vis du monde en général. À son entrée au lycée, elle avait peaufiné cette aptitude au point de réussir à se trouver au milieu des autres élèves en se faisant à peine remarquer.

« Parfois, sa quasi-invisibilité ne la protégeait pas réellement... en fait, cela ne faisait que susciter en elle davantage de chagrin. Après avoir achevé le lycée, par exemple, elle avait réussi à trouver un emploi au sein d'un service de dactylographie. Ses collègues de travail n'arrêtaient pas de cancaner sur son caractère si peu sociable et si bizarre, sans se rendre compte qu'elle était là, dans la pièce, en train de les écouter. À la fin, les situations comme celles-là sont devenues intolérables. Souffrant de dépression, elle a été hospitalisée.

« C'est alors qu'elle a attiré notre attention, m'a confié Dupont. Nous sommes toujours en quête d'individus susceptibles de se prêter à nos recherches. »

Nous approchions à présent de la route nationale et la pleine lune rendait tout presque aussi visible que de jour. Cela semblait le moment idéal lui pour demander quelle était au juste la raison d'être de l'Institut 77 et sa fonction en son sein. Ce que j'ai fait.

Il n'a commencé à me répondre qu'une fois sur la route nationale.

« Écoutez, Harry, ce qui se réalise à l'Institut est très, très confidentiel. En acceptant de venir travailler ici, nous signons un accord de confidentialité. Mais vous n'êtes pas un scientifique et nous sommes de vieux amis, alors je me fie à vous, je suis convaincu que vous garderez ce que je vais vous révéler pour vous. Entendu ? »

La confiance qu'il me témoignait était gratifiante.

« Ce n'est pas une affaire simple à expliquer, mais je vais m'y efforcer de mon mieux, a-t-il continué. L'institut est la base d'une collaboration entre le gouvernement et des spécialistes dans les domaines de la médecine et de l'anthropologie. Je suis chargé de la partie chirurgie d'une procédure expérimentale relative aux régions du cerveau qui distinguent les êtres humains des autres primates. Nos patients… nous préférons les appeler des volontaires… sont des individus qui ont souffert de formes sévères de problèmes psychologiques récurrents venus gâcher leur vie.

Nous leur demandons s'ils veulent bien être les sujets d'un certain type de recherche que nous menons. Ils doivent tous avoir l'esprit assez lucide pour comprendre de quoi traite notre programme, et participer de leur plein gré. Griffin en est un bon exemple.» Dupont m'a jeté un bref regard. «Jusque-là, vous me suivez ?»

Je suivais, plus ou moins.

Il s'est alors lancé dans une petite leçon sur la constitution du cerveau d'un primate et les diverses composantes de ses deux hémisphères. J'essayais de suivre du mieux possible, mais soumis à ce déversement de termes techniques – cortex ventromédial, hippocampe, cervelet, lobes frontaux, pariétaux et temporaux, amygdale –, je n'ai pas tardé à me laisser submerger.

Ensuite, il m'a exposé la chose plus simplement. La recherche a démontré que le cerveau de *tous* les primates contenait ces éléments qu'il venait de mentionner. Mais dans le seul cerveau de l'*homo sapiens*, une variante subtile du mécanisme de liaison entre les parties avait conduit à l'émergence de la raison et du sens moral qui, à son tour, avait produit ce que nous pourrions appeler la conscience.

C'était le noyau des investigations de l'Institut. En supprimant progressivement des tissus conjonctifs dans le cerveau des volontaires, les expérimentateurs espéraient pouvoir enfin comprendre précisément comment fonctionnait ce lien.

Au début, ils avaient employé des méthodes non chirurgicales. Les volontaires étaient constamment abreuvés de divers médicaments spécifiquement destinés à modifier ces tissus de liaison. Mais ces molécules avaient une action trop diffuse et neutralisaient aussi les régions environnantes du cerveau. Après dissipation de leur effet, les patients ne conservaient aucun souvenir des perceptions altérées du monde que ces médicaments avaient pu provoquer.

On préconisa une voie plus précise, mais plus irréversible : la chirurgie. Un programme de recherche fut lancé visant à élaborer une procédure ciblant des parties limitées du cerveau pour les détruire tout en laissant les autres fonctions cérébrales intactes. Les prédécesseurs de Dupont avaient essayé des méthodes validées en leur temps – l'insertion d'électrodes ou de pics à glace par la cavité orbitale, auxquels on imprimait un délicat mouvement de rotation. Conséquence prévisible, une telle méthode de résection était trop hasardeuse. Certains volontaires mouraient et d'autres perdaient la vue, le goût, leurs fonctions motrices ou le contrôle de leurs intestins.

Dupont avait eu un mouvement de tête désabusé. Somme toute, pour les expérimentateurs, les résultats avaient été très décevants.

J'étais atterré de l'entendre tenir de tels propos. La déception des expérimentateurs était nécessairement secondaire, comparée aux horreurs infligées aux volontaires. Mais j'ai gardé cette opinion pour moi.

Le progrès décisif était survenu au moment où Dupont avait pris la tête de l'équipe chirurgicale de l'Institut 77. L'équipe avait commencé par utiliser la toute dernière scie crânienne incrustée de poussière de diamant pour pratiquer une ouverture frontale de la boîte crânienne, par laquelle on insérait les instruments de lobotomie les plus modernes au moyen d'un outil robotisé. On les pilotait ensuite pour qu'ils découpent de minuscules segments du cerveau – juste une ou deux cellules, ici et là. La méthode s'était révélée presque efficace à cent pour cent. Ces interventions avaient désormais été pratiquées sur plusieurs volontaires, avec succès.

« Les analyses préliminaires des résultats sont encore en cours, m'a-t-il précisé. Ces travaux-là prennent du temps, mais tout cela s'annonce très prometteur. »

Je me demandais au juste quels « résultats » il recherchait. Il a pris la peine de choisir ses mots avec soin.

« Tout d'abord, il vous faut comprendre ceci, Harry, m'a-t-il répondu. Les objectifs de nos travaux à l'Institut 77 divergent radicalement de la neurochirurgie traditionnelle. Normalement, le but des interventions sur le cerveau consiste à permettre à des patients gravement handicapés de redevenir des êtres humains mentalement sains, tant que faire se peut. »

Il a eu de nouveau une hésitation, piquant encore plus ma curiosité. Je voulais vraiment comprendre l'objet de cette recherche dans laquelle il s'était tellement engagé.

« En fait, notre but est à l'exact opposé de celui de la neurochirurgie traditionnelle. Nos volontaires, quand nous les acceptons dans le cadre de ce programme, sont en effet assez gravement handicapés. Mais ce que nous tentons de réaliser ici, c'est de les transformer en *êtres pré-humains*, mentalement sains d'esprit. » Il s'est tu un instant, laissant à cette formule le temps de créer son effet. « Nous croyons que si nous réussissons à éliminer de leur cerveau la présence prédominante de caractéristiques telles que la moralité et la rationalité... ces traits caractéristiques qui sont le signe de la santé mentale chez les êtres humains... ils auront de bonnes chances de devenir des représentants parfaitement normaux de la classe des primates, avant que ceux-ci, dans un lointain passé, n'aient développé une forme de conscience... en d'autres termes, ils seront tels que notre espèce existait alors. Prenez le cas de Griffin, par exemple. Quand elle est venue nous voir, elle souffrait d'un complexe de culpabilité débilitant. Après l'intervention, elle a été "guérie", au sens traditionnel du terme, car elle n'avait plus de conscience susceptible de nourrir la culpabilité en elle... elle est en somme devenue ce que nous appellerions une sociopathe. Mais cela ne s'arrêtait pas là. »

Il a bien vu que j'étais interloqué, et n'en a été que plus passionné.

« Imaginez ce que ce doit être, Harry. Un être humain moderne, enfin capable de connaître et de vivre le monde à travers les yeux d'un primate qui n'est pas encore humain ! C'est le cadeau que nous avons fait à Griffin et aux autres volontaires. Pensez seulement aux cadeaux qu'ils seront en mesure de nous offrir en retour, car ils possèdent encore la faculté du langage et seront à même de formuler leurs perceptions et sensations primaires. Quelles contributions extraordinaires des individus comme Griffin seront capables d'apporter à notre compréhension du mode de pensée et de comportement exacts de nos ancêtres ! Et surtout, l'anthropologie en sera révolutionnée.

« Déjà, même aux tout premiers stades de l'expérimentation, nous avons effectué d'étranges découvertes. Par exemple, dans le cadre de notre procédure, nous sommes en mesure de n'utiliser que des volontaires de sexe féminin. Ce n'est pas que nous souffrions d'une pénurie de spécimens masculins. Au contraire… nous en avons des centaines. Or les clichés radiologiques du cerveau masculin nous indiquent déjà que les régions de l'encéphale que nous avons besoin d'exciser sont de taille négligeable. C'est là une découverte assez déconcertante, mais qui n'en est pas moins précieuse. Je suis sûr que cela deviendra un objet de recherche important dans le futur. »

Je réfléchissais aux implications de tout cela, tandis que Dupont, lui, continuait de me parler d'autres découvertes fascinantes et pleines de défis. Le fait que Griffin se serve même de mots pour s'exprimer paraissait contredire l'opinion établie depuis longtemps selon laquelle le langage et la conscience seraient interdépendants. Certes, j'avais bien remarqué qu'elle parlait maintenant avec un accent étrange, comme chacun des autres volontaires qui avaient subi cette série d'interventions. L'anglais était leur langue maternelle à tous, mais ils ne semblaient plus l'employer tout aussi spontanément. Ils formulaient leurs propos avec un soin excessif, comme s'ils s'efforçaient de se remémorer le vocabulaire d'une langue étrangère.

C'était là une caractéristique si notable que l'équipe de Dupont avait prévu, dans un proche avenir, de soumettre à cette procédure un volontaire dont la langue maternelle était le français. Un spécialiste de cette langue, venu de la Sorbonne, se rendrait disponible pour étudier les effets secondaires, en particulier vérifier si l'accent français de ce volontaire se rapprocherait de celui d'un étranger.

Griffin paraissait n'avoir aucune conscience non plus de ce qu'on lui avait retiré une partie du cerveau. L'équipe avait essayé de lui montrer sa cicatrice au front, dans un miroir. Mais comme les autres candidats, elle ne s'identifiait pas davantage à l'image reflétée par ce miroir qu'un chien ou un chat ne s'y seraient reconnus. Même quand on lui montrait son formulaire de consentement et d'autres documents signés de sa main avant l'opération, elle n'admettait toujours pas avoir subi une quelconque intervention.

Cette inaptitude des recrues à saisir la réalité de cette opération chirurgicale au cerveau était en réalité tout à fait bien venue. À ce jour, l'équipe de Dupont ne connaissait aucun moyen d'en annuler les effets si quelque chose tournait mal – dans un domaine aussi nouveau, cela n'était guère surprenant. S'il était relativement simple désormais de procéder à l'ablation de la partie de l'encéphale visée, il était complètement impossible de la remettre à sa place, de relier très exactement les tissus à leur emplacement correct et de restaurer la conscience. Pourtant, même après l'intervention, l'équipe était curieuse de savoir si, le cas échéant, une autre partie du cerveau ne pourrait reprendre les fonctions de la conscience, de la moralité et de certaines facultés connexes. Seul le temps le dirait.

Autre résultat singulier de l'intervention, les volontaires ne réagissaient plus à leur patronyme. Griffin s'appelait Winifred Burke, de son vrai nom, auquel à présent elle ne réagissait plus. Elle insistait pour qu'on l'appelle « Griffin » parce que c'était le nom du héros de *L'Homme invisible*, de H. G. Wells, qu'elle avait lu au lycée. Toutefois, à en croire l'expérience des autres volontaires, elle ne s'en tiendrait pas longtemps à ce premier choix. Ils avaient tendance à changer de noms fréquemment, et même d'un mois à l'autre. Pour l'équipe, cette inconstance pouvait signifier que les volontaires avaient perdu toute conscience prédominante d'eux-mêmes en tant qu'individus uniques.

Les phénomènes d'odeur insolite et de journaux déchirés, observés dans la pièce de Griffin, étaient aussi communs à tous ceux qui avaient subi cette procédure. Si les personnels de service leur nettoyaient leur chambre ou y vaporisaient un désodorisant, les volontaires se montraient très malheureux, comme des animaux dont la tanière ou les odeurs naturelles auraient été altérées.

Griffin elle-même avait eu une réaction violente avec un homme de ménage qui avait tenté de nettoyer sa pièce, au point que le gardien avait dû se précipiter et la refréner – et souvenez-vous, que c'est une sociopathe, a encore souligné Dupont, alors qui sait de quoi elle aurait été capable ? En fin de compte, on avait dû renoncer à nettoyer et on lui avait déposé davantage de journaux. Elle s'était immédiatement mise à les déchirer et à les disséminer un peu partout autour d'elle. Quant à l'odeur, elle préférait se toiletter à l'eau claire, refusant catégoriquement d'utiliser du savon.

Ces volontaires présentaient une dernière caractéristique notable, la préférence qu'ils avaient de rester éveillés la nuit. L'équipe de chercheurs avait d'abord cru devoir attribuer cela à l'insomnie provoquée par l'intervention chirurgicale. On croyait à présent que l'opération avait d'une certaine manière libéré un instinct primitif de chasseur et transformé les volontaires en créatures nocturnes. Comme les autres, Griffin arpentait inlassablement sa pièce dans l'obscurité, et elle dormait le jour, d'un sommeil intermittent, tout comme un chat.

4

Le van de l'institut négociait une succession de petites collines et de virages. Contraint de faire plus attention, Dupont a gardé le silence un moment. Il a ensuite repris sa description du cas Griffin.

« Quand elle nous quittera, on l'enverra dans l'un de nos centres, au Sud, m'a-t-il précisé. Là, en plus de séances de questions journalières menées par un certain nombre d'anthropologues chevronnés, elle sera soumise à un programme rigoureux destiné à corriger ses menues excentricités post-chirurgicales. Naturellement, quelqu'un qui déchire des journaux pour s'en faire une litière et qui refuse d'utiliser du savon aura du mal à se réinsérer dans la société, ce qui reste pourtant notre espoir. En fait, avec son aptitude à la quasi-invisibilité, elle sera une observatrice idéale de la manière dont la société apparaît aux yeux d'un primate pré-humain… en un sens, elle sera comme une anthropologue à l'envers. Les informations qu'elle fournira devraient s'avérer novatrices pour la discipline.

« N'est-ce pas curieux, si on peut lui apprendre à simplement se conduire comme un être humain normal, que personne ne soit en mesure de la différencier du reste du monde ? Nous ne pouvons juger les autres qu'à travers ce qu'ils disent et ce qu'ils font. Nous n'avons absolument aucune certitude sur ce qui se déroule dans leur tête… même nos proches les plus intimes l'ignorent. Heureusement, dans le cas de Griffin, nous avons bien conscience qu'il s'agit d'une sociopathe artificiellement fabriquée, donc nous resterons attentifs, au moins les premières années, ne serait-ce que dans l'hypothèse où quelque chose tournerait vraiment mal. »

Dupont voyait bien que j'étais atterré par toutes ces révélations. Il a commencé à se défendre, avant que j'aie pu lui poser la moindre question.

« Bon, Harry, vous êtes probablement surpris que j'exerce une telle activité, a-t-il repris. Pour certaines personnes, cela ne cadre pas franchement avec l'éthique de la profession médicale. C'est pour cette raison-là que notre équipe d'universitaires et de représentants du monde de l'entreprise doit être très soigneusement choisie… d'où l'accord de confidentialité signé au préalable, car nous savons que certains d'entre eux pourraient rechigner à s'engager dans une recherche de cette nature et même essayer d'y faire mettre un terme.

« Permettez-moi de vous affirmer que nous respectons toujours strictement le protocole relatif aux volontaires qui sont sur le point de subir cette intervention chirurgicale. Je m'assure deux fois, et même trois fois plutôt qu'une qu'ils y consentent de leur plein gré et en toute connaissance des conséquences. C'est un aspect curieux, mais la perspective d'avoir une partie du cerveau excisée ne gêne aucun d'eux, sans exception. Certains, comme Griffin, ont tant souffert dans leur vie qu'ils sont en réalité impatients de subir cette intervention, aussi bien pour eux-mêmes que pour le progrès de la science.

« En cela, je crois qu'ils ont raison, a-t-il ajouté en conclusion. Notre procédure n'est pas seulement révolutionnaire au plan de la recherche chirurgicale et anthropologique. À mon avis, la philosophie et la psychologie en seront aussi amplement bénéficiaires. Grâce à ce que nous réalisons à l'Institut 77, pour la première fois dans les annales, des chercheurs seront en passe de scientifiquement découvrir ce qui conduit véritablement au développement de l'esprit humain. »

Durant tout ce temps qu'avait pris Dupont pour défendre son travail, notre van avait péniblement gravi une montée qui paraissait interminable. Son affirmation, selon laquelle il faisait progresser la connaissance en déshumanisant délibérément son prochain, constituait l'argument auquel on avait traditionnellement recours pour soutenir des expériences scientifiques douteuses. Ironie du discours, plus il tentait de présenter la chose sous un jour rationnel et logique, plus elle paraissait immorale. Affirmer la supériorité de l'espèce humaine sur d'autres formes de vie, tout en se servant d'une de nos plus grandes réussites intellectuelles – la science de pointe – de manière aussi perverse, c'était là un non-sens flagrant. Cette évidence ne pouvait certainement pas lui échapper.

Mais j'ai gardé le silence. Je ne pouvais m'empêcher de m'interroger : était-il possible qu'après avoir été témoin de tant de cruauté et d'inhumanité au cours de sa vie professionnelle, dans les régions les plus instables et les plus violentes de la planète, il en ait été infecté – et soit devenu à son tour un monstre ? Quand j'avais fait sa connaissance, il ne s'était jamais présenté comme un grand humaniste, même s'il avait mis sa vie en péril en exerçant sa profession dans ces endroits dangereux. À l'époque, tous ses efforts visaient simplement à poursuivre un but de bienfaisance. Mais il n'avait pas fait mystère de son amour de l'aventure et de l'exotisme.

En vérité, à mes yeux, à cette époque, le fait même qu'il ne se soit jamais fait passer pour une espèce de saint me le rendait d'autant plus humain et sympathique. Et puis, c'était pour moi un ami – un bon ami, et fiable par-dessus le marché.

Et même maintenant, après m'avoir exposé cette expérience scientifique douteuse, il ne me paraissait au fond guère différent de mon ami Dupont d'antan. Et d'ailleurs, de quel droit aurais-je pu juger autrui ? Au plan de l'éthique de vie, avais-je un quelconque motif de me vanter ? Je m'étais marié pour des raisons qui n'avaient que peu ou même rien à voir avec l'amour. Depuis plus de vingt ans, j'avais tiré profit d'industries qui semaient la dévastation sur la terre et portaient atteinte à la vie d'innombrables innocents. Alors qu'au moins les victimes de Dupont, elles, s'étaient portées « volontaires » pour qu'on leur fasse du tort.

J'étais donc sur le point de le rassurer, car je le sentais qui déployait beaucoup trop d'efforts pour me convaincre, et peut-être se persuader lui-même, que son travail respectait les règles de l'éthique. J'allais lui dire que j'étais coupable d'une manière ou d'une autre de quelque épouvantable trahison, comme sans doute la plupart des êtres humains.

Mais juste à ce moment, notre van a eu raison de cette dernière montée et les lumières d'une ville assez importante s'étalaient au loin en contrebas.

« Waterville, droit devant ! s'est-il écrié d'une voix tout à fait enjouée. J'espère que cette personne que j'apprécie tant est arrivée, à l'heure qu'il est. »

5

Notre destination était en fait le Ye Olde Mill, une ruine du XIXe siècle transformée en hôtel cossu, agrémenté d'un restaurant et d'un bar, en lisière de Waterville. Une plaque sur le mur en moellons de la réception nous informait que cent ans plus tôt, l'endroit était encore une « manufacture ».

« C'est le mot chic pour désigner une "usine", qui n'est jamais qu'un autre terme recherché pour désigner un "atelier de misère" », m'a glissé Dupont en entrant. Il avait de nouveau l'air en pleine forme, peut-être soulagé de m'avoir fait sa confession ou parce qu'il ne considérait pas du tout la chose en ces termes.

Le maître d'hôtel nous a conduits à notre table. Nous avons été accueillis par une femme superbe aux longs cheveux blonds, qui s'est levée pour nous saluer. Elle était vêtue d'une robe en soie longue jusqu'aux chevilles, dans une étoffe de maille à l'ajourage plaisant pour l'œil.

Dupont l'a embrassée sur les lèvres, un baiser léger, avant de me la présenter.

« Voici Marsha Woods », m'a-t-il annoncé avec un petit clin d'œil.

Depuis le début, il m'avait laissé croire que nous devions retrouver un ami de sexe masculin, et non pas une femme d'une beauté à couper le souffle.

« Et voici Harry Steen, dont je t'ai parlé… l'homme de Duncairn », lui a-t-il annoncé.

Elle m'a tendu sa main aux doigts fuselés, que j'ai serrée dans la mienne, et nous avons tous les trois pris place.

« Je viens d'arriver il y a quelques minutes. J'ai laissé ma valise à la réception. Je n'ai même pas eu le temps de commander un verre. »

Maintenant que mes yeux s'étaient accoutumés à l'éclairage tamisé du restaurant, je me suis rendu compte qu'elle était plus âgée que je ne l'avais d'abord cru ; en fait, elle devait avoir à peu près mon âge. Son maquillage ne masquait pas tout à fait les rides minuscules autour des yeux.

« Marsha s'envole pour Washington à midi demain, m'a expliqué Dupont. Elle passe la nuit chez nous, à l'Institut, et nous prendrons le petit déjeuner ensemble. Un membre de mon équipe la reconduira à l'aéroport à temps pour son avion. »

Il a commandé une bouteille de vin et nous avons un peu bu en bavardant, en attendant que le dîner soit servi. Marsha, ai-je appris, travaillait pour les Nations Unies. Ils s'étaient rencontrés voici seulement quelques mois. Il l'avait amusée avec ses histoires au sujet de ses diverses affectations autour du monde et des étranges coutumes auxquelles il avait été confronté.

« Et puis, une chose menant à une autre…, a-t-elle fait, en lui glissant un regard affectueux.

— Et même jusqu'à la chambre à coucher », a-t-il ajouté. Ce qui les a tous deux fait rire.

Plus je buvais de vin, plus l'allure de cette femme me plaisait. Elle était franchement l'opposée de Clara, l'ancienne amante de Dupont, morte de longue date, vieillie prématurément par le soleil d'Afrique, et qui ne tentait nullement de le dissimuler. En réalité, Marsha était une femme d'âge mûr, mais qui tentait de paraître plus jeune, par le recours à l'artifice. Elle ne souriait pas beaucoup et je me demandais si cela n'était pas aussi une manière de décourager les rides.

Nous avions tous les trois faim, aussi avons-nous dégusté notre plat principal, en réduisant la conversation au minimum. Mais alors que nous soufflions un peu en attendant le dessert, nous nous sommes mis à parler davantage. Me souvenant que Dupont avait vécu un certain temps dans le Pacifique, je leur ai parlé de mon voyage à Oluba et des femmes tatouées que j'avais vues là-bas. J'ai mentionné que ces dernières années les cultes de la fertilité associés au tatouage du corps entier avaient disparu, mais que cela demeurait une forme d'ornement féminin.

« Comme c'est intéressant », a commenté Marsha.

J'aimais assez son allure à la fois curieuse et posée.

« Alors ça, Harry, est intervenu Dupont. Vous dites que le tatouage des femmes recouvrait le corps entier, hein ? Et comment avez-vous découvert la chose ? »

Nous avons tous éclaté de rire.

« Il n'empêche, le fait que les tatouages n'aient plus de signification ritualiste à Oluba pourrait être considéré comme un signe de progrès, a-t-il commenté. Dans certains autres archipels, on s'est longtemps et fermement raccroché à de vieilles coutumes, venues entraver tous les efforts pour les amener à entrer dans le monde moderne. »

Il s'est alors remémoré les années qu'il avait vécues sur l'île de Manua, qui se situe très loin au sud d'Oluba. Il se souvenait en particulier de sa tentative d'y installer une clinique et de s'être ainsi confronté aux croyances traditionnelles… une histoire qu'il m'avait racontée lors de notre première rencontre. Les Manuens possédaient un système de croyances complexes centré sur la réincarnation. Ils refusaient de prendre les médicaments qu'il leur proposait car ils ne voulaient pas être soignés contre les maladies dont ils étaient atteints dans cette vie. S'ils s'étaient soignés, ils étaient convaincus qu'ils seraient encore plus douloureusement frappés, dans leur prochaine incarnation.

« Alors comment as-tu réussi à les convaincre de prendre tes médicaments ? s'est enquise Marsha.

— Je n'y suis pas arrivé, a-t-il admis. J'ai tenté de les en persuader par tous les moyens, sans succès. Pour un individu comme moi, possédant une formation scientifique, c'était en réalité une grande leçon d'humilité d'être ainsi complètement pris de court par une vision du monde qui n'avait pas changé depuis l'âge de pierre. Une partie du problème tenait au fait que nous ne trouvions aucun terrain d'entente pour discuter de la question.

« Par exemple, leur chef chamane était incapable même de saisir à quoi je faisais allusion quand je lui expliquais une notion élémentaire comme *deux plus deux égalent quatre.* Il m'a démontré à quel point je me trompais. Il a pris deux bouts de ficelle et a noué deux nœuds sur chacune. Ensuite, il m'a dit : regardez, vous ne pouvez pas les attacher sans faire un nœud supplémentaire ! Vous voyez ? Il a noué les deux bouts de ficelle ensemble et a souligné qu'il y avait maintenant cinq nœuds. Après quoi, il m'a considéré comme un de leurs pré-ados, et m'a traité comme tel. »

Un tel esprit de contradiction nous a bien amusés.

« Et tu n'aurais pas pu prétendre que ton savoir te venait des dieux, comme le prétendait le chamane ? » a demandé Marsha.

Dupont a secoué la tête.

« Le pouvoir de la pensée rationnelle est la seule réalité en laquelle un scientifique doit croire. C'est plus important que la vie en soi, a-t-il décrété, pas du tout sur un ton pompeux, mais comme s'il le pensait réellement – en oubliant qu'il travaillait dans un institut où il découpait des parties de cerveau chez des individus, et au nom de la recherche scientifique. »

À la façon dont Marsha le regardait, il était évident que cela l'impressionnait. Assez curieusement, malgré tout ce que je savais de son travail, je lui enviais sa force de conviction, du moins dans une certaine mesure. Il y a longtemps que j'avais oublié l'existence de tout principe susceptible d'avoir plus de valeur que la vie.

Après le dessert, nous avons quitté le restaurant et sommes allés au bar, avec ses grands murs de pierre et son feu de cheminée. Nous avons pu choisir une table à l'écart où nous installer et savourer nos cognacs. Je leur ai parlé de mon récent voyage à La Verdad, de ma découverte du

Nuage d'obsidienne et de sa description d'un phénomène fantastique dans les cieux de Duncairn, au XIXe siècle.

« Duncairn ! s'est écrié Dupont. Tiens, tiens. J'ai déjà expliqué à Marsha que vous aviez vécu là-bas, il y a de cela des années. »

Elle avait écouté mon récit avec grand intérêt.

« Oui, il m'a en effet raconté que vous étiez là-bas, m'a-t-elle dit. Je crains que l'époque des phénomènes fantastiques ne soit maintenant révolue, tant à Duncairn que partout ailleurs dans les Uplands d'Écosse. Je ne le sais que trop, car mon service s'occupe du dépeuplement dans diverses régions du monde. Nous essayons d'en déterminer les causes et de décider de possibles remèdes, si des remèdes sont nécessaires.

« Il y a à peu près cinq ans, on m'a confié l'étude de la situation dans les Uplands, en raison de l'exode régulier de la population. J'ai sillonné les routes d'un bout à l'autre de la région en interrogeant autant d'habitants restés sur place que j'ai pu, ainsi que des visiteurs de passage, chasseurs ou pêcheurs à la ligne.

« Quant à Duncairn en particulier… eh bien, la ville n'est plus vraiment là. Enfin, pas telle que vous devez en conserver le souvenir. La région tout entière n'a plus beaucoup d'habitants permanents, désormais, excepté quelques bergers. »

Elle s'est ensuite lancée dans l'histoire accablante du déclin de la région, ces dernières décennies, depuis mon départ. La cause principale en était que les mines de charbon, qui employaient la majorité de la population masculine, avaient fermé, soit parce que les veines s'étaient épuisées, soit en raison de mutations économiques et d'un climat politique qui en ont fait une source d'énergie impopulaire. Des villes comme Cumner, Rossmark, Lannick,

Taymire et Gatbridge, qui toutes existaient sous une forme ou une autre au moins depuis le Moyen Âge, étaient maintenant à l'abandon.

« On dirait presque que cette terre est maudite », a-t-elle conclu.

L'entendre employer cette épithète, « maudite », m'a rappelé la description par Miriam, dans un lointain passé, de certains incidents étranges touchant diverses localités des Uplands : Stroven, avec son aven où la bourgade entière s'enfonçait petit à petit, et Muirton, avec son régiment d'unijambistes. Ensuite, il y avait eu la plus étrange de toutes, Carrick et sa population frappée par un fléau mystérieux et mortel. Il avait effectivement semblé que ces villes-là étaient maudites.

« Je regrette, je n'ai jamais entendu parler de ces cas-là, a fait Marsha. Mais quand je me suis rendue à Duncairn, la mine était fermée depuis dix ans. C'est en réalité ce qui a scellé la fin de la ville. Aujourd'hui, il ne reste que quelques habitants, et les bâtiments se délabrent. Il y a bien encore un vieil hôtel, mais il accueille surtout des touristes de passage et des chasseurs. »

Ces nouvelles relatives au destin de Duncairn ont été pour moi un coup. Comme la plupart des gens qui ont quitté leur terre d'origine sans y retourner pendant des années, j'avais préservé la mienne dans mon esprit, exactement telle qu'elle était quand j'y vivais. Cette image de la ville défiait toute notion de bon sens, comme celle du passage du temps. Cela s'appliquait aussi tout spécialement à Miriam Galt – pour moi, il fallait qu'elle soit toujours aussi jeune et belle. Si le côté plus pratique de mon esprit s'en mêlait pour relever qu'il ne pouvait tout simplement en être ainsi, je l'écartais.

Et d'entendre ce compte rendu objectif d'un témoin oculaire du dépeuplement des Uplands et du déclin de

Duncairn m'a donc profondément bouleversé. C'était comme si une composante vitale de moi-même, en tant qu'être humain, avait été également effacée. L'idée qu'un jour un jeune homme plein d'espoir ait brièvement vécu quelques mois dans cet endroit revêtait pour moi une importance capitale. L'idée de simple bon sens qu'au cours de nos vies, nous sommes de nombreuses personnes différentes, certaines moins agréables à nos propres yeux que d'autres, que le jeune homme qui avait vécu un temps là-bas n'était que l'un des personnages de la longue histoire qui fait de nous un individu, était parfois très dur à accepter.

Dupont a en partie deviné ce qui me traversait l'esprit.

« Je ne t'ai pas dit qu'à l'époque où Harry était un jeune homme, à Duncairn, il avait aimé d'amour une fille qui lui a brisé le cœur, a-t-il confié à Marsha. C'est pour cela qu'il est parti sans jamais y retourner. N'est-ce pas, Harry ? »

Il ne fallait pas m'encourager davantage. Sous l'effet du vin, j'ai parlé à Marsha de mon amour pour Miriam Galt, et de la fin désastreuse qui lui avait été réservée. Rien que d'y songer, cela ravivait tout, et le raconter, c'était comme le revivre, au point que je me sentais ému de mes propres paroles.

Lorsque j'ai eu fini, elle me considérait avec un intérêt renouvelé.

« Que c'est triste, a-t-elle remarqué. Mais pourquoi n'y retournez-vous pas avant qu'il ne reste plus personne ? Rien n'interdit de penser qu'elle fasse partie de ces gens qui habitent encore à Duncairn. Ne serait-ce pas merveilleux de la revoir ? Ne serait-ce pas très romantique ? Les routes des Uplands sont encore tout à fait praticables en voiture. Et j'imagine que l'hôtel y est encore… le Bracken Inn, je crois que c'était son nom. »

Elle posait sur moi un regard plus chaleureux, à moins que le cognac ne m'ait donné cette impression

« Alors elle vous a vraiment brisé le cœur ? Que c'est merveilleux d'avoir vécu un amour si fort, a-t-elle remarqué. Ne fût-ce qu'une fois. »

Il me semblait que Marsha croyait dans le véritable amour. Il me semblait aussi qu'elle ne l'avait jamais vécu.

Vers onze heures, il était temps pour nous de reprendre la route de l'institut. Dupont a pris le ticket de vestiaire de Marsha pour aller chercher sa valise à la réception. Ensuite nous sommes montés dans le van et nous sommes engagés sur des routes désormais désertes. La visibilité était excellente, sous une lune lumineuse. Pour une raison qui m'échappe, l'expression « lune du chasseur » m'est venue à l'esprit, mais Dupont m'a assuré qu'il était bien trop tôt dans l'année.

Nous étions tous les trois sur la large banquette avant, Marsha au milieu. Elle nous a un peu parlé d'autres endroits où elle avait travaillé, mais j'avais du mal à me concentrer, trop conscient de sa présence à côté de moi et de son parfum. Quand le van prenait un virage, elle se penchait contre moi et elle a même posé une fois sa main sur ma cuisse, pour s'y appuyer, l'y laissant un instant après que la route avait retrouvé son tracé rectiligne.

Je ne savais que penser.

6

Nous sommes arrivés à l'Institut vers minuit. Lorsque nous nous sommes arrêtés devant le baraquement de Dupont, il a insisté pour que nous nous installions à une table et buvions un dernier verre de vin avant d'aller nous coucher. Sa chatte blanche, Prissy, d'ordinaire si affectueuse, se tenait près de la fenêtre et miaulait avec insistance.

« Elle a envie de sortir », m'a-t-il soufflé. Il s'est approché de la fenêtre et l'a ouverte, en murmurant tendrement à sa chatte. Simultanément, Marsha ne cessait de me regarder d'un air éloquent, en clignant doucement des yeux.

« Elle reviendra plus tard dans la nuit, alors je vais laisser la fenêtre ouverte, a-t-il expliqué en revenant à la table. Elle aime bien sortir rôder un moment, faire peur aux colombes en les tirant de leur sommeil. »

Après ce dernier verre de vin, je me suis levé et les ai priés de bien vouloir m'excuser, car la journée avait été longue. Nous sommes convenus de nous réunir au petit déjeuner, dans la baraque du réfectoire, à sept heures le lendemain matin. Après quoi, je me remettrais en route, pour le long trajet du retour vers Camberloo. Avant que je ne regagne ma chambre, Dupont m'a chaleureusement serré la main, en m'affirmant que c'était un plaisir de m'avoir revu. J'ai embrassé Marsha sur la joue, en évitant son regard.

Dans la chambre d'amis, je me suis dévêtu, j'ai réglé l'alarme de ma montre, éteint la lumière et me suis allongé au lit. Le seul bruit émanait de la fenêtre, un bruissement d'ailes de colombes de temps à autre, chassées de leur nid par Prissy, peut-être.

Je ne pouvais m'empêcher de songer à la manière d'agir de Marsha. Même si j'avais interprété ces signes correctement, comment réussirait-elle à sortir du lit de Dupont en pleine nuit et à venir dans ma chambre sans perturber son sommeil ? Le moindre mouvement faisait craquer et même crisser les vieux planchers dans le silence de la nuit de ces forêts septentrionales.

J'avais dû m'endormir, car je ne l'ai pas entendue entrer dans la chambre. Je l'ai juste sentie se glisser sous les couvertures et presser son corps nu contre moi.

« Chuuut ! » a-t-elle murmuré.

Avertissement inutile, car la chambre de Dupont n'était qu'à quelques mètres. Mais ce dernier verre de vin avait dû l'assommer, et elle avait réussi à s'éclipser.

Les stores étant baissés, pas un filet de lumière ne pénétrait dans ma chambre. Mais à la faveur de cette obscurité totale, nos ébats étaient une forme de Braille qui n'exigeait aucun entraînement. Nous n'avons pratiquement pas fait un bruit, à part quelques halètements ou soupirs involontaires, et les ressorts du sommier grinçant de concert. À la fin, nous étions tous deux allongés avec une sensation d'assouvissement et de plénitude incomparable.

Peu après, elle est partie, ouvrant et refermant la porte sans un bruit. Elle a regagné la chambre de Dupont, et ces planchers suspects n'ont émis aucun signal d'alarme. J'ai tendu l'oreille, mais je me rendormais déjà.

7

Ma montre m'a réveillé vers sept heures. J'avais une sacrée gueule de bois, et il m'a fallu quelques instants ne serait-ce que pour me souvenir de ce qui s'était passé au cœur de la nuit. Quand je m'en suis souvenu, je me suis senti horriblement mal. Quelle honte d'agir ainsi envers un vieil ami. Je ne pouvais qu'espérer qu'il ait dormi trop profondément pour s'apercevoir de rien. Quant à Marsha, elle comprendrait sûrement que notre petite escapade n'était que la conséquence d'un excès d'alcool, en tout cas de ma part.

Après m'être douché et habillé, je me suis armé de courage et me suis rendu dans la partie principale du baraquement.

La porte de Dupont était encore close et je n'entendais aucun bruit en provenance de l'intérieur. Soit ils dormaient encore, soit ils étaient déjà dans le baraquement du réfectoire, pour le petit déjeuner.

Je suis sorti dans la lumière éblouissante du soleil matinal et me suis dirigé vers ce baraquement, m'emplissant les poumons d'air frais. Puis j'ai remarqué qu'il se produisait quelque chose dans l'allée gazonnée, entre les deux baraquements voisins. Trois hommes se tenaient penchés, comme s'ils examinaient le sol. Deux d'entre eux portaient l'uniforme, l'autre le même costume et la même cravate qu'hier soir.

C'était Dupont.

Il m'a fait signe de les rejoindre. Il avait l'air très agité.

« Regardez », m'a-t-il fait.

Là, dans l'herbe rase, c'était un spectacle horrible, un magma de fourrure blanche, de sang et d'intestins répandus.

« C'est la pauvre vieille Prissy, a-t-il murmuré. Ils l'ont trouvé là ce matin.

— Elle a très certainement été attaquée par une de ces grosses fouines qu'on appelle des “pêcheurs”, dans cette région, a commenté le soldat près de moi. Elles viennent des bois… les clôtures ne peuvent les en empêcher. Elles s'attaquent aux petits animaux, et cela inclut les chats.

— C'est ma faute, je l'ai laissée sortir la nuit, a repris Dupont. On m'avait averti à propos de ces fouines, mais elle se montrait toujours tellement insistante. »

Les soldats ont ramassé à la pelle les restes de Prissy qu'ils ont versés dans un sac poubelle et, bien que cela nous ait coupé l'appétit, Dupont et moi sommes entrés dans le baraquement réfectoire pour prendre un café accompagné de bagels. J'étais soulagé de constater l'absence de Marsha. Avec un peu de chance, lorsqu'elle se lèverait de son lit, je serais sur la route du retour vers Camberloo.

« Quelle façon de débuter la journée, a déploré mon ami, alors que nous avalions notre petit déjeuner sans conviction. J'étais déjà épuisé. J'ai à peine fermé l'œil de la nuit. »

À ces mots, je me suis raidi. S'il n'avait pas bien dormi, il devait certainement s'être rendu compte que Marsha, pendant une partie de cette nuit, n'était pas au lit avec lui, mais dans la chambre voisine avec moi.

En fait, il ignorait tout. Quand il m'a confié la raison de son insomnie, je me suis senti encore plus gagné par la nausée.

Après le dîner, la veille, au moment de quitter le Ye Olde Mill, Dupont était donc allé retirer la valise de Marsha à la réception. Ou du moins le croyait-il. En réalité, il s'était trompé de valise, celle-là était pleine de vêtements d'homme. Ce n'était qu'à l'institut, en s'apprêtant à se coucher, qu'ils s'en étaient aperçus. Marsha était très contrariée, car elle avait laissé dans la sienne son passeport et d'autres documents confidentiels.

Il avait immédiatement téléphoné au Mill et découvert qu'un de leurs clients avait lui-même pris la mauvaise valise, et l'avait rapportée. Au moins la méprise était-elle maintenant résolue.

Marsha avait convaincu Dupont de ce qu'ils devaient absolument retourner tout de suite à Waterville, faute de quoi elle ne trouverait jamais le sommeil. Comme elle avait beaucoup moins bu de vin que lui, elle conduirait. Ils étaient arrivés au Mill bien après deux heures du matin, on avait procédé à l'échange des valises, au soulagement de tous. Ne s'étant pas senti la force de faire la route du retour, Marsha et Dupont avaient pris une chambre au Mill pour la nuit. Le concierge s'organiserait afin que la limousine de l'hôtel la conduise à l'aéroport pour son vol de midi.

« J'étais donc sur la route, tout seul, au point du jour, ce matin, m'a-t-il expliqué. Je voulais être sûr d'arriver à temps pour prendre le petit déjeuner avec vous, avant votre départ. Et puis j'ai une réunion du personnel programme juste après. J'espère réussir à rester éveillé.

« Je suis arrivé ici il y a une demi-heure et le garde m'a annoncé qu'ils avaient retrouvé ce qui restait de la petite Prissy. Je suis heureux que Marsha ne soit pas revenue avec moi pour assister à cela. Au fait, elle est désolée de n'avoir pas eu l'occasion de vous dire au revoir. Elle a vraiment apprécié de vous rencontrer et elle espère que nous nous retrouverons à nouveau bientôt, tous les trois. »

À l'instant où il me disait cela, le soleil brillait dans le baraquement, à travers la fenêtre, en plein sur lui, prêtant à son visage un éclat mordoré à la fois insolite et troublant. Mon bagel s'était transformé en boule de sciure. Ce n'était pas Marsha ? Marsha n'était pas la femme qui se trouvait avec moi au lit dans cette obscurité totale ? Alors qui était-ce ?

« Bon, je sais que vous devez reprendre la route », s'est-il écrié. Nous nous sommes tous deux levés et nous sommes serré la main. « C'était merveilleux de vous revoir. J'ai du mal à croire que tant de temps se soit écoulé depuis notre dernière entrevue. J'ai toujours le sentiment qu'à vous, je peux vraiment parler. La prochaine fois, nous ferons en sorte de ne pas être aussi pressés. »

Nous nous sommes promis de rester en contact. Il est parti pour sa réunion et je suis retourné au baraquement boucler mon sac.

Quelques minutes plus tard, j'étais justement sur le point de rejoindre ma voiture quand il s'est rué dans le baraquement, très essoufflé.

« Je suis content de vous avoir rattrapé », m'a-t-il dit. Il m'observait avec curiosité. « Je viens d'apprendre que c'est

Griffin qui a tué Prissy. J'ai jugé nécessaire de vous en informer. » Apparemment, il se rendait à sa réunion, et le garde de Griffin l'avait prié de le suivre. Il venait de découvrir des taches de sang sur la poignée de porte de sa chambre. Dupont y était allé avec cet homme et il avait lui-même vu ce sang.

Le garde lui avait ouvert la porte.

Griffin était tranquillement assise sur son lit. Elle n'était pas tout à fait aussi difficile à remarquer que d'habitude, à cause du sang qui maculait toute sa robe. Elle avait admis que c'était le sang d'un chat qu'elle avait tué.

« Il semble, m'a confié Dupont, qu'elle se soit faufilée dehors la nuit dernière. Le garde avait laissé la porte entrouverte pour récupérer le plateau de son repas. Il n'a pas remarqué son absence, tant il est habitué à ne pas la remarquer. »

Il m'observait à présent de manière très nettement inquisitrice, mais j'essayais de paraître aussi imperturbable que possible.

« Ne tournons pas autour du pot, a-t-il repris. Elle m'a dit qu'elle était avec vous, Harry. Et qu'à partir du moment où elle vous a vu, elle s'est sentie attirée vers vous. Quand nous sommes rentrés de Waterville, elle était déjà dans la chambre d'amis, elle vous attendait. Elle vous a observé quand vous vous êtes déshabillé. Naturellement, même lumière allumée, vous ne l'auriez pas vue. »

Mais j'avais *entendu* quelque chose – ce bruissement que j'avais pris pour celui des ailes des colombes dérangées par Prissy devant la fenêtre. Ce devait être Griffin, qui me surveillait, excitée de ce qui était sur le point de se produire.

« Elle m'a demandé si vous seriez de nouveau là ce soir. Elle vous veut de nouveau. Vous pourriez considérer que c'est sa conception à elle du coup de foudre. »

J'en avais le ventre noué. J'avais du mal à en croire mes oreilles.

« Croyez-moi, Harry, je vous dis la vérité, a-t-il insisté. C'est après vous avoir quitté, sur le chemin de sa chambre, qu'elle a tué Prissy. Elle l'a simplement attrapée et l'a démembrée. Je lui ai demandé pourquoi, et elle m'a répliqué : pourquoi pas ? Bien sûr, quand elle m'a dit cela, j'ai compris que la procédure avait dû la transformer en prédatrice, en plus d'une sociopathe. Peut-être la fine découpe que nous avons prélevée de son cerveau recelait-elle un élément bloquant ses pulsions violentes. Si tel est le cas, c'est pour nous encore une découverte précieuse… il y a peut-être moyen de retourner le problème en découpant davantage de cellules dans cette région du cerveau. »

J'étais choqué, mais il me regardait avec admiration, ou peut-être avec de l'envie.

« Enfin, enfin, Harry. Vous vous rendez compte qu'elle aurait pu tout aussi aisément vous tuer, vous aussi ? C'est l'amante la plus dangereuse que vous ayez jamais eue. »

Je ne savais que répondre. Il croyait, je le voyais bien, que j'avais parfaitement conscience que c'était Griffin dans le lit, avec moi. Je ne pouvais protester et lui soutenir que j'avais cru avoir affaire à sa maîtresse à lui, Marsha.

Il tentait maintenant de me soutirer davantage d'informations. Quel genre d'activités sexuelles Griffin préférait-elle ? Exerçait-elle un rôle dominateur ? Ses méthodes comportaient-elles une tendance à la bestialité ?

J'ai refusé de répondre.

« Je sais qu'il est gênant de s'entendre poser des questions aussi intimes, a-t-il continué. Mais c'est justement le genre d'éclairage qui s'avère précieux pour nos recherches. Par le passé, dans ces matières, nous avons toujours eu à miser sur des conjectures et non sur des faits avérés. » Il m'a ensuite glissé un aveu surprenant. « C'est pourquoi je suis même allé jusqu'à envisager de me soumettre moi aussi à cette ablation, sur mon propre cerveau. Si un scientifique chevronné comme moi pouvait communiquer de quelle manière apparaît le monde aux yeux d'un primate préhumain, quelle contribution ce serait à la connaissance. » Il a eu un mouvement désabusé de la tête. « Mais si le chirurgien détruisait la région du cerveau qui permet d'évaluer pareil savoir ? Tant que nous ne le saurons pas, nous ne pouvons courir le risque d'opérer un spécialiste. »

J'ai été choqué d'apprendre qu'il ait même songé à une telle folie.

« Vous savez, Harry, vous feriez un bon candidat, vous aussi. Je veux dire, surtout après vos cabrioles avec Griffin, la nuit dernière. Comme beaucoup de Canadiens, vous êtes en vérité un individu très étrange qui se dissimule derrière quelqu'un de très ordinaire ! » Ses yeux se sont illuminés et il a éclaté de rire. « Ne prenez pas cet air inquiet. Je ne fais que plaisanter. »

Là-dessus, nous nous sommes serré la main et il s'est dépêché de se rendre à sa réunion.

Je me suis dirigé vers l'aire de stationnement, mon sac à la main. Le garde a déverrouillé le portail et je suis monté dans ma voiture. Le parking était couvert de feuilles mortes, comme soufflées par un grand vent durant la nuit. Mais lorsque j'ai marché sur ces feuilles, elles se sont envolées et je me suis rendu compte qu'il s'agissait en fait de papillons aux ailes cuivrées, somnolents au soleil du matin. Un instant après, j'actionnais le démarreur et toute la surface restante de l'aire de stationnement a semblé se soulever. Telle un tapis volant, cette masse de papillons s'est élevée d'un coup dans les airs, masquant le soleil quelques secondes avant de disparaître au-dessus de la cime des arbres, vers le sud.

Aux premières étapes de mon long trajet de retour vers Camberloo ce jour-là, je ne laissais pas d'être tourmenté par la supposition de Dupont selon laquelle j'étais le genre d'homme à coucher sciemment avec une femme comme Griffin.

Certes, j'aurais pu lui rétorquer sans détour avoir cru que c'était Marsha qui m'avait rejoint au lit. Mais au lieu d'admettre cet acte dénué de conscience que j'avais commis aux dépens de mon hôte et ami, j'avais préféré le laisser continuer à croire que je savais qu'il s'agissait de Griffin, qui était elle aussi un être sans conscience. Moralement parlant, j'avais ce que je méritais, j'imagine.

Subitement, une sotte pensée m'est venue. Je me suis arrêté sur l'accotement, me suis garé et j'ai réglé le rétroviseur en le braquant vers mon front. J'ai examiné la naissance des cheveux sous tous les angles, en inclinant la tête dans plusieurs directions, et en le palpant délicatement du bout des doigts.

Rien. Aucune douleur, aucun signe de cicatrice postopératoire. Et je ne me sentais nullement différent par rapport à mon arrivée à l'institut, hormis une légère gueule de bois persistante. Il est vrai que Dupont avait précisé que cette sensation d'absence de changement était une réaction courante, après l'intervention.

Il n'empêche, je ne présentais pas de cicatrice.

Mon moment d'extrême paranoïa étant passé, j'ai redémarré et repris la route du nord. Mais il m'a fallu plusieurs heures avant de commencer à me sentir tout à fait rasséréné, après avoir franchi la frontière canadienne dans l'autre sens.

Quatrième partie

L'esprit aime l'inconnu [...] étant donné que le sens de l'esprit lui-même est inconnu.

RENÉ MAGRITTE

Le curateur, de nouveau

Plusieurs mois s'étaient écoulés depuis mon déplacement à l'Institut 77. Au début, malgré tous mes efforts, je ne parvenais pas à me sortir de la tête cette visite dans ma chambre, en pleine nuit, de Griffin, la créature à demi-humaine. Tout le reste – les retrouvailles avec Dupont, la révélation de son implication dans une expérience chirurgico-anthropologique épouvantable, la description par Marsha du déclin des Uplands – n'occupait qu'une lointaine seconde place derrière le souvenir de ce qui s'était passé dans la chambre d'amis des appartements du médecin. Lors de la réunion avec le consortium minier, le lendemain matin, à Camberloo, je me sentais encore embrumé. J'ai prétexté un début de grippe et laissé Jonson prendre la main.

Peu à peu, toutefois, le temps a opéré sur moi sa magie. Assez vite, l'incident avec Griffin a fini par occuper la place qui lui revenait, aux côtés de cette autre expérience exotique singulière avec Maratawi, à Oluba. Je ne pensais plus trop ni à l'une ni à l'autre, et quand il m'arrivait d'y penser, on eût dit qu'il s'agissait presque d'épisodes troublants survenus dans la vie d'un autre homme et non dans la mienne.

Un matin où j'étais à mon bureau, occupé à étudier des documents d'ingénierie assez ennuyeux, j'ai reçu un autre appel téléphonique du curateur Soulis. Il voulait me faire un bref compte rendu des progrès de la recherche sur *Le Nuage d'obsidienne*. Tout d'abord, cependant, il m'a redit combien le conseil d'administration était ravi de ma contribution financière – à telle enseigne qu'ils avaient approuvé sa demande de solliciter un excellent chercheur pour l'assister dans son travail sur le livre. Avec cette jeune femme, il achèverait rapidement son travail sur le format de l'ouvrage et ils réussiraient à retrouver la trace de l'atelier d'imprimerie qui avait imprimé le volume.

En outre, ils s'étaient énergiquement consacrés à dénicher des éléments biographiques sur Macbane lui-même, non sans consulter divers experts sur la réalité du phénomène décrit dans le livre. Il savait que c'était le genre de chose qui présenterait pour moi un intérêt et, sans doute aussi pour les lecteurs en général, raison pour laquelle il avait tenu à m'appeler pour me le faire savoir.

J'étais tout ouïe, naturellement.

« Nous nous sommes déjà entretenus avec des spécialistes météo... nous n'attendions pas grand-chose d'utile de leur part. Nous nous trompions. Ils ont formulé quelques hypothèses assez intéressantes, a poursuivi le curateur. Nous avons eu aussi des échanges approfondis avec des historiens, au sujet de précédents identiques à ce nuage noir. Nous avons certes encore beaucoup à faire avant d'être en mesure de nous prononcer de façon définitive. Au total, l'aventure a été pour nous très enrichissante... très différente du type de recherches qui se mènent habituellement chez nous. Quant à savoir qui était véritablement ce Macbane, jusqu'à présent, nous n'avons pas eu la chance de découvrir quoi que ce soit de tangible. Mais nous suivons certaines pistes, et nous n'avons nullement renoncé à cet aspect de nos investigations. En tout cas, je voulais que vous le sachiez, quand nous serons arrivés au stade des conclusions préliminaire, je vous en communiquerai tous les détails. »

Naturellement, j'attendais impatiemment de les lire.

« Eh bien, souvenez-vous toujours de ce que je vous ai dit la dernière fois, a-t-il ajouté. Si jamais vous passez par Glasgow lors de vos périples, venez nous voir, vous seriez tout à fait le bienvenu. Je sais que vous êtes un homme occupé, mais je serais ravi de vous rencontrer et de vous tenir informé de vive voix de nos toutes dernières découvertes sur ce livre. »

Là-dessus, il a été mis fin à l'appel.

Ce même après-midi, j'ai quitté le bureau tôt et suis allé voir Frank à l'Emporium. Dans son bureau du fond, je l'ai tenu au courant du coup de téléphone du curateur. Il était aussi passionné que moi par ces derniers développements.

« Pourquoi ne prends-tu pas son invitation au mot ? m'a-t-il dit. Ce serait formidable d'aller là-bas s'entretenir directement avec lui au sujet du livre. Subitement, il a eu une idée. Non seulement cela, mais si tu avais le temps, tu pourrais ajouter une petite visite à Duncairn et voir ce qu'il en reste. »

Il savait que toutes les villes des Uplands étaient désormais dans un triste état.

Je suppose que cet encouragement de mon fils aurait dû amplement me suffire. En fait, dans mon esprit, ce n'était pas tant la rencontre avec le curateur qui me tentait que la perspective d'un retour à Duncairn. Comme l'avait dit Marsha Woods, ne serait-ce pas merveilleux que la femme qui avait joué un rôle si éminent dans ma vie affective et mentale durant toutes ces années – Miriam Galt – y vive encore et que je puisse la revoir ?

Pourtant, à peine Frank m'avait-il pressé de me rendre à Duncairn que toute cette idée m'a paru assez rapidement répugnante, comme un acte de trahison, de déloyauté, à la fois envers mon fils et envers la mémoire d'Alicia. J'ai donc invoqué un prétexte pour lui répondre que ce serait impossible : j'avais des affaires urgentes à régler ici, au Canada.

« Oh, allons, a-t-il insisté. Jonson pourrait se charger des choses pendant cette période. Après tout, quelle opportunité ce serait de parler du *Nuage d'obsidienne* à un expert. Ce serait vraiment captivant. »

Ainsi, je me suis laissé convaincre d'y aller, plus pour faire plaisir à Frank qu'autre chose. Après tout, notre intérêt commun pour le mystère de Macbane et son livre comportait aussi pour moi la reconnaissance implicite de la redécouverte d'un lien entre nous deux, en tant que père et fils.

À mon retour au bureau, j'ai téléphoné au Centre culturel national. Soulis s'était absenté pour la journée, mais j'ai pu organiser un rendez-vous avec lui pour lundi matin prochain. J'ai préparé mon voyage en conséquence.

Aujourd'hui, je me demande parfois ce qui aurait pu arriver si je ne m'étais pas décidé à faire ce voyage. Mais évidemment, cela ne mérite pas que l'on s'y attarde. S'il existe une destinée, aucun des actes les plus évidents que pourrait décider d'entreprendre un individu n'y changerait sans doute rien. En dépit de tout ce que nous croyons savoir, l'élément le plus fragile – un mot mal entendu, une fausse supposition, un mauvais calcul tout à fait excusable – pourrait aussi bien constituer le maillon le plus fort de la chaîne.

Soulis

1

Les premiers signes de la terre sont apparus par le hublot de l'appareil – les Hébrides extérieures. À travers quelques trouées dans les nuages, j'ai pu les apercevoir ourlées de neige sur le fond sombre de l'océan. J'ai même entraperçu des villages isolés et des maisons minuscules. Qu'une chose aussi fragile que la vie, et plus encore l'amour, puisse survivre, là, tout en bas, voilà qui était difficile à croire.

Lorsque nous avons atterri à l'aéroport situé juste au sud de Glasgow, une heure après, il était un peu plus de quatre heures, un dimanche après-midi, et c'était déjà le crépuscule. La neige tombait, ici aussi.

J'ai loué une voiture et, au début, j'ai conduit très prudemment, n'étant pas habitué à rouler à gauche. Je me sentais assez désorienté, comme s'il s'était produit un renversement de l'ordre naturel des choses. J'ai fini par m'habituer à cette sensation d'être dans un monde en miroir. Mais il a quand même fallu que je continue de rouler lentement, car la neige s'est transformée en neige fondue, puis en pluie battante.

À mon arrivée aux abords de la ville, la nuit était tombée et les réverbères étaient allumés. J'avais pris un détour, de manière à pouvoir approcher par l'est. De la sorte, je traversais Tollgate, que je n'avais plus revu depuis l'époque de l'explosion, tant d'années auparavant. Je m'étais cuirassé pour me confronter à de cruels souvenirs. Au lieu de quoi, j'ai été stupéfait de découvrir toute l'ampleur des mutations survenues au cours de toutes ces années. Si les tracés des grandes artères étaient restés à peu près inchangés, tout le quartier où j'avais été élevé était transformé. Les immeubles d'habitation avaient tous été démolis, et de nouveaux ensembles d'appartements agrémentés de petites rangées de boutiques bien éclairées et de fast-food avaient surgi à leur place. Comme si aucun cauchemar ne s'y était jamais produit.

Complètement décontenancé, j'ai simplement continué de rouler vers le centre-ville, en ouvrant l'œil pour repérer un hôtel. Je n'ai pas tardé à me retrouver à proximité des docks, que longeait la rivière toujours scintillante, à sa manière menaçante, comme autrefois. D'après ce que j'ai pu entrevoir à travers la pluie battante, les navires amarrés aux quais de marchandises avaient l'air toujours aussi rouillé. Mais à part cela, toute cette partie de la ville n'en était pas moins méconnaissable. Les taudis dangereux qui en peuplaient les deux rives avaient disparu pour laisser place à des cohortes de tours et d'immeubles de bureaux rutilants. Quelques édifices plus historiques semblaient avoir été épargnés et rénovés, et notamment l'un d'eux, signalé par une enseigne lumineuse : *The Strath Hotel*. L'endroit semblait accueillant, et je me suis garé dans la rue aussi près que j'ai pu, avant de revenir en vitesse sur mes pas pour m'y abriter du vent et de la pluie.

Le hall de réception était chaleureux, une chambre était libre, et c'est donc là que je suis descendu. J'étais affamé et, après avoir déposé mon sac dans la chambre, je me suis dirigé vers le pub-restaurant de l'établissement. Il y régnait des odeurs de friture, de bière et de fumée de cigarette. Une dizaine de clients ou davantage étaient assis dans les différents boxes. Certains de ces hommes portaient l'uniforme, peut-être celui des navires que j'avais remarqués, et ils étaient accompagnés de femmes au maquillage voyant.

Une petite table près d'une fenêtre donnant sur la rue détrempée était vacante, je m'y suis assis et j'ai dévoré un plat de fish and chips avec une pinte d'une bière brune et forte. Regardant par la fenêtre, je n'ai pu m'empêcher de m'émerveiller des changements intervenus dans cette ville. Pourtant, ces changements m'attristaient aussi, sans que je comprenne pourquoi. Dans le cas de Tollgate, il m'était difficile d'accepter que les ruines soufflées par une bombe, en cette lointaine journée d'horreur, aient à présent disparu. L'absence de ce point de repère faisait paraître l'existence même de mes parents à la fois éphémère et insignifiante. J'ai dû me consoler avec l'idée qu'ils demeuraient encore bien vivants dans mon esprit – la seule commémoration qu'ils auraient jugée digne.

Mes réflexions se sont ensuite tournées vers mon rendez-vous du lendemain matin avec le curateur, ainsi que vers le périple de mon retour à Duncairn. La perspective de ces deux événements aurait dû être excitante, si ce n'est que dans l'avion je n'avais pas dormi, et je commençais à fortement me ressentir de la fatigue. J'avais bu la moitié de mon deuxième verre d'une excellente bière, et je ne pouvais plus réprimer mes bâillements. J'ai donc payé mon dîner, je me suis péniblement dirigé vers ma chambre, et je me suis couché, alors qu'il n'était que neuf heures. Le tambourinement de la pluie contre la vitre mêlé aux bruits étouffés du restaurant, juste au-dessous, m'ont bercé les sens.

Dupont me conduisit dans une cellule où le volontaire, un homme pâle, était allongé sur sa couchette, tout à fait immobile sous l'œil observateur de gardiens en blouse de laborantin. Dès que cet homme porterait un fossile à son front et fermerait les yeux, il serait transporté des millions d'années en arrière. L'un des gardiens lui donna un vieux caillou et l'homme se mit à décrire des plantes et des arbres étranges. Ensuite, il eut conscience qu'un énorme animal s'approchait et se ratatina sur sa couchette en criant, les veines du front palpitantes. Le gardien lui reprit ce caillou en le forçant à rouvrir sa main moite, de peur qu'il ne meure sous le choc. Les yeux de l'homme se rouvrirent subitement et il me fixa du regard, à l'instant où la porte de la cellule se refermait dans mon dos en claquant.

Ces yeux accusateurs et cette porte qui claque m'ont tiré de mon rêve en sursaut. Il m'a fallu quelques minutes pour me souvenir que j'étais au Strath Hotel. Peut-être la porte voisine de la mienne, dans le couloir, s'était-elle réellement refermée en claquant. La certitude, c'est que j'ai entendu le rire d'un homme et d'une femme derrière la cloison. La pendule de chevet indiquait qu'il était trois heures du matin.

J'ai essayé de me tirer ce cauchemar ridicule de l'esprit et me suis efforcé de me rendormir, car la journée qui m'attendait serait chargée. Toutefois, le sommeil s'est dérobé. Je me suis mis à repenser à Tollgate et à revivre cette journée, tant d'années auparavant, où mes parents avaient péri déchiquetés.

C'est seulement lorsque j'ai entendu la circulation du tout début de matinée dans les rues autour de l'hôtel que mon cerveau épuisé, recru de chagrin, s'est enfin apaisé et que je me suis endormi.

2

Dans la nuit, la pluie avait cessé et lorsque je me suis dirigé à pied vers le Centre culturel national, à deux petits kilomètres de l'hôtel, un soleil d'hiver a même brièvement pointé.

Je suis arrivé au Centre cinq minutes avant mon rendez-vous de onze heures. C'était un édifice assez récent, cubique, doté d'une caractéristique notable : son aile était en réalité un clocher de section ronde, vestige d'une construction en pierre bien plus ancienne.

À l'intérieur, j'ai demandé le curateur des livres rares et on m'a orienté vers cette vieille tour. Là, j'ai dû monter une volée de marches qui montaient directement à une vaste salle circulaire aux murs de pierre lisse et parquetée de bois vernis. Plusieurs fenêtres rondes avaient été percées dans la pierre, évoquant des hublots de navire. Des luminaires pendaient au haut plafond habillé de lames de bois. Des dizaines de meubles de rangement en métal gris étaient disposés en éventail à partir du milieu de la salle comme un jeu de dominos surdimensionnés. Ils étaient flanqués d'une série de tables d'aspect massif et de chaises en bois. Mais je ne voyais pas de collection de livres rares.

Un homme, chauve et courtaud, que je n'avais pas remarqué, car il était derrière l'une des rangées d'armoires de classement, est venu vers moi, main tendue.

« Monsieur Steen ? » Il avait cette voix forte qui m'était familière. « C'est un plaisir de faire votre connaissance. Je suis Neale Soulis, le curateur. Nous nous sommes parlé au téléphone. »

Il n'avait pas du tout le type de l'universitaire élégant que je m'étais imaginé. La cinquantaine, le nez bulbeux et des lunettes cerclées, son costume bleu était fripé, le nœud de sa cravate de travers : c'était visiblement un homme qui se désintéressait des questions de mode.

Nous nous sommes serré la main.

Il avait à peine commencé de m'en dire davantage quand il se produisit un phénomène des plus alarmants : les murs massifs en pierre et le sol se sont mis à trembler tant que j'ai redouté que la tour ne soit sur le point de s'écrouler. Ensuite, un vacarme à vous percer les tympans a éclaté au-dessus de nous : la cloche de l'horloge sonnait lentement onze heures. Soulis a attendu que le carillon cesse, avant de reprendre la parole. Du moins, ses lèvres remuaient, mais j'avais un tel écho persistant dans mes oreilles que je réussissais à peine à entendre ce qu'il disait. Il a attendu encore un moment, puis a parlé de nouveau, ou plutôt hurlé :

« M'entendez-vous, maintenant ? Je regrette, vous êtes arrivé un peu en avance. J'aurais dû vous avertir, que vous évitiez. Vous rendez-vous compte que cette horloge sonnait tous les quarts d'heure, avant que je ne la fasse régler ? Maintenant, au moins, elle ne sonne que l'heure. »

L'effet des réverbérations avait cessé, mais il parlait encore très fort.

« Cette tour a longtemps fait partie de la résidence officielle du Lord Prévôt de la ville, jusqu'à ce qu'elle soit bombardée, lors de la dernière guerre. Sa cloche a été fondue en Hongrie, en 1850. Saviez-vous que les Hongrois étaient les grands fondeurs de cloche de l'Europe ? »

Je me suis un peu éloigné de lui. Peut-être, avec le temps, cette sonnerie de cloche permanente lui avait-elle endommagé les tympans, car il avait la voix tonitruante de la personne dure d'oreille.

J'ai regardé autour de moi. Si c'était la salle des Livres rares, où étaient les collections ? Je ne voyais que des armoires de rangement et des tables de travail, et rien, d'autre.

« Ah, ce n'est pas ici que nous conservons physiquement les ouvrages… ils se trouvent au département des Collections spéciales, à l'université, à quelques kilomètres d'ici, m'a-t-il répondu. Si vous êtes là demain, je vous y conduirai et vous pourrez jeter un œil aux collections. C'est extrêmement intéressant. »

Je lui ai répondu que ce ne serait pas possible, car plus tard dans la journée j'avais l'intention de prendre la route des collines et de rallier Duncairn… par pure nostalgie. Il se pourrait que je séjourne un jour ou deux dans les Uplands, ensuite je serais obligé de retourner au Canada et de me remettre au travail.

« Je comprends parfaitement que vous ayez envie de retourner visiter Duncairn. Voyez-vous, cet endroit, ici, n'est qu'un site de recherches. Aucun autre département n'avait envie de s'y installer, à cause du bruit, donc je me suis porté volontaire, à seule fin de pouvoir ainsi profiter de davantage d'espace pour nos dossiers. Comme vous le constatez, cela n'a rien d'idéal, mais cela me sert aussi de bureau, ce qui m'est très utile. Les visiteurs qui viennent me voir sont généralement programmés quelques minutes *après* l'heure. Je les avertis de repartir quelques minutes avant que l'heure suivante ne sonne. L'avantage, c'est notamment que cela contribue à préserver la ponctualité des rendez-vous. »

Je ne savais pas si ce dernier propos se voulait un trait d'esprit.

« Alors ne vous inquiétez pas. Je veillerai à vous mettre dehors à midi moins cinq », m'a-t-il fait. Sa voix redevenait plus supportable, à présent.

Il m'a conduit à un bureau encombré, à moitié dissimulé par les armoires de rangement.

« Voici ce qui fait pour moi office de bureau privé », m'a-t-il annoncé d'un air contrit. Il s'est assis derrière sa table de travail et j'ai pris place face à lui. J'ai pu voir mon exemplaire du *Nuage d'obsidienne*, couché à côté d'une liasse de papiers. Durant tout l'entretien, par intervalles, il le caressa du bout des doigts.

« Je suis très heureux que vous ayez pu venir me voir, m'a-t-il dit. Comme je vous l'ai indiqué lors de nos échanges, je considère ce livre comme une découverte fascinante. N'est-il pas incroyable que vous ayez réellement vécu à Duncairn quand vous vous étiez un jeune homme… et qu'ensuite vous ayez découvert ce livre en plein Mexique ? Et, comme vous le disiez, sans ce nom de "Duncairn" imprimé dessus, vous n'y auriez sans doute vu aucun intérêt. Croyez-moi, dans notre métier, les découvertes véritablement enthousiasmantes se font souvent de cette manière fortuite… comme si le dieu des livres était à l'œuvre. » Son sourire révélait deux rangées de dents inégales et jaunâtres. « Toute cette filière mexicaine ne donnera probablement rien, mais nous l'étudierons minutieusement. Peut-être un voyageur identifiable a-t-il pu apporter l'ouvrage au Mexique, ou un collectionneur de livres l'aurait acquis il y a longtemps de cela. Dans le métier, nous appelons cet aspect la "provenance" du livre. »

Il a ensuite considéré la pile de papiers sur son bureau et s'est mis à les trier, y remettant de l'ordre.

« Maintenant, si vous me le permettez, je vais vous exposer la teneur de notre travail, a-t-il repris. Mon assistante et moi sommes déjà arrivés à effectuer une bonne part des recherches préliminaires afin d'établir quand et comment *Le Nuage d'obsidienne* a été publié, qui pouvait en être l'auteur, et ainsi de suite. Voici ce que nous avons trouvé jusqu'à présent.

« Comme je le disais dans ma lettre, même les dimensions physiques du livre sont fort peu courantes. »

3

C'était la taille peu commune du *Nuage d'obsidienne* qui avait attiré l'attention de Soulis dès qu'il avait eu mon exemplaire sous les yeux. Il l'avait mesuré à la règle – il affichait trente-huit centimètres de hauteur par vingt-huit centimètres de largeur. C'était un format peu habituel, que l'on appelait l'« Imperial Quarto », passé de mode à la fin du XIXe siècle, était en partie en raison de sa taille, si grande qu'il ne rentrait pas dans les bibliothèques ordinaires. Mais ces volumes étaient aussi peu maniables, comme s'ils avaient été conçus pour être couchés sur le plan incliné d'une table de lecture ou un lutrin plus que pour être tenus en main.

Et même à leur âge d'or, les *imperial quartos* paraissaient le plus souvent en éditions limitées, car ils étaient très coûteux à fabriquer. Les presses à imprimer devaient être réglées pour les recevoir, augmentant le coût de fabrication.

Certains collectionneurs de livres rares les appelaient les « quartos écossais », parce qu'en général, seuls les imprimeurs installés en Écosse acceptaient d'en fabriquer. Fidèles à la réputation d'avarice des Écossais, ils croyaient pouvoir réaliser un bénéfice convenable grâce à ces quartos en utilisant les chutes de cahiers qui sans cela seraient jetées.

Soulis était parvenu à découvrir certaines informations relatives à The Old Ayr Press – l'imprimeur du *Nuage d'obsidienne* – dans une histoire détaillée de l'impression en Écosse. Ce très modeste atelier avait opéré dans la petite localité de Kilcorran, en pleine région de l'Ayrshire, pendant cent cinquante ans, avant de mettre la clef sous la porte durant la Grande Guerre. Le bâtiment où il était jadis situé avait été démoli et le terrain faisait désormais partie d'un ensemble de logements sociaux. Les archives de l'entreprise avaient probablement été jetées dans un conteneur, et la date exacte de publication du *Nuage d'obsidienne* pourrait demeurer à jamais un mystère. La page de titre n'indiquait l'année d'impression que sous la forme 18... Les deux derniers chiffres étaient tellement effacés par la moisissure que cette date aurait pu se situer à n'importe quelle période du XIXe siècle.

Voilà pour ce qui était de l'imprimeur. Mais ce que Soulis aurait très nettement préféré découvrir, c'était l'identité de qui avait publié ce livre. L'éditeur, en accord avec l'auteur, préparait un ouvrage pour l'impression et s'assurait que le volume fini était distribué et lu. Dès lors, connaître l'éditeur ouvrait toujours une voie d'investigation fructueuse aux chercheurs des époques ultérieures.

Malheureusement, dans le cas du *Nuage d'obsidienne*, aucun éditeur n'était mentionné en tête de volume. Ce Rev. K. Macbane avait peut-être préféré faire imprimer le livre à compte d'auteur – solution retenue par beaucoup d'ecclésiastiques souhaitant s'éviter d'être accusés d'avoir recherché la notoriété ou le succès commercial. Dans ce cas-ci, The Old Ayr Press, ayant reçu paiement de Macbane pour l'impression du *Nuage d'obsidienne*, lui aurait simplement envoyé la totalité du tirage pour qu'il en dispose à sa guise. Il incomberait à Macbane d'en expédier des exemplaires à ses amis, ou aux magazines et aux journaux. S'il était assez ambitieux, il pourrait essayer de les placer auprès des libraires situés dans la région de l'Ayrshire, ou même dans le reste de l'Écosse.

Mais on n'avait retrouvé aucune trace de telles tentatives jusqu'à présent. Soulis avait méthodiquement recherché dans tous les endroits habituels : les catalogues d'ouvrages du XIXe siècle, les revues littéraires, les journaux nationaux et locaux et même les registres du clergé écossais. À ce jour, il n'avait trouvé aucune mention d'un Rev. K.Macbane ou du *Nuage d'obsidienne.*

Tout cela rendait Soulis un peu soupçonneux. Un livre et un auteur traitant d'un incident aussi sensationnel avaient forcément dû attirer au moins un peu l'attention quelque part.

« Dans notre profession, il est inhabituel de tomber sur un livre rare qui présente tant de défis dignes d'intérêt, m'a-t-il expliqué. Je suis déterminé à aller au bout. »

Je m'interrogeai : et si c'était un faux ? Et si quelqu'un avait pu le fabriquer de toutes pièces pour lui donner l'allure d'un livre ancien, ce qu'il ne serait pas ?

Soulis m'a affirmé qu'il avait envisagé cette hypothèse dès le début. Il procédait invariablement de la sorte, avec tous les livres rares.

« Nous ne sommes pas aussi faciles à duper que certains se l'imaginent. L'une des premières choses que nous faisons, à l'heure actuelle, consiste à procéder à des analyses de laboratoire. Dans le cas du *Nuage d'obsidienne*, le papier, l'encre, les colles et les reliures sont complètement authentiques. S'il recèle le moindre truquage, ce n'est certainement pas dans les matériaux dont il se compose. »

Mais qu'en est-il de ce nuage fantastique au cœur du livre ? Dans le monde naturel, un tel phénomène ne pourrait certainement pas se produire ? Je lui ai soumis ces questions sans détour.

« Pour moi, je n'ai pas le moindre doute », m'a-t-il répliqué.

Il a lu la surprise sur mon visage.

« J'entends par là qu'à titre personnel, je ne doute pas un instant que ce nuage ait été rien d'autre que le produit de l'imagination de Macbane, a-t-il poursuivi. Mais pour en avoir la certitude, j'ai dû vérifier s'il y avait un possible fondement historique à cette histoire. »

Il savait que j'avais envie d'en entendre davantage à ce

sujet, aussi a-t-il exhumé un autre papier de la pile sur son bureau et m'a-t-il exposé ce qu'il avait découvert

Un professeur du département d'histoire, à l'université, qui s'était tout particulièrement intéressé aux effets des événements liés au climat sur le cours de l'histoire, avait assuré à Soulis que certains épisodes climatiques exceptionnels avaient bel et bien laissé une empreinte remarquable, au point d'être fidèlement documentés. La grande sécheresse de l'an 530, par exemple, a été la cause directe d'une épidémie foudroyante de peste bubonique qui avait ravagé l'Empire romain. Ensuite, il y avait eu cet ouragan inattendu qui, en s'abattant sur l'Invincible Armada espagnole, en 1588, avait changé le cours de l'histoire européenne. Une autre occurrence connue fut cette période que l'on appelait le petit âge de glace, qui a engendré les procès des sorcières de Salem en 1692 – ces femmes furent pendues car déclarées coupables d'avoir provoqué ce temps froid hors normes.

Mais du point de vue des historiens, la plupart des autres « situations climatiques » étaient récurrentes et prévisibles. Il était tout à fait normal que l'hiver russe, par exemple, ait été pour une large part responsable de l'anéantissement des armées de Napoléon en 1812. Et ces tempêtes du cap Horn dont nous avons tant entendu parler ? Pendant des siècles, elles avaient coulé des flottilles de navires et entravé l'exploration et le commerce. Aucun capitaine de navire possédant un minimum de compétence n'avait le droit de se plaindre d'avoir été pris en traître s'il s'enfonçait dans l'une d'elles.

Quant à ce que l'on pourrait appeler les récits historiques non-scientifiques, il existait un grand nombre d'occurrences d'événements climatiques symboliques, mythiques ou allégoriques – l'arche de Noé, la traversée de la mer Rouge, pour citer des épisodes bien connus. En fait, la littérature religieuse avait tendance à rechercher des présages dans les mers, dans les cieux ou dans toutes les autres facéties des éléments susceptibles de s'y prêter.

En bref, concluait le professeur d'histoire, *Le Nuage d'obsidienne* appartenait certainement à cette dernière catégorie non-scientifique, car il n'avait trouvé aucune trace de source historique fiable indiquant qu'un pareil événement soit survenu dans le ciel au-dessus de Duncairn, de l'Écosse ou ailleurs sur cette terre.

Je présumais que cela réglait la question climatique : le nuage de Macbane était une invention, comme nous le suspections déjà. Mais à l'expression de Soulis, j'ai bien vu que cela ne s'arrêtait pas là.

« La conclusion du professeur m'aurait complètement satisfait, mais une drôle de surprise m'attendait. Voyez-vous, j'avais aussi écrit une lettre à la Société royale de météorologie à Londres, pour demander un avis sur le nuage. J'ai finalement reçu une longue réponse du nubiologue de la société… c'est ainsi qu'ils appellent les experts en formations nuageuses. » Sur son bureau, Soulis a attrapé plusieurs feuilles agrafées ensemble. »Le voici. Je vais me contenter de vous le résumer. »

Selon le nubiologue, il ne fallait certainement pas écarter d'emblée le nuage de Macbane comme un phénomène de pure fiction. « Un nuage noir qui peut agir comme un miroir reflétant la terre située au-dessous peut paraître étonnant, écrivait-il, mais comme un séisme de magnitude 10, ou un tsunami de la hauteur de la tour Eiffel, cela appartient certainement au domaine des phénomènes naturels théoriquement possibles. »

Dans son esprit, il était tout à fait admissible que de la

poussière de silice émanant d'une lointaine éruption volcanique, transportée par les vents de la haute atmosphère, puissent en effet provoquer ce qu'on appellerait un « nuage d'obsidienne ». La forte concentration de particules réfléchissantes qu'il contiendrait pourrait parfaitement s'assimiler à l'effet de miroir produit par les vitres teintées de certains bâtiments modernes. Et si un nuage de cette composition devait ensuite se dissoudre en pluie, cette pluie aurait elle-même, selon toute probabilité, des attributs de couleur noire.

Et l'idée assez macabre de globes oculaires crevant au paroxysme du phénomène serait elle-même assez cohérente avec ce phénomène. « Dans des situations climatiques extrêmes, les hausses soudaines et catastrophiques de la pression atmosphérique sont courantes, expliquait le nubiologue. En conditions d'ouragan, par exemple, les portes et même les murs doivent être protégés, pour éviter l'implosion… la pression atmosphérique extérieure est supérieure à la pression intérieure. De même, le barotraumatisme auriculaire, ce que les profanes appellent « se décoller les tympans », est fréquent pendant les ouragans. Il est simplement possible que dans un cas extrême un organe aussi fragile que l'œil humain devienne en effet très vulnérable, de la même manière que l'on peut aspirer l'air d'un conteneur en verre.

Le nubiologue achevait toutefois son étonnante missive sur un avertissement. Oui, un événement comme un « nuage d'obsidienne » était possible – *en théorie*. Mais à sa connaissance, dans toute l'histoire de la recherche en nubiologie, aucun phénomène de cet ordre n'avait jamais été observé. « Il est certain, écrivait-il, surtout à la période récente et dans un pays aussi petit et peuplé que l'Écosse, que tout événement de cette espèce aurait été observé et mentionné dans des publications par un certain nombre d'auteurs qualifiés. Qu'il n'ait été mentionné que dans un seul petit livre d'origines douteuses et qu'on n'y cite *aucun témoin scientifique crédible* suffit à nourrir un scepticisme légitime».

Le nubiologue promettait de tenir Soulis informé, si de futurs développements devaient le conduire à amender ses conclusions.

«Le spécialiste des nuages ne savait probablement pas à quel point il avait vu juste au sujet de la crédibilité des témoins nommés dans *Le Nuage d'obsidienne*, m'a expliqué Soulis. J'avais déjà vérifié leur identité et, à tous égards, ils n'étaient pas ce que l'on appellerait crédibles.» Il a consulté sa montre. «Je peux brièvement vous parler d'eux, si vous le souhaitez.»

Je l'ai pressé de continuer.

Il a jeté un œil à un autre papier sur son bureau.

«Vous souvenez-vous de ce docteur Thracy de Ware qui était censé avoir vu le nuage ?»

Je me souvenais de son nom, en effet.

«Dans le livre, on le qualifie de "naturaliste et astronome bien connu", a continué Soulis. Et il est tout à fait vrai que de Ware était bien connu, au début du XIXe siècle… mais en qualité d'*astrologue*, pas d'astronome. Il avait pour habitude de sillonner les zones rurales d'Écosse, où il prédisait l'avenir en se fondant sur le mouvement des étoiles et des planètes. Et il n'était pas non plus inconnu du système judiciaire. J'ai repéré son nom dans un certain nombre d'actes de procédure liés à des escroqueries… certains de ses clients avaient perdu des fortunes en se fiant à ses prédictions. En d'autres termes, il n'était guère ce que des scientifiques qualifieraient de témoin crédible.»

Soulis a de nouveau parcouru sa feuille.

«Le livre ne mentionnait spécifiquement que le nom d'un seul témoin… Meg Millar. C'était une poétesse et une folkloriste de la région de l'Ayrshire, à peu près contemporaine de Thracy de Ware. Selon une histoire de la littérature de l'Upland, on la surnommait le "Ménestrel de la Lande". Elle avait rassemblé un recueil de légendes et mythes locaux tout à fait digne d'intérêt. Elle a aussi écrit des centaines de sonnets sur les fleurs de la région. » Et là, il a levé les yeux au ciel. « Seules quelques-unes de ces pièces ont survécu, et c'est peut-être tout aussi bien ainsi. »

J'ai dit à Soulis que j'avais reconnu le nom de Meg Millar, moi aussi, à ma première lecture du *Nuage d'obsidienne*. J'avais lu un jour l'un de ses récits à propos d'un homme désabusé qui cherchait une marmite d'or. Je ne lui ai pas précisé que c'était Miriam qui m'avait fait part de cette histoire, à Duncairn, et que le soir où je l'avais lu j'étais si plein d'amour pour elle que je n'avais aucune idée de la déception écrasante qui m'attendait. Je m'étais parfois demandé, en y repensant, si sa décision de me révéler cette histoire n'était pas pour elle un moyen de me préparer à ce coup.

« Oui, j'ai eu connaissance de ce récit, moi aussi, m'a confirmé Soulis. C'est l'un de ses plus connus. Dans les études culturelles, ils appellent cela une histoire « rêvée » : on en trouve plusieurs versions dans diverses sociétés disséminées sur la terre entière. Elles concernent toujours un héros qui rêve d'un trésor enfoui et qui le recherche ensuite à l'endroit que lui indique le rêve. Parfois il le trouve, d'autres fois non. » Et d'ajouter : « Naturellement, dans les versions écossaises, il ne le trouve jamais ! »

Cela nous a fait tous les deux sourire.

« Quant à la vie de Meg Millar, on ne sait pas grand-chose d'elle, et notamment pas si elle était vraiment née dans la région de l'Ayrshire, et pas davantage ses dates de naissance ou de décès. Mais le fait que Macbane prenne pour témoin digne de foi une femme qui recueille des histoires rêvées suggérerait là encore qu'il s'agit d'une pure fiction. »

4

Il a de nouveau consulté sa montre. Ces dernières minutes, il avait parlé un peu plus vite et un peu plus fort.

« Bon, il est midi moins cinq, a-t-il fait. Je crois vous avoir tenu informé de tous les éléments intéressants que j'ai pu réunir jusqu'à présent. Si vous voulez partir d'ici avant que ce carillon ne retentisse à nouveau, vous allez devoir vous mettre en route. » Une fois encore, ses doigts sont venus caresser *Le Nuage d'obsidienne*. « Cela vous ennuie que je garde le livre jusqu'à ce que mes investigations soient terminées ? Je pourrais travailler sur une photocopie, mais ce n'est pas tout à fait la même chose que d'avoir le vrai volume en main. »

Je lui ai promis qu'il pourrait conserver l'original aussi longtemps qu'il le souhaitait, et il s'est confondu en remerciements. Je voyais bien qu'il s'y était fortement attaché.

Nous nous dirigions vers l'escalier, et il n'a pas cessé de me parler.

« Permettez-moi de vous assurer encore une fois que nous continuerons de travailler ferme pour résoudre toutes ces énigmes, a-t-il insisté. Comme vous le comprenez sans doute, de mon point de vue, *Le Nuage d'obsidienne* s'est révélé une découverte exceptionnelle. Il ne s'agit peut-être pas d'une œuvre de la plus haute qualité littéraire, mais elle s'inscrit dans une tradition de la littérature écossaise du merveilleux, qui remonte au Moyen Âge. En fait, cela constitue vraiment un exemple tout à fait singulier du genre, et qui peut être vaguement relié à une tradition européenne encore antérieure, celle du *speculum*… n'en avez-vous jamais entendu parler ? C'est le mot latin qui désigne le "miroir". Certains métaphysiciens érudits de l'antiquité croyaient que toute chose en ce monde était un symbole de tout le reste… qu'en un sens, elles se reflétaient les unes les autres, en miroir. Un ecclésiastique comme Macbane pouvait fort bien connaître cette tradition. Quoi qu'il en soit, mon assistant et moi-même sommes déterminés à découvrir tout ce que nous pourrons au sujet de l'identité de ce révérend K. Macbane. Mais j'en ai conscience, il y a toujours un risque que nous ne soyons déjà arrivés dans une impasse. »

Nous nous sommes serré la main en haut des marches et il m'a promis de m'écrire, s'ils réalisaient d'autres découvertes.

« J'espère que vous apprécierez votre voyage dans les Uplands. Ne serait-ce pas intéressant, si vous tombiez sur quelqu'un qui se souviendrait encore de vous ? »

C'était précisément ce que j'espérais, mais je ne lui en ai rien dit. En fait, je n'ai eu le temps de rien dire, car c'est lui qui a repris la parole.

« Vous feriez mieux de vous dépêcher… l'horloge est sur le point de sonner midi ! »

J'ai couru en bas des marches aussi vite que j'ai pu et franchi la porte à l'instant où le bâtiment entamait son tremblement d'avant carillon. J'ai eu beau m'éloigner sur le trottoir d'un pas rapide, le bruit de la circulation dans la rue n'a étouffé que partiellement l'énorme tintement du clocher.

Mais je ne suis pas reparti dans la direction du Strath Hotel. En route pour le centre, je m'étais rendu compte que le quartier n'était pas du tout éloigné de la maison où j'avais vécu avec Deirdre, la dame aux chats, et Jacob, le violoniste. Je n'avais jamais oublié la bonté de ce couple curieux, en un temps où j'étais dans le besoin, et je me demandais s'ils n'y vivraient pas encore. Toutefois, en arrivant à l'endroit où leur maison aurait dû se trouver, j'ai constaté que toute cette partie de la rue avait elle aussi été rasée depuis longtemps.

Un certain nombre de résidences universitaires ultramodernes occupaient maintenant tout ce quadrilatère.

De nouveau, je me suis senti gagné par la tristesse, ainsi que légèrement saisi de paranoïa, comme si une force maléfique avait entrepris d'effacer toutes les traces importantes de mon ancienne vie. Mais c'était absurde, évidemment. Le Temps et le Progrès étaient à l'œuvre, il n'y avait là rien de personnellement dirigé contre moi. Le Temps et le Progrès ne s'intéressaient nullement aux désirs nostalgiques de Harry Steen, originaire de Tollgate. J'ai tourné les talons et suis reparti en direction du Strath Hotel.

J'ai déjeuné sur le pouce, puis je suis monté dans ma chambre où j'ai noirci quelques pages de notes sur ce que le curateur m'avait appris, tant que c'était encore frais dans mon esprit. J'avais promis à Frank de lui faire un rapport aussi complet que possible à mon retour chez nous. Après quoi, encore très fatigué après ma nuit sans repos, je me suis allongé et j'ai essayé de m'accorder une heure de sieste. Mais c'était inutile. Deux prétendantes de premier plan – la fascination, pour les nouvelles informations que m'avait fournies le curateur et l'incertitude concernant mon voyage à venir à Duncairn – se livraient une bataille sans merci pour me tenir en éveil. À lui tout seul, face à elles, le sommeil n'avait pas une chance.

À la fin, je me suis levé, j'ai bouclé mon sac, payé ma note et pris la route des Uplands. Le temps que j'arrive en périphérie de Glasgow, un mélange de smog et de neige avait suffisamment ralenti la circulation pour que je me rende compte que le voyage risquerait d'être bien plus long que prévu. La route vers le sud s'est changée en véritable procession funéraire, sur tout le trajet, jusqu'à la ville côtière d'Ayr, où je me suis arrêté prendre un sandwich et une tasse de café. Il faisait nuit noire à présent, et j'ai envisagé de m'arrêter dans un hôtel pour la nuit. Mais la neige s'était suffisamment calmée pour que je décide de continuer. Je me suis engagé sur une route sinueuse qui s'enfonçait dans les collines, vers l'est.

Les Uplands

1

La neige avait beau être poudreuse, je devais rouler prudemment, si bien qu'il m'a fallu deux heures bien comptées avant de franchir un col dans ces basses montagnes, et soudain, j'étais à Duncairn. Sur les deux kilomètres suivants, la route de la côte s'est transformée, c'est devenu la grande rue traversant la ville, ponctuée par intervalles de réverbère de type potence, où pendaient encore quelques ampoules de faible puissance.

Je m'étais préparé à trouver une ville plus ou moins réduite à l'état de décombres, après ce que m'en avait dit Marsha Woods. Mais à ce que j'ai pu en voir, les toits et les murs des immeubles étaient à plus ou moins intacts, malgré de nombreuses vitres cassées et l'absence de signes de vie. Visiblement, il n'y avait ni empreintes de pas dans la neige des trottoirs, ni marques de pneus sur la chaussée. Ainsi Duncairn était encore là, mais il semblait que ce soit devenu une ville fantôme.

Je suis arrivé sur la place centrale, et j'ai remarqué les bâtiments désertés de ce qui était jadis la pharmacie Kirk, le poste de police et le café Mackenzie. Le monument aux morts de la guerre, dans le petit square, semblait avoir survécu, les trois soldats de bronze avec leurs baïonnettes encore arc-boutés, sur le qui-vive, les yeux aveugles et vides guettant un ennemi invisible. Le Bracken Inn, au coin de la place, était le seul édifice éclairé. Je me suis garé devant, j'ai sorti mon sac du coffre et me suis engouffré par la porte.

Durant mon séjour à Duncairn, dans un lointain passé, je n'y étais jamais entré, mais à en juger par l'aspect du salon, il n'avait probablement pas beaucoup changé depuis lors. La moquette à motifs floraux était fanée et usée, des bois de cerf jaunissants saillaient au-dessus de la réception et les photographies de joyeux convives d'un temps lointain accrochées aux murs étaient presque toutes en noir et blanc. Une mélodie grinçante de cornemuse et une odeur de viande grillée emplissaient l'air.

J'ai appuyé sur la sonnette de la réception et j'ai attendu. Une femme mince, entre deux âges, est arrivée par un sombre couloir et m'a salué.

« Oui, il y a bien des chambres disponibles », a-t-elle dit en réponse à ma question. Elle avait un accent du sud de l'Angleterre. J'ai rempli les cases de la fiche de renseignements dont elle avait besoin. Elle m'a remis une clef de chambre et a précisé que la salle à manger serait ouverte jusqu'à huit heures.

Ma chambre du deuxième étage était assez quelconque, avec son mobilier d'hôtel habituel. Je suis resté un moment à la fenêtre (elle donnait sur la place), puis je me suis assis sur le lit, submergé de tristesse. C'était sans aucun doute une réaction normale, quand on revenait ainsi dans un endroit où l'on n'avait plus mis les pieds depuis des années – avec une conscience accrue de sa condition de mortel, et de ce que le monde continuera d'exister sans votre présence.

Là encore, je me demandais si c'était pour cela que j'étais retourné en Écosse. Souvent, au fil des ans, chaque fois que j'avais essayé de me représenter celui que j'étais la dernière fois que j'avais vu Duncairn, c'était comme de se remémorer un personnage d'un livre que j'aurais lu il y a très longtemps.

Il était presque huit heures et je pensais descendre au rez-de-chaussée pour le dîner, mais subitement je me suis senti vidé de toute énergie. Ce n'étaient pas tant les kilomètres physiquement parcourus ces deux derniers jours que ce vaste périple mental vers le passé qui m'avait apparemment épuisé. Je me suis dévêtu, je me suis glissé dans le lit froid et, en quelques minutes, je me suis profondément endormi.

Le lendemain matin, affamé, j'étais debout vers sept heures et demie. Je suis descendu au rez-de-chaussée, dans la salle à manger, avec ses tables recouvertes de nappes à carreaux désuètes. Les œufs au bacon étaient bons et j'ai mangé avec appétit.

Après quoi, lorsque je suis passé devant la réception, l'Anglaise était de retour à l'accueil, occupée à remplir des papiers. Elle m'a demandé comment j'avais dormi et nous avons bavardé un moment. Elle semblait apprécier cette occasion de bavarder avec un inconnu.

C'était en fait la propriétaire de l'hôtel : elle en avait hérité de son oncle, quinze ans plus tôt. Vers la même époque, le déclin de la ville avait débuté, avec l'épuisement progressif de la veine de charbon, à la mine, rendant le processus d'extraction laborieux et peu rentable. Les propriétaires anglais (l'un d'eux était l'oncle qui lui avait laissé l'hôtel) avaient décidé de fermer l'exploitation.

À compter de ce moment, selon cette Anglaise, l'exode des gens de la ville avait débuté. En quelques années, Duncairn avait été plus ou moins désertée, l'auberge servant surtout de base de départ aux pêcheurs et aux chasseurs de grouses de passage. À l'occasion, toutefois, elle conservait encore des clients qui étaient d'anciens habitants de la localité venus se recueillir au cimetière, ou simplement voir ce qui subsistait des lieux où ils étaient nés et avaient été élevés.

« Ils gardent un lien très sentimental avec Duncairn, et c'est une clientèle que j'apprécie, m'a-t-elle confié. Mais moi, je ne suis pas une sentimentale. Le charme de lieux jadis utiles et qui tombent en ruine m'échappe complètement. Je vendrais l'hôtel sans l'ombre d'une hésitation, si quelqu'un me l'achetait. »

Je lui ai avoué que j'avais moi-même vécu dans la ville, durant une courte période : on m'avait engagé pour y enseigner, mais cet emploi n'avait pas convenu. Je me demandais ce qu'était devenue l'école.

« Ah, l'école, a-t-elle fait. Eh bien, elle a disparu, elle aussi. Elle a fermé à peu près à la même époque que la mine, et les bâtiments scolaires ont été démolis. Pourtant, le principal a continué de vivre à Duncairn durant des années. Il faisait souvent un saut ici boire un verre de bière. »

Elle s'est rembrunie, se le remémorant.

« Il s'appelait Sam Mackay, un homme très sympathique. Il est mort, maintenant. Son épouse est décédée il y a cinq ou six ans, elle aussi. »

Je n'ai pas laissé entrevoir combien j'étais choqué de l'apprendre.

« Oui, a-t-elle poursuivi. Je l'ai vue un certain nombre de fois, mais je ne la connaissais pas vraiment. Elle est inhumée à côté de lui, au cimetière. La plupart des gens de la ville avaient déjà déménagé loin de Duncairn, à l'époque, et ils n'ont donc pas été très nombreux à leur enterrement, à l'un puis à l'autre. On peut encore apercevoir leur grande demeure, là-haut sur la lande. Personne n'y habite plus, alors je suis à peu près sûre qu'elle doit être complètement délabrée, à présent. »

De retour dans ma chambre, je me suis assis un moment pour tenter de prendre la mesure de ce que j'avais entendu là. Ces dernières années, j'avais envisagé la possibilité que Miriam soit morte. Mais je n'y avais pas songé très souvent ou très sérieusement. En fait, il s'était rarement écoulé une journée sans que j'aie pensé à elle, en espérant qu'elle puisse encore avoir pour moi de tendres pensées. À présent, le choc que me causait la nouvelle de sa mort créait en moi une sensation de vide, au tréfonds de mon être. Je suppose qu'à bien des égards, elle occupait encore une place éminente dans toute la perception que j'avais de ma propre personne.

Désormais, je ne saurais jamais de façon certaine pourquoi elle m'avait rejeté. Mais elle avait décidé d'épouser Sam, tout comme elle me l'avait annoncé à l'époque.

Oh, et puis à quoi bon. La sachant morte, je n'avais plus beaucoup de raisons de prolonger mon séjour à Duncairn. J'ai décidé de repartir dès le lendemain matin. Aujourd'hui, j'irais marcher une dernière fois dans les collines, et je monterais à la maison là-haut sur la lande.

Et j'irais devant sa tombe, bien sûr.

2

Ce matin-là, lorsque je me suis mis en chemin à travers la lande par un vent à vous tirer des larmes, j'étais content d'avoir mon manteau d'hiver. Le paysage était resté inchangé depuis trente ans, tout aussi inchangé, sans nul doute, que depuis le dernier grand bouleversement géologique de la planète Terre. Mes empreintes de pas étaient les seules empreintes humaines dans cette neige, mais aux endroits abrités je pouvais apercevoir les traces délicates des lièvres, des lapins et des oiseaux ainsi que d'autres créatures de la lande. Le dessin en était si complexe qu'il eût pu énoncer quelque message, si seulement j'avais eu le savoir indispensable pour l'interpréter.

Je marchais depuis un moment quand l'un de ces grands oiseaux noirs de la lande a filé au-dessus de moi, me rappelant notre première rencontre, avec Miriam, lorsqu'elle avait escaladé le rocher pour m'avertir du goût assez épouvantable de ces volatiles pour les globes oculaires des humains.

Et le rocher ! Oui, il était là, tout là-bas vers l'ouest, noire silhouette sur fond de neige. Il paraissait plus petit maintenant, et les collines qui s'étendaient au-delà étaient moins impressionnantes. Mais au moins ils existaient encore, tandis que Miriam, elle, était morte, son visage n'étant plus qu'une image fantomatique dans mon esprit. C'était là aussi l'une des réalités les plus tristes qui soient : cette transformation du temps et de la distance en vitre opacifiée par le givre, à travers laquelle on discernait à peine les traits des êtres aimés.

C'est dans cet état d'esprit mélancolique, après une demi-heure de marche, que j'ai atteint la maison.

À première vue, elle m'a paru également plus petite, mais c'était peut-être ce brise-vent de feuillus qui avait grandi. Le chêne sur la pelouse était plus haut, quoique squelettique, quelques feuilles trop rares se raccrochant à ses branches, bravant l'hiver.

Vue de près, la maison m'a semblé négligée. Un manteau de mousse rendait le nom de *Duncairn Manor* sur le linteau à moitié lisible. La peinture sur la porte s'écaillait. La fine couche de neige sur le toit ne réussissait pas à masquer les tuiles cassées ou manquantes. L'une des poteries de cheminée était fendue et une autre s'était renversée. Les fenêtres du rez-de-chaussée n'étaient pas cassées, mais obstruées par des linges blancs, si bien que rien n'était visible à l'intérieur.

J'ai frappé, juste au cas où, puis j'ai essayé de tourner la poignée. La porte s'est ouverte dans un grincement, et je suis entré.

L'odeur est la première chose que j'ai remarquée, l'odeur froide et humide de la moisissure et de l'abandon. Ce pouvait être le fruit de mon imagination, mais j'y percevais une note sucrée, comme si un résidu de l'opium du vieil homme persistait encore, depuis tout ce temps.

Il filtrait assez de lumière à travers les draps blancs des fenêtres pour me permettre de voir le sol poussiéreux et des lais de papier peint décoloré à moitié décollés des murs. Dans le salon, des fauteuils, des banquettes et d'autres meubles houssés de tissu bleu foncé évoquaient pour moi des monstres endormis aux formes curieuses. Les tableaux accrochés aux murs étaient eux aussi voilés par ces draps.

La porte de la bibliothèque était entrouverte. Me souvenant de cette nuit, il y a si longtemps, où j'avais vu le père de Miriam dans ce canapé devant une flambée, je me suis approché prudemment pour y jeter un œil.

La pièce était déserte. Le mobilier était recouvert de draps, les livres avaient tous disparu des bibliothèques, et l'âtre était froid. Un bourdonnement provenait de la fenêtre. J'ai tiré un peu sur le drap. Une énorme mouche à viande était couchée sur le rebord. Elle avait dû entrer dans la maison durant les derniers jours de l'été, et réussir à survivre. Je l'ai observée, elle a essayé de se redresser, et subitement le vent l'a balayée vers l'extérieur. Les cimes des conifères se sont un peu penchées et la maison a gémi.

J'en avais assez vu de ce triste endroit. Je me suis dirigé vers la sortie.

Tout à coup, me souvenant de quelque chose, je suis retourné au salon. Au-dessus du manteau de la cheminée, un tableau était recouvert d'un drap. Je l'ai délicatement soulevé.

Oui ! C'était la photographie de Miriam, intacte après toutes ces années. Je suis resté là devant ce foyer mort un très long temps, m'imprégnant de l'image de ce visage que j'avais presque oublié. Elle était vraiment aussi belle que dans tous mes rêves. Mes yeux se sont remplis de larmes de plaisir mêlé de chagrin.

À ce même moment, j'ai entendu un discret grincement du plancher au-dessus de ma tête. Cet autre matin, il y a bien longtemps de cela, quand Miriam était montée me chercher un livre, j'avais entendu ce même grincement, provoqué par ses déplacements là-haut. Et là, chose impossible, je me suis senti submergé par la sensation que tout se répétait : elle était là-haut, elle m'attendait.

Je suis allé au pied de l'escalier, mais sans monter. Apparemment, personne n'avait plus déplacé cette poussière depuis des années. Je l'ai appelée par son nom. Je l'ai répété, une fois, deux fois, maintes fois.

Bien sûr, personne n'a répondu.

Je suis retourné dans le salon, j'ai décroché la photo du mur et je l'ai calée sous mon bras. Je suis sorti dans le vent froid qui ne me semblait plus si froid. Ensuite, j'ai tiré la porte pour la refermer derrière moi et j'ai quitté cet endroit hanté sans un regard de plus.

3

Après avoir quitté le manoir, j'ai marché plusieurs heures dans la lande autour de Duncairn, en repoussant sans cesse ce moment. À la fin, par un grand acte de volonté, je me suis dirigé vers les limites est de la ville, et le cimetière. C'était une parcelle de terrain plat, entourée d'un mur en pierre bas et très érodé. L'entrée se faisait par un portail rouillé assez large pour laisser passer un corbillard, avec des figures de gargouilles lorgnant du haut de chaque pilier. Mes empreintes de pas étaient les seules sur la couche de neige de l'allée centrale, flanquée de très anciennes pierres tombales, souvent inclinées et désagrégées, aux inscriptions trop usées pour être encore discernables.

Parmi les pierres tombales et les plaques plus ordinaires signalant les inhumations plus récentes, j'ai assez vite trouvé la stèle funéraire que je cherchais. C'était une petite pierre tombale en granite, portant trois noms :

JOHN GALT
SAMUEL MACKAY
MIRIAM MACKAY

Il n'y avait ni dates ni inscriptions.

Me sentant très malheureux, je ne suis resté que quelques minutes. Ensuite, alors que je repartais, j'ai remarqué une légère protubérance dans la neige, à la surface de la sépulture. Je me suis arrêté et l'ai balayée du bout des doigts. À ma surprise, un minuscule bouquet d'œillets rouges était posé là, toujours enveloppé dans son papier. Certains pétales n'étaient pas flétris.

Dès mon retour au Bracken Inn, j'ai sorti la photographie de Miriam de son cadre et l'ai rangée soigneusement dans ma valise. Ce soir-là, après dîner, je me suis rendu à la réception pour signaler à l'Anglaise que je rendrais la chambre demain matin. Je lui ai aussi mentionné ma visite sur la tombe de Sam Mackay, où j'avais vu couchées des fleurs qui paraissaient encore très fraîches.

« Oh oui, ce doit être leur fille qui les y a déposées, m'a-t-elle fait. Tous les ans, elle vient se recueillir devant la tombe. Elle reste parfois la nuit à l'hôtel. Elle était ici il y a deux semaines, en fait… cela expliquerait la fraîcheur des fleurs. »

Leur fille ? J'étais surpris d'entendre cela.

« Oh oui. Sarah. Sarah Mackay. C'est une très gentille fille. Elle est administratrice ou je ne sais quoi, à Eildon House. »

Il s'agissait apparemment d'une institution publique située dans une partie isolée de la région frontalière entre l'Écosse et l'Angleterre, au sud-est de Duncairn. Sarah s'était manifestement attachée à prendre soin de la tombe de ses parents, car Eildon House se situait à trois heures de voiture au moins, et par des routes dangereuses en cette saison.

« Je pourrais vous donner son numéro de téléphone », m'a proposé l'Anglaise, avant que je ne le lui aie demandé.

Elle a fouillé dans sa boîte de fiches et trouvé le numéro.

« Travailler à Eildon House… quel endroit étrange, pour une jeune fille aussi charmante, a-t-elle ajouté, en regardant autour d'elle, comme pour vérifier que personne n'écoutait, et en baissant la voix. C'est un endroit pour les gens qui ont un peu perdu la boule. »

Remonté dans ma chambre, j'ai composé le numéro et suis tombé sur la secrétaire de Sarah Mackay.

« Miss Mackay est absente pour la journée », m'a-t-elle répondu avec brusquerie.

Je lui ai expliqué que j'étais un visiteur du Canada qui avait connu ses parents. J'espérais la rencontrer et lui parler d'eux.

La réceptionniste s'est alors montrée bien plus aimable.

« Je suis convaincue qu'elle aimerait vous parler, mais je ne suis pas autorisée à communiquer le numéro de son domicile, s'est-elle excusée. Je regrette, mais vous allez devoir essayer de lui téléphoner ici dans la matinée, voir si vous pouvez la rencontrer. À moins que… laissez-moi vérifier. Des papiers bruissèrent. Oh oui, selon son agenda, elle est libre entre dix heures et midi demain. Je ne suis pas censée procéder de la sorte, mais je pourrais toujours vous inscrire à cette heure-là, si vous le souhaitez ? »

Je le souhaitais, et comment.

« Bien. Je vais noter que vous avez demandé à la rencontrer au sujet d'une affaire personnelle. » Elle m'a fait épeler mon nom.

« Parfait, monsieur Steen, a-t-elle fait. Je vais lui laisser un message, qu'elle peut s'attendre à votre visite vers dix heures demain. »

Sarah

1

Le lendemain matin, le jour se levait à peine lorsque j'ai rendu ma clef au Bracken Inn. J'ai dû conduire très prudemment : non seulement la route était rendue glissante par une fine couche de neige fraîche, mais un brouillard hivernal réduisait la visibilité.

Je suis passé devant le cimetière, en lisière de la ville, où des volutes de brouillard plus épaisses semblaient flotter en équilibre instable sur les pierres tombales, surtout celles situées vers le fond, où gisait Miriam, comme si tous les morts de Duncairn et elle-même m'adressaient un au revoir. Un corbeau solitaire était perché sur la corne d'une des gargouilles, à l'entrée du cimetière. Le corbeau et la gargouille m'ont lancé un regard courroucé de leurs yeux furieux.

J'ai dû rouler lentement sur une quinzaine de kilomètres, puis le brouillard s'est suffisamment dissipé, me permettant, les deux heures suivantes, de progresser à une vitesse plus ou moins normale. Vers dix heures, j'ai enfin vu l'écriteau : *Eildon House, CRS*, et je me suis engagé sur une route bordée d'arbres longeant des hectares de prairie et un étang de vase de couleur verte et à moitié gelé. Par les intervalles entre les arbres, j'ai entraperçu une immense demeure avec ses arcades, ses murs étayés de contreforts, ses piliers et ses fenêtres innombrables de style gothique et palladien : ce devait être la maison proprement dite.

J'ai trouvé un parking, d'où j'ai gagné la porte d'entrée. Un perron aux marches biseautées par l'usage conduisait à un portique soutenu par d'épaisses colonnes. Le sol du portique était fait de dalles érodées et la porte proprement dite était massive. Quand j'ai tourné le bouton de sonnette ouvragé, j'ai entendu à l'intérieur une sonorité métallique à peine perceptible.

Au bout d'un moment, un homme en uniforme bleu marine, la poche poitrine ornée d'un insigne de gardien, a ouvert. Il a vérifié mon nom sur un bloc qu'il tenait en main et m'a ensuite conduit dans un salon d'accueil lugubre et haut de plafond. Il a refermé la porte derrière nous et m'a dirigé vers un corridor menant à l'aile ouest du bâtiment : là, je trouverais une salle d'attente.

Je me suis avancé sur un sol parqueté qui répercutait le bruit de mes pas. Le parfum de cire fraîche était si fort qu'il aurait masqué toute autre odeur déplaisante, si besoin était.

Après un coude de ce corridor, je suis arrivé dans la salle d'attente. L'atmosphère était d'une autre époque, avec ces sombres lambrissages et ces non moins sombres peintures à l'huile d'hommes aux favoris victoriens qui vous toisaient de haut avec sérieux. Plusieurs chaises en bois au dossier très vertical entouraient une table basse. Une petite fenêtre à barreaux au verre en culs de bouteille était enchâssée dans le mur épais d'un mètre, et quelques mouches énormes étaient visibles à travers, agglutinées sur le rebord extérieur. J'étais soulagé de constater qu'il ne s'agissait que de moineaux déformés, et dès qu'ils ont entrevu ma silhouette également déformée par le verre, ils se sont envolés à tire-d'aile.

Un cordon muni d'une seule ampoule, sans abat-jour pendait du plafond aux moulures recherchées. La lumière que projetait cette ampoule était si faible qu'il eût été difficile de lire dessous, même s'il n'y avait ici de lecture nulle part, pas même quelques magazines périmés. Je me suis posé dans l'une des chaises en bois : elle n'était pas faite pour qu'on y reste assis longtemps.

En fait, la salle d'attente tout entière n'encourageait guère l'attente.

Tout est resté silencieux une minute ou deux, puis j'ai entendu l'écho d'un pas vif, et une jeune femme est apparue à un angle de la salle. Elle portait elle aussi un uniforme officiel, mais d'un ton verdâtre, et le mot *Directeur* était inscrit sur son insigne. Elle est venue droit vers moi.

« Monsieur Steen ? m'a-t-elle dit sur un ton amical et plaisant. Je suis Sarah Mackay… la fille de Miriam. » Elle m'a serré la main.

Je pouvais à peine parler. De près, elle était tellement semblable à la Miriam de la photographie que j'avais récupérée hier à la maison de Duncairn que je me suis senti transporté dans le temps. Les yeux bleus possédaient la même sincérité que ceux de sa mère quand ils m'avaient scruté pour la première fois par-dessus cette corniche de rocher sur la lande, tant d'années auparavant.

« J'ai été ravie d'apprendre que vous veniez, m'a-t-elle fait. J'ai presque l'impression de vous connaître, ma mère prononçait votre nom si souvent. Elle se demandait toujours ce que vous avait réservé la vie. Je sais qu'elle aurait aimé vous revoir. »

Apprendre que Miriam ne m'avait pas oublié m'a profondément touché. Je ne savais que répondre.

« Allons dans mon bureau, a-t-elle proposé, en lançant un regard autour d'elle sur cette salle d'attente au mobilier lugubre. Au moins c'est un peu plus confortable que tout cela. »

2

Je l'ai suivie par un dédale de couloirs, dans les profondeurs d'Eildon House.

Tout en marchant, elle m'a expliqué que l'endroit était à l'origine la résidence d'Andrew Eildon, un capitaine d'industrie du XIXe siècle. Ce personnage avait consacré l'essentiel de sa fortune à cette maison, en tenant lieu d'architecte. Les journaux de son époque l'avaient appelée la « folie d'Eildon ». Dans les premières années du XXe siècle, aucun de ses descendants n'avait plus les moyens de l'entretenir.

« En fin de compte, le gouvernement se l'est appropriée et l'a reconvertie pour son usage actuel. »

Je devinais que, dans son « usage actuel », l'endroit devait en un sens servir de lieu de détention. Aux intersections de nombre de ces couloirs, des gardiens en uniforme, pistolet au ceinturon, étaient postés à des points de contrôle. D'un signe de tête, ils saluaient respectueusement Sarah Mackay à notre passage.

J'étais curieux de ce sigle, *CRS*, que j'avais vu accolé à *Eildon House* sur le panneau de la route.

« Cela signifie "centre de résidence surveillée", m'a-t-elle précisé. Pour la majorité des gens de ce pays, c'est une appellation polie, qui désigne une prison. Pourtant, seule la moitié à peu près de nos détenus ont réellement commis un acte criminel. En tout cas, nous les considérons comme des patients, pas comme des prisonniers. »

Mais nous avions tourné tant d'angles et emprunté tellement de couloirs tous identiques que j'étais un peu perdu. Je lui en ai fait la remarque : l'endroit évoquait un clapier.

« Exactement, a-t-elle acquiescé. Cette conception labyrinthique semble mettre les pensionnaires à l'aise. Ils ne se sentent pas soumis à une discipline trop stricte ou espionnés. C'est très différent des prisons plus orthodoxes. Si vous avez déjà vu des photographies de ces édifices, vous aurez remarqué qu'ils s'apparentent à une grande roue, avec ses rayons contenant des rangées de cellules et le moyeu de sa tour centrale servant à observer les détenus à toute heure. »

J'ai repensé au campement militaire de Dupont, avec sa clôture surmontée de feuillard tranchant comme du rasoir qui lui donnait des allures de reconstitution de camp de prisonniers. J'ai parlé à Sarah Mackay de ma visite là-bas. Je me suis demandé si, quelle que soit l'architecture de ces lieux de confinement, ceux qui y travaillaient ne finissaient pas eux aussi par se sentir comme des prisonniers.

« Votre réflexion comporte une bonne part de vérité, m'a-t-elle fait. Ici, à Eildon House, dans le cas des gardiens et des autres personnels de service, leurs salaires doivent être assez élevés pour refréner leur envie de chercher du travail ailleurs. » Elle s'est rembrunie. « Mais pour les professionnels que nous sommes, cela ne nous gêne pas de consacrer nos plus belles années à travailler dans des institutions comme celle-ci. C'est notre mission… notre vocation, pourriez-vous dire, et nous le ferions sans être rémunérés. En fait, nous sommes quelquefois accusés d'être attirés vers ceux qui souffrent d'affections mentales par une sorte de compassion hypocondriaque. Certains de ceux qui nous critiquent prétendent même que notre sensibilité aux souffrances des autres est une maladie mentale en soi. »

Elle a dû voir que j'étais sincèrement intéressé, et elle a poursuivi tout en marchant.

« J'aurais dû mentionner qu'Eildon House se spécialise dans les soins aux artistes et aux universitaires qui ont commis des méfaits. J'entends par là que nombre d'entre eux ont subi le genre de traumatismes psychologiques associés aux individus exerçant leur profession.

« De tous les types de personnalité artistiques qu'on nous adresse, les écrivains sont très nettement la majorité. Il n'est pas exagéré de dire qu'il nous faudrait dix Eildon House pour accueillir tous les auteurs souffrant de problèmes graves.

« Nos pensionnaires universitaires sont souvent très brillants, et cela ne vous surprendra pas. Pourtant, ils ont une tendance à commettre des actes criminels d'une horreur incommensurable… par exemple, ils pourront poignarder un directeur de département qui leur a refusé ne fût-ce qu'une bourse des plus modeste. L'un d'eux est tristement célèbre dans ce pays, mais pour d'autres raisons. C'est le professeur Artimore… vous avez probablement entendu parler de lui ? »

Naturellement pas.

« Eh bien, c'est un cas intéressant », s'est-elle contentée d'ajouter.

3

Sarah Mackay et moi nous étions engagés dans un couloir ponctué de photographies noir et blanc vieilles d'un siècle. Les sujets portaient les uniformes des employés d'Eildon House et ils étaient rassemblés par groupes, comme des équipes de football. Ces visages peu souriants paraissaient méfiants, comme c'est souvent le cas chez les gens qui n'ont encore jamais vu d'objectif.

Nous sommes arrivés à une porte dotée d'une plaque avec la mention *Directeur*, et elle m'a précédé à l'intérieur.

La pièce était spacieuse, meublée d'un certain nombre d'armoires de rangement et d'un bureau imposant placé devant une grande fenêtre. D'épais barreaux de fer extérieurs gâchaient une vue magnifique sur les collines. Les murs étaient unis, d'une couleur grisâtre, sans aucun élément de décoration, hormis plusieurs autres photographies de groupe en noir et blanc, pareilles à celles que j'avais vues dans le couloir.

Un canapé et un fauteuil en cuir noir et luisant étaient disposés face au bureau. Il y avait à côté un agenouilloir, du style de ceux que l'on trouve dans les églises. Elle a remarqué que je m'arrêtais dessus.

« Eildon House avait sa propre chapelle, m'a-t-elle expliqué. Après la reprise des lieux par l'État, quantité d'objets ont été remisés dans des garde-meubles, notamment le mobilier de cette chapelle. Ce prie-dieu était en fait à l'usage exclusif d'Andrew Eildon. Quand je l'ai vu, j'ai pensé qu'il me serait utile dans mon bureau, et je l'ai fait monter. Comme de juste, certains de nos internés préfèrent désormais s'agenouiller quand ils viennent me voir. » Elle a souri. « Vous avez le droit de l'utiliser, si vous voulez. »

J'ai supposé qu'elle plaisantait, et j'ai souri à mon tour. Elle a pris place dans le fauteuil et moi dans le canapé. Malgré son aspect opulent, l'assise était rigide.

À peine nous étions-nous assis qu'une jeune et jolie femme vêtue de l'uniforme du personnel de maison est entrée. Elle portait un plateau, avec une cafetière et deux tasses.

« Merci, Georgina », a fait Sarah Mackay.

La jeune femme a déposé le plateau sur le bureau avant de ressortir.

« Georgina est l'une de nos internées », m'a précisé Sarah sur un ton très détaché. Elle n'a pu que constater ma surprise. « Oui, la moitié de nos internés sont des femmes. La folie est l'un des domaines où elles ont toujours joui de l'égalité des droits. »

Je me suis étonné que Georgina ne soit pas enfermée.

« C'est une longue histoire, m'a-t-elle fait. Elle aime bien aider et son traitement la rend tout à fait sociable, il n'y a donc la plupart du temps aucune nécessité de l'enfermer. Elle est ici parce qu'elle voulait être écrivain. Voudriez-vous entendre son histoire ? »

À vingt-deux ans, après avoir obtenu son diplôme universitaire, Georgina avait décidé d'écrire un roman et, pour ce faire, s'était acheté une machine à écrire. Durant l'année qui avait suivi, elle était restée tous les jours chez elle et toute la journée ou presque ne faisait quasiment rien d'autre qu'écrire… *tapo-tapotant* son premier roman, heure après heure, en ne sortant pour ainsi dire plus de sa chambre. Elle était si concentrée qu'elle prenait rarement le temps de manger, si bien qu'au bout de quelques mois son corps commença de se ratatiner et le bout de ses doigts couvert de cloques finit par saigner sur les touches de sa machine et sur ses vêtements.

Évolution inévitable, la famille de Georgina s'avérait incapable de s'occuper d'elle, et une série d'institutions pour aliénés mentaux sont devenues son foyer. Si on lui retirait sa machine à écrire, elle tombait dans un état catatonique. Si on la lui rendait, elle régressait aussitôt vers sa dactylographie suicidaire. Il ne semblait jamais y avoir de juste milieu. Les médicaments et un suivi thérapeutique demeuraient inefficaces.

« En fin de compte, on nous l'a confiée, ici, à Eildon House, a poursuivi Sarah Mackay. À son arrivée, son dossier contenait une partie des centaines de pages de roman qu'elle avait écrites. Je les ai lues attentivement. Ce n'était pas réellement une surprise de découvrir que son personnage principal était une femme qui restait toute la journée assise dans sa chambre, occupée à écrire un roman. En écrivant, ce personnage de femme finit par s'imaginer que tous les autres habitants du monde, à l'extérieur de sa chambre, conspiraient contre elle. Le pire, c'est qu'en réalité il ne s'agissait pas d'êtres humains, mais d'énormes rongeurs déguisés en êtres humains. Elle les entendait siffler et gratter à sa porte, en tentant de pénétrer. Elle était elle-même le dernier être humain sur cette terre, convaincue que tant qu'elle continuerait de taper à la machine comme une désespérée, les rongeurs ne pourraient s'attaquer à elle. D'où son obsession et, par extension, celle de Georgina. »

Après avoir entendu cela, je me suis senti poussé par la curiosité : qu'est-ce qui n'allait pas chez Georgina, en lui faisant croire à une réalité d'une absurdité aussi effrayante ?

« Vous venez de mettre le doigt sur un aspect dangereux de la profession littéraire… l'incapacité des écrivains à séparer la réalité de la fiction, a-t-elle repris. Dans une histoire inventée, rien n'interdit à l'héroïne de croire que tous les êtres humains du monde se sont transformés en rongeurs. En fait, cela comporte d'intéressantes possibilités. Et au début, Georgina devait encore être assez saine d'esprit, puisqu'elle écrivait au sujet de son héroïne à la troisième personne. Mais en perdant elle-même son emprise sur la réalité, elle s'est mise à écrire à la première personne… elle avait fini par s'identifier complètement avec son personnage.

« Comme je l'ai mentionné, nous avons essayé sur elle tous les médicaments psychotropes, et ils ont parfois semblé faire de l'effet. Elle est capable de circuler dans Eildon House en se chargeant de certaines petites tâches… servir le café et ainsi de suite, vous venez de le voir. Si je la laisse récupérer sa machine à écrire, de prime abord, cela peut encore aller, et elle écrit sur son héroïne à la troisième personne. Mais au bout d'un moment elle renoue progressivement avec son rôle de narrateur à la première personne… signe infaillible qu'elle est retombée dans son état maniaco-dépressif. Et nous sommes contraints de lui retirer à nouveau sa machine. Cette privation la rend de nouveau catatonique et nous lui administrons davantage de médicaments, jusqu'à ce qu'elle retrouve son plein équilibre comportemental. Jusqu'à présent, c'est un cercle vicieux, mais nous n'avons pas renoncé. Si nous ne réussissons pas à l'empêcher de régresser à la première personne, nous pourrions essayer un cocktail de médicaments qui la fera renoncer complètement à l'écriture et redevenir un être humain normal, et de façon permanente. Mais ce ne sera qu'un dernier recours. »

4

En ayant terminé avec l'histoire de Georgina, Sarah Mackay m'a ensuite interrogé attentivement sur l'histoire de ma propre existence. Elle s'y est sans nul doute appliquée comme elle aurait questionné un nouvel interné. Seules des réponses détaillées et circonstanciées la satisfaisaient. J'ai dû lui exposer longuement où j'étais allé après avoir fui Duncairn, comment j'avais abouti au Canada, mon mariage et mon métier. Elle m'a écouté avec une grande concentration, en m'amenant à lui parler d'Alicia et de Frank, grâce à ses questions habiles. Elle paraissait tout particulièrement s'intéresser à la complexité de la relation père-fils que j'entretenais avec lui, et à ses évolutions récentes.

Enfin, elle a abordé l'objet de mon voyage en Écosse. J'ai été prié de tout lui rapporter de mon entrevue avec le curateur, de ma découverte du *Nuage d'obsidienne* au Mexique, et du mystère de son auteur, Macbane.

Elle a écouté tout cela avec une intense attention.

« Que c'est captivant, m'a-t-elle dit. L'histoire de Macbane évoque tout à fait certaines de ces vieilles légendes de l'Upland que ma mère me racontait. »

Nous en sommes ensuite venus à la manière dont j'avais su qu'elle travaillait à Eildon House. Je lui ai expliqué que j'avais pris la route de Duncairn après ma rencontre avec le curateur, en partie juste pour voir de quoi l'endroit avait l'air, à présent. J'avais aussi espéré même pouvoir retrouver sa mère, si elle vivait toujours là. J'avais découvert qu'elle était morte, je m'étais rendu sur sa tombe et j'avais vu ce bouquet de fleurs encore fraîches. C'est ainsi que j'avais appris l'existence de Sarah, par l'intermédiaire de la propriétaire du Bracken Inn, et décidé de remonter sa trace.

Elle s'est redressée contre le dossier de son fauteuil, apparemment satisfaite de l'exposé que je venais de lui faire de ma personne.

« Je suis si contente que vous ayez remonté ma trace, m'a-t-elle avoué. Miriam aurait été ravie de savoir ce que vous étiez devenu. » Elle appelait parfois sa mère par son prénom, comme si elles avaient été davantage des amies ou des sœurs que mère et fille. Je comprenais cela… mes propres parents aimaient que j'emploie leurs prénoms, mais pour d'autres raisons.

« Le choix du métier que vous exercez l'aurait surprise, a continué Sarah. Elle avait l'air de penser que vous auriez des tendances plus idéalistes. »

Cela m'a un peu blessé, mais je n'ai pas commenté.

« Saviez-vous qu'elle était elle-même enfant unique ? » m'a-t-elle demandé.

J'avais toujours supposé que tel était le cas. À ce sujet comme sur tant d'autres, j'en savais si peu à son propos.

« Oui, sa mère… ma grand-mère… était une femme fragile au cœur fragile qui est morte chez elle quelques jours seulement après la naissance de Miriam, et mon grand-père ne s'est jamais remarié. J'étais encore enfant, ma mère m'a emmenée en voyage découvrir le lieu de sa naissance. Les gens qui possédaient la maison n'ont vu aucun inconvénient à ce que nous entrions visiter. Sarah m'a conté la scène. C'était sur la côte est, au nord d'Édimbourg… l'une des vastes demeures que vous apercevez en haut des falaises, avec le bow-window du salon qui donne sur la mer. Un énorme rocher se dressait à deux ou trois kilomètres au large, complètement maculé de fientes d'oiseaux. Quand nous étions là-bas, il étincelait au soleil comme le dôme d'une cathédrale. Mais apparemment, le jour où ma grand-mère était mourante, le ciel était nuageux et le rocher de moins en moins visible, au point de disparaître. C'était toujours le signe d'un orage approchant de la côte.

« Après la mort de ma grand-mère, grand-père a vendu la maison et loué une habitation mitoyenne à Édimbourg. Il n'était pas réellement taillé pour son rôle de parent, il a donc engagé des nounous pour veiller sur Miriam. Elle avait dix ans quand il l'a inscrite dans un pensionnat privé de jeunes filles, toujours à Édimbourg. Durant toute l'enfance de ma mère, il n'a pas été très présent, car il était associé d'une affaire d'import-export et devait beaucoup voyager dans tout l'Extrême-Orient. C'est là qu'il a développé un penchant pour l'opium. Vous le saviez ? »

En effet, je le savais. Comment aurais-je pu oublier le dégoût de Miriam quand elle s'occupait de bourrer la pipe d'opium de cet homme, de cette épave ?

« Par la suite, a continué Sarah, il a également vendu sa part de la société et déménagé avec armes et bagages dans la maison de Duncairn… il y avait même un *tonnelet* rempli d'opium, l'approvisionnement d'une vie entière. Qui sait pourquoi il a choisi Duncairn ? Nous nous sommes longtemps demandé si c'était parce que la vue de l'océan ravivait chez lui de mauvais souvenirs et si Duncairn n'était pas l'endroit le plus enclavé qui se puisse trouver dans les Uplands.

« Quand Miriam a eu seize ans, elle a quitté l'école et elle est venue habiter avec lui. Alors même qu'il n'était pas très âgé, il fallait déjà s'occuper de lui. Les gens de Duncairn le connaissaient à peine, mais ils ont appris à connaître ma mère et ils l'appréciaient. Après qu'elle a épousé Sam, ils ont vécu ensemble au manoir avec grand-père. Sam avait le genre de tempérament capable de supporter grand-père.

« Un certain temps plus tard, je suis née. Je n'avais pas grande relation avec grand-père. Il avait toujours l'air de n'être plus qu'un vague membre de l'espèce humaine, habitant son coin de manoir, avec ses odeurs et ses habitudes étranges. Je n'avais que sept ans lorsqu'il est mort de complications dues à l'opium. Après son décès, il m'a manqué… je suppose qu'il était devenu normal d'avoir chez nous une créature aussi bizarre.

« Une perte bien plus terrible est survenue quand j'avais treize ans. Sam est mort. Il paraissait si grand et fort, mais il n'avait jamais eu le cœur très solide, et ce cœur l'avait assez tôt trahi. Sa mort a semblé priver Miriam de son entrain.

« Suite à l'obtention de mon diplôme universitaire, j'ai travaillé dans diverses institutions comme celle-ci. Peut-être ai-je été attirée vers ces endroits-là parce que j'ai grandi avec l'énigme de grand-père tout près de moi. Quand je suis devenue directrice ici à Eildon House, j'ai essayé de convaincre ma mère de venir vivre à proximité. Mais elle ne pouvait tout simplement pas s'imaginer quitter Duncairn.

« Un matin, il y a cinq ans, des pêcheurs l'ont trouvée au pied du Tam's Brig, un lieudit sur la lande. Que faisait-elle là-haut, je l'ignore. Elle a pu tomber du pont, ou elle a pu sauter. Quoi qu'il en soit, je crois que c'était une bonne chose : à ce moment-là, elle était prête à mourir. J'aurais juste souhaité qu'elle trouve un moyen moins horrible de passer à l'acte.

J'ai été choqué d'entendre de quelle manière Miriam avait péri. La propriétaire du Bracken Inn ne l'avait pas mentionné, peut-être par souci de tact. Je n'avais jamais oublié cette journée, il y a si longtemps, quand Miriam et moi étions montés dans les collines et avions contemplé du haut du pont en ruine les eaux agitées et les rochers en contrebas. Je me suis efforcé de ne pas penser à son corps fracassé tout en bas de la gorge.

Mais Sarah a poursuivi son récit implacable.

« Le pire, quand ils l'ont retrouvée sur les rochers, c'était que les oiseaux lui avaient becqueté les yeux. Elle qui m'avertissait tout le temps de ne pas m'endormir dans la lande, à cause d'eux. »

D'apprendre la mort de Miriam et cette mutilation par les oiseaux était très dur à entendre. La toute première fois que nous nous étions rencontrés, elle m'avait mis en garde à leur sujet, moi aussi.

« Elle a été inhumée au cimetière à côté de mon grand-père et de Sam. Lorsqu'elle est morte, j'ai perdu ma meilleure amie. Je les aimais beaucoup, Sam et elle, et ils m'aimaient. Il m'a fallu longtemps pour être en mesure même de penser à eux sans pleurer. Je retourne encore de temps en temps à Duncairn déposer des fleurs sur la tombe de Miriam… et lui parler. »

5

Au bout d'un moment, peut-être à cause de l'atmosphère de confessionnal de cette pièce, j'ai éprouvé le besoin de me justifier auprès de Sarah. Je lui ai clairement signifié que jamais je n'aurais abandonné sa mère de mon propre chef, car le laps de temps que j'avais vécu avec elle avait été le plus heureux de mon existence. Le jour où Sam Mackay m'avait appris qu'ils allaient se marier, je m'étais précipité tout droit au manoir pour demander à Miriam comment c'était possible, la supplier de changer d'avis. Elle savait que j'étais là, elle avait même regardé par la fenêtre, mais refusé de m'ouvrir sa porte.

Oui, j'étais l'innocent – l'innocent envers qui on avait pêché –, en dépit de toutes les affirmations du contraire qu'aurait pu entendre Sarah.

« Mais je n'ai entendu aucune affirmation du contraire, m'a-t-elle fait. Ma mère m'a raconté précisément ce qui s'était passé ce dernier jour, quand vous vous êtes présenté devant sa porte, à peu près tel que vous l'avez décrit. Ce moment lui a miné l'esprit et c'est ensuite resté l'une des principales causes de malheur de toute sa vie. » Sarah s'exprimait avec lenteur et emphase. « Refuser de vous voir a été la décision la plus difficile qu'elle ait jamais prise. Mais vous devez me croire : elle l'a fait pour votre bien. Elle *savait* que vous l'aimiez… en fait, que vous l'aimiez trop pour renoncer à elle. Alors elle a pris les choses en main. Elle a décidé de se sacrifier. »

Je ne comprenais pas.

« Elle en était arrivée à la conclusion que ce serait pour vous une chose épouvantable si elle devait s'imposer à vous, avec tout son bagage familial. Elle avait conscience du malaise que vous inspiraient grand-père et son addiction. Mais elle ne pouvait s'en aller de la sorte et le laisser se débrouiller seul. Et si vous étiez venu vivre avec elle au manoir, auriez-vous vraiment été capable de tous les jours supporter la vue de cet homme, année après année ? Elle estimait qu'elle risquait de gâcher votre vie, et ne pouvait s'y résoudre. Elle a donc tranché le lien. » Sarah m'a regardé droit dans les yeux. « Elle savait que vous en souffririez profondément, mais elle était convaincue que, le temps passant, vous seriez en mesure de surmonter. »

Entendant cela, je me suis senti un peu mal à l'aise, mais

je savais que ce jugement de Miriam à mon égard était juste. Quand je ne m'illusionnais pas sur mon amour éternel envers elle, j'avais en réalité vécu de longues périodes où je savais fort bien me passer d'elle.

« En matière amoureuse, elle possédait une grande sagesse, a-t-elle continué. Elle me répétait souvent que ce premier amour est souvent une forme d'amour de soi, un plaisir que l'on prend à l'idée d'être amoureux. Dans votre cas, elle craignait que vous n'insistiez pour rester à seule fin de préserver cette idée, et en dépit de tout le préjudice que cela risquerait de vous porter à long terme. »

Là encore, je comprenais à quel point Miriam avait su lire en moi. J'étais si épris de cette représentation de moi-même en grand amoureux que j'avais à peine songé à la réalité de ce qui aurait pu se produire si nous étions restés ensemble. Aurais-je été si long à nourrir du ressentiment envers cette femme, et même de la haine d'être ainsi coincé entre elle et ce vieil homme, dans leur manoir lugubre ? Mais au lieu de faire face à la vérité sur moi-même, j'avais consacré ma vie à lui en vouloir de m'avoir rendu le véritable amour inaccessible, après tout cela. Avec les années, mon « cœur brisé » était devenu l'excuse de mon attitude égoïste.

« Sam savait tout de votre liaison avec elle parce qu'elle lui avait tout raconté, avant même que vous ne le fassiez. Mais il l'aimait encore et voulait l'épouser. Elle s'est efforcée d'être aussi bonne épouse que possible. Mais malheureusement, vous étiez le seul qu'elle ait véritablement aimé. Elle ne vous a jamais réellement oublié. »

Le seul qu'elle ait véritablement aimé. Quelle sombre ironie, que d'entendre cela. Toutes ces années où j'avais été convaincu de l'aimer et qu'elle ne m'aimait pas. Je devais maintenant faire face à la vérité : mon cœur brisé n'avait jamais été que l'expression absurde de l'apitoiement sur soi – alors qu'elle m'aimait véritablement.

« Oui, pour le restant de ses jours, vous avez été comme un fantôme qui ne cessait de la hanter, a-t-elle continué. Elle savait que vous resteriez toujours persuadé qu'elle vous avait mal traité, et cela lui inspirait une culpabilité écrasante. » Sarah a observé un temps de silence, avant de ponctuer lentement de la tête, en signe de dénégation. « S'il y a une chose que j'ai apprise dans ma profession, c'est notre aptitude à la culpabilité. Ma mère s'accablait de culpabilité pour avoir agi au mieux de votre intérêt. » Elle a fini par lâcher un soupir. « Quel prix avons-nous à payer pour exister en êtres humains. »

Nous sommes demeurés un moment assis en silence. Ensuite, sans doute pour nous soustraire à ce triste sujet de conversation, Sarah m'a annoncé qu'elle était elle-même fiancée.

« Nous prévoyons de nous marier dans le courant de l'année prochaine, m'a-t-elle précisé. Il est avocat à Édimbourg. Nous allons essayer de trouver une maison dans une petite ville entre ici et là-bas, afin de pouvoir tous deux poursuivre notre carrière. »

Des enfants ? lui ai-je demandé.

« Nous ne comptons pas en avoir. Ma mère aurait sans doute considéré que c'était une bonne chose. Elle craignait parfois que notre famille ne soit maudite. Même si sa peur n'était pas rationnelle, c'était tout à fait compréhensible. »

Nous n'avions plus guère de temps devant nous. Sarah m'a fait promettre, la prochaine fois que je serais en Écosse, de revenir lui rendre visite pour une plus longue durée. Elle aimerait m'en montrer davantage sur la sorte de patients qu'elle devait traiter à Eildon House : elle savait qu'ils me passionneraient.

Cet empressement, tel celui d'une enfant qui avait envie

de montrer ses jouets, m'a rappelé celui de Dupont et la fierté qu'il avait eue de me présenter sa volontaire préférée, Griffin. Rien que de repenser à quoi cela avait pu mener, j'en ai frémi.

Le téléphone sur son bureau a sonné. Elle s'est entretenue quelques instants, avant de reposer le combiné avec un soupir.

« Oh mon Dieu, s'est-elle écriée. Les gens du ministère sont arrivés pour notre réunion. Je crains de ne pas pouvoir y échapper. »

Je lui ai assuré que je comprenais. De toute manière, il était probablement temps pour moi de prendre la direction de l'aéroport ; mon vol devait décoller à quatre heures, et l'enregistrement était prévu bien plus tôt. Elle m'a précisé que je n'étais pas obligé d'emprunter la même route qu'à l'aller. Elle a sorti une carte de son bureau et m'a montré une autre route moins chargée, par la côte. Là-dessus, nous nous sommes tous deux levés.

« Je vais vous raccompagner à la porte principale. Si vous le souhaitez, j'ai le temps de vous accompagner, que vous jetiez un œil au professeur Artimore. En rejoignant la sortie, nous passons devant sa cellule. Vous vous souvenez, je vous l'ai mentionné… c'est le plus notoire de ces criminels universitaires, et de loin. Des gens ont même proposé de payer rien que pour le voir en chair et en os. Lorsque ses recherches ont été évoquées publiquement, au procès, cela a provoqué un tollé. C'est l'un des cas les plus étranges qu'il m'ait été donné de traiter à Eildon House. »

J'étais heureux de l'accompagner à la cellule d'Artimore, naturellement.

Elle m'a précédé par un long couloir qui conduisait à une chambre dont la porte était différente de celles devant lesquelles nous étions passées. Elle était renforcée par des montants en métal et comportait un petit rectangle armé de barreaux, par où l'on surveillait son occupant.

Sarah Mackay a jeté un œil, puis m'a fait signe d'approcher.

« Regardez un peu », m'a-t-elle suggéré.

J'ai observé une petite pièce au mobilier spartiate, une ampoule grillagée pendant au centre du plafond. Sous cette ampoule, un homme âgé était assis les bras et les jambes sanglés dans une chaise droite en bois, les pieds boulonnés au sol. Ses cheveux gris étaient hirsutes et longs. Son visage gris, lui aussi, excepté des marques géométriques et bleuâtres au milieu du front – on eût dit des lettres de l'alphabet, mais de là où je me trouvais je ne réussissais pas tout à fait à les discerner. Il avait les joues creusées par l'angoisse ou la douleur. Les yeux étaient mi-clos, avec une expression lointaine, comme s'il était concentré sur un problème.

Après l'avoir bien regardé, Sarah et moi nous sommes remis en route. Elle était visiblement impatiente d'entendre mes impressions.

« Alors ? m'a-t-elle fait. Il a l'air relativement ordinaire, vous ne trouvez pas ? »

Je pensais en réalité qu'il avait l'air stressé, et pas qu'un peu.

Cela l'a fait sourire.

« Vous avez tout à fait raison, bien sûr, a-t-elle admis. Et il est certain qu'il a de bonnes raisons de l'être. Laissez-moi vous raconter son cas.

« Artimore était un professeur de linguistique renommé, à l'Université d'Édimbourg. Son principal centre d'intérêt consistait à découvrir comment le langage s'était développé chez les premiers êtres humains. Je crois savoir que pour les chercheurs, cela reste l'un des grands mystères.

« Au cours de ses recherches historiques, le professeur était tombé sur une expérience linguistique à caractère sadique, contraire à l'éthique, menée sans succès depuis des temps reculés, dès l'époque des pharaons égyptiens. En fait, au fil des siècles, on n'a pas cessé de reproduire cette expérience... il y a même eu une filière écossaise : à la fin du quinzième siècle, le roi Jacques IV d'Écosse, qui se piquait d'être un érudit de premier ordre en linguistique, avait lui aussi tenté la même expérience, en vain.

« Les spécialistes de la linguistique, y compris Artimore lui-même, avaient toujours dénoncé la barbarie de toutes ces tentatives. Mais au fond de son esprit, il croyait que ses collègues seraient d'un tout autre sentiment si l'expérience conduisait à une avancée décisive des études linguistiques. Il a donc décidé de la tenter à son tour. »

Je n'avais encore aucune notion de ce qu'avait fait le professeur Artimore, mais sa logique me paraissait similaire à celle de Dupont – autrement dit, la fin justifierait les moyens. Je m'apprêtais à vivre un moment d'effarement.

« Le professeur est entré en contact avec une sorte de marché clandestin de chair humaine, a continué Sarah Mackay. À travers ce réseau, il a acquis deux fillettes, des nouveau-nés. »

Je n'avais pas réellement besoin d'en entendre davantage. Mais comme la truffe du chien, la curiosité humaine ne peut se contrôler. J'ai attendu la suite.

— Il était célibataire et vivait dans une villa géorgienne de New Town, l'un des quartiers les plus huppés d'Édimbourg. Il avait déjà spécialement aménagé une pièce, au sous-sol, et c'est là qu'il a installé les deux fillettes, avec une servante qui pourvoyait à tous leurs besoins. La servante était sourde et muette... c'est vital, pour cette expérience. Elle serait le seul être humain avec lequel les enfants entreraient en contact, pour qu'ils n'entendent jamais employer aucun langage.

« Dès le jour de leur arrivée dans sa maison, et durant les cinq années suivantes, Artimore passa tous les jours plusieurs heures derrière une vitre sans tain, à observer le développement de ces enfants en bas âge. À leur moindre borborygme, au moindre geste ou à leur moindre tentative de communiquer avec la servante ou entre elles deux, il prenait des notes méticuleuses.

« Mais le désastre a frappé.

« Un après-midi, il devait assister à une réunion à l'université. Durant son absence du domicile, Édimbourg a été la proie d'un violent orage. La foudre a frappé sa villa et l'a incendiée. En raison des arbres abattus et des inondations partout dans la ville, la brigade des sapeurs-pompiers a été longue à se rendre sur les lieux. Les pompiers ont réussi à sortir la servante sourde-muette du sous-sol, vivante. Ayant finalement plus ou moins compris le sens de ses gémissements et de ses gestes effrénés, ils se sont frayé à nouveau un passage à coups de hache dans le sous-sol. Là, ils ont trouvé les deux fillettes déjà mortes, asphyxiées par la fumée. Le reste de la maison était en ruine, et le bureau du professeur et tous ses cahiers de notes carbonisés. »

Le professeur Artimore, m'a expliqué Sarah, avait en conséquence été inculpé de nombreux crimes, notamment de trafic d'êtres humains, d'enlèvement d'enfants, de détention illégale et d'homicide. La jeune fille sourde-muette avait témoigné contre lui par langage des signes et par écrit.

Le professeur refusait de rien dire mais, par la voix de son conseil, avait plaidé coupable de toutes les charges retenues contre lui.

Lors du prononcé de la sentence, ce même avocat avait prétendu, à titre de circonstances atténuantes, que la tentative du praticien n'était nullement la première expérience de ce type. Il avait cité des précédents historiques bien connus, et même ce monarque écossais. Il avait aussi soutenu que divers linguistes se livraient encore à des expériences similaires dans des régions moins éclairées du monde, où la notion de droits des enfants n'avait guère droite de cité.

Il était allé plus loin. Aujourd'hui même, dans notre hémisphère, des membres de diverses professions étaient autorisés à soumettre quotidiennement des enfants à d'horribles procédures de modification du comportement. C'étaient souvent des mutations provoquées par l'absorption de médicaments et dénuées de fondement scientifique, et pourtant elles n'avaient jamais valu aux praticiens la moindre remontrance de la part des autorités. Son client, le professeur Artimore, avait pu se fourvoyer, c'était au fond un personnage humain. Il avait pris toutes les mesures pour s'assurer que les enfants soient bien traités – hormis leur enfermement dans un sous-sol et leur privation du langage. Et, en réalité, c'était l'action violente de la nature qui les avait tués, et pas les recherches du professeur.

Ces arguments avaient laissé le juge froid. Artimore avait été condamné à l'emprisonnement à perpétuité dans un pénitencier de sécurité maximum. Plus tard, il avait été transféré à Eildon House, un lieu de détention plus adapté à un criminel universitaire devant purger une peine de prison.

Au début, plusieurs de ses anciens collègues venaient régulièrement lui rendre visite. Avant l'incendie, il leur avait apparemment signalé qu'il avait effectué des observations stupéfiantes, révolutionnaires, sur les origines du langage. Ces collègues lui rappelèrent alors qu'il avait encore l'obligation, en tant qu'universitaire, de publier les résultats de ses recherches et de faire connaître ses découvertes, pour le plus grand bénéfice de la science linguistique. Oui, il avait eu un comportement atroce aux yeux de l'humanité, mais ce qui est fait est fait – la publication de ses découvertes serait clairement un moyen de faire amende honorable.

En présence de ses anciens collègues, qui n'avaient pas tardé à suspendre leurs visites, le professeur conservait son silence.

« Il est ici depuis dix ans maintenant, m'a-t-elle indiqué. Depuis son arrivée, il n'a plus dit un mot à personne. »

Ces marques qui ressemblaient à des lettres de l'alphabet, sur le front du professeur, avaient d'emblée éveillé ma curiosité. C'était comme si quelqu'un les lui avait appliquées au tampon encreur.

« Vous n'êtes pas loin de la vérité, m'a-t-elle confirmé. Quand il était au pénitencier, ils l'ont surpris au milieu de la nuit à se les inciser dans la peau du front avec un morceau de verre brisé. Ce sont les lettres capitales THGIR. On a pu conjecturer qu'il avait tenté d'écrire THE GIRLS… vous savez, comme une inscription sur une pierre tombale. Mais il n'avait pas de miroir, et cela aurait pu donc être aussi le mot RIGHT. Quoi qu'il en soit, quel qu'ait été le sens de cette inscription, il n'avait pas pu l'achever. »

Le récit des recherches d'Artimore m'avait rappelé le travail de Dupont et sa tentative de fournir une justification éthique à ce que des observateurs extérieurs auraient pu considérer comme un comportement criminel. Ce qui m'a ensuite rappelé le commentaire de Sarah sur mon métier, qui aurait déçu Miriam, au regard des « tendances idéalistes » qu'elle avait vues en moi. J'ai donc souri et tenté de glisser une réflexion facétieuse sur l'ironie de voir le mot anglais « *right* », signifiant ce qui est juste et droit, ici retourné à l'envers.

Sarah Mackay n'a pas souri.

« Le juste et l'injuste sont des termes que nous utilisons rarement, à Eildon House, m'a-t-elle signifié. C'est l'une des raisons pour lesquelles certains types d'individus ont du mal à travailler ici. »

Après quoi, nous avons simplement marché, ensemble, et en silence cette fois, dans les couloirs d'Eildon House, et nous sommes vite retrouvés sur les marches du perron. Le ciel était couvert, en accord avec mon humeur, de devoir quitter Sarah Mackay. Elle m'a regardé droit dans les yeux.

« Vous n'avez pas idée de la curiosité que j'éprouvais de vous voir après avoir entendu si souvent parler de vous par Miriam, m'a-t-elle avoué Cette visite a réellement été charmante. Et c'était pour moi un plaisir tout particulier de savoir combien vous vous intéressez à ce que je fais ici. Nous avons réellement une affinité d'esprit. »

Je l'ai assurée que c'était pour moi un grand plaisir de la rencontrer et de m'informer de son travail. Je lui étais particulièrement reconnaissant de tout ce qu'elle m'avait confié à propos de Miriam. Connaître la vérité était pour moi une source de réconfort, enfin.

Elle semblait sur le point d'ajouter autre chose, puis s'est ravisée.

Aussi l'ai-je remerciée de m'avoir reçu et je lui ai dit qu'elle était une jeune femme remarquable. Miriam et Sam avaient dû être les plus fiers des parents.

Ses yeux bleus se sont faits plus résolus. J'ai bien vu qu'elle s'était décidée à dire ce qu'elle avait à l'esprit. En fait, j'ai éprouvé à cet instant ce sentiment d'attente de ce qui est sur le point de se produire, comme si cela s'était déjà produit auparavant, et qui vous désoriente. Ces questions qu'elle avait posées précédemment sur Frank et sur ma relation ave lui m'ont traversé l'esprit en un éclair, et j'ai compris presque avec certitude ce qu'elle était sur le point de me révéler.

« Oui, ils étaient fiers de moi. Mais Sam n'était pas mon père. Mon père, c'est vous. »

La route vers l'ouest était très directe, bien que le temps se soit à nouveau changé en un mélange de pluie et de neige fondue. Je devais rester concentré sur ce tracé sinueux, surtout quand je croisais des camions qui me noyaient sous des gerbes d'eau aveuglantes. Mais je ne pouvais m'empêcher de songer à cette ultime révélation.

Sarah Mackay, ma fille ! Apparemment, elle en avait eu connaissance depuis l'enfance. Miriam et Sam avaient estimé qu'il fallait le lui faire savoir, et lui avaient donc révélé la vérité. Le rejet de Miriam à mon égard n'était pas seulement fondé sur sa conviction que je ne serais pas en mesure de supporter son père. Elle avait aussi découvert qu'elle était enceinte. Ces deux faits réunis pèseraient à son avis trop lourd pour un jeune homme – un jeune garçon, en réalité.

Avec les années, l'idée m'avait parfois traversé la tête que le dernier geste de Miriam à mon endroit avait pu être lié à ce qu'elle considérait comme relevant de ses obligations envers ce vieil homme. Jamais au fait qu'elle était enceinte. Quelle ironie. Le plus souvent, c'est le père, responsable de la grossesse, qui fuit ses responsabilités. Dans notre cas, Miriam savait que je ne *m'enfuirais pas*, que si je la savais enceinte, j'aurais d'autant plus insisté pour rester. Elle ne m'en avait donc rien dit et m'avait chassé. Bien qu'amoureuse de moi, elle ne me croyait pas en mesure de rester auprès d'elle, envers et contre tout. Elle n'éprouvait pas la même sorte d'amour pour Sam, mais elle se fiait à lui.

Elle s'était astreinte à un choix difficile, à un choix juste.

C'était exactement ce que j'avais expliqué à Sarah après avoir appris cette nouvelle saisissante, sur le perron d'Eildon House. Je l'avais suppliée de me pardonner. Elle m'avait serré dans ses bras et m'avait glissé qu'il n'y avait rien à pardonner. Nous avions tous deux les larmes aux yeux, je suis monté en voiture et j'ai démarré.

À l'aéroport, un épais brouillard de l'après-midi a retardé les vols, et c'est bien après seize heures que nous avons embarqué et que l'appareil a décollé. J'avais un siège côté hublot et je jetais de temps à autre un œil dehors, mais j'avais l'esprit plein des dernières révélations de Sarah. À présent, mes sentiments au sujet de ce qu'elle m'avait confié s'étaient compliqués. Je m'apitoyais de nouveau sur moi-même : en me délaissant, Miriam avait tué en moi toute capacité d'aimer véritablement quelqu'un d'autre. Mais à la minute suivante, la détestation de soi prenait le pas sur l'apitoiement : Miriam s'était très clairement rendu compte d'une vérité fondamentale chez moi – je n'étais réellement capable que de m'aimer moi-même. Et cela ne cessait pas, cette succession d'aller et retour, ces variations incessantes et ces combinaisons, entre l'autojustification et la condamnation de soi.

L'avion venait de décrire un long virage en boucle au-dessus des Uplands avant de se diriger vers l'océan. Il y avait juste assez de lumière pour distinguer les basses collines au-dessous de nous, cernées de murs de rocailles entassées. Dans l'un de ces champs, la terre semblait avoir été striée de rangées exactement symétriques mais ponctuées çà et là de saillies. Un homme solitaire équipé d'une longue houe piquait dans l'une de ces saillies, puis il la souleva et la lança sur un tas voisin. Cela me sembla être une jambe humaine, noircie et désagrégée. Le tas contenait d'innombrables autres morceaux de corps similaires en décomposition.

Les yeux de l'homme se tournèrent vers l'avion, cherchant les miens.

Fort opportunément, le tintement du chariot des boissons m'a extrait en sursaut de ce rêve très vivace et j'ai choisi un scotch en apéritif. Tout en le buvant lentement, je me suis demandé, comme cela m'arrivait souvent, s'il fallait retirer une signification quelconque de ces rêves. Peut-être dans ce cas avait-il pu être déclenché par la sensation de voler au-dessus du monde à une altitude considérable – ce qu'aucun animal, excepté les oiseaux, n'a jamais été capable de faire. Cette expérience inédite a nécessairement dû altérer la manière dont les humains percevaient désormais leur monde. Dans le rêve, la structure géométrique de ces champs tout en bas m'était apparue comme autant de fragiles tentatives de l'humanité d'arracher un semblant d'ordre à l'état chaotique de la nature. Les champs eux-mêmes n'étaient fertiles que parce que le sol était nourri par de la chair pourrissante juste sous sa surface, celle de générations et de générations d'hommes dont les vies brèves vite mouchées s'étaient transformées en une autre forme d'ingéniosité humaine – ces anciennes galeries de mine qui ne pouvaient supporter le poids de la terre. Marcher dans ces champs, dès lors, c'était marcher sur les restes des morts.

Quant à l'homme du rêve qui maniait cette houe, j'avais du mal à lui attribuer un sens. Je n'aimais pas son allure et sa façon de lever les yeux vers moi. Alors peut-être s'agissait-il de la Mort, m'avertissant que même si je volais loin au-dessus de la terre avec un verre de scotch en main, mon tour viendrait.

Au total, cette interprétation du rêve, certes un peu mélancolique, me plaisait tout à fait. En réalité, cette courte sieste, ce rêve, le scotch, les trois réunis semblaient m'avoir débarrassé de l'angoisse que je ressentais au sujet du choix de Miriam. Au lieu de quoi, j'étais maintenant plein de joie en repensant à deux autres révélations bien plus significatives : elle avait agi de la sorte uniquement parce qu'elle m'aimait, et sa fille – l'étonnante Sarah – était ma fille, à moi aussi.

Ajoutez à ces deux faits le souvenir de cette visite éclairante au curateur Soulis et son étrange clocher, et j'avais amplement matière à célébration. Aussi quand le chariot des boissons est repassé, j'ai commandé un autre scotch, en leur honneur.

6

Je suis arrivé à Camberloo tôt le matin, j'ai dormi jusque tard dans l'après-midi, puis j'ai téléphoné à Frank. Naturellement, il voulait immédiatement tout savoir de mon voyage. Je devais passer une heure ou deux au bureau, mais je lui ai promis de lui faire un compte rendu complet au cours du dîner plus tard ce soir.

Aussi, vers sept heures, nous nous sommes retrouvés à la Bibliothèque, un restaurant récemment ouvert dans ce qui était originellement l'une des grandes et vieilles demeures de Camberloo. Seuls quelques dîneurs étaient là, ce soir. Frank et moi étions assis à la table placée devant le bow-window de l'ancienne bibliothèque de la maison. Les murs de la salle étaient encore habillés d'impressionnants rayonnages en acajou, mais les livres avaient été remplacés par un papier peint aux motifs de fausses couvertures de livres. Quant au repas, le minuscule plat principal n'était pas mauvais, mais d'une présentation si esthétique que vous vous sentiez tel un vandale plantant un couteau et une fourchette dans une toile de maître.

Frank était plein de questions sur ma visite au curateur et ses recherches sur *Le Nuage d'obsidienne*. Il m'a fait entrer dans les détails sur le moindre aspect, même les caractéristiques des quartos écossais – l'un d'eux pourrait devenir un ajout précieux à sa collection de l'Emporium.

Jusque-là, c'était parfait. Mais ensuite, après avoir été ainsi tenu informé de l'ensemble des découvertes du curateur, Frank m'a demandé si j'avais pu me rendre en visite à Duncairn.

J'ai rassemblé toutes mes forces. Il était temps de lui révéler plus ou moins toute la vérité : Frank était déjà au courant de mon bref séjour à Duncairn jeune homme, mais je ne lui avais pas dit que là-bas, j'étais tombé amoureux d'une jeune fille nommée Miriam Galt. Elle m'avait finalement rejeté et, de désespoir, j'avais fui le pays. Mais j'avais toujours été curieux de savoir comment les choses avaient tourné pour elle. J'avais donc saisi cette opportunité pour revisiter la ville, dans l'éventualité où elle y serait encore.

Frank a eu l'air surpris d'entendre tout cela pour la première fois, mais sans paraître plus bouleversé, et il n'a nullement considéré ma visite à Duncairn comme une trahison envers sa mère, ainsi que je l'avais redouté. Il m'a encouragé à lui en dire davantage.

Je lui ai donc décrit l'état actuel de délabrement de Duncairn et la triste découverte que Miriam, mon ancien amour, était morte. Ensuite j'avais découvert presque par accident la raison qui l'avait poussée à me chasser, tant d'années auparavant – elle était enceinte de notre enfant, une fille, s'est-il avéré. J'avais réussi à retrouver la trace de cette fille, la mienne, et je l'avais retrouvée dans un endroit nommé Eildon Hall, où elle travaillait. Elle s'appelait Sarah Mackay.

J'étais sur le point d'expliquer qu'en réalité je connaissais Sam Mackay, le père de substitution de Sarah. Mais Frank, mon public, était passé de la surprise à l'incrédulité et au ravissement.

« Tu veux dire que j'ai une sœur… une demi-sœur ? C'est une magnifique nouvelle ! »

Je voyais bien qu'il était sincère, et j'en ai été très soulagé. Gordon avait dû ressentir la même chose face à la réaction d'Alicia quand il lui avait révélé qu'elle avait une demi-sœur dans une île lointaine du Pacifique.

« Parle-moi de Sarah », m'a-t-il prié.

J'ai donc essayé de me remémorer ma visite dans le moindre détail et l'impression que m'avait faite ma fille. Il était captivé par tout ce qu'il entendait, et, pendant un moment, nous nous sommes tous deux émerveillés de l'arrivée de ce nouveau membre au sein de notre famille.

« J'aimerais vraiment la rencontrer, m'a-t-il avoué. Tu penses que cela l'embêterait ? »

Tout au contraire, lui ai-je assuré. Elle avait tout voulu savoir sur lui, elle aussi, et je savais qu'elle aimerait le connaître. Je l'inviterais (avec ce fiancé qu'elle avait mentionné) à venir nous rendre visite pour que Frank puisse faire sa connaissance.

Cette perspective semblait lui causer un immense plaisir.

En fait, je commençais à croire que ces confessions pourraient m'être bénéfiques. N'était-il pas temps que Frank apprenne par exemple que son grand-père, Gordon, avait aussi engendré un enfant dans une terre exotique et lointaine ? En d'autres termes, que sa propre mère avait une demi-sœur à Luba qui était par conséquent sa demi-tante ? Et que j'avais eu moi-même davantage de lien avec cette demi-sœur exotique couverte de tatouages que je n'avais bien voulu l'admettre auprès d'Alicia ?

Mais ensuite je me suis demandé si ce n'était pas le décès inattendu de sa mère qui l'avait empêchée de parler à Frank de Maratawi. Non, peut-être qu'Alicia elle-même, en dépit de tout son amour de la vérité, avait fini par croire qu'il valait mieux passer certains secrets de famille sous silence.

Si tel était le cas, j'étais d'accord avec elle.

Je repensais par exemple à mon aventure d'une nuit avec Griffin, qui me faisait encore frémir. Et si je devais confesser à Frank la part que j'avais prise à ce petit épisode ? Ne serait-il pas bon de me décharger de ce poids sur ma poitrine ? Je pourrais le partager avec lui, l'implorer de se montrer compréhensif, au motif que j'ignorais que je faisais l'amour avec un monstre.

Mais l'idée même qu'un père tente de se soulager de ses cauchemars intimes sur son fils me semblait contre nature. D'ailleurs, le temps que Frank et moi ayons terminé notre repas à la Bibliothèque, j'avais pris une décision : le chemin des aveux était semé de trop d'épines pour un être comme moi.

Le Nuage d'obsidienne

1

Le mois suivant a été chargé, aux Pompes Smith, et j'étais fort préoccupé par les affaires du bureau. J'étais au travail tôt lundi matin, à évaluer des demandes en instance, quand j'ai vu, au milieu de la pile de courrier qui venait d'arriver, une épaisse enveloppe du Curateur Soulis.

L'adresse, écrite au stylo, était à peine lisible. Cela m'amusait de repenser à Soulis dans sa tour, son bureau vibrant sous les coups de carillon de la grande horloge au-dessus de sa tête, tâchant d'écrire sa missive. Heureusement, la lettre à l'intérieur de l'enveloppe était dactylographiée et accompagnée de plusieurs autres pages qui semblaient avoir été photocopiées. J'en ai entamé la lecture.

Cher Monsieur Steen,

Permettez-moi d'abord de vous redire le plaisir que j'ai eu de vous rencontrer, et de vous réitérer combien je vous suis reconnaissant de nous avoir confié Le Nuage d'obsidienne *ici, au Centre culturel national. Cette lettre est destinée à vous tenir informé des résultats de nos recherches, depuis notre rencontre.*

Je dispose d'informations assez passionnantes, et j'ai donc eu envie de vous les communiquer en détail sans plus attendre.

Comme je vous l'ai laissé entendre lors de votre venue à Glasgow, notre axe de recherche principal devait être d'identifier l'auteur Macbane. Cette tâche a été bien plus chronophage que dans la plupart des dossiers sur lesquels nous nous penchons. Ma nouvelle assistante, Jean, et moi avons consacré de longues heures à étudier de près des vieux catalogues de livres, des revues et des journaux mais sans pouvoir trouver de mention de Macbane ou du Nuage d'obsidienne. *Nous avions même cherché le Rev. K. Macbane dans de nombreuses archives du clergé écossais partout sur le territoire du Royaume-Uni. Comme je vous l'ai indiqué lors de votre visite, nous n'avons abouti à rien.*

Depuis lors, Jean et moi avons consulté tous les registres de naissance accessibles. Vous ignoriez peut-être que jusqu'au milieu du XIXe siècle, en Écosse, beaucoup de naissances n'étaient pas enregistrées. C'est un problème majeur pour les chercheurs. Néanmoins, nous avons bon espoir de pouvoir trouver le nom de notre auteur quelque part dans l'un des nombreux registres, surtout les Registres des Anciennes Paroisses qui, sans être du tout exhaustifs, constituent notre meilleure source.

Pourtant ces registres eux-mêmes présentent pour le chercheur des problèmes chroniques supplémentaires : l'écriture manuscrite peut souvent être illisible et l'orthographe des noms tend à être très hasardeuse, selon les caprices de l'officier d'état civil – à cette époque, l'orthographe n'était pas du tout harmonisée.

Sachant cela, nous avons inclus dans notre recherche des variantes comme Macbeane, Macbayne, Macbyne, MacVaine et ainsi de suite. Après avoir pris en compte ces diverses graphies, nous avons eu la grande contrariété de tomber en fin de compte sur des centaines de candidats possibles.

Usant de toutes les sources à notre disposition (résultats de recensements, listes militaires, etc.), nous avons été en mesure d'en éliminer un bon nombre – certains étaient morts à la naissance ou à un très jeune âge, de maladie, sous l'uniforme, dans des conflits divers, ou bien avaient émigré en Australie ou au Canada où ils avaient disparu des registres. Quant à la plupart des autres – fermiers, bergers, charpentiers, docteurs, etc. –, nous avons suivi leur trace dans la mesure du possible, mais sans réussir à trouver d'informations indiquant qu'ils auraient pu s'agir d'auteurs, en plus du reste. Toutefois, n'importe lequel d'entre eux aurait pu être notre homme.

Nous commencions à penser que nous avions épuisé toutes les pistes. Ensuite, par le plus grand des hasards, nous avons découvert ce que nous recherchions depuis le début.

C'est à Jean Murdo qu'en revient tout le mérite. Comme moi, elle a été captivée par Le Nuage d'obsidienne *et en avait souvent parlé à son mari, ainsi que de cette chasse à ce Macbane si insaisissable. Il se trouve que le mari de Jean est avocat au sein d'un grand cabinet juridique de Glasgow et, à son retour du bureau, voici tout juste une semaine, il lui réservait des nouvelles surprenantes*

Peu avant d'avoir terminé sa journée, il avait effectué une recherche de jurisprudences concernant une affaire dans laquelle son cabinet était engagé. Il avait été obligé de consulter les minutes en plusieurs volumes d'affaires judiciaires jugées devant les tribunaux écossais, sur plusieurs siècles. Ces volumes sont généralement rédigés dans un jargon juridique si aride que personne d'autre ne peut les ingurgiter, excepté les avocats.

Le mari de Jean avait parcouru le volume VI du Scottish Law Reporter *datant du milieu du XIXe siècle, qui se compose de brefs exposés des faits dans quantité d'affaires judiciaires intéressantes de l'époque, avec quelques notes sur les jugements et leur signification.*

Le titre d'une affaire en particulier, sans aucun rapport avec sa propre recherche, a retenu son attention.

Il a jeté un œil au contenu et il a immédiatement compris son importance éventuelle pour Jean. Il a donc photocopié les pages en question et les lui a rapportées chez eux. Je vous ai recopié ici les plus marquantes. Je suggère que vous vous y référiez avant de lire le reste de cette lettre.

Cela paraissait si captivant que j'ai immédiatement fait ce qu'il me suggérait. Les pages photocopiées étaient un peu charbonnées, car il s'agissait de copies de copies d'un tome très souvent manipulé et très ancien. Mais leur contenu était aussi saisissant que surprenant.

2

LA COURONNE C. ISABEL MACBANE ET ROBERT LEANIE

Lors de l'audience des Assises d'Édimbourg qui s'est tenue à l'été 1866, Isabel Macbane (née Leanie) et Robert Leanie, son frère, ont été traduits en justice pour le meurtre conjugal du mari de Macbane, Revon Kenelm Macbane.

Le procureur général, qui s'est chargé lui-même de l'accusation, était convaincu, au vu des preuves qui lui ont été soumises, de la nécessité d'intenter des actions distinctes en fonction des rôles respectifs joués par les accusés dans ce meurtre. En conséquence, Robert Leanie a été accusé d'avoir porté les coups mortels au moyen d'un couteau à découper. Isabel Macbane, qui était sur les lieux, a été accusée d'être « fauteur et complice », ce qu'en droit anglais on appelle « aider et inciter ».

Lors de leur mise en accusation, les prisonniers ont refusé de se prononcer sur leur culpabilité.

Le procès s'est donc tenu devant un jury, sous la présidence du juge Alexander Weir. Il a plaidé non coupable au nom des prévenus, comme le veut la coutume lorsque les accusés refusent de coopérer.

Divers témoins ont été appelés à la barre, pour y présenter des preuves. Il a été établi que la victime du crime, Revon Kenelm Macbane, qui avait été éduqué à l'école communale locale, était employé au bureau de la mine de charbon de Kilcorran. Isabel Macbane, à laquelle il était marié depuis cinq ans, était fille de fermier.

Dans la soirée du 12 juin, la susdite Isabel Macbane était entrée à son domicile en la compagnie de son frère, Robert Leanie, garçon de ferme. Ils se sont approchés de son mari, Revon Kenelm Macbane, qui écrivait dans ses papiers à la table du salon, sur quoi Leanie a manifesté son intention de le poignarder à mort, un acte meurtrier commis avec l'aide d'Isabel Macbane. Meurtre qu'ils ont dûment perpétré. Le cadavre ayant été en outre mutilé, les deux accusés ont entrepris de brûler tous les livres et papiers du domicile. Après quoi ils se sont enfuis en Angleterre, où ils ont été arrêtés alors qu'ils tentaient d'embarquer à bord du ferry de Douvres pour Calais.

En conséquence, après l'exposé des charges retenues contre Robert Leanie et Isabel Macbane, le juge Weir a tenté d'interroger les accusés. Ils ont gardé le silence, refusant l'un et l'autre de répondre.

Le juge Weir a ensuite donné instruction au jury, et faute d'avoir aucun motif d'agir autrement, de rendre un verdict de culpabilité : Robert Leanie pour meurtre, Isabel Macbane d'avoir été partie prenante, en étant sa complice et incitatrice de cet acte. Le verdict ayant été rendu en ce sens, le juge Weir a ensuite coiffé sa toque noire et prononcé une sentence de mort par pendaison. Les prévenus devaient être détenus une semaine, puis exécutés sur la potence érigée dans le centre de la ville de Kilcorran, près du domicile où le crime avait eu lieu.

[…]
Lors de l'Assemblée des juges de la Saint-Michel de 1866, qui s'est tenue à Édimbourg dans le cabinet du Lord Chief Justice, l'Assemblée s'est penchée sur le moyen de mieux prévenir ce crime horrible, le meurtre de l'époux.

Le Lord Chief Justice a fait allusion à la méthode traditionnelle couramment utilisée par les épouses écossaises dans le meurtre de l'époux, à savoir l'administration en catimini par lesdites épouses de doses de strychnine, causant la mort certaine des victimes, lente et douloureuse. Le Lord Chief Justice a rappelé qu'à des époques antérieures, les juges avaient toute latitude d'appliquer les peines adaptées à ces crimes, afin d'en dissuader d'autres de commettre des délits similaires.

Dans l'occurrence du meurtre de l'époux, la dissection après pendaison ou le supplice public du gibet étaient les peines les plus courantes appliquées à de telles épouses. Le Lord Chief Justice a déclaré que la populace n'oubliait pas facilement la vision des corbeaux se repaissant d'un corps au gibet sur le Grassmarket. Il regrettait l'affaiblissement de la loi écossaise consécutive à l'abolition de telles peines par le Parlement de Londres, en vertu de la loi de 1834.

Le juge Alexander Weir a ensuite pris la parole. Il a évoqué le récent procès d'Isabel Macbane et Robert Leanie, aux débats duquel il avait présidé. Il a révélé que dans le quartier des femmes de la prison de Calton Hill, la veille de son transfert vers le lieu de son exécution, Isabel Macbane lui a confié, en la présence de son greffier, les raisons et la teneur de ses actions envers son mari, Revon Kenelm Macbane, cruellement assassiné. Par souci d'exactitude, le juge Weir a lu la transcription de son greffier comme suit :

JUGE WEIR : Pourquoi avez-vous requis cette entrevue ?

ISABEL MACBANE : Parce que ma mort est proche, et je veux que l'entière vérité soit connue.

JUGE WEIR : Continuez.

ISABEL MACBANE : Mon mariage avec Rev Macbane a été arrangé sur l'entremise de mon père, par l'octroi d'une dot. Mais Macbane n'était pas pour moi un bon mari. Moins d'un an après notre mariage, quand il revenait au domicile, il consacrait son temps à son écritoire. Toute l'énergie qui restait en lui se vidait par sa plume. Il eut beau partager le même lit que moi, il y était stérile et j'étais dès lors condamnée à ne jamais porter de progéniture. Et pourtant il était assez fertile, avec l'autre femme.

JUGE WEIR : À qui faites-vous allusion ?

ISABEL MACBANE : La femme était celle qui s'occupait de la bibliothèque publique de Kilcorran, où il allait maintes fois. Elle était capable de lire ses écrits. Je n'ai pas appris à lire, car enfant je devais m'occuper des cochons à la ferme de mon père, aussi Rev Macbane n'avait que mépris pour moi.

JUGE WEIR : Y a-t-il eu adultère entre votre mari et cette femme ?

ISABEL MACBANE : Oui. Mon frère Robert Leanie, sur ma demande, les a espionnés et a été témoin de l'adultère, par la fenêtre de son logement à elle. Cette femme avait déjà le ventre très gonflé, comme mon frère l'a vu de ses propres yeux. Quand Rev Macbane est rentré de chez elle, nous lui avons tordu les bras dans le dos et nous l'avons ligoté avec une corde. Il a admis l'adultère et je lui ai dit qu'il en mourrait, car il ne s'était marié que pour la dot, pour imprimer ses livres, et parce qu'il avait planté ses semences ailleurs. Il m'a répliqué qu'il aurait pu m'aimer si j'avais su lire. Je lui ai promis que je brûlerais tous ses nuages d'obsidienne et tous ses papiers. Il m'a supplié de les épargner car ils étaient innocents de tout délit.

JUGE WEIR : Que sont ces nuages d'obsidienne auxquels vous vous référiez ?

ISABEL MACBANE : Ce sont ses livres dont il a imprimé cinquante exemplaires en utilisant ma dot.

JUGE WEIR : Décrivez-nous le meurtre et la mutilation du corps.

ISABEL MACBANE : J'ai apporté le couteau à découper de la cuisine et je l'ai tendu à mon frère qui a poignardé cinq fois Rev Macbane dans les côtes, une fois pour chaque année de notre mariage. Il était encore en vie et suppliait qu'on l'épargne. Sur son bureau, j'ai pris son encrier et son stylo à la plume d'acier. Mon frère l'a tenu par la mâchoire et je lui ai versé l'encre dans la gorge et, avec le stylo, je lui ai ouvert la gorge, comme un cochon de Pâques. Ensuite l'encre mélangée à son sang s'est répandue de l'entaille sur son ventre. Je l'ai regardé jusqu'à ce que toute lumière s'éteigne dans ses yeux. Ensuite nous avons réuni tous ses nuages d'obsidienne et les autres papiers de son bureau et les avons jetés dans l'âtre jusqu'à ce qu'ils se consument, pour qu'il n'en reste rien que des cendres.

JUGE WEIR : Avez-vous des remords pour votre crime ?

ISABEL MACBANE : Uniquement que mon frère soit maintenant pendu à cause de moi. Lui, il n'aurait pas tué Rev Macbane, car il n'a agi que sur ma demande.

Après lecture de la transcription, le juge Alexander Weir a déclaré au président et à tous les membres de l'Assemblée annuelle des juges qu'après l'entrevue avec Isabel Macbane, il avait longuement réfléchi à la justesse de la sentence. Il croyait certainement louable de sa part qu'elle ait pu assassiner Revon Macbane, son mari, en recourant à la force brute et sans détour, au lieu d'un acte d'empoisonnement commis en catimini. Mais de l'avis du juge Weir, si illettré que soit cette femme, elle comprenait bien qu'éliminer tout souvenir de Revon Macbane en brûlant ses livres et ses papiers équivalait à le tuer une seconde fois, et commentant ainsi un double crime. Sur cette considération, le juge Weir argumentait qu'en pareil cas la double condamnation au gibet, en plus de la pure et simple pendaison, devrait être rétablie comme antérieurement à la loi de 1834.

Le président est allé dans le sens de ces réflexions et a proposé une motion : « Que la récente clémence des sentences prononcées dans les cas d'actes passibles de la peine capitale est très regrettable et devrait être reconsidérée car tenant insuffisamment compte des effets dissuasifs que des générations de nos prédécesseurs au banc des juges d'Écosse ont estimés nécessaires. »

Motion soutenue, par le juge Alexander Weir. Motion approuvée, à l'unanimité, par l'Assemblée des Juges.

3

J'ai dû relire ces feuillets photocopiés plus d'une fois. J'arrivais à peine à croire ce que je venais de lire. Le langage de ces lignes était un peu suranné et parfois difficile à suivre en raison des termes juridiques, mais le sens en était assez clair. En revenant à la lettre de Soulis, j'étais sous le choc.

Je sais que vous serez aussi ravi que je le suis de la découverte de cette preuve écrite, si succincte soit-elle. Des moments comme ceux-ci sont tout ce qu'un chercheur espère vivre.

Jamais il ne nous était venu à l'esprit que « Rev » était l'abréviation d'un prénom, Revon, et non de « Révérend ». Nous avions tout à fait naturellement supposé que l'auteur était un ecclésiastique. Nous avons depuis lors découvert que Revon est en fait un très ancien prénom (en moyen écossais, c'est raven, *le corbeau), encore en usage dans certaines familles des Uplands, quoique peu usité de nos jours.*

Macbane lui-même a dû véritablement espérer que cette confusion avec la vocation religieuse l'aiderait à convaincre un éditeur de prendre le risque de publier le manuscrit. Si tel était le cas, le stratagème était tout à fait compréhensible. Car en effet, si difficile à croire que ce puisse être pour nous, à cette époque, les livres les plus insipides, signés d'un ecclésiastique, trouvaient la garantie d'un vaste lectorat.

Mais si Macbane avait l'intention de recourir à une telle ruse, cela ne l'a manifestement pas aidé à trouver un éditeur. Nous savons maintenant, grâce à une source aussi fiable que le Scottish Law Reporter *qu'il avait dû débourser de sa poche – ou, plus précisément, de la dot de son épouse – les frais d'impression à compte d'auteur de cinquante exemplaires du* Nuage d'obsidienne, *en grand format quarto par l'Old Ayr Press. L'imprimerie lui avait sans doute proposé un tarif avantageux ; comme je vous l'ai laissé entendre lors de notre rendez-vous, ils n'auront été que trop heureux d'utiliser les chutes de quelques vieilles rames de papier. Macbane aura rapporté les cinquante exemplaires chez lui, pour les y entreposer.*

À l'évidence, tous les exemplaires n'ont pas brûlé jusqu'au dernier dans le brasier allumé par sa femme : vous en avez par exemple retrouvé un au Mexique – j'y reviens plus bas ! –, une localisation des plus inattendues. Alors peut-être Macbane avait-il réussi à en placer quelques-uns chez des libraires, ou en avait-il offert d'autres. Peut-être avait-il même persuadé une bibliothèque locale d'en prendre un en dépôt – après tout, il semblait jouir là-bas de privilèges excédant ceux du simple prêteur de livres ordinaire.

En fait, cette hypothèse non dénuée de cynisme nous a conduits sur une autre piste : à la recherche de l'identité de la femme de la bibliothèque avec qui Macbane avait entretenu une relation adultère. Nous savions qu'il devait forcément exister quelque part des documents sur la bibliothèque de Kilcorran. Même si nous ne réussissions à rien trouver sur la femme, il serait passionnant de pouvoir au moins découvrir quel genre de livres lisait Macbane.

Ces bibliothèques, à ce propos, étaient très fréquentes partout en Grande-Bretagne. Les clients devaient acquitter un petit droit d'entrée (un « abonnement ») pour avoir le privilège d'emprunter des ouvrages. Une histoire du comté d'Ayrshire signalait que l'antenne de Kilcorran était en activité depuis plus de cent ans et n'avait fermé que dans les années 1890, quand une bibliothèque publique gratuite avait pris sa place. La bibliothèque originelle était abritée dans l'une des ailes de l'ancien hôtel de ville de Kilcorran, démoli au tournant du siècle.

Mais nous étions sûrs que les fichiers de cette bibliothèque devaient être préservés dans les archives municipales, aussi avons-nous continué de creuser. À ce jour, nous n'avons pas trouvé les inscriptions des abonnés et les fichiers de prêt, mais nous sommes tombés sur une liste des bibliothécaires qui y ont été employés.

Maintenant, voici l'aspect le plus captivant : de 1864 à 1866, le bibliothécaire responsable de la bibliothèque de Kilcorran était une femme, une dénommée Ramona Vaquez – citoyenne mexicaine – de la ville de La Verdad ! Nous avons ensuite découvert dans les archives municipales que son mari, Alonso Vasquez, était représentant officiel du ministère des Mines du gouvernement mexicain. Il était resté à Kilcorran deux ans, où il avait étudié des exploitations minières des Uplands avant de retourner au Mexique. Il semble qu'il ait emmené sa femme, le temps de cette affectation de deux ans dans les Uplands. Elle devait être assez compétente en anglais pour être en mesure de s'occuper de la bibliothèque de la localité.

Nous supposons (rappelez-vous, ce ne sont que des suppositions) que la Señora Vasquez avait pu rencontrer Macbane à la bibliothèque, l'aurait encouragé à plus d'un titre, aurait pu recevoir un exemplaire du Nuage d'obsidienne, *qu'elle aurait pu remporter au Mexique avec elle – selon toute probabilité, cet exemplaire qui est maintenant le vôtre. Nous ne pouvons avoir l'exacte certitude de la date à laquelle la famille Vasquez est repartie pour La Verdad : nous n'avons pas été en mesure de trouver d'autre mention de leurs noms dans les archives de Kilcorran. Mais si Macbane était bien le père de l'enfant de Ramona Vasquez, nous avons là encore une autre piste de recherche fructueuse à explorer. Vasquez est un nom si répandu au Mexique, les futurs chercheurs auront certainement de quoi s'occuper.*

D'un autre côté, grâce au Scottish Law Reporter, *nous disposons maintenant d'une information vérifiée, quoique limitée, sur* Le Nuage d'obsidienne, *et sur la vie de Macbane lui-même : il a été éduqué dans une école communale locale, il était marié, il a été assassiné, et* Le Nuage d'obsidienne, *publié entre 1864 et 1866, semble avoir été sa seule œuvre imprimée. Ce dernier élément expliquerait en partie l'échec de nos précédentes investigations. L'aspect le plus tragique de l'affaire, du point de vue du chercheur, c'est que tous les autres papiers de Macbane ayant été brûlés au moment de son décès, sa renommée tout entière devra peut-être reposer sur ce seul livre.*

Concernant l'épouse de Macbane, Isabel, nous avions aussi l'espoir d'en découvrir davantage sur elle en nous fondant sur les minutes du procès, mais jusqu'à présent c'est en vain. À l'inverse de Macbane, elle semble avoir été trop occupée à la ferme de son père pour fréquenter l'école communale et recevoir des rudiments d'instruction. L'illettrisme était le destin de la plupart des enfants de la ferme, en ce temps, surtout les filles. Malheureusement, cela s'est avéré l'un des facteurs importants dans le meurtre de son mari.

Maintenant que nous savons que Macbane lui-même a fréquenté l'école communale, nous essayons de nous procurer de la documentation sur celle qui se situait à Kilcorran. Ces écoles existaient dans chaque commune d'Écosse, avant l'instauration d'un système éducatif public, financé par l'État, et il ne fait donc aucun doute qu'un dossier sur l'établissement scolaire de Kilcorran demeure enfoui quelque part dans un recoin poussiéreux du ministère de l'Éducation. Partant de là, nous pourrions en apprendre davantage sur le milieu d'origine et les parents de Macbane, par exemple.

En résumé, je suis convaincu qu'il reste encore beaucoup à découvrir. Dans ma profession, nous avons tendance à être optimistes. Ces découvertes récentes montrent précisément pourquoi un curateur ne doit jamais renoncer.

Maintenant, une dernière remarque annexe, j'ose une fois encore vous prie de songer à faire don de votre exemplaire du Nuage d'obsidienne *à notre collection permanente. Je regrette que nous ne disposions pas de fonds suffisants pour vous verser une quelconque rémunération, surtout alors que vous vous êtes déjà montré très généreux. Nous vous remettrions volontiers un récépissé d'exonération fiscale pour le montant approprié, si cela vous était utile, au Canada.*

Mon projet pour ce livre serait de l'exposer à l'intérieur d'une de nos vitrines spéciales, dans l'espace d'exposition du centre. Ces vitrines sont généralement utilisées pour montrer des sommités de la littérature écossaise : des éditions originales de Hume, Scott et Stevenson sont en ce moment dans l'une de ces vitrines. Mais nous nous enorgueillissons de montrer aussi des curiosités littéraires moins connues qui selon nous méritent une attention particulière. Le Nuage d'obsidienne s'inscrirait tout à fait dans ce cadre.

*Je vais moi-même rédiger un compte rendu détaillé de nos découvertes concernant Macbane dans l'article de tête du numéro de printemps d'*Archivists Quarterly. *Naturellement, vous serez pleinement crédité de votre engagement. Je suis certain que le livre deviendra un sujet de grand intérêt pour les chercheurs travaillant sur la période. Dans un avenir point trop lointain, je m'attends complètement à en voir de nouvelles éditions imprimées.*

Encore une fois, je vous remercie au nom du Centre culturel national d'avoir mis Le Nuage d'obsidienne *entre nos mains. J'attends impatiemment de connaître vos intentions concernant sa destination finale et j'espère que vous voudrez bien considérer que cette institution en serait un digne bénéficiaire.*

Veuillez agréer, etc.
Soulis.

4

J'étais aussi atterré par les découvertes de Soulis qu'il en était transporté.

De son point de vue de curateur, c'était de la besogne rondement menée. Son assistante et lui avaient réussi à exhumer certaines réponses essentielles à ce qui avait d'abord semblé être un mystère insoluble. Surtout, ils avaient établi qu'un homme, un dénommé Revon Macbane, avait réellement existé, et que cet homme était bel et bien l'auteur du *Nuage d'obsidienne.*

Dans sa lettre, Soulis mentionnait à peine la mort violente de l'intéressé. Pour lui, l'acte véritablement impardonnable des meurtriers paraissait être plutôt d'avoir incinéré les autres papiers de Macbane, qui auraient été d'une valeur inestimable pour les chercheurs.

Mais je n'étais pas curateur. Mon lien avec Macbane et son livre était une affaire intime – j'avais fini par le considérer comme *mon* auteur, *ma* découverte. Pour moi, la révélation de la manière dont il était mort était aussi choquante que si je venais d'entendre qu'un ami proche avait été torturé et assassiné avec le dernier sadisme.

En fait, la lecture de sa lettre n'a fait que renforcer mon sentiment d'entretenir avec Macbane une relation singulière. J'avais toujours trouvé curieux que le Mexique soit l'endroit où je sois tombé sur ce vieil ouvrage étrange, évocateur d'un moment de mon propre passé en Écosse. Alors maintenant, découvrir par surcroît que Macbane lui-même avait un lien réel, physique avec le Mexique, fût-ce sous la forme de cette señora Vasquez…

Je ne pourrais jamais oublier non plus l'entrecroisement le plus important de la vie de Macbane avec la mienne : que, sans lui, je n'aurais sans doute jamais appris l'existence de Sarah. J'avais contracté envers lui une profonde dette de gratitude. Cela rendait encore plus difficilement supportable l'idée que sa mort violente l'ait empêché de jamais tenir dans ses bras cet enfant qui avait pu être le sien.

Au vu de mon état d'esprit, la lettre de Soulis était effarante. Si j'avais ne serait-ce que vaguement deviné ce que sa recherche mettrait au jour, je n'aurais pas une seconde envisagé de lui confier ce livre. C'était presque comme si, en rendant cette recherche possible, j'avais moi-même mis Macbane à mort.

Ce fut donc ma première réaction – en premier lieu de regret d'avoir envoyé *Le Nuage d'obsidienne* à Soulis. En ayant laissé échapper le livre et en ne l'ayant pas conservé sous bonne garde, j'avais trahi Macbane. À cause de ma curiosité, il avait été entraîné dans un monde de « faits » très intraitable, où son livre étrange et son corps mutilé seraient livrés en pâture à la mécanique universitaire.

Mais avec le temps, m'étant calmé, j'ai compris que ma réaction instinctive à la lettre de Soulis n'était qu'un caprice égoïste. Les amoureux des livres éprouvent naturellement une forme de possessivité et d'instinct protecteur dans leur relation avec certains auteurs et certains ouvrages, comme s'il s'agissait d'animaux de compagnie.

Non, en envoyant le livre à Soulis, j'avais fait ce qu'il fallait. Si par un quelconque miracle Macbane avait pu prévoir que plus d'un siècle après, un exemplaire du *Nuage d'obsidienne* serait retrouvé à des années-lumière des Uplands, dans le *Bookstore de Mexico*, il n'aurait certainement pas voulu que son découvreur le garde pour lui-même. Ses dernières paroles de mourant suffisent clairement à le démontrer. Il aurait espéré que son livre soit connu des autres, et pas qu'il reste caché dans un coffre comme un tableau rare, pour le seul plaisir des yeux d'un collectionneur privé.

Il aurait applaudi ma décision de le porter à l'attention d'un homme comme Soulis, et peut-être par son intermédiaire à un plus vaste public que celui qu'il aurait trouvé de son vivant.

Quoi qu'il en soit, une chose m'appartiendrait toujours, à moi seul : l'expérience de la découverte du *Nuage d'obsidienne*. Quand j'avais ouvert ce vieux quarto pour la première fois et vu là, sur la page de titre, le mot « Duncairn » imprimé, j'aurais presque pu croire que le livre m'attendait, qu'il m'avait en un sens choisi – moi, un homme qui conservait à Duncairn son propre mystère intime – afin de mettre ses mystères en lumière.

Naturellement, j'ai conscience que l'idée même d'un livre détenant de pareils pouvoirs n'est que pure absurdité romantique. À ce jour encore, repenser à ce moment me donne la chair de poule, tout comme ce fut le cas dans cette librairie au nom bizarre, *Bookstore de Mexico*, en plein cœur d'une La Verdad où régnait une chaleur étouffante.

Épilogue

Tout aurait pu s'achever là, comme le veulent certains dénouements, sur une note relativement optimiste.

J'écris « relativement », car si ma curiosité à propos du mystère du *Nuage d'obsidienne* avait été satisfaite, cela allait de pair avec la nouvelle épouvantable de la manière dont Macbane était mort. De même, si je comprenais la raison du rejet de Miriam, je regretterais toujours d'avoir été privé de tant d'années de la vie de ma fille, dont je venais de découvrir l'existence.

Ah, mais enfin. Je me suis consolé avec l'idée qu'excepté une histoire romantique, les fins tout à fait heureuses sont rares, si désirables soient-elles.

J'ignorais qu'une autre découverte perturbante m'attendait encore.

Un an s'est écoulé avant que Sarah et son fiancé ne soient finalement en mesure de venir au Canada faire la connaissance de Frank. Ils avaient eu des emplois du temps professionnels si chargés qu'ils n'avaient pu partir que cinq jours en juillet. Ils étaient descendus au Walner, pour toute la durée de leur séjour. Frank et moi avons été en mesure de leur montrer Camberloo et la campagne environnante dans tout leur éclat estival, et de les inviter dans plusieurs de nos restaurants préférés. Et nous avons bavardé, bavardé, bavardé.

J'espérais vivement que Sarah et Frank s'entendraient, mais je me sentais un peu mal à l'aise. Après tout, qui sait comment les gens vont s'entendre ? Notre esprit pouvant lui-même demeurer pour nous un mystère, rien ne me permettait de tenir pour acquis qu'un frère et une sœur qui ne s'étaient jamais rencontrés, et qui ignoraient même tout de leur existence respective, trouveraient instantanément chez l'autre telle ou telle qualité susceptible de l'attirer. En revanche, la chose n'était pas non plus tout à fait aussi improbable que, par exemple, l'apparition d'un immense miroir noir planant au-dessus du ciel des Uplands.

Mes craintes se sont avérées inutiles. D'entrée de jeu, ils se sont extrêmement bien entendus. Je crois qu'ils étaient tous deux fermement décidés à s'apprécier. Elle semblait tout trouver charmant chez lui, surtout après une visite à l'Emporium, qu'elle trouvait manifestement très révélateur de ce qu'il était. Sans doute en raison de sa profession, elle ne craignait pas de lui poser des questions que je n'aurais jamais songé poser. Par exemple, que pensait-il de la pulsion qui le poussait à cette manie de collectionner ? Était-il une sorte de bizarre aventurier de l'histoire qui avait besoin, pour une raison ou une autre, d'un contact physique avec le passé, à travers ses objets saugrenus ? Et ainsi de suite.

Frank répondait qu'il appréciait simplement de construire autour de lui un monde intime qui l'intéressait. N'était-ce pas de toute façon le cas de tout le monde, chacun à sa manière ? Ne risquait-on pas de gâcher ce plaisir, en analysant à l'excès les motivations qui étaient derrière ?

Ils en riaient tous les deux. Je voyais bien qu'il avait déjà une entière confiance en elle. Comme moi, il aimait sa sincérité, la maîtrise qui se dégageait d'elle, sans aucune sévérité. Tout à fait inconsciemment, elle endossait le rôle de la grande sœur et c'était ce qu'il aimait en elle, comme s'il en avait toujours eu besoin.

Non seulement j'en étais ravi, mais cela comportait pour moi un effet connexe. Sarah avait manifestement beaucoup d'affection pour moi parce qu'elle avait trouvé son vrai père. Et cela déteignant visiblement sur Frank. Cela faisait partie de ces évolutions qui surviennent par paliers successifs. Me voir à travers les yeux de quelqu'un qu'il appréciait, et qui m'appréciait, paraissait aussi le pousser à m'apprécier d'autant plus.

Quant au fiancé de Sarah, il nous a fait bonne impression. C'était un homme de grande taille, paisible, un avocat d'Édimbourg, doué d'un sens de l'humour très pince-sans-rire. À un certain moment, par exemple, je tenais Sarah informée des toutes dernières découvertes du curateur au sujet du *Nuage d'obsidienne*. Son fiancé s'intéressait tout particulièrement aux aspects juridiques du procès de l'épouse Macbane. Quand j'en suis arrivé à la partie concernant les regrets du Lord Chief Justice quant à l'abolition du gibet, il a hoché la tête.

« Aujourd'hui encore, à Édimbourg, une exécution publique au gibet aurait toute garantie d'attirer une grosse foule », a-t-il lâché.

Cela nous a tous bien fait rire. Si Sarah avait besoin que nous adhérions au personnage, elle a pu constater que tel était le cas.

Au cours du week-end, le nom de Dupont est revenu dans nos conversations, à plusieurs reprises.

Sarah se souvenait de l'avoir mentionné à Eildon House et m'a davantage questionné sur son travail. Je suis resté évasif – je n'avais pas envie de trop en dire, car c'était ultra-confidentiel. Bien sûr, je l'aurais invité à la rencontrer, mais il n'y avait aucun moyen de le contacter. J'avais essayé de consulter les renseignements, mais on m'avait répondu que si un tel institut existait, son numéro devait être sur liste rouge.

D'après le regard qu'elle posait sur moi, je ne suis pas certain que cette excuse l'ait convaincue. Mais elle en est restée là, me répondant qu'elle était simplement désolée que Dupont n'habite pas plus près de Camberloo – elle aurait adoré parler avec lui. Cela m'amusait de les imaginer tous les deux absorbés dans un débat en privé sur le meilleur moyen de modifier un psychisme endommagé : psychothérapie, ou un coup de pic à glace dans le front ? Sarah supposerait que mon ami ne se prêtait à ce plaidoyer passionné de pour la voie chirurgicale qu'à des fins de discussion.

À dire vrai, j'étais content de n'avoir pas tenté d'inviter Dupont. Avec sa sagacité, Sarah aurait pu l'amener à parler de Griffin, et même de ma relation avec elle.

Ce n'est qu'hier soir que cette trop courte visite de Sarah et son fiancé s'est achevée. Frank nous a tous conduits à l'aéroport. Avant qu'ils ne nous quittent au portique des contrôles de sécurité, Sarah nous a conviés à Édimbourg pour leur mariage, au printemps. Nous avons répondu que nous en serions enchantés. Entre-temps, ils nous manqueraient et nous leur manquerions.

De l'aéroport, Frank m'a déposé à la maison, vers minuit. Il s'est ensuite dirigé vers son appartement, à côté du parc.

Le fait troublant que j'ai évoqué plus haut était sur le point de se produire.

J'étais assis sur la terrasse depuis une demi-heure avec un verre de scotch pour m'aider à me détendre, en profitant d'une chaude soirée d'été et d'un ciel constellé d'étoiles. Quand je me suis finalement mis au lit, j'ai laissé la lampe de chevet allumée, car j'avais envie de jeter un œil au dernier numéro de *Pompes International* un petit moment. L'exemplaire se trouvait sur la table de nuit, au-dessus de la lettre de Soulis, que j'avais relue tant de fois depuis le jour de son arrivée, que j'en connaissais les pages par cœur.

J'ai assez vite renoncé à lire Pompes International, je n'arrivais tout simplement pas à me concentrer dessus. J'avais la tête pleine de la visite de Sarah et de ce qu'elle s'était si bien entendue avec Frank. Je me demandais aussi si j'avais déployé assez d'efforts pour tenter de localiser Dupont. Et cela m'a amené à repenser, une fois de plus, à l'épisode Griffin et aux termes effrayants qu'il avait employés quand il s'était rendu compte qu'elle avait partagé mon lit, cette nuit-là, à l'Institut 77. « C'est l'amante la plus dangereuse que vous ayez jamais eue », m'avait-il dit. Je m'étais félicité d'avoir survécu à la menace dont il l'avait crue capable.

Mais à présent, allongé au lit, repensant à ces propos, je me suis subitement inquiété. Je ne sais pourquoi, j'étais pris de paranoïa.

Agissant d'instinct, j'ai ensuite fait une chose très bizarre. Je suis sorti de mon lit, je suis descendu au garage et j'ai déniché ma vieille hache, très rouillé par le manque d'usage. Trop content que personne ne puisse constater ma sottise, je l'ai emportée dans ma chambre et l'ai posée à côté de la table de nuit. Je me suis recouché et j'ai éteint. Dans l'obscurité de la chambre, allongé, tendant l'oreille, les lames lentes du ventilateur au-dessus de ma tête étaient comme les pattes d'une énorme araignée arpentant sa toile en cercles.

Comme de juste, au bout de moins de dix minutes, j'ai cru entendre un bruit singulier venant du dressing, un bruissement, comme un discret ricanement. Mon cœur s'est mis à cogner si vite que j'arrivais à peine à respirer. Je n'avais absolument aucun doute que c'était le bruit que j'avais entendu dans la chambre d'amis de l'Institut 77, la nuit où Griffin m'avait rendu visite.

J'ai tenté de me calmer, puis j'ai tendu prudemment la main pour allumer ma lampe de chevet. Un rapide coup d'œil dans la chambre ne m'avait révélé aucun signe d'intrusion. Naturellement, ce n'était pas d'un grand réconfort, dans le cas de quelqu'un d'aussi difficile à détecter que Griffin.

De la main droite, j'ai donc soulevé la hache appuyée contre la table de la nuit et je me suis faufilé hors de mon lit. J'ai de nouveau entendu ce bruit – il semblait provenir de derrière la porte entrouverte du dressing. J'ai respiré à fond et, rassuré par le poids de la hache, je me suis avancé sur la pointe des pieds. J'ai gardé la main gauche tendue devant moi, en tâtant l'espace apparemment vide du bout des doigts, à la recherche d'un prédateur invisible.

De la sorte, je suis arrivé devant le dressing, dont la porte entrouverte ne révélait que l'intérieur sombre et redoutable. J'ai de nouveau respiré plusieurs fois, à fond. Ensuite, la hache levée, je me suis ramassé, en position d'attaque, j'ai tiré la porte brutalement et j'ai allumé la lumière.

Rien. Mais les vêtements se balançaient de façon menaçante, se balançaient, se balançaient.

Je n'avais aucune intention de battre en retraite. Je me suis encore armé de courage, je suis entré dans le dressing et j'ai longé prudemment la rangée de chemises, de vestes et de pantalons. De ma main gauche restée libre, j'ai sondé les espaces entre les cintres, en quête d'un contact avec sa chair quasi humaine.

Rien.

J'étais sur le point de respirer de nouveau, de me relâcher. Quand tout à coup ce son, un bruissement, un ricanement, s'est répété, juste derrière moi.

Un frisson m'en a parcouru l'échine. Je n'avais pas assez de recul pour me dégager, ou pour me retourner et abattre le tranchant de ma hache. J'ai rentré la tête dans les épaules, comme un lapin paralysé de terreur, en attendant que le prédateur me fauche.

Il ne s'est rien passé.

J'ai attendu, attendu. Mais aucun coup n'est venu, aucun prédateur ne m'a fauché. Au lieu de quoi, assez vite, j'ai été frappé de l'absurdité de mes actes – un homme d'âge mûr, armé d'une vieille hache rouillée, guettant un monstre dans son dressing ! Je n'allais pas y découvrir Griffin, évidemment pas – parce qu'elle n'y était pas, elle n'était pas à Camberloo, elle n'était même pas au Canada ! Le bruit que j'avais pris pour son rire moqueur devait être le bruissement bien innocent des vestes sport, des chemises de costume et des cravates rayées sur leurs cintres, provoqué par le courant d'air du ventilateur de plafond, en cette chaude nuit d'été. Les vêtements s'étaient balancés de façon si menaçante parce que j'avais ouvert la porte avec une telle force.

En l'occurrence, le seul phénomène authentique, ici, c'était ma terreur. Le reste n'était que le résultat de la fatigue et d'une imagination surexcitée. Cette scène tout entière émanait de cet atelier de l'esprit qui entame son fonctionnement quand la partie rationnelle du cerveau se met en veille pour la nuit.

De retour dans mon lit, j'ai réfléchi à la signification de ce qui venait de se produire. Ce n'était pas un rêve : quand j'avais traversé la chambre sur la pointe des pieds avec une hache brandie, cela n'avait rien d'un rêve. J'étais *réellement* debout dans ce dressing, en me sentant bien bête. Cela voulait sûrement dire que pour la toute première fois, le monde du cauchemar avait fait intrusion dans ma vie éveillée. Il y a longtemps de cela, Gordon Smith m'avait confié qu'il était heureux de ne pas être un rêveur chronique, en raison même de ce risque-là – et j'avais ri à cette idée. Mais à présent je venais de le vivre, et je n'aimais pas cela. En fait, j'étais si inquiet de la chose que je suis resté allongé là un très long moment, en m'efforçant de ne pas fermer l'œil. En fin de compte, je me suis bien endormi et j'ai rêvé, naturellement.

Dupont, le personnage au grand complet, avec sa barbe à pointes et ses clochettes, me désignait Griffin, à travers des barreaux de fer. Elle était pleinement visible, assise sur son lit, la peau bien plus grise que précédemment, d'un gris cadavérique. Dans ses bras maigres et gris, elle berçait un bébé minuscule et se penchait en avant comme pour l'embrasser. Ensuite, ce qui n'était guère surprenant, le craquement s'est fait entendre : elle dévorait les doigts minuscules du bébé. Elle me le tendait, comme pour partager cet abominable festin. Ses yeux étaient réduits à deux fentes argentées et le visage était gris. Sa bouche béante n'était qu'une grotte sanglante.

« Quel repas savoureux », s'écriait Dupont, et ses clochettes tintinnabulaient.

Le lendemain matin, je suis assis dans la cuisine, et je vois mon café sous la photographie de Miriam que j'ai récupérée à Duncairn Manor. Mais ni sa présence, ni le chant estompé des oiseaux par la fenêtre, ni le chuintement lointain des voitures et des camions, ces bruits rassurants, banaux, n'ont eu grand effet pour me rasséréner après la nuit que je venais de passer. Même si Griffin ne m'avait pas réellement rendu visite, l'atmosphère de menace dans la chambre était si réelle que j'en frémis encore. Le rêve qui a suivi était tout aussi puissant, et ses images horribles occupent encore une place saillante dans mon esprit.

Quand je pense à ces deux expériences très alarmantes, à la lumière du jour, de manière calme et objective, comme un ingénieur pourrait s'y pencher, il n'est pas compliqué de formuler une explication rationnelle. Leur genèse est vraiment tout à fait logique. Lors de la visite de Sarah, le nom de Dupont et son travail à l'Institut 77 ont été plusieurs fois évoqués. Naturellement, ces conversations m'ont conduit à penser à Griffin. Et elle est devenue à son tour l'élément central de ma toute récente crise de terreur, dans ce dressing, et du rêve qui a suivi.

Même cette image d'elle se repaissant de ce bébé possède une explication simple. C'est juste une version déformée de l'incident survenu dans la vraie vie, durant mon voyage en Afrique, avec Dupont – quand mes compagnons de voyage croquaient leurs petits singes à la brochette. Cette scène macabre s'était imprimée dans ma mémoire.

Ma réflexion, c'est que lorsque je suis calme et objectif, je n'ai aucun mal à trouver des raisons à l'état d'esprit qui m'a rendu si émotif, la nuit dernière. D'ailleurs, je pourrais y ajouter le fait que j'étais un peu stressé, bien inutilement, s'est-il avéré, de savoir comment Frank et Sarah s'entendraient, lorsqu'ils feraient connaissance. Je pouvais même y inclure la nouvelle traumatisante de la mort effroyable de Macbane, un homme avec lequel j'ai noué un lien unique, un homme que j'ai fini par considérer presque comme mon ami le plus proche. Je suppose que je n'ai pas encore surmonté la chose.

L'accumulation de tous ces événements a dû me rendre vulnérable.

Voilà ce qu'il en est lorsque je suis calme et objectif.

Mais quand je quitte cet état d'esprit, le catalogue des explications rationnelles me paraît vain et vide. Il n'y a plus rien que de l'aveuglement, une manière pour moi d'éviter de reconnaître ce qui me terrifie réellement, à tel point que j'ai presque peur de le formuler par des mots, de peur que ces mots ne s'avèrent prophétiques.

Cette vérité redoutable est celle-ci.

J'étais bel et bien euphorique de découvrir l'existence de ma fille, Sarah, et d'être le témoin de leur joyeuse réunion, avec mon fils Frank. Mais mon bonheur a été tempéré par l'idée effrayante tapie quelque part dans un sombre recoin de mon esprit. La nuit dernière, cette idée a resurgi de sa cachette, en pleine lumière.

La chose à laquelle j'essayais de ne pas penser était celle-ci : la possibilité que Griffin ait eu elle aussi un enfant de moi, fruit de notre nuit ensemble à l'Institut 77.

Si tel était le cas, sa pulsion primitive maternelle de partager cet enfant avait fort bien pu la pousser à se lancer à ma recherche, moi, son père. Ensuite, j'allais devoir admettre devant le monde entier, et surtout devant mes propres enfants, ma paternité de son bébé. Après cela, Frank voudrait-il avoir le moindre rapport avec cet autre demi-frère ou sœur, avec cette mère à demi-humaine ou avec moi ? Et quant à Sarah, lorsqu'elle découvrirait ce que j'avais fait, éprouverait-elle autre chose que du mépris envers le père qu'elle venait tout récemment de découvrir et qu'elle avait presque fini par aimer ?

D'un autre côté, ma peur a aussi une autre cause plus simple. Que Griffin n'ait pas de bébé, mais qu'elle me cherche parce qu'elle meurt d'envie de m'avoir pour amant, une fois encore. Et qu'après cela, elle me démembre.

À ce stade, la part raisonnable de mon esprit tente encore de se réaffirmer.

« Harry Steen, me dit-elle. Tout cela n'est que pure conjecture fondée sur rien de plus qu'une imagination débordante et un mauvais rêve. »

Si seulement c'était vrai.

Car il y a encore autre chose de plus tangible. Le fait est que, lorsque je me suis finalement levé, ce matin, j'ai vu que la lettre du curateur n'était plus sur la table de chevet.

Au lieu de quoi, les pages étaient éparpillées au sol, près de la table de chevet. Il est certes possible qu'épuisé par ma paranoïa, je les aie moi-même dispersées, mais rien ne me permet de le supposer.

Aussi, malgré ma ferme intention d'aller remettre la hache au garage dès aujourd'hui, j'ai décidé pour l'instant de la garder près de mon lit, au moins pour les quelques nuits prochaines, juste au cas où la situation l'exige. Tout individu un tant soit peu rationnel n'agirait-il pas ainsi ? Certes, au vu de ce qui lui est arrivé, je crois que Macbane approuverait ma décision.

D'ailleurs, je ne vais demander conseil à personne. Il est certaines choses, c'est toujours mon sentiment, qu'il vaut mieux garder pour soi.

Table

Quatrième partie

Impression : Normandie Roto Impression S.A.S. à Lonrai
Dépôt légal : avril 2016. N° 2327-4 (1602910)
Imprimé en France